ROBERT

PROSSER

PHANTOME

Roman

2015

In another time, another culture, he might have been a seer, a shaman priest. In our world he's a shoesalesman and lives among the shadows.

(Special Agent Dale Cooper. *Twin Peaks, Drive with a Dead Girl*)

Checklist: Im Rucksack acht Spraydosen, 500 Milliliter Orange, Grün, Rot, Blau, zweimal Schwarz, zweimal Chrom. Handschuhe eingepackt, das Bandana um den Hals, ein Griff und mein Gesicht ist vermummt. Bin die Leiter runter in den Versorgungsgang geklettert; fährt eine Etage tiefer eine U-Bahn, vibrieren die Wände. Kühle Luft, es riecht nach Eisen und Moder. Ein toter Winkel. Geradeaus die nächste Leiter weiter hinab, ein bisschen ist's wie in einem alten Arcade-Game, wie in *Prince of Persia*, klettern und springen, hanteln und laufen, nur ist die Prinzessin, die ich retten soll, etliche Meter lang und tonnenschwer und unbedingt will sie, dass ich ihr was Hübsches auf die Metallhaut mal. Nicht ganz eine Stunde, dann ist Betriebsschluss und auf dem Gleis wird eine Garnitur bereitstehen. Bevor ich durch den Notfallschacht runter bin, standen drei Polizisten bei der Station Längenfeldgasse. Einer der Beamten horchte auf die Durchsage des Funkgerätes, also zweigte ich ab zum öffentlichen Klo. Besser ruhig halten. Leises Klickdiklackern bei jedem Schritt, und weil immer auf der Hut, immer paranoid, sofort der Gedanke: Was, wenn der gerade im Funker von der Action hört, die es vor knapp einer halben Stunde am Westbahnhof gab? Etwas wie. Das verdächtigte Subjekt ist männlich, zwischen zwanzig und fünfundzwanzig Jahren, Rucksack bei sich, aus dem es bei jedem Schritt klackdiklickert. Besser abwarten.

Im Neonlicht links drei Pissoirs und in der Wand auf Hüfthöhe ein Loch. Darüber geschrieben: *Eden*. Ein Pfeil wies von den roten Buchstaben auf das Rund in der Wand. Gefiel mir, das Bild, also Kameramodus an, rangezoomt. Marker raus, auf die Klotür meinen Namen getaggt. Jemand kam rein. Im ersten Moment Panik: Was, wenn mich einer der Bullen gesehen hat, sie jetzt meine Personalien kontrollieren wollen? Stattdessen trat ein Mönch ums Eck, ein Benediktiner, glaub ich. Hallo, und: Guten Abend, mein Sohn. Er ging zur Wand, beugte sich runter. Sein Zeigefinger fuhr einige Male schnell ins Loch und wieder zurück.

Wenn ich früher gewusst hätte, dass der Garten Eden am anderen Ende eines Glory Holes liegt, sagte der Mönch. Er musterte mich und fragte: Was machst du?

Widerstand, sagte ich.

Weißt du, wer die ersten Guerillas waren?, fragte er, sagte: Die Urchristen, die ihre Religion nur im Untergrund ausüben konnten, schlichen sich nachts durch Städte wie beispielsweise Rom. Stell dir eine Marmorstatue von Augustinus vor und auf dem Sockel eine Inschrift, die besagt, dass er göttlich ist, Herrscher und Gott in einem, und zwischen diese Huldigungen ritzten die christlichen Saboteure ein Kreuz, eine einfache, aber aussagekräftige Aktion, und wenn sie gar nichts mehr zu verlieren hatten, gingen sie so weit, die Statuen römischer Götter mit Hammer und Meißel zu kastrieren.

Der Mönch raffte seine Kutte, stellte sich an eins der Pissoirs. Ich fragte, ob sie die abgeschlagenen Trophäen liegen ließen oder mitnahmen.

Vermutlich, sinnierte der Benediktiner, gibt es im Vatikan eine Sammlung davon, die bei hohen Staatsbesuchen vorgezeigt wird, oder sie sind wie Reliquien von Kloster zu Kloster, von Syrien bis nach Spanien gewandert, und wenn heut ein Bruder an seinem Glauben zweifelt oder am Zölibat, dann holt er den jahrtausendealten Römerschwanz hervor, wiegt ihn nachdenklich in der Hand und erinnert sich, dass der Ursprung von allem geschlechtslos ist.

Der Mönch verabschiedete sich, ich sah nach, ob ich genügend Caps dabeihab, der Akku vom Smartphone voll, die Atemschutzmaske gut verstaut ist. Einige treiben den Ehrenkodex so weit, dass sie es als Verpflichtung ansehen, den Aerosolnebel ungefiltert einzuatmen, vom Lack berauscht den Zug zu malen. Das Wabern im Hirn bewirkt einen zusätzlichen Kick, wenn man einen Wholetrain und pro Waggon einen Buchstaben malt, und zugleich beklagen sie sich über nachlassendes Gedächtnis und löchrigen Wortschatz. Man pumpt Nächte mit Energie voll, damit sie wie eine Piñata zerplatzen, derweil weichen die Farben das Denken auf. Warum tut man sich das an? Vielleicht ist gar keine andere Form von Widerstand drin. Occupy, von wegen. Vergiss die Maske, Guy Fawkes gehört Warner Bros. Alle machen auf Riot, aber eigentlich ist's Merchandise. Vielleicht sind die Namen, die man an Wände taggt, auf Züge und Mauern sprayt, einfach nur echter und ehrlicher als die bürgerlichen. Und es geht um Spaß, klar, die Erlebnisse beim Malen laufen im Urzeitmodus: auf der Jagd nach Railjet- oder S-Bahn-Mammuts, versteckt vorm feindlichen Stamm der Uniformierten. Fame ist wichtig, der Titel als *King of the City* immer vakant.

Ich will laufen, zeichnen, malen, Spots suchen, ich will die Dosen klappern hören. Die Nacht ein Spiel, das meinen Regeln folgt. Ich beweg mich, denk und fühl in ihr. Alles Kitsch, aber braucht man, um dranzubleiben. Sprayen ist vor allem ein geistiges Ding, eine Frage der Überwindung. Es heißt, man ist Vandale, aber dass nur Züge malt, wer Züge wirklich liebt, daran denkt niemand. Klarer Fall von Lackdosenintoleranz.

Einmal ging ich zu weit in einen Tunnel rein, Anfängerfehler, ein Zug brauste heran und ich rannte viel zu langsam, ich warf mich in den Schotter, die Räder Zentimeter neben meinem Kopf, und der Zug ein weißes Flackern, die Lichter der Abteile so zack zack zack grell leuchtend. Muss ein ICE gewesen sein. Ständig ein mulmiges Gefühl im Bauch, aber dann zieh ich doch den ersten Strich, kann mich selbst noch so fertigmachen: Gleisarbeiter kommen oder Securities und Hunde, Kameras sowieso überall und überhaupt: morgen um acht Vorlesung, morgen die Prüfung, warum um alles in der Welt hat Sara noch nicht angerufen, oder zu viel Schnee, eine Grillparty auf der Donauinsel oder das Dach zu hoch, der Tunnel zu finster.

Ich glaub, dass Graffiti den Alltag unterläuft, aushöhlt, Katakomben bildet. Imaginäre Bunker, wo unser Alter Ego nonstop Freiheit feiert. Niemand weiß, dass ich oder du hinter diesem Schriftzug existieren. Jeder Zentimeter Wiens wurde schon zigmal gereinigt, übermalt, niedergerissen, überweißelt. Manche Graffs bleiben nicht mal eine Stunde.

Kabu, einer der Alten, bunkert zu Hause zig Schuhkartons voller Fotos. Seit 1995 klappert er Wien mit einer Analogkamera ab und kann dir ganz genau sagen, wer wann in welchem Bezirk unterwegs war oder in sämtlichen Straßen, wer welches Gleis beherrscht hat oder das gesamte Shitstem-Sisdem.

Die Stadt flutet über die Farben und Namen und Doppelleben, dir bleibt nichts anderes übrig, als wieder rauszugehen, wieder wo rauf- oder runterzuklettern, Rewind Selecta, die nächste Mutprobe: Warten, bis die U abfährt und dann hinterher, am Spiegel vorbei, mit dem der Fahrer den Bahnsteig kontrolliert, aufpassen auf Stromschiene und Überwachungskameras, auch schon passiert, dass aus versteckten Lautsprechern ein Wachbeamter schreit, der dich irgendwo am Bildschirm hat: Bist deppert, Oida, schleich di!

In den Tunneln und Schächten komm ich an Graffs vorbei, die seit Jahren hier unten prangen. Hier, in den Nischen des U-Bahn-Systems, glänzen silbern die Namen von längst verschwundenen Kings und Queens.

Von wegen Widerstand: Nur einmal war ich bei einem Riot dabei. In Tuzla, Bosnien. Saras Idee. Lass uns hinfahren, ich war ewig nicht mehr dort, schlug sie vor, als wir über Pläne für die Semesterferien sprachen. Um 18 Uhr reisten wir von Wien-Erdberg ab. Ein Bus von vielen, die jeden Tag um Punkt 18 Uhr auf verschiedenen Wegen Sarajevo oder Zvornik oder Mostar ansteuern. Gute acht Stunden über nächtliche Autobahnen, von Slowenien und Kroatien sahen wir nichts außer Lärmschutzwände und Nebel. Wir kamen bei Vehid und Refika unter, der Cousine ihrer Mutter, und Sara ganz erstaunt, wie Ismet sich verändert hatte, der Sohn der beiden, etwas älter als wir, Ende zwanzig und ein Babyface, aber vom Kickboxen austrainiert, meine Fresse. Username: Tiger, stellte er sich vor.

Bei unserer Ankunft hatte ich ein kribbliges Gefühl im Bauch, als würd ich unbewusst Witterung aufnehmen. Wir stiegen aus dem Bus, massierten uns die steifen Nacken, Rucksack geschultert und raus zum Parkplatz, wo

Tiger uns erwartete, und mir war, als gingen wir durch ein elektromagnetisches Feld. Die Sonnenstrahlen schnitten durch die kalte Luft, von fern Sirenen, nicht ich war nervös, begriff ich, sondern die Stadt war es, von der diese Anspannung ausging.

Seit gestern wird gegen die Regierung protestiert, erklärte uns Tiger und deutete in Richtung eines hohen grauen Gebäudes. Dort drüben gibt's Action, müsst ihr euch bei Gelegenheit ansehen. Meist trug er Jogginghose und Tanktop, wie die stärkere, schlankere Version seines Vaters, ebenso missmutig, dann wieder übertrieben lebendig, wenn sich die Chance ergab, etwas zu unternehmen, bloß irgendetwas zu tun wie Angeln in einem nahen See, wovor Refika warnte, weil Fabriken Abwässer einleiten, aber umsonst, schon waren Brotstücke als Köder eingepackt und saßen wir im Auto.

Tiger nahm uns zu Partys mit, auf dem Dach eines Wohnblocks etwa, und dort wurde uns an drei Fingern abgezählt, was Tuzla so besonders macht: Die Stadt, die sich im Krieg vor zwanzig Jahren erfolgreich selbst gegen die serbische Armee verteidigte. Die Stadt, deren muslimische, kroatische und serbische Bewohner gemeinsam kämpften. Die Stadt, die seit Jahrzehnten Rap und Graff zelebriert.

Während einer der Partys legte Sara ihre Arme um meine Schultern, sog den Grasgeruch ein und sagte aus der harzigen Wolke heraus: Du fühlst dich hier richtig wohl, nicht? Und sie hatte recht, mir gefielen die beim Feiern auf Smartphones vorgespielten, ruckelnden Videos, in Hinterhöfen mit der gesamten Crew gedreht, harte Sprache, fickriger Flow, als hätte Rap einen Sprung zurück nach Brooklyn Anfang der 90er gemacht, um neu zu beginnen und es dieses Mal wenn nicht richtig, so wenigstens anders zu machen, und mir gefielen die unzähligen Graffs auf Straßenmauern und Dächern.

Turbofolk posaunte der leidigen Feberkälte zum Trotz über das Dach. Man lachte drüber, dass Sara und ich die Ćevapi mit Besteck aßen, sie nicht mit Brotstücken in den Mund schaufelten. Mädels hoben Gläser und schrieen *we are crazy, we like to party*, und Jungs fuhren am Ende der Speedlines mit ihren Nasen auf wie alarmierte Erdmännchen. Tiger erzählte mir von einem Cousin aus Prijedor im Norden Bosniens, ein langhaariger Held der Stadtjugend, weil talentierter Gitarrist. Die Finger seiner rechten Hand tanzten über die Saiten, egal ob eine Schnulze zu Omas Geburtstag angebracht war, wenn man nachmittags am gedeckten Tisch saß, oder Roma-Rhythmen für die späteren Stunden, wenn Oma längst schlief. Vier Jahre lang, so Tiger, hatte sein Cousin täglich geübt, bis das Plektrum jede Gitarrensaite einzeln traf. Das war seine Meisterschaft; ein Plektrum zwischen seinen Fingern schlug auf den Millimeter genau an, Millimeter, die über den Sound entschieden und die Saiten unterschiedlich schwingen ließen. Bei Besuchen horchte Tiger aufmerksam, wenn sein Cousin davon sprach, mit Musik einen sphärischen Raum zu erschaffen, der jeden Menschen beruhigt, der sich seinem Funk oder Blues ausliefert. Menschen wirken als Resonanzkörper, ihre Knochen, Haut, Haare, die Wimpern, die Nägel, die Lippen, jede Zelle absorbiert Schwingungen und reagiert darauf, glaubte er. Im Frühjahr 1992 führte man den Cousin ab, ein Verhör, nicht mehr, in zwei Stunden bringen wir ihn zurück, behaupteten die Uniformierten. Er kam nicht an diesem Abend nach Haus und auch nicht in den folgenden Tagen, und als sich die Flucht der Familie ins Ausland nicht mehr abwenden ließ, nahm seine Mutter die Gitarre mit, weil sie überzeugt war, dass ihr Sohn aufgrund eines bürokratischen Fehlers im Gefängnis saß und bald, nachdem sich das Missverständnis aufgeklärt hatte, zu ihnen stoßen würde.

Die Gitarre verstaubt jetzt sicher auf einem Dachboden in Schweden, sagte Tiger.

Einer drückte mich an sich, *you are from Austria*, lallte er und tippte mir mit einem Zeigefinger an die Brust, *I like you Nazis*, und ich wandte das wenige Bosnisch an, das ich aufgeschnappt hatte, sagte *jebem ti* und stieß ihn weg, abfällig und arrogant; dass man diesem Nazi-Scheiß nie auskommt, geht mir nicht ein. Er, ganz perplex, fing an zu lachen, heiser, mit rotem Kopf.

In Wien, unterwegs zu Sara, kam ich am Praterstern mal an einer Litfaßsäule vorbei, eine Installation zur Erinnerung an die ab 1938 verfolgten Juden. Darauf Fotografien von johlenden Massen, die zwei auf der Straße kniende Menschen umringen. Der hinzukopierte Zeitungsartikel berichtete von einem alten jüdischen Paar, das genau dort, zu Füßen des Tegetthoff-Denkmals, gezwungen worden war, politische Schriften vom Asphalt zu scheuern.

Eine ältere Frau sah sich die Fotografien an und wollte wissen, ob ich aus Wien sei. Eben, sagte sie auf Englisch, wäre sie an einem verschlossenen Tor zu einem Park gestanden, hätte durch Eisenstäbe auf gestutzte Bäume geblickt, auf eine Wiese, und entfernt zwei dunkle, massive Bauten, die ihr der Travelguide als Flaktürme ausgewiesen habe. Sie war eine Weile geblieben und habe geschaut, ohne zu wissen, was es bringt, Bauwerke zu mustern, die auf sie ähnlich vage bedrohlich wirkten wie der entfernt rauchende Schlot.

Die Müllverbrennungsanlage vermutlich, warf ich ein.

Später war sie hier am Praterstern gelandet, wo ihr die Litfaßsäule mit den schwarzweißen Fotografien ins Auge gefallen war. Konnte es Zufall sein, fragte sie, während des Spaziergangs ausgerechnet darauf zu stoßen? Ihr Vater, der Jüngste einer jüdischen Familie aus dem Zweiten Wiener Gemeindebezirk, entkam 1938 im Alter von elf Jahren dank eines Kindertransportes nach London. Er sprach nie viel von Wien, sie selbst sei zum ersten Mal in der Stadt, sagte sie, und gehe die in den Asphalt eingelassenen Gedenksteine ab, in der vagen Hoffnung, unter den in dunklem Gold verewigten Namen der jüdischen Vertriebenen und Ermordeten jene ihrer Tanten und Onkel zu entdecken, jenes Haus, aus dem die Familienangehörigen deportiert worden waren, und dadurch einer Geschichte habhaft zu werden, die ihr Vater miterlebt, elfjährig aber kaum verstanden hatte.

Sie folgte meinem Fingerzeig auf die ungefähre Lage des ehemaligen Nordbahnhofs, von wo die Züge in die Vernichtungslager abgefahren waren. Sie selbst war wie in der Luft hängend zwischen die Zeiten geraten, ein schwarzweißes Foto geworden, worauf eine nach der Mode des 21. Jahrhunderts gekleidete Frau zu sehen ist, die durch das Wien des Jahres 1938 streift, und in ihren Augen spiegeln sich die Ruinen zweier Flaktürme.

In Tigers Clikk gab's Serben, Kroaten und Bosniaken, die uns wie eine Sehenswürdigkeit vorgeführt wurden, aber ich konnte mir nicht merken, wer wohin gehörte, zu viele Hände geschüttelt, zu viele Gesichter gesehen, Username Rat, Username Fox, und dauernd Small Talk, wie gefährlich dieses Stadtviertel mit Namen Stupine sei und wie gastfreundlich die Bosnier im Allgemeinen, man studiere Germanistik und hoffe auf einen Platz an einer österreichischen Uni oder noch besser einer deutschen, und ich hörte von den drei Monaten Highlife, wegen des Schengen-Abkommens bei einem Verwandten im Ausland, in Hamburg, Kopenhagen oder Linz, und jetzt heißt's warten auf die nächsten drei Monate, auf die nächste Party, auf das nächste Fußballspiel.

Ein Bosnier, der seit Jahren in Graz als Automechaniker lebt und wie wir auf Kurzbesuch war, kreuzte mit Paletten Beck's auf; so, wie er sich gab, musste Graz eine Metropole sein, er genoss den Urlaub und den heimlichen Neid auf seine Original-Jeans und seine Lederjacke.

Fuck, sagte Tiger mit Blick auf ihn, wozu weg, weg wohin, die Fresse im Spiegel ist immer die deine, egal, wo du bist, *fuck*, sagte er und pfefferte die volle Flasche Beck's übers Dach hinaus. Er berichtete von Straßenschlachten zwischen Polizei und Hools, wie gefürchtet der FK-Sloboda-Fanblock selbst in Sarajevo sei. So hat's auch bei mir angefangen. Flutlichter. Verzerrte Gesichter. Und ich auf dem Asphalt, im Getümmel einer Schlägerei von Fußballfans.

Ich war mal kurz bei den Ultras von Rapid Wien, hat mir echt gefallen, kurz vor Anpfiff war ich drin im Ausnahmezustand. Grünweißes Flirren der Fahnen im Nebel, die Grenze zwischen Ich und Wir verwischt, wenn der Rausch einkickt wie ein Elfer ins Kreuzeck. Fast taub vom Klatschen, Trommeln, Johlen, vom Vorsänger dirigiert Banner ausgerollt, von den restlichen Tribünen Echos gefordert, 90 Minuten oder länger stand und sang ich. Die Schlägerei nach dem Testspiel Rapid versus Nürnberg war die Bewährungsprobe für Neue wie mich. Das Ganze erinnerte mich an *Braveheart*, wenn sich die Schotten und Engländer gegenüberstehen. Ich in der ersten Reihe, eine Anspannung, als würd sich ein riesiger Taser über die Straße senken. Das Spielergebnis? Nebensächlich.

Die Bedingungen waren seit Wochen fixiert: keine Waffen, nur Fäuste, Knie, Ellbogen, Füße, Kopf. 50 je Verein, egal, welcher Fanclub, egal, ob links oder rechts. Das war alles. Wen wundert's, dass in Ägypten oder in der Ukraine Fußballfans Teil der Revolutionen waren? In einem Stadion triffst du Anarchos und Neonazis und Rastas, alle haben was gegen Staat und Polizei, das ist der gemeinsame Nenner.

Mein Klassenkamerad Vinz hatte mir von den Ultras auf der Westtribüne erzählt und vorgeschlagen, dass ich Rapids größtem Fanclub beitrete. In den Pausen laberte er von Partys und Fußballspielen, und es hörte sich richtig gut an, so als könne einen die La-Ola-Welle durchs ganze Leben tragen. Als Neuer wurde ich Tom zugeteilt, der mich mit auf nächtliche Touren nahm. An Mauern sprayten wir den Schriftzug UR'88; Reviermarkierung, nannte es Tom, wir sind die Hunde der Ultras. Diese Aktionen gingen mir nicht aus dem Kopf: der Lackgeruch, das Spähen und Warten, nervös und konzentriert. Ausgerechnet in Favoriten, dem Bezirk der Austria, hatte ich erstmals eine Spraydose in der Hand und taggte die Abkürzung für Ultras Rapid und deren Gründungsjahr. 88, verstehst?, fragte Tom und lachte. Damals hatte ich keine Ahnung, was da noch hintersteckt.

Zwanzig Meter von den Nürnbergern entfernt machte ich einen Schritt nach vorn, ich wollte weg, raus aus den Reihen und rein in die U und heim. Aber wie konnte ich abhauen, ohne dass es feig aussah? Ich tappte vor und zurück und die Nürnberg-Fans deuteten mein Rumhampeln als Zeichen zum Angriff, ein Schrei setzte alle in Bewegung. Ich erinnere mich an den stechenden Geruch von Pfefferspray, der Wind kam aus der falschen Richtung. Ich lag bald am Boden, irgendjemand hatte mir einen Schlag in den Magen verpasst, und spätestens da war mir klar: Ein neues Hobby muss her. Dann wurde ich am Kragen gepackt und zu einem Polizeiwagen gezerrt. Weil ich nicht volljährig war, konnte ich den Posten mit einer Verwarnung verlassen, aber ja, besonders das Zugehen aufs Stadion hab ich geliebt, wenn man schon von weitem die Schlachtgesänge und das Klatschen hörte, und dann rauf die Stufen und rein in die Arena. Die Schlägerei war nichts für mich, der Hunger nach Nervenkitzel aber geweckt. Nichts besser, als wenn das Adrenalin einknallt.

Obwohl, zugegeben, als Sara und ich in Tuzla schließlich zur Demonstration kamen, hatte ich Angst. Den Leuten auf dem Platz ging es um was Wichtiges und ich wunderte mich: Was ist das für ein Land, wo mit so viel Einsatz protestiert wird? In Wien gäb's bei der Gelegenheit ein Espressomobil und aus Rucksäcken würde gekühltes Dosenbier für 2 Euro verkauft, oder, weil Februar, Glühwein aus Thermoskannen. Hier aber war es nicht das altbekannte Szenario, wenn Abertausende ihrem guten Gewissen zuliebe gegen den Irakkrieg oder die FPÖ demonstrieren und von vornherein klar ist, dass nichts passieren wird.

Ich verstand die Leute nicht, Sara dagegen stammelte die bosnischen Parolen mit, und so dumm es sich anhört, aber ich fühlte mich allein gelassen. Unzählige Menschen und ich der eine Exot darunter, der nichts kapierte. Was wusste ich damals schon von Sara und ihrer Familie?

Wenn sie sagte, ihre Mutter sei eine gebürtige Bosnierin, eine Bosniakin, um die offizielle Bezeichnung für eine bosnische Muslimin zu gebrauchen, da klang das für mich x-beliebig, hätte sie auch Jamaikanerin oder Finnin sagen können. Ich hatte ihre Eltern ein, zwei Mal in der Wohnung beim Praterstern getroffen, sie stellte sich als Anisa, er als Richard vor. Er hat einen höheren Posten in der Marketingabteilung der OMV, und wie er mich übern Brillenrand ins Auge fasste, dachte ich mir, genau so stelle ich mir einen Bürohengst vor, in weißem Hemd und mit ordentlich zurückgekämmten, angegrauten Haaren. Anisa blieb skeptisch, wen ihre Tochter da anschleppte, aber bald taute sie auf, lud mich ein, zum Essen zu bleiben, und seit sie weiß, dass ich mich für ihr Heimatland interessiere, macht sie sich den Spaß, mir bosnische Floskeln beizubringen.

Als wir in Tuzla nachts eine Zigarette auf dem Balkon rauchten, sagte Sara, dass ihre Mutter nicht weit von hier aufgewachsen sei. Zwölf Jahre, sagte sie, zwölf Jahre, und verstummte, als müsse der Gedanke erst die richtige Form finden. Zwölf Jahre, begann sie wieder, war meine Mutter nicht hier, kannst du dir das vorstellen?, 1992 floh sie nach Österreich und erst 2004 kam sie zu Besuch zurück, bis dahin schaffte sie es nicht in den Bus oder ins Flugzeug. Wieso, weshalb braucht sie zwölf Jahre, um in ihr Heimatdorf zurückzukehren, in diese kleine Siedlung am Berghang?

Die Erzählungen Anisas machen einen wesentlichen Teil des Bildes aus, das Sara von Bosnien hat. Geschichten vom Jahrmarkt etwa, wo sich die klapprigen Eisenstühle des Karussells höher schraubten und weite Kreise zogen und das eigentliche Ziel der Fahrt auf dem *Ringlspil* war, den Teddybär vom Seil zu schlagen, der von einem abseits ragenden Galgen hing. Anfangs saß hinter Anisa ihr Vater, dann, mit fünfzehn oder sechzehn, ein Junge, der ihr Avancen machte, und sowohl Vater als auch Verehrer ergriffen die Rücklehne ihres Sitzes und kickten sie mit den Füßen aus der Bahn der Karussellfahrer, um mit diesem zusätzlichen Stoß weit über den Ballons und Grills, den Musikbands und Kleidungsverkäufern hinaus zu kreiseln und nach dem Teddybären zu greifen, wozu sie sich aus dem Sessel lehnte, bis sie fast waagrecht, wie fliegend, durch die Luft sauste.

Aber es gibt auch andere Geschichten. Saras Oma war vor Jahrzehnten an einem Herzleiden gestorben, der Opa im Krieg verschwunden. Er war verlorengegangen, als im April 1992 Anisas Heimatdorf von Paramilitärs überfallen und niedergebrannt wurde. Sie selbst kam davon, Anisas Vater gilt seither als verschollen. In mehr als zwanzig Jahren ist nichts von ihm aufgetaucht, kein Kleidungsstück, kein Knochen, irgendetwas, das zumindest seinen Tod bestätigt und für einen Schlussstrich gesorgt hätte. Mama wartet immer noch darauf, sagte Sara, dass jemand anruft und ihr mitteilt, dass man ihn gefunden hat.

Vor sechs Jahren oder sieben, zum Feiertag am 1. Mai, als sich die Diaspora in Bewegung setzte, aus Österreich oder Schweden anreiste und ihre Mercedes und Audi A4 die Grenzübergänge und Autobahnen verstopften, war Sara mit ihren Eltern in Anisas Heimatdorf gewesen, ein Besuch, der sie selbst nicht interessierte. Vierzehn und voll verknallt, erzählte Sara, und dem Arsch von Freund war es egal, dass sie für eine Woche weg war.

Kurz vor der Ankunft tippte Anisa gegen das Seitenfenster, dort drüben, sagte sie und zeigte auf ein Feld, stand im Frühjahr das *Ringlspil*. Richard, Saras Vater, plapperte übers Wetter und die schöne Natur oder deutete auf die Kennzeichen der in den Einfahrten geparkten Wagen. Einer aus Leoben, rief er, da ein Linzer, dort ein BMW mit Salzburger Nummerntafel. Das Dorf wirkte auf Sara so langweilig wie die Fahrt von Tuzla durch die Berge dorthin, ein paar Rohbauten auf steilen Wiesen. An einem Gartenzaun ergriff Anisa Saras Hand und drückte sie fest. Den Jungen im Kopf, der auf keine ihrer SMS antwortete, hatte sie keine Lust auf Mamas sentimentale Gesten, aber der ungewöhnlich feste Händedruck ließ keinen Zweifel, dass es Anisa um etwas Wichtiges ging, als sie sagte: Da bin ich aufgewachsen.

Es war ein kaputtes Haus wie jedes andere, keine Ahnung, wer drin wohnte, Mama hatte es schon verkauft, schade, sagte Sara, sonst hätten wir jetzt ein Wochenendhäuschen, eine *Weekendica,* aber ich hörte gar nicht wirklich hin, es störte mich, dass sie ihren ersten Freund erwähnt hatte, na ja …

Sara beschwerte sich, dass ihre Mutter einen Rückzieher macht, wenn das Gespräch über ihre Vergangenheit einen gewissen Punkt erreicht. Sie nahm Sara mal mit in die Rot-Kreuz-Zentrale unweit des Karlsplatzes, im Foyer lag ein großformatiges Buch, eine vom Roten Kreuz herausgegebene Auflistung aller Vermissten aus dem Bosnienkrieg. Ganz eng gesetzte Listen, erzählte mir Sara, abertausend Einzelleben in Zeilen und Spalten, von Ahmići auf Seite 1 bis Zvornik auf Seite 300. Zeile für Zeile die Vermissten von Srebrenica und Sarajevo, ein zusätzliches Bollwerk in der Datenmasse; andere Orte wiesen höchstens vier oder fünf Einträge auf. Anisa blätterte zu einer bestimmten Seite. Sie zeigte auf den Namen von Saras Großvater, sein Geburtsdatum, der Tag seines Verschwindens. Der nach ihm folgende Eintrag hatte annähernd denselben Inhalt. Selber Ort, derselbe Nachname, sogar das gleiche Geburtsjahr. Der Vorname die einzige, wirklich wichtige Unterscheidung: Imre. Imre Isović. Unser Nachbar, erklärte Anisa. Er war geflohen, damals, als das Dorf angegriffen wurde, aber offenbar haben ihn die Serben erwischt. Anisa brachte das Buch zurück zum Portier, und als Sara sie drängte, mehr zu erzählen, von Großvater und Imre und dem Angriff, da brach sie ab, nein, sagte sie, für heute reicht's mit den alten Geschichten.

Wir standen auf dem Balkon und rauchten, ich mit einem schlechten Gewissen, bei jeder Tschick dasselbe: Ich sollte aufhören, immerhin zieh ich mir schon genug Dosenluft in die Lunge. Das Sprayen wirft einen langen Schatten, zum schlechten Gewissens des Aerosols wegen kommt die latente Paranoia, erwischt zu werden, denn Sokos sammeln eifrig Material und hämmern irgendwann an deine WG-Tür.

Damals, bei diesem ersten Mal in Bosnien, wurde uns so viel geboten, dass mich die Kriegs- und Flucht-Schicksale nicht interessierten, nein, es war viel los, nachts gab's Partys, und bereits am zweiten Tag nahm uns Tigers Vater Vehid zu den Protesten mit.

Das Regierungsgebäude wurde belagert, es geht um Firmenbankrott und darum, dass es so nicht weiterlaufen kann, sagte Vehid, niemand hat Arbeit und falls doch, dann werden die Löhne nicht mehr ausbezahlt. Früher war Tuzla eine industrielle Hochburg, aber jetzt ist alles im Arsch. Die Fabriken gehören entweder einem Russen zum Geldwaschen, oder es stecken Slowenen dahinter, von denen Vehid rein gar nichts hielt, weil sein Konto bei einer slowenischen Bank mit Kriegsausbruch gesperrt worden und damit die Ersparnisse einfach weg waren, verschollen. Vehid schrie Parolen und erzählte uns im nächsten Atemzug, dass es nichts nützen wird, vielleicht wird die Regierung gewechselt, ja, aber wegen der Korruption wird sich nie was ändern.

Saras Hand in meiner, gestoßen, gerempelt, nichts gesehen außer den Menschen vor uns, dem blauen Himmel und dem Rauch, der vom Gebäude aufstieg, das Gelächter, die Flüche, unverständlich, geballte Fäuste, es wird gestürmt und angegriffen, um zu zeigen, dass man sich nicht alles gefallen lässt, darum ging's, ein Zeichen zu setzen und zu sagen: So nicht, nicht länger, die Grenzen lassen sich nicht aufheben, aber verwischen ja.

Durch eins der Fenster war Feuer zu sehen, aus einem höheren Stock flogen Stühle runter in den Lärm von Trillerpfeifen und Schreien, Papier schwebte durch die Luft wie Tauben. Ein Typ, den wir von der Dachparty kannten, stolperte vorbei, überm linken Auge ein Cut, aber lachend, nach Luft schnappend, entrückte Adrenalinschimmerpupillen, die Polizeisperre sei durchbrochen und das Gebäude gestürmt, rief er. Übern Platz zog der Geruch nach Tränengas, Scheiße, Spezialeinheit, ein Drängen und Zurückweichen, Stocken und Nachdrücken. Gaspatronen abgefeuert, Steine und Flaschen hagelten zur Antwort, und in der Masse weinende oder verängstigte, schreiende oder lachende Menschen, ich versuchte zu verstehen, was da geschah, was passierte, längst war Vehid weg, aber Saras Hand fest in meiner, lass mich nicht los, hörst du, schrie sie. Eingekeilt, zusammengepresst war zu spüren, dass alles auf den Höhepunkt zusteuerte, *Bosnian Spring!*, skandierte einer, und viele rissen die Arme hoch, und dann Applaus, eine Welle von Euphorie, ausgelöst von der eilig verbreiteten Nachricht, dass die Spezialeinheit übergelaufen und auf Seite der Demonstranten sei, unglaublich, das Gebäude brannte, Rauch, tiefschwarz, und Flackern, orange, und dann nur noch Jubel, als könnte dieser Moment niemals enden, aber das ist Tuzla, dachte ich mir, eine trügerische Idylle, kann man noch so viel erzählen, wie schön und multikulti es sei, Tuzla ist eine entwässerte Blaue Lagune, wie die Nike-Klamotten oder die von Adidas, alles falsch: die Kleidung, die Smartphones, die Schmauchspuren, alles *fake*, bis auf solche Momente, wenn Bierflaschen von Dächern oder auf Politiker fliegen und die Träumereien sich hochschwingen und ein jeder Flügelschlag ein Fuck, ein Fuck.

Bald hab ich die U-Bahn-Garnituren vor mir. Drei, vier Reihen. Erst Stille, dann die Spraydosen schütteln, klackdiklacker, dann Farbstrahl. Runter in die Tunnel, an die Gleise. Ich weiß nicht, weshalb, aber ich weiß, es ist richtig.

Die vielen Graffs in Tuzla waren wie Boten der Ausschreitungen. *Broken Windows Theory*. Vorm Regierungsgebäude hob Sara einen Stein auf, der ihr vor die Füße gefallen war, schleuderte ihn so fest sie konnte auf die Polizeisperren, und ich war ganz perplex, weil zwischen ihr und den restlichen Demonstranten kein Unterschied mehr bestand.

Meine Erlebnisse in Tuzla decken sich mit den Blog-Berichten der Podemos in Madrid oder den Videos der Straßenschlacht um den Gezi-Park in Istanbul. Proteste auch in Athen, Ausschreitungen in London, diese Bilder und Geschichten der Riots der letzten Jahre sind eine Konstante unserer Gegenwart, und manchmal stell ich mir vor, dass es ein besonderes Graffiti gibt, ein gespraytes

Zeichen, das die mediale Verallgemeinerung der Revolte, aller Revolten, beim Anblick in etwas Persönliches verwandelt, die Energie zum Widerstand in jedem weckt, der dieses Graff betrachtet.

Außerhalb Tuzlas stand auf den Mauern nur *Gavrilo Princip* oder *Srebrenica*. Meist war die einzige Lackfarbe, die ich sah, das Schwarz, mit dem auf zweisprachigen Ortstafeln der kyrillische Dorfname übermalt war. Warum, fragte ich Tiger, ist keine einzige Mauer besprüht? Zu gefährlich, meinte er, bevor die Leute vertrieben wurden, haben sie ihre Häuser oft vermint, weil wenn sie nicht drin leben dürfen, dann auch kein anderer.

Eigentlich wäre es ein Ziel von Graff, der Umgebung Farbe zu verpassen. Aber je länger Sara und ich in Bosnien waren, umso sinnloser kam es mir vor. Ständig dasselbe: Erwähn nicht den Krieg, der ist vorbei, bedeutungslos. Aber immer etwas in den Augen der Jungen, wie ficken die, wie träumen die, fragte Sara, mit solchen Augen, die resigniert sind und hungrig in einem. Alles gleichzeitig. Man verdient 400 Euro im Monat, aber die Geschäfte laufen. Wie bei Evidence: *Players don't die, they try their luck just on another table.* Alles Pump, alles Beziehung. Kein Geld, aber die Cafés sind zu jeder Stunde voll, das ist der bosnische Lifestyle, erklärte uns einer, der auf einem Flohmarkt Fake-Klamotten von Kappa und Lacoste vertickte. Sechs war er bei Kriegsausbruch, erzählte er, der Vater Soldat und die Mutter floh mit ihm und seinen zwei älteren Geschwistern nach Hamburg. Dort ging er zur Schule, bis seine Mutter nach ein paar Jahren genug von Deutschland hatte und zurück wollte und er als Jüngster mitmusste, damit sie nicht alleine blieb.

In der Altstadt von Tuzla kamen wir an einem Mahnmal

für 71 größtenteils jugendliche Opfer vorbei, die während des Krieges an dieser Stelle von einer serbischen Artilleriegranate getötet worden waren. Später, als wir mit Tiger eine Tour durch die Stadt machten und einen Berg rauffuhren, deutete er auf schneeweiße Grabpfeiler am gegenüberliegenden Hang. Dort drüben liegen die 71, sagte er, sie haben einen eigenen Friedhof, früher war das unser Treffpunkt, wir tranken und rauchten auf der Mauer, man ist dort ungestört, und viele der Toten waren in unserem Alter und haben auch gefeiert, als die Granate einschlug, also war's passend, aber die Polizei vertrieb uns wegen Ruhestörung.

Der Bosnienkrieg war in meinem Leben präsenter, als mir bis zu dieser Reise bewusst war. Nicht nur wegen Sara und ihrer Familie. In der Unterstufe bin ich neben einem neu eingeschulten Jugo gesessen, der im Malunterricht, wenn es hieß, man soll sein Zuhause zeichnen, anstelle der üblichen Gärten und Häuser Maschinengewehre aufs Papier brachte, und das auffällig genau. Oder beim Fußballspielen, beim Ausgehen am Wochenende, immer Jungs und Mädels, die unten ihre Wurzeln haben. Aber was das bedeutet, was sie und ihre Eltern und Geschwister nach Österreich gebracht hat, darüber hab ich nie nachgedacht. Die Jugo-Kultur ist so mit Wien verwachsen, dass sie mir gar nicht mehr auffällt; im zehnten Gemeindebezirk, sagt man, beginnt der Balkan.

Ich erinnere mich vage an den Bosnienkrieg. Nicht an etwas Bestimmtes wie beim Golfkrieg knapp zuvor, als übern Fernseher amerikanische GIs flimmerten, die einen Wüstenbunker umstellten, aus dem verwahrloste Iraker mit erhobenen Händen taumelten, fast ikonische Bilder, die die Abendnachrichten für mich kleinen Jungen in

Abenteuerfilme verwandelten. Bei Bosnien waren es vor allem die Gespräche der Erwachsenen, die mich begreifen ließen, dass nicht weit von Wien etwas Grauenvolles geschah, und ich lauschte gebannt, wenn meine Eltern rätselten, was dort los sei, warum sich Nachbarn und Bekannte nach dem Leben trachteten; Bruderkrieg, weiß ich noch, die Rede war von Bruderkrieg.

Die nächste Station unserer Reise war Banja Luka, Hauptstadt der Republika Srpska, des serbischen Teils Bosniens. Wir quartierten uns in einem Hostel ein und machten das Touri-Programm mit Kastell und Flusspromenade, Weitwinkelfotos von Alleen kahler Kastanien und einer Altstadtgasse, die aussieht, als hätte man sie aus Graz hierher verpflanzt. Wir wollten das Nachtleben kennenlernen und gingen in einen Club nah am Fluss. Vorm Eingang tummelte sich eine Schulklasse, ein paar der Jungs diskutierten mit dem Türsteher. Wir sind aus Višegrad, sagte eins der Mädchen, die Brücke über die Drina, Ivo Andrić, klingelt's? Ihre Augen glänzten, als Sara erwähnte, bald nach Sarajevo weiter zu fahren. Ich konnte dem Mädchen ansehen, dass für ein paar Sekunden ihre Phantasie angeheizt wurde, wie es wär in der großen Stadt, fort aus dem Kaff an der Drina, wo es nur die Brücke gab und sicher ähnliche Diskos wie die in Banja Luka.

Drinnen bot sich ein seltsames Bild, vielleicht sehen alle Balkanclubs so aus, keine Ahnung, die Tanzfläche war mit Stehtischen blockiert, der DJ switchte von einem Turbofolkreißer zum nächsten und die zwischen den Stehtischen feststeckenden Leute kamen dem Powerballaden-Beschuss nicht hinterher. Sicher, es wurde ein wenig geschunkelt und vor der Bar gab's Gedränge, aber die

Mädels in engen Röcken und Highheels und die Jungs in Hemden, Kurzhaarschnitt und Jeans wirkten verkrampft, wurden die allgegenwärtige Ernsthaftigkeit nicht los, die mir tagsüber schon aufgefallen war. Alle so steif hier in Bosnien, was?, fragte ich Sara, und sie kicherte und sagte: Klar, und ihr Schwabos habt alle eine Stechuhr im Arsch, so ordentlich wie ihr seid.

Einmal kamen wir am Nationalmuseum vorbei, ein Betonquader, umstellt von rostigen Granatwerfern. Drinnen alles finster, auf gut Glück klopfte ich. Hinter der Glastür erschien ein alter Mann, der gähnend aufsperrte. Er knipste das Licht im Saal an, und wir standen mitten in der Steinzeit samt Höhlenpanorama. Danach Silberschmuck, Musikinstrumente aus Holz, in Trachten gekleidete Schaufensterpuppen. Ein Großteil des Museums, über Treppen hoch in den ersten Stock, von schwarzen Tüchern verhängt und mit roten Infoplaketten bestückt, behandelte das KZ Jasenovac, wo im Zweiten Weltkrieg abertausend Serben von den kroatischen Ustasha-Faschisten umgebracht worden waren. Auf einer Landkarte war zu sehen, dass Jasenovac am kroatischen Saveufer liegt, nicht weit von Banja Luka. Mehrmals las ich, dass sich sogar die Nazis über die Brutalität der Ustasha wunderten, mit der sie Serben, Roma und Juden massakrierten. Schwarz-weiße Fotografien zeigten lachend posierende Soldaten, die einem knienden Mann mit einer langen Holzsäge den Kopf abtrennten, zeigten weinende Kinder, Berge nackter Toter am Flussufer, oder Wärter, die abgeschlagene Körperteile und Mordwerkzeuge wie Hämmer, Messer, Knüppel ins Visier reckten, um zu unterstreichen, dass den Serben nicht mal der schnelle Tod durch eine Kugel gegönnt wurde.

Sara rief mich in den nächsten Raum, zu einer Wand, die mit den Fotografien toter Babys tapeziert war. Sie lagen in winzigen Särgen, mit geblähten Bäuchen, eingefallenen Brustkörben, verklebten, geschwollenen Augenlidern. Ich wollte mich abwenden und schaffte es nicht, so verstörend war es, unzählige tote Babys vom Boden bis zur Decke aufgereiht vor mir zu haben. Auf der Infotafel stand etwas von wegen: Die Qual unserer Kinder, seht, unsere serbischen Engel, die Qual, die sie zu erleiden hatten. Die ganze Ausstellung war auf diese Fotowand ausgerichtet, alle bisherigen Darstellungen der Gräuel und Hinrichtungen fanden ihren Höhepunkt in der Fotocollage serbischer Kleinkinder, die in Jasenovac umgekommen waren. Schweigend gingen wir durch den letzten schwarzen Vorhang und eine Treppe wieder hinab zu den schwach beleuchteten Räumen, weg von der Horror-Show der Geköpften, Erschlagenen, Verhungerten, zurück ins Paläolithikum, den Widerstand gegen die Österreicher und die Osmanen. Zwischen Türkenuniformen die Büste Kaiser Franz Josefs; Gavrilo Princip, dem Attentäter Franz Ferdinands und Sophies, wurde als serbischer Held eine eigene Kammer zugedacht.

Es war nur von Serbien, aber nie von Bosnien die Rede, überall Verweise auf Belgrad, aber kaum auf Sarajevo. Die Geschichtsschreibung, die wir in den Vitrinen präsentiert bekamen, erweckte den Eindruck, es gäbe in Bosnien einzig die Republika Srpska und diese wiederum wäre untrennbar mit Serbien verbunden. Dem chronologischem Ablauf des Museums folgend, müssten die kommenden Räume die Zeit ab 1945 behandeln, bis zum Entstehen der Republik mit Kriegsende 1995. Gut so, dachte ich mir, lernst was. Stattdessen war der nächste Raum zugleich der letzte und darin nichts mit Tito oder Jugoslawien, sondern ausgestopfte Tiere, Raubvögel und Marder, Pflanzen und Bäume aus Plastik. Wir gingen die Kammer ab, vielleicht gab's eine Tür, die weiterführt, vielleicht war der schnelle Abriss der hiesigen Flora und Fauna versehentlich hierher gerutscht. Doch nein, Ende. Also wieder zurück zum Eingang mit dem freundlichen Museumswärter, der hinter uns die Tür verschloss und uns durch die Glasscheibe nachwinkte.

Beim Fluss kamen wir am Büro einer Hilfsorganisation für Kriegsversehrte vorbei. Ein älterer Mann trat heraus und schnappte was von unserem Gespräch auf. Deutsch!, rief er erfreut und stellte sich als Duško vor, lang habe er in Hamburg gearbeitet, jetzt sei er Besitzer einer Kaffeerösterei hier ums Eck. Er hatte eine Handprothese, und weil wir vom Museum und den plakatierten Babyleichen noch ganz aufgewühlt waren, fragte Sara ihn gradewegs, wem er das zu verdanken habe. Ihm zum Beispiel, sagte Duško und deutete auf einen Mann auf der gegenüberliegenden Straßenseite.

He, Branko, rief unsere neue Bekanntschaft, he, Branko, wenn ich wieder in ein Lager gesperrt werde, wirst du mich besuchen, wenigstens dann, beim nächsten Mal? Branko strich sich übers Kinn, als würde er ernsthaft nachdenken. Weißt, rief er schließlich zurück, besuchen vielleicht nicht, aber ich werd dir jeden Tag einen Brief schreiben, jeden Tag, das verspreche ich dir, rief er, und beide, Duško und Branko, winkten sich lachend zu.

Ehe der Nachmittagsbus nach Sarajevo startete, spazierten wir über einen Soldatenfriedhof. Die meisten Begrabenen waren Mitte zwanzig, ein paar wenige schon sechzig oder älter. Wir versuchten die kyrillischen Schriften zu entziffern, zwei, drei der Toten waren russische Freiwillige. Am Rand mancher Gräber standen befüllte Schnapsgläser, auf der Vorderseite der schwarzen Marmorquader gewöhnliche Emaille-Porträts, Gesichter, wie man sie überall auf der Straße sieht. Auf der Rückseite der Grabsteine aber war ein jeder Toter zusätzlich auf Emaille-Bildern in Kriegspose abgebildet, von Kopf bis Fuß in Uniform, mit Pelzhut und Rauschebart wie der allererste Tschetnik. Sie saßen auf Panzern, hielten Granatwerfer oder Kalashnikovs, stemmten die Hände in die Hüften, selbstbewusst und herausfordernd. Nur einer sah ganz anders aus. Nicht mal neunzehn Jahre alt geworden, lehnte dieser Soldat in Shorts und ärmellosem T-Shirt an einem Zaun, die Schultern angezogen, seine Füße zeigten mit den Spitzen zueinander. Er lächelte schüchtern und wollte mit seiner verlegenen Haltung nicht zu den übrigen Darstellungen passen. Keine Ahnung, wer entscheidet, wie die Verstorbenen zu posieren haben, wer sie in Rambo-Manier oder als scheuen Jungen in Erinnerung behalten will. Jetzt im Nachhinein kommt es mir vor, als wären alle Überlebenden, alle Duškos und Brankos, wandelnde, atmende Grabsteine, auf den ersten Blick alltäglich, von einer Prothese oder Narben abgesehen, doch die Vergangenheit als Soldat oder Lagerinsasse sitzt ihnen im Nacken, lauert im Hintergrund.

Von Banja Luka fuhren wir durch die Vrbas-Schlucht, die erst eng heranrückt und sich dann in ein weitläufiges, von Wiesen und Wäldern durchsetztes Bergland öffnet, vorbei an Jajce, der auf einem Hügel errichteten Stadt mit dunklen Dächern, die von der Schnellstraße aus wie riesige futuristische Flügel wirkten. Wir querten Travnik, wo ein muslimischer Friedhof am Steilhang pickt und eine

Welle weißer Pfeiler auf den Bus und die Häuser auf der anderen Straßenseite zu stürmen scheint, und ich starrte aus dem Fenster und war begeistert von all diesen Orten.

In Sarajevo das nächste Hostel, im Vergleich zu Banja Luka rappelvoll mit jungen Amis, an deren Handgelenken die Eintrittsbändchen sämtlicher globaler Musikfestivals vermoderten und die so Zeug faselten wie: *You know, I am travelling the Balkans*, und wenn man nachfragte, wo sie gewesen waren, nannten sie Dubrovnik und Split und als nächsten Stopp Athen, obwohl, vielleicht machen sie auch einen Abstecher zum Ohrid-See in Montenegro, *Lonely Planet* weist die Destination nämlich als Geheimtipp aus.

In Sarajevo waren Sara und ich mit Edo unterwegs, Teil der Partysani-Crew, die ich vor Beginn der Reise online kontaktiert hatte. Wir trafen uns an der Brücke, an der Gavrilo das österreichische Thronfolgerpaar erschossen hat; zeugt von Edos Geschichtsbewusstsein. Ihn begleitete ein Typ namens Atif, vierundzwanzig, sah aber um einiges älter aus, hatte ein richtig übles Gebiss und stand für ein paar Tschick Schmiere. Lebt auf der Straße, der Vater im Krieg gefallen und die Mutter viel Sliwo, viel Männer, stellte Edo ihn vor. Meine Hobbys sind Streetlife und Ficken, ergänzte Atif. Er hatte sich in einer Ruine oben am Berg einquartiert und nachts schlich er gern zum nahen Parkplatz, wohin Pärchen flüchten, wenn sie noch bei den Eltern wohnen und keinen ruhigen Ort zum Vögeln haben, hinterm Strauch hockte Atif und versuchte, durch beschlagene Autofenster etwas von der Action zu erkennen.

Wir klapperten den Bahnhof ab, eine Halle mit zwei, drei Cafés. Da gehst rein und sagst der Chefin, du willst Liebe, erklärte Atif, und sie wird ihre Mädchen anrufen, die sich drum kümmern. Abgesehen vom versteckten Puff sah es nicht aus, als würd hier viel passieren, die Bahnsteige verlassen und durchs Gestrüpp ein Pfad zu Lagerhäusern, dort die Spraydosen rausgeholt und gemalt, wegen der kalten Finger so schnell wie möglich. Später fragte Atif, ob ich auf Facebook mit ihm befreundet sein möchte. Klar, sagte ich zu. Wir gingen in den nächsten Handy-Shop, der Verkäufer ließ uns an den PC, und schon war's erledigt. Die Fotos seines Profils zeigen Atif beim Fußball, Atif mit Kollegas in einem Park, Atif beim Shisha-Rauchen, nichts würd verraten, dass er obdachlos durch Sarajevo geistert.

Edo und Atif redeten wie Tiger oder das Mädchen vorm Club oft von Europa, der EU, dem Sternenkranz auf blauem Grund, als Geldgeber an Baustellen auf rostigen Schildern abgebildet. In ihrer eigenen Heimat können sie sich manchmal nicht frei bewegen, ein Muslim wird an einem orthodoxen Feiertag kein serbisches Viertel queren, ein Serbe kein muslimisches an einem islamischen, und für die Kroaten trifft das Gleiche zu.

Ich kenn keinen Bosniaken, der freiwillig nach Višegrad fahren und dort einen Fuß auf die alte Brücke setzen würd, sagte Edo, als ich ihm vom Mädchen erzählte, das wir in Banja Luka vor der Disko kennengelernt hatten. Von wegen Ivo Andrić, regte er sich auf, als '92 der Krieg begann, haben die, die heut in Višegrad Tankstellenwart oder Filialleiter sind, auf der Brücke den Muslimen die Kehle durchgeschnitten und sie in die Drina geworfen, bis sich der Fluss vom Blut dunkel färbte.

Ich wollte wissen, ob der Krieg für ihn persönlich eine Rolle spielt. Nicht wirklich, erwiderte Edo. Obwohl, einmal hat er sich von einem Freund das Buch *Seven Terrors* ausgeliehen, einen Roman über die Nachkriegszeit und böse Djinns, den ihm der Freund schwärmerisch empfahl, und die ersten paar Seiten genügten, um ihn krank zu machen. Edo selbst war während des Krieges zu klein gewesen, um vom Geschehen viel zu kapieren, geblieben sind Fragmente, Einzelheiten wie Bewaffnete, die vorm Wohnhaus Stellung bezogen, oder der Keller, in dem er sich mit seinen Eltern versteckte, vor irgendetwas, irgendwem, und genau diese vagen Erinnerungen wurden lebendig, fielen mit einem starken, dunklen Gefühl über ihn her, als er in einem Roman zu lesen begann, der von dieser Zeit inspiriert war. Er erzählte, nicht mehr als das erste Kapitel geschafft zu haben, schon bekam er Kopfschmerzen und leichtes Fieber, seltsam, nicht?, das Buch rief etwas in Edo wach, das ihn zittrig machte, weshalb er seither jeden Roman und jeden Film meidet, der von den bosnischen 90ern handelt.

Eigentlich ist es mit Bosnien nicht anders als mit Graffiti, beide funktionieren nach strengen Regeln, die für Außenstehende schwer zu durchblicken sind. Heillos kompliziert sind die Verbindungen und Feindschaften, die ein verworrenes Netzwerk über ein Land spannen, in dem bereits dein Name verraten kann, ob du Kroate, Serbe oder Bosniake bist, und du dich dementsprechend verhältst.

Anisa, dass weiß ich von Sara, hat im Krieg neben ihrem Vater auch ihren damaligen Freund verloren, der Kontakt zerriss und kam nicht wieder zustande. Dieser Freund, vertraute Anisa Sara an, stammte aus einer serbischen Familie. Vor dem Krieg wäre sein familiärer Hintergrund kaum eine Erwähnung wert gewesen, seither aber ist es ein Detail in Anisas Vergangenheit, das sie zumindest ihren Verwandten in Bosnien verschweigt.

Wie sehr ich mich über so was wunder, darüber sprach ich heut Abend, noch bevor ich in den Schacht hinunterstieg, mit Vinz, meinem ehemaligen Schulkameraden, der mich zu den Ultras brachte. Hab mich echt gefreut, als er sich vor einigen Tagen bei mir meldete. Unverhofft poppte die Nachricht auf: Ich bin in Wien, hast Zeit auf ein Bier? Wir saßen vorhin am Westbahnhof, als wäre es nicht schon zwei, drei Jahre her, seit wir uns das letzte Mal gesehen haben. Er macht ein Praktikum in Albanien, an jeder Ecke gibt's Admiral-Wettcafés oder Reisebüros mit Städtenamen vorn drauf, Paris Brindisi Salzburg Milano Graz London Berlin, ein dauerndes Versprechen von Freiheit, das ist Albanien, sagte er. In Tirana hat er sich lange Zeit allein und aufgeschmissen gefühlt, egal, ob im Büro der Bank-Zentrale oder in den Cafés und Restaurants. Er war unzufrieden, wegen des Jobs, der ungewohnt drückenden Hitze, bis ihn jemand um Feuer bat und er in das Gesicht eines jungen Mannes blickte: Bashkim. Seltsamerweise, sagte er, habe er kein schlechtes Gewissen. Bei Zärtlichkeiten, Arm in Arm einschlafen, da tat er sich schwer und dachte an seinen Freund Holger zu Haus in Wien, aber ansonsten, alles was Sex betraf, unbeschwert wie eine erste Liebe.

Vinz erzählte von Durrësi, einer Stadt wie oft in Albanien: tagsüber eine Tristesse aus Rohbauten, abends dagegen überfüllte Straßen und Lokale, flanierend zwischen Hüpfburgen, Schiffsschaukeln, Boxapparaten. Auf Steinen schlug man gefangene Tintenfische tot, alle Köter räudig und verlaust, bis auf die Kampfhunde, an der kurzen Leine durch die Abendparade geführt, und immer das Meer, eine stille, bedrohliche Idylle. Er hatte Bashkim zu dessen zwanzigstem Geburtstag ein Ticket für die Fähre von Durëssi nach Bari besorgt und begleitete ihn widerwillig zum Hafen, weil er selbst am nächsten Tag in der Zentrale in Tirana sein musste. Von Deck schickte Bashkim ihm SMS wie klitzekleine Popsongs, die er noch gespeichert hatte und mir zeigte, *thinking of you makes me smile with little happy smile* oder *it also feels like my body remembered every touch of yours*, und als die Fähre ablegte, warf der junge Albaner in einem Anflug von Übermut ein Taschentuch in die Luft, das Vinz in der Dunkelheit schnell aus den Augen verlor.

Nicht aus Liebeskummer, sondern weil die Affäre ein Weckruf war, sagt er, nicht aus Liebeskummer, nein, wanderte er danach planlos umher, sondern weil ihm bewusst geworden war: So geht es auch, so kann es sein.

Ich glaub, dass er Liebeskummer hatte, ja klar, und nicht wirklich einen Gedanken fassen konnte, aber trotzdem verstand, dass sein Leben ein Warten auf Flucht war und dass diese kommen würde, früher oder später.

Vinz bat, mich begleiten zu dürfen, er würde Schmiere stehen, der alten Zeiten wegen. Wir folgten der parallel zu den Gleisen verlaufenden Straße zur Fußgängerbrücke, die nahe eines Bordells zwischen Maschendrahtzaun und Kastanienbäumen über das Bahngelände führt.

Für Züge gibt's die meiste Anerkennung, für die Garnituren auf Bahnhöfen oder im U-System. Bemalt kommt selten eine in den Umlauf, sie werden zur Reinigung aus dem Verkehr gezogen. Umso wichtiger ist das Foto, als Beweis, dass man es echt und ehrlich gemacht hat. Früher zeigte man die Fotos nur Leuten, denen man vertraute, und versteckte sie sonst aus Angst vor Razzien, heute lädt man sie auf Flickr oder Instagram. Ein Bild sagt mehr als tausend Worte? Mein Wort ist auf jeden Fall tausend Bilder wert.

Vinz und ich sahen runter auf die Gleise. Die in orange oder grellgelbe Sicherheitswesten gekleideten Männer des Putztrupps arbeiteten sich von Zug zu Zug, Besen geschultert, Eimer in den Händen. Am Himmel Blinkzeichen der Flugzeuge, hypnotisch wie Fährenlichter vor der Küste Albaniens, sagte Vinz. Im Inneren einfahrender Waggons richteten sich die Leute auf, für die Ankunft bereit, ihre Aufgeregtheit war noch hier oben zu spüren. Mit Anbruch der Nacht beginnt eine Zeit, in der vieles möglich scheint, als hätte Neo die rote und die blaue Pille zugleich geschluckt, die Perspektiven ändern sich, Sträucher, Mauern und Züge werden aus dem festen Griff des Tages gelöst. Die Laternen der Gleisanlage seitlich nach oben gestreckte Röhren, wie geöffnete Arme, die zu deuten schienen: Kommt. Endlich, sagten die Lichter, auf einem Railjet reflektiert. Unweit eine Garnitur der Trenitalia, die Waggons in Weiß-Blau-Grün, und auf einem das Graff eines Mailänder Sprayers, ein Wink aus dem Süden, dem es zu antworten galt.

Ein Regionalzug näherte sich, die Buchstaben ein chromfarbenes Pulsen: *Night of the Living Dead*. Sicherlich von Sprayern, die in Job und Familie festsitzen und nur ausnahmsweise einen Zug gemalt hatten. Ich stelle mir vor, mit dreißig und falls sie mich doch kriegt, die Polizeieinheit aus Zukunft und Verantwortung, gelegentlich an Dosen zu riechen und an Bahnsteigen die Augen zu schließen, wenn zehn Zentimeter entfernt der Zug durchbrettert. Zehn Zentimeter, die Selbstmord vom Alltag trennen. Vor der Nasenspitze der Zug als Verkörperung der Kraft, die in den Erinnerungen steckt, an Farben und Tunnel und haarscharf überlebte Aktionen. Im schlechtesten Fall wird's mit dreißig so ablaufen.

Vinz klopfte eine Zigarette aus dem Päckchen, dazu Verkehrsrauschen, Zugrattern, und seine Geschichte, wie er nach der Abreise Bashkims in Durrësi ein verlassenes Schwimmbad entdeckt hatte. Ein baufälliger Zehn-Meter-Turm, die Tribünen von Gras überwachsen, das Becken ausgetrocknet, abgesehen von einem Tümpel aus Müll und Algen und unzähligen schwarzen Krabben. Ein alter Mann saß am Beckenrand und winkte ihm. Er stellte sich als Schwimmlehrer vor, und im Verlauf des Gesprächs, das sich erst um Vinz' Wiener Herkunft drehte und dann um das Regime, das bis Anfang der 90er in Albanien geherrscht hatte, behauptete der Alte, sich nie sonderlich viele Gedanken über den Diktator Enver Hoxha gemacht zu haben, zumindest bis zu jenem Nachmittag damals im Studentenheim, als er in sein Zimmer kam und auf dem Bettpolster Stefan Zweigs *Sternstunden der Menschheit* lag. Das von einem Studienkollegen abgetippte, in einer Mappe bewahrte Manuskript verbarg er für gewöhnlich unter der Matratze, da es auf dem Index der verbotenen Literatur stand. Er begriff, dass der Spitzel, der sein Zimmer in seiner Abwesenheit durchsucht hatte, ein Freund sein musste, dessen Gewissen verhinderte, ihn zu verpfeifen. Dem Hoxha-Regime verpflichtet, hatte der Spitzel die Mappe aber sichtbar platziert, als eine Art Roulette: Entweder würde es der zukünftige Schwimmlehrer selbst finden oder ein anderer Denunziant.

In den folgenden Tagen, während er vor seinen Studienkollegen den Schein von Sorglosigkeit zu wahren versuchte, dachte er an die Gerüchte von Straflagern, und ihm wurde bewusst, welche Macht der Staat über ihn hatte, wie sehr er einem Hund ähnelte, der hechelnd auf zwei Beinen tänzelte, eine lächerliche, unterwürfige Zirkusnummer. Als nach zwei Wochen immer noch keine Geheimpolizei aufgetaucht war, beruhigte er sich und schluckte die Erkenntnis runter, ein kleines Hündchen zu sein, tanzend, tanzend.

Mit 45, so der Schwimmlehrer, verließ ihn nach mehr als zwei Jahrzehnten Ehe und vier gemeinsamen Kindern seine Frau, wegen eines älteren Mannes aus der Nachbarschaft. Von einem Tag auf den anderen hauten die beiden ab, und niemand wusste, wohin. Brachte die sitzengelassene Ehefrau seines Widersachers ihren Sohn zum Schwimmtraining, spielte er mit dem Gedanken, ein Verhältnis mit ihr zu beginnen, doch musste er sich eingestehen, in ihrem Blick vor allem eines gespiegelt zu sehen, nämlich sein eigenes, miserables Innenleben.

Als er nach etlichen Monaten den Haushalt mit den vier Kindern gut im Griff hatte, kehrte seine Ehefrau zurück und verlangte die Scheidung. Ihr Liebhaber, mit dem sie in ein Haus im Süden Durrësis zog, verstarb nach acht weiteren Jahren. Während des Begräbnisses seines Nebenbuhlers war er am Zehn-Meter-Turm gestanden und hatte sich ausgemalt, in ferner Zukunft, wenn über die ganze Sache Gras gewachsen wäre, mit seiner Exfrau im Garten zu sitzen, bei Kaffee und Pistazien, als wäre seine größte Niederlage nie passiert, weil im Alter das Junggesellendasein keine Option ist, sagte der Schwimmlehrer. Allerdings, bedauerte er, wird am Balkan selten etwas vergessen, was in Bezug auf seine Familie jedoch ein Vorteil sei. Sein Großvater war ein muslimischer Gelehrter, dessen Exekution durch die Nazis 1944 sich als Glücksfall entpuppte. Wäre er von den Kommunisten erschossen worden, die kurz darauf die Macht übernahmen und Geistliche mit demselben Eifer umbrachten wie die Nazis, hätte die gesamte Familie als Verräter gegolten, so aber zehrten sowohl sein Vater als auch er selbst vom Umstand, dass Opa als Held im Kampf gegen die Besatzer gefallen war, wer weiß, vielleicht hielt gerade das den Spitzel damals im Studentenheim von der Berichterstattung ab.

Man vergisst weder deine davongelaufene Frau noch den Mörder deines Großvaters, aber oben am Zehn-Meter-Brett hatte sich der Schwimmlehrer entschlossen, es anders zu machen, seiner Frau zu verzeihen und alles daranzusetzen, sie wiederzugewinnen, und im Dreifach-Salto war er in die Tiefe gestürzt, Zirkushündchen hin oder her. Der Schwimmlehrer spuckte auf die Krabben, es gibt Schlimmeres, sagte er zu Vinz, viel Schlimmeres als einen Seitensprung.

Der Putztrupp verschwand in einem Gebäude abseits. Es war 21:30. Bei pünktlichen Ein- und Abfahrten blieben nicht ganz acht Minuten. Also schnell zurück zur Straße, am Bordell vorbei zur Lücke im Maschendrahtzaun, die mir beim Auskundschaften aufgefallen war, von einem anderen Sprayer oder jemandem aufgezwickt, der einen Platz zum Schlafen suchte. Wir zwängten uns durch, schlitterten den Grashang hinab. Links die Verladestationen, rechts eine Lagerhalle. Geradeaus ein Parkplatz, dahinter das Schienenfeld. Die erste Dose geschüttelt, übern Asphalt gelaufen, durch die Seitenfenster der geparkten Autos gespäht und kontrolliert, ob sie auch bestimmt verlassen sind, nicht dass es zu einer unliebsamen Überraschung kommt. Etwa in der Mitte des Geländes stand eine Regionalbahn. Ich mach es, ich zieh es durch, wiederholte ich mir und lief los und zog den ersten Strich, die glänzende Bestätigung, dass es kein Zurück mehr gab. An ein, zwei Stellen verrann der Lack, aber egal, meinen Namen in Chrom an der Lok. Die benützte Spraydose warf ich Vinz zu, er schrieb *ACAB* über ein Waggonfenster und hörte nicht auf zu kichern.

Noch zwei Minuten fünfundzwanzig, eilig zweigte ich ab zu einem nahen Schuppen. Darauf das Graff einer Crew, die zu den Rapid-Hooligans gehört, hastig malte ich drüber. Als hätte das grünweiße Auge in seinem rechten Winkel einen blinden Fleck, hatte Vinz gesagt, als wir über die gemeinsame Schulzeit sprachen, man zwinkert und wird ihn doch nicht los. Die schwarzgekleideten Hools, die während der Spiele einen unbeweglichen Block am Rand der Westtribüne bildeten, wurden respektiert. Die bleiben in jeder Konfrontation stehen, hieß es.

Ich wurde einmal zu einer Party dieser alten Herren mitgenommen, eine Ehrerweisung, die wir ihnen schuldig sind, sagte man mir. Mich erwartete Gelaber von Keltenkreuz und *Blood & Honour,* ein Wirrwarr altdeutscher Mythen und Neonazi-Ideologie, ich hörte ihren Anekdoten zu, etwa wie Austrianer- und Rapid-Hools zu Eisern Wien vereint gegen Fans der deutschen Nationalmannschaft angetreten waren, die unterwegs zu einem Spiel in Ungarn für eine Keilerei auf der Donauinsel haltgemacht hatten. Ich verließ das mit Bierbänken im Hinterzimmer einer Autowerkstatt improvisierte Vereinslokal auch nicht, als Landser-Lieder angestimmt wurden, weil ich zu feig gewesen wäre, mich vor den Glatzen fürs Abhauen zu rechtfertigen.

Am Westbahnhof crosste ich die Hools-Crew, als Vinz hinter mir vorbeilief. Was war los? Über Gleis und Waggons zuckten Lichter von Taschenlampen. *Shit*, Securities. Ich rannte um die Regionalbahn zu einem ICE. Aufgeregte

Hundelaute, links rechts die schimmernden, abgerundeten Metallwände, ich querte Schienen, robbte unter einem Zug durch. Endlich erreichte ich das Gitter zwischen Bahngelände und Treppe zur Brücke, die Spraydose warf ich in hohem Bogen drüber, aus Gewohnheit während der Flucht in der Hand behalten, denn jedes zurückgelassene Utensil kann ein Beweismittel sein. Aufs Scheppern reagierte der Köter mit überschlagendem Gebell, das näher klang, als mir lieb war. Ich krallte mich an den Maschendraht, zog mich hoch, auf den Gleisen die Umrisse von Hund und Wachmann. Über die Avedikstraße rannte ich zur Äußeren Mariahilfer, weiter in eine Seitengasse. Plastikhandschuhe weg, von Vinz keine Spur, und *fuck*: glatt vergessen, das zweite Graff zu fotografieren. Ein bemalter Ort, von dem es kein Foto gibt, ist wie Heath Ledger: Er spielt keine Rolle mehr.

Ob es eine gute Idee war, die Hools zu crossen? Am Bahngelände hab ich mir keine Gedanken drüber gemacht. Wenn die nur ein bisschen was auf sich halten, nehmen sie die Herausforderung an und werden jedes Piece von mir zerstören. Es ist schwer, gegen eine ganze Crew anzutreten. Ich mag's, allein loszuziehen. Klar, eine Crew ist ein Bollwerk, das dich beschützt, eine kleine Armee, die dich bestärkt, dir Mut gibt. Allein zu malen aber hat eine besondere Qualität. Ich warte bis nach Mitternacht, folge Wegen, Schleichpfaden, Abkürzungen, die ich in den Tagen zuvor ausgekundschaftet habe.

Einmal sprayte ich in der *Hall of Fame* am Donaukanal, nachmittags ganz entspannt legal, mit Dosenbier und Musik im Kopfhörer. Am ersten Tag machte ich die Grundierung und übertrug den Entwurf vom Skizzenblatt. Das Fill-in und den 3-D-Effekt wollte ich am zweiten Tag in

Angriff nehmen, doch als ich wieder hinkam, stand da ein Typ und übermalte mich. Seinen Namen kannte ich von den Lärmschutzwänden entlang der S-Bahn, nichts Besonderes, und jetzt sprayte er dieselben simplen Blockbuchstaben über mein begonnenes Piece. Ich setzte mich auf eine nahe Bank, bis ich mich halbwegs beruhigt hatte und meine Hände nicht mehr zitterten. Ich stellte ihn zur Rede, wir stritten, er hob die Dose und drohte, mir Lack ins Gesicht zu verpassen. Vor lauter Wut, dass er mich crosste, weil er schon länger im Game war und glaubte, sich das leisten zu dürfen, brachte ich kein Wort mehr raus. Die nächste Nacht ging ich mit einem Rucksack voller Dosen und einem Eimer Weißelfarbe auf Tour. Ich fuhr wieder zum Kanal und zerstörte sein Piece, das über meinem unvollendeten prangte. Ich klapperte die Gleise ab und übermalte sämtliche seiner Schriftzüge auf den Lärmschutzwänden mit meinem Namen, damit er und jeder andere wusste, wer ihn fertigmachte. Ich war in einem regelrechten Rausch, scherte mich nicht drum, ob S-Bahnen fuhren oder mich jemand sah, das Einzige, was zählte, war, jedes Bild von ihm zu vernichten.

Knapp drei Jahre ist das her, aber von manchen, die damals aktiv waren, werde ich noch drauf angesprochen. Die eine Nacht, in der ich wie verrückt durch Wien fegte, mit verletztem Stolz darauf konzentriert, mich zu revanchieren, genügte, ihn einzuschüchtern, mich hat er nicht mehr gecrosst.

Aber mit dem Hool-Trupp kann ich nicht so umspringen, die würden alles dransetzen, mich von den Wiener Wänden zu löschen. Ich könnte ein paar Bekannte bitten, mich in ihre Crews aufzunehmen, für den Fall, dass ich Unterstützung brauch. Aber wenn ich mich anbiedere, ist klar, dass ich feig bin und Angst vor den Hools hab. Im Notfall leg ich mir einen neuen Namen zu. In der Schizo-Subkultur des Graffitis kannst vor allem eins lernen: dich wieder und wieder neu zu erfinden. Neuer Name, neuer Stil. Ein richtig guter Sprayer, denk ich mir, ist einer, der bei den allerersten Tags und Skizzen eine Ahnung hat, wie er werden will, wer er sein will, und der sich dank Graff so oft häutet und wandelt, bis er dieses Ideal erreicht. Graff kann etwas sein, das dich an der Hand nimmt und durchs Leben führt wie durch ein stockfinsteres U-Bahn-System, und kommst du zurück an die Oberfläche, raus ans Licht, bist du vielleicht kein Sprayer mehr, aber doch davon geprägt.

Obwohl, es würd mir schwerfallen, meinen Stil aufzugeben, die Buchstaben zittern an den Spitzen, sie fließen ineinander und vibrieren wie kleine Raumschiffe, die gerade abheben, lang hab ich gebraucht, um diese Form zu finden; ich mal' schnell, genau, schön, niemand kann mir vorwerfen, meine Buchstaben nachlässig auf den Zug zu bringen. Vielleicht würden die Hools nicht bemerken, wer sich hinter dem neuen Namen verbirgt, so viel Blick für die Details trau ich denen nicht zu.

Alles dreht sich um Stil. Du beginnst ahnungslos, bist ein Toy, ein Anfänger. Weißt nicht, wie die Formen ineinander finden, welche Energien in ihnen sind. Legst dir ein erstes Alter Ego zu, ein zweites, drittes, die unnötig gewordenen Namen verwittern auf den Mauern, du probierst dich durch, versuchst diese Art und jene, bis du die Wissenschaft kapierst, die in den Buchstaben steckt, die sie zusammenbringt oder voneinander abstößt. Und sobald es Klick macht, geht's richtig los, du entwirfst eigene Schriften, die dir Spaß machen, bist kein Toy mehr, sondern trägst Verantwortung für das, was du auf die Wände bringst. Es gibt U-Bahn-Strecken, die sich mehr lohnen als andere. In den Notfallbuchten kann man malen wie in einer *Hall of Fame*, ungestört im Neonlicht. Am Anfang stand die Neugier: Wie schafft es jemand dorthin, und warum malt er da? Drei, vier, fünf Buchstaben. Wozu soll das gut sein? Grab Warhol wieder aus, die Macht der Wiederholung, keine Suppendosen, keine Monroe, aber mein Name tausendmal, meine Buchstaben, die ich in jeder Biegung, jedem Schwung kenne. Eigentlich genügt's, U zu fahren und aus dem Fenster zu schauen, um zu kapieren, wo die Nischen sind und die Gehwege, die Türen, Leitern, und die Pfosten, freien Mauerstellen. Wie einfach es ist, zu verschwinden.

Einmal war ich hier unten, gute Verhältnisse, die Waggontüren waren vom Reinigungsdienst offen gelassen worden. Ich taggte erst drinnen, danach raus und für ein Window Down die Outline gezogen. Securities kamen und ich sprintete weg; ich hasse es, wenn jemand aufkreuzt, der nicht leise zu sein braucht, und dann ist dieser Jemand für Sekunden still, weil er das Dosenklappern hört oder das Aerosol riecht. Erst oben schnallte ich, dass mein Rucksack mit den Spraydosen noch im Waggon lag. Am nächsten Tag war ich in einer fatalen Stimmung, übermüdet und angefressen, weil die Nacht umsonst gewesen war, der Rucksack fort und auch die fünfzehn Dosen darin, nicht mal ein Foto hatte ich von der halben Aktion.

Keine Ahnung, was mich geritten hat, wie ich überhaupt auf die Idee verfiel, nach Erdberg zum Fundbüro der Wiener Linien zu fahren. Ich sagte dem Mann hinterm Schalter, dass ich gestern in der U mein Gepäck vergessen hatte. Er gab mir ein Formular zum Ausfüllen, entschuldigte sich und kam mit meinem Rucksack aus einem

Hinterzimmer zurück. Verrückt, nicht? Die Securities mussten ihn übersehen haben, und morgens wurde er von einem aufmerksamen Fahrgast im Fundbüro abgegeben.

Ich gammelte danach an der Treppe, die zur Busstation führt, und bemerkte das Mädchen nicht, das die Stufen hochkam. Ich kontrollierte die Spraydosen, es waren alle da, und sie blieb vor mir stehen, fragte: Was lachst du denn so? Sie studiert Anglistik und möchte in den Ferien nach Bosnien, deshalb war sie bei der Busstation, mal informieren wegen des Zeitplans, erzählte sie mir in der U, als wir gemeinsam stadteinwärts fuhren. Am Stephansplatz stieg sie um, und ich grinste nicht mehr wegen des Rucksacks, sondern weil ich ihre Handynummer hatte, und zu Hause suchte ich auf YouTube einen Klassiker raus, nämlich *Bandit Queen* von Promoe: So hab ich Sara kennengelernt.

Meine nächtlichen Touren nerven sie, sicher. Es hat was, tagsüber am Donaukanal zu malen, Musik und Coffee-to-go, aber erklär deiner Freundin mal, warum du Nächte im Gebüsch oder in Tunneln verbringst, pack mal die ganze Wahrheit aus, von wegen S-Bahn und Einbruch und Verfolgung.

Wir waren noch nicht lange zusammen, da begleitete ich sie ins U4. Ich hasse den Club, teure Drinks, die billig schmeckten, Standard-Popmusik und auch die Menge nullachtfünfzehn, aufgetakelte Mädels und die Jungs im Fitnesscenter hochgepumpt, aber gut, ich wollte ihre Freundinnen kennenlernen, Mädels von der Uni, und ein paar Typen, die mit zur Clikk gehörten. Es gab ein bisschen Small Talk, wir schunkelten im Gedränge, und ich dachte an den Rucksack voller Spraydosen, den ich in einer Seitengasse gebunkert hatte; das U4 liegt nahe des Bahnhofs Meidling, und das wollte ich nützen. Ich wusste, ich sollte nicht abhauen, einer der Typen geierte offensichtlich auf Sara, sie wollte tanzen und Spaß haben, klar, aber ich ging trotzdem, sagte, ich müsse schnell zum Telefonieren raus.

Eine Stunde später war ich wieder da, der Club voll wie zuvor, aber keine Spur von Sara oder ihren Leuten, zigmal rief ich sie an, zigmal umsonst, bis sie abhob und sagte, sie wär auf einer Hausparty, einer der Jungs hätte sie alle mitgenommen. Ich komm auch, schlug ich vor, nein, erwiderte sie, du bist vorhin abgehauen, rufen wir uns die Tage zusammen, und zack, aufgelegt. Ich rief sie an, wieder und wieder, aber landete nur in der Sprachbox. Fuchsteufelswild stand ich vor diesem idiotischen Club und kratzte an den Lackspritzern auf meinen Fingern, kleine, bunte Punkte, die ich nie loswerde, letztens sind sie sogar Anisa aufgefallen und sie fragte mich, ob ich eine Stelle als Maler angenommen hätte, was Sara zu einem müden Lächeln verleitete.

Anisa erzählt ihr vom *Ringlspil*, vom *Book of Missing Persons* oder von einer verschwundenen Jugendliebe. Alles Stückwerk, das Sara vorgesetzt bekommt, und ich versteh, dass ihr das zu wenig ist und sie nach Bosnien will, um sich ein eigenes Bild zu machen. Zuerst war ich nur der verliebte Typ, der mit der neuen Freundin überall hingefahren wär, weil man mit dem täglichen Vögeln nicht einfach aufhören kann und weil man viel zu eifersüchtig und unsicher wär, sie zwei, drei Wochen allein losziehen zu lassen, ganz ehrlich, hätte ich nicht ausgehalten.

Aber bald fing ich an, mich für das Land zu interessieren. Wir verließen Tuzla, während die Unruhen auf Zenica und Sarajevo übergriffen, wir kamen zurück nach Österreich, und wie Vehid es vorausgesagt hatte, waren die Proteste wenige Tage später verpufft. Ich las online, dass Minister und Bürgermeister zurückgetreten waren, ich las, dass man jetzt auf eine Verbesserung der gesellschaftlichen Situation hoffe, und irgendwann überflog ich Kommentare, die resigniert feststellten, dass die Unruhen zu nichts anderem geführt hätten, als dass die brennenden Gebäude die Erinnerung an längst verwunden geglaubte Kriegsschrecken wiederbelebt hatten. Ich las mich in den Krieg ein, las, dass der serbische Präsident Slobodan Milošević erst Kroatien und dann Bosnien ins Chaos stürzte, ich las von Franjo Tuđman und Alija Izetbegović, den kroatischen und bosniakischen Präsidenten, die ihrerseits auf Nationalismen zurückgriffen, um das Schlachten zu rechtfertigen, ich las von Propaganda, konstruierten Feindbildern und manipulativen Medien, las von der untätigen UNO, der nutzlosen NATO und dass etliche Typen Macht erlangten oder an der Macht blieben und reich wurden, während Hunderttausende zugrunde gingen. Ich las von der Belagerung von Sarajevo, von Bihać, Žepa, Goražde und Srebrenica, Serben gegen Kroaten gegen Muslime, ich sah mir Dokumentationen auf YouTube an, ich klickte mich von Milošević zu Mladić zu Kapetan Dragan und Jusuf »Juka« Prazina. Ständig stieß ich auf diese serbischen, kroatischen oder muslimischen Gangster und Kriegsherren, sie werden nicht nur als Verbrecher, sondern ebenso als Helden bezeichnet, von vielen verteufelt, von vielen verehrt wie Schutzgeister. Ein richtiger Ahnenkult, den es anders auch im Rap gibt, Punchlines von Jeru the Damaja, Fu-Schnickens oder Jean Grae werden für neue Songs gesampelt, Originalzitate alter Hits als Beleg, dass der Beatbastler seine Hausübungen gemacht hat und Bescheid weiß über die Geschichte des Hiphop.

Im Graff läuft's ähnlich, man respektiert die Großen von früher, wie Mode 2, Dondi oder Lady Pink, neigt den Kopf vor der Meisterschaft von Kacao 77 oder vor der Zerstörungskraft der MOA-Crew. Manche der Alten gründen Galerien oder malen bei Musikfestivals als Special-Act, Pensionisten in Baggy-Kluft, was bescheuert aussieht, aber sie haben ihren Ruf, ihren Stil, sie malen seit vierzig Jahren dasselbe, was lächerlich ist, aber auch verständlich, sie pflegen ihren Namen, ihr Erbe. Die Kings und Queens der alten Zeit, als New York das Mekka war und die dortige Metro die stählerne Kaaba, um die sich unsere Kunst ehrfürchtig drehte. Unser Ursprung im Paradies der 70er, als die Dosen keine Markenartikel waren, es keine eigens gefertigten Caps gab, als man die Dosen aus dem Baumarkt klaute, weil einen die Ehre dazu verpflichtete, man sich um die Vorherrschaft am Gleis prügelte, viel Gewalt und Kodex und Do-It-Yourself, als Graff nichts mit Hiphop zu tun hatte, sondern der Soundtrack aus Punk oder Soul oder Funk wummerte, gute alte Zeit … Ich war noch nie in New York und was die Bronx sein soll oder Harlem, reim ich mir höchstens aus *Goodfellas* oder von Wu-Tang Platten zusammen. Gut, zu Hause hab ich Bücher wie *Subway Art* und ich feier Filme wie *Dirty Handz* oder *Overdoze*, vielleicht gehört's zum Graff dazu, dass man die Nostalgie einsaugt wie Muttermilch.

Von vielen Sprayern verliert sich bis auf ein paar Pics auf längst stillgelegten Blogs oder der ehrfürchtigen Erinnerung vormaliger Weggefährten jede Spur. In einer *Hall of Fame* nahm mich Kabu unter die Fittiche, er brachte mir bei, welches Cap für die Outline nötig ist, und hatte ein paar Weisheiten parat. Sprayen ist ein Zug, sagte er, in dem nur ganz wenige bis zum Ende sitzen, die meisten wechseln die Linie, machen erst Graffiti und dann was anderes, Musik zum Beispiel oder Gedichte, was weiß ich, es hängt davon ab, wie viel Graff man in sich hat, für wie viele Aktionen man gemacht ist.

Hier im Untergrund gibt's Stromschienen, Überwachungskameras, Securities, über Nebengleise verschobene Us, die unerwartet um eine Kurve biegen. Hier unten gibt's andererseits keine Sonne, die deinen Namen ausbleicht, und kein Risiko, dass die Mauer niedergerissen wird, auf der du ihn hinterlässt. Ein Graff hier unten hat gute Chancen, sehr alt zu werden, und vor allem verschafft es Respekt. Nicht jeder traut sich hinab, nicht jeder weiß um den Weg. Oben zu malen ist einfacher, es gibt mehr Fluchtmöglichkeiten, mehr Überblick. Die Tunnel dagegen sind eine Herausforderung für sich, hier ein Piece und es spricht sich rum: Das ist einer, der runtergeht.

Am Anfang von allem steht eine High-School-Story: Ein Junge, der sich Cornbread nannte, war Ende der 60er in Philadelphia in ein Mädchen seiner Schule verliebt. Sie ließ ihn abblitzen, aber um seine Ernsthaftigkeit zu beweisen, begann er, seinen Namen überall dort zu hinterlassen, wo sie ihn sehen musste, als Herausforderung: Wenn du mich schon nicht haben willst, dann wirst du zumindest überall an mich erinnert. Cornbread taggte den Schulgang, die Klassentür, ihren Tisch und ihr Schließfach, er schrieb *Cornbread* auf Mauern entlang der Route, die das Mädel im Bus zur Schule nahm, und als sie ihn weiterhin abwies, taggte er den Bus, taggte er jeden Bus dieser Linie, und danach jede Sitzlehne dieser Busse. Es heißt, er bekam das Mädel rum. Könnte eine schöne Mär sein von Liebe als Ursprung von Graff. Aber Cornbread konnte mit dem

Taggen nicht aufhören, er hatte Tinte geleckt und zog durch die Straßen, Mädel hin, Mädel her, das bald genug von ihm hatte und ihn sitzenließ. Jahre später siedelte einer von Cornbreads Gefolgsleuten, ein junger Sprayer namens Top Cat, nach New York, um den Philly-Cornbread-Stil zu exportieren und in den damals kaum bemalten Straßen des Big Apple sein eigenes Ding zu starten. Top Cat, der Schüler Cornbreads, löste jene Bewegung aus, die von NY dank Filmen wie *Wildstyle* bis nach Europa übergriff.

Im Philadelphia der 60er verguckte sich ein Junge in ein Mädel, und als Folge davon kauere ich jetzt hier im Dunkeln und warte auf den Betriebsschluss. Manchmal hab ich das Gefühl, als würde nicht nur ich allein die Dose halten, nicht nur ich allein meine Hand bewegen und auf das Cap drücken, nicht nur ich allein auf den Farbstrahl hören und das Aerosol riechen, nicht nur ich allein mich umblicken und die Gegend absuchen und schnell, schnell das Piece zu Ende bringen, die Outline ziehen und dann ans Fill-in, nein, nicht nur ich allein höre das Zischen und Klackern, nicht nur meine Hand zieht die Line, sondern sie alle riechen und hören und bewegen ihren und damit meinen Körper, sie, meine Idole, Vorgänger und Lehrmeister, die durch ähnliche Schächte geklettert und entlang ähnlicher Tunnel gelaufen, in ähnliche Gleisanlagen eingebrochen sind; mit jedem Schritt tiefer in das U-Bahn-System umfassen sie mich unnachgiebiger, hängen sich an mich und begleiten meinen Weg, ja, manchmal hab ich das Gefühl, als wären sie alle hier unten und würden auf mich warten.

Heuer machte Sara den Vorschlag, zur zwanzigjährigen Gedenkfeier des Genozids von Srebrenica zu fahren. Ich hatte die Idee, Tiger zu fragen, ob er sich von Vehid das

Auto borgen kann und mitwill. Wir fuhren wieder mit dem Bus von Erdberg los, Start 18 Uhr. Frühmorgens kamen wir in Tuzla an. Noch am selben Tag, am Freitag, den 10. Juli, ging es weiter nach Srebrenica. Tiger wechselte die Kassette, Kollegah und Farid Bang rauf und runter, die Tankkosten teilten wir. Er hatte einen Bauch bekommen in den eineinhalb Jahren, die wir uns kennen. Job in einer Cévapdzinica und keine Zeit mehr fürs Kickboxen, sagte er.

Vor unserer Ankunft in Srebrenica stoppten wir in der Kleinstadt Milići für einen Kaffee. Unübersehbar ragt dort ein spitzer, glasverkleideter Turm auf, der ein Restaurant und im Erdgeschoss ein Bergbaumuseum beherbergt. Um den Turm und entlang der Straße Büsten von Dostojevski, Puschkin, Jesenin, Tolstoj, Tchaikovski. Gegenüber ehren Graffitis sowohl Delje als auch Grobaris, die Fanclubs von Roter Stern und Partizan Belgrad. Um die Kurve ein Freibad, das Wasser glitzerte in der Sonne, und zum Beleg, wer hier für Arbeit sorgt, standen davor zwei Bagger zur Schau, in ihren Schaufeln Brocken roten Bauxits, Insignien einer hiesigen Baufirma.

Die Straße nach Srebrenica entlang durchsetzten Steinbrüche die Wälder, der Asphalt war von LKW-Transporten zerfurcht. Der rote Staub des Bauxits bedeckte die Häuser, die zum Trocknen rausgehängte Wäsche, die Büsche. Es begann zu regnen, und als würden die Berge bluten, spülten rote Rinnsale die Hänge hinab, an denen blaue Bienenkisten leuchteten; von Milići bis nach Srebrenica reichten die Hobbyimker und die aus den Bergflanken geschlagenen Steinbrüche: *Balkan, the Land of Blood and Honey*.

Es ist offensichtlich, wem das Land gehört, wer hier das Sagen hat. Die Firma, die das Gestein fördert und verarbeitet, die Bagger ausstellt, gläserne Türme baut und der russischen Kultur huldigt, trägt den Namen Boksit. Es genügen ein paar Minuten Internet-Recherche, um rauszufinden, dass der Chef einer der großen Kriegsgewinner aus dem Umfeld von Karadžić ist und ihm vorgeworfen wird, 1992 am Massaker an der muslimischen Bevölkerung von Zaklopača beteiligt gewesen zu sein, einem winzigen Dorf nicht weit von Milići. Ich fragte Tiger, wie es sein kann, dass solche Leute weiterhin an der Macht sind. Tiger lächelte, als wär ich ein naiver Idiot. Weißt, sagte er, hier passiert so viel Scheiß, Milići fällt da gar nicht mehr auf. Diesen April beispielsweise erschoss ein 24-Jähriger in der Polizeistation von Zvornik einen Bullen und wurde dann selbst getötet, ein Attentat, das die Medien in der Föderation als Racheakt darstellten, weil der Junge aus einer muslimischen Familie stammte und sein Vater 1992 von serbischen Paramilitärs umgebracht worden war. Der Sender der Republika Srpska zeigte dagegen in Dauerschleife einen Livebericht aus Zvornik samt Interviews mit den dorthin beorderten Einsatzkommandos, geschnitten mit den bekannten Aufnahmen der ins World Trade Center krachenden Flugzeuge. Sie beschworen 09/11 und riefen die Gefahr des globalen Djihads aus. Tiger zuckte mit den Schultern, dasselbe Ereignis, und jeder nutzt es für seine Zwecke.

Drei Nächte lang kamen wir bei Tahir und Sabina unter, in ihrer Hütte am Berg oberhalb Srebrenicas. Er ist ein Freund von Vater, 77 Jahre alt, kündigte Tiger an, sie muss um die fünfzig sein. Haben vier Töchter, die jüngste ist sechs, stellt euch das vor. Tahir ist ein bisschen durchgeknallt, sagte Tiger. In der Gegend lebt ein alter Vojvode, ein Tschetnikführer, der immer noch seine Parolen von wegen Großserbien kickt, und wenn er und Tahir sich auf der Straße begegnen, strecken beide die drei Finger für den serbischen Gruß in die Luft, ist ja eigentlich verboten, aber beim senilen Vojvoden und dem alten Moslem aus dem Wald kümmert es niemanden.

Wir rumpelten den Steinweg hoch zu einer Behausung mit unverputzten Ziegelmauern, kreuzquer genagelten Brettern, Bäumen als Stützpfosten, Sattel und Zaumzeug an der Außenwand. Ein auffällig sehniger Mann mit langen weißen Haaren und ebenso langem weißen Vollbart erwartete uns. Hinter ihm Sabina und die vier Töchter, die älteste kam gerade vom Internat in Sarajevo, die jüngste stürmte, nachdem sie uns begrüßt hatte, zu den auf der Weide grasenden Pferden. Im Haus gab's mehr Tiere als draußen, zumindest mehr Insekten, in den Küchenregalen große schwarze Ameisen, im Badezimmer ein kleiner Skorpion, Heuschrecken und Grillen in jedem Winkel, ihr Zirpen klang aus dunklen Kammern. Auf der Kuppe über der Hütte standen fünf, sechs Ruinen, gemauerte Schornsteine ragten aus den Trümmern.

Die jüngste Tochter trabte ohne Sattel auf einem schwarzen Pferd wie durch eine postapokalyptische Idylle, aber eine Erzählung Tahirs machte mit der Lagerfeuerromantik Schluss: Die fünf, sechs Ruinen waren einmal die Häuser seines Sohnes, seines Bruders, seines Onkels gewesen, ein Haus gehörte einem Freund der Familie, alle Mitte der 1960er erbaut. Ein paar Jahre nach der Fertigstellung ging Tahir nach Deutschland und arbeitete als Bergmann in den Kohlezechen nahe Dortmund. 1999 kam er als einer der ersten Muslime zurück, ein brüchiges Deutsch hat er sich behalten und einen klapprigen BMW mit deutschem Kennzeichen. Sein Sohn aus erster Ehe hatte sich geweigert, ihm während des Krieges nach Deutschland nachzufolgen, er hatte hier sein Haus, seine Arbeit. Nach dem Fall der Enklave geriet er einem serbischen Gewehr ins Visier, wie auch Tahirs Bruder, seine Neffen, sein Freund. Als Tahir zurückkehrte, waren bis auf die Wildkirsche am Waldsaum selbst von den Obstbäumen nur schwarze Stumpen geblieben. Im Schutt fand er versengte Matratzen und Kochgeschirr. Bevor sie hier alles niederbrannten, hatten die Serben den Hügel als Stützpunkt verwendet, sagte Tahir und zeigte auf eine mit Brombeeren überwachsene Mauer. Das, sagte er, war ihre Bäckerei und dort drüben ihr Quartier. Mladić war hier, sagte Tahir und streckte einem Fohlen ein Stück Zucker hin.

Ständig war vom Kommandanten Ratko Mladić die Rede. Manchmal konnte ich nicht erraten, ob man ihn persönlich meinte oder der Einfachheit wegen sämtliche bosnisch-serbische Soldaten so bezeichnete.

Die jüngste Tochter balancierte auf dem Pferderücken und klaubte dunkelrote Kirschen vom Baum, Mladić hat bestimmt dasselbe getan. Er hat in meinem Haus gelebt, sagte Tahir, von Mitte 1994 bis zum 5. Juli 1995, als der Vormarsch auf Srebrenica begann. Nach seiner Rückkehr pflanzte Tahir Apfelbäume am Rand zweier Gruben. Die zwei großen Löcher im Feld waren von den Geschützen geblieben, die hier eingegraben waren und mit denen Mladić Srebrenica beschoss. Konservendosen lagen im Gestrüpp, auch von Mladić, sagte Tahir, liegen hier überall rum, in den Feldern, Gemüsebeeten, bei der Lichtung für die Ziegen. Entfernt, tiefer im Wald, stand mal jenes Haus, das Tahir vor seinem Aufbruch nach Deutschland gebaut hatte. Nach dem Krieg errichtete eine NGO ebendort ein neues, unterm Protest Tahirs, der festgestellt hatte, dass es von der einzigen Wasserquelle zu weit weg war. Die Bürokratie ließ aber nicht zu, das Haus woanders als an der ursprünglichen Stelle zu errichten, gegen Tahirs Willen bauten die Arbeiter der NGO ein zweistöckiges Gebäude, setzten Fenster ein und legten Kanäle, was noch fehlt, ist die Inneneinrichtung und der Stromanschluss. Verärgert, dass niemand auf seine Wünsche einging, sondern den Regeln gefolgt wurde, die anordneten, dass ein Haus dort wiederaufgebaut werden muss, wo es vor 1992 stand, machte sich Tahir daran, aus übriggebliebenen Ziegeln und Brettern jene Hütte zu errichten, in der er jetzt mit seiner Familie wohnt, eine niedrige, mit Steinbrocken beisammengehaltene Behausung direkt an der Quelle.

Die Hälfte seines Lebens war Tahir unter Tage im Bergwerk und jetzt wohnt er zwischen den Ruinen der Häuser seiner toten, seiner erschossenen, ermordeten Verwandten, die zu diesem Ort gehören wie der Kirschbaum und die Pferde. Fünfzehn seien es derzeit, sagte er und kramte ein abgegriffenes Foto aus der Geldbörse, darauf eine dreifarbige Stute. Schwarzer Leib, der Schweif weiß, der Kopf mit fuchsroten Flecken: das schönste Ross, das er je besessen hat. Eines Morgens fand er es im Gras, zuckend, Schaum vorm Maul; sein dreifarbiges, schönstes Pferd war vergiftet worden, er vermutet vom neidischen Bauern vom nächsten Hügel oder von Tschetniks, die sich hier noch rumtrieben und sich auf versteckte, nächtliche Angriffe verlegt hatten. Tahir erzählte von seinem schönsten Pferd und bekam feuchte Augen.

Abends warf er sich ein weißes Hemd und ein graues Sakko über, wir kletterten in seinen alten BMW und besuchten erstmals die Gedenkstätte. Unterwegs begegnete uns Mladić in vielfältiger Form: Am Ortseingang Srebrenicas, auf den Stufen eines Cafés, stand er im Juli 1995 und kündigte vor laufender Kamera an, den Talkessel endgültig zu erobern und damit Rache für fünfhundert Jahre osmanischer Besatzung zu nehmen. Der junge Mann im weißen T-Shirt des Organisationsteams für die Gedenkfeier, der Tahir vom Straßenrand winkte und ein paar Worte mit ihm wechselte, war jenes Kind, dem Mladić in einer Fernsehaufnahme im UN-Camp durch die Haare fuhr und ihm versprach, dass seiner Familie nichts geschehen werde. Sein Vater, erzählte Tahir, nachdem sich der junge Mann verabschiedet hatte, gilt immer noch als vermisst.

Im Stadtzentrum kündigte ein großes Schild für den orthodoxen Feiertag Petrovdan Prozessionen an, die den serbischen Kriegsopfern der Region gedenken sollten. Ich wunderte mich, dass die angereisten Muslime diese prominent platzierte, provokante Werbung nicht längst niedergerissen hatten, wie ich auch staunte, dass ein an der Hauptstraße gelegenes serbisches Museum geöffnet war. Tahir parkte vis-à-vis, Sara und ich warfen einen Blick in den winzigen Raum. Wie in einer Kapelle waren an die goldumrandete Decke Jesus und Maria gemalt, an den Wänden reihten sich Fotografien aller im Krieg getöteten Serben umliegender Dörfer, in Vitrinen wurden Bilder ihrer gefolterten, verbrannten und verstümmelten Leichen gezeigt, Plaketten kündeten von den Verbrechen der muslimischen Kämpfer. Es gab ein Gästebuch, der erste Eintrag stammte vom Frühjahr 2012, seither waren nur fünf Seiten beschrieben worden.

Am Gräberfeld in Potočari, einem winzigen Nachbarort Srebrenicas, verlor Tahir seinen wiegenden Gang, er wurde unsicher, erst glaubte ich, er würde stolpern. Er suchte zwischen den Pfeilern umher, winkte uns dann, hier liegen sie alle, rief er, sein Sohn aus der ersten Ehe, geboren 1968, gestorben 1995, sein Bruder, seine zwei Neffen. Am liebsten hätte Tahir seine Familie allein im Wald begraben, nicht hier unter den Tausenden, in den Parzellen, ausgeliefert den Fotografen und Kamerateams. Er meidet die Gedenktage, zu viel Tamtam, sagte er, zu viel Spektakel. Für die große Zeremonie waren Gräber ausgehoben, auf grünen Tafeln standen in weißer Schrift die Namen und Lebensdaten der Toten vermerkt, derer morgen gedacht werden sollte, daneben lagen auf den Erdhaufen Schaufeln bereit. Eine alte Frau hockte zwischen den weißen Pfeilern und las im Koran, ein Kameramann umkreiste sie; schwer zu sagen, ob die Andacht gestellt war oder ob der Journalist die Gelegenheit nutzte, einen stimmungsvollen Anblick einzufangen. Ein Junge ging von Grab zu Grab und steckte bosnische Fähnchen neben den Pfeilern in die Erde. Wenn das über Lautsprecher übertragene, weithin hörbare Gebet für einmal Atemholen pausierte, durchschnitt das Weinen eines Soldaten die Stille. Er kniete vor einem Grab, verbarg das Gesicht hinter seiner linken Hand, mit der rechten berührte er die Inschrift im Marmor. Heulte er laut auf, blickten Vorbeigehende betreten zur Seite.

Zurück im Stadtzentrum, setzten sich Tahir und Tiger in ein Café im obersten Stock einer neuen, von der Türkei gesponserten Bank, Sara und ich machten einen Spaziergang den nächsten Berghang hoch. Überall in Srebrenica Rohbauten, die orangenen Ziegel glommen auffällig aus dem nassen Grün, in den Wäldern eine von NGOs errichtete Geisterstadt, die nach dem Krieg erbaut, aber nie bezogen wurde, weil die Vertriebenen nicht zurückwollten.

Im Verlauf dieses Wochenendes trafen wir andere junge

Österreicher, Praktikanten einer Hilfsorganisation, deren Job es war, von Neubau zu Neubau die allfälligen Bewohner zu fragen, ob Reparaturen nötig seien oder gerade etwas dringend gebraucht werde. Eine an sich noble Sache, doch gehört zu ihren Aufgaben auch, zu kontrollieren, ob die wirklichen, eingetragenen Besitzer hier wohnen, jene, die von diesem Grund vertrieben worden waren, oder ob sie die Häuser unter der Hand weitervermietet hatten, was Vertragsbruch und die Kürzung aller Unterstützung bedeutete.

Rohbauten mit rötlichen Ziegeln und grauem Verputz an den Pfaden oberhalb der Stadt, Ruinen links und rechts der Wege, die im Steilhang endeten, wo neongrün Glühwürmchen leuchteten und Fledermäuse schwirrten. Wenn ich mir vorzustellen versuchte, wer vorm Krieg darin gelebt hat, kamen mir Familien in den Sinn, Kinder, die im Garten spielen, Fabrikarbeiter und Hausfrauen, Kleider an Wäscheleinen, ganz alltägliche Szenen, ein spießiger, kleiner Frieden, ganz normale Leben, die allesamt zerstört und ausradiert worden waren.

Sara schlenderte weiter zu einer Wiese, an deren Rand verwitterte Gräber lagen. Sie fotografierte die Stadt unter uns, wie es im Tal finster wurde und die Lichter, die vereinzelt angingen.

Ich musste an Anisa denken, daran, wie wir ihr nach der ersten Bosnienreise von unserem Trip erzählten. Wir saßen bei ihnen in der Küche, und sie ging ins Schlafzimmer und kam mit einem Fotoalbum zurück. Sie fragte uns, ob wir die zwei Pärchen auf einer in der Hälfte auseinandergerissenen und wieder zusammengeklebten Fotografie erkannten. Sara erriet, dass es ihre Eltern neben Refika und Vehid waren, und ohne ein Wort über den Riss, der die zwei Pärchen in der Mitte trennte, zeigte Anisa auf das Foto daneben, zwei kleine Kinder in einer Sandkiste. Ismet und ich, stimmt's?, tippte Sara.

Nach und nach vertiefte sich das Gespräch. Ich wollte mehr von Saras Großvater wissen, wie es sein konnte, dass er noch nicht gefunden worden war. Anisa erzählte von den Suchformularen, die sie seit 1992 immer wieder ausgefüllt und beim Roten Kreuz oder NGOs abgegeben hatte, vom Warten und Nachfragen und wie 2005 ein Rot-Kreuz-Mitarbeiter sie kontaktierte, ob sie in die Zentrale kommen könne, zur Erhebung sogenannter Ante-Mortem-Daten. Es war ein Katalog von annähernd zweihundert Fragen, den sie mit dem Interviewer durchging. Die Antworten, wurde ihr erklärt, wären ausgesprochen wichtig, denn dadurch könne man entdeckte Tote oder Skelettteile leichter den Suchanträgen zuordnen. Anisa erzählte uns, wie sehr ihr diese direkte Erklärung zu schaffen machte, die bedeutete, dass ihr Vater nicht mehr zu den Lebenden gezählt wurde. Sie versuchte, eine Frage nach der anderen so gut wie möglich zu beantworten, ein paar zählte sie uns an den Fingern ab: Was trug er zum Zeitpunkt seines Verschwindens? Welche besonderen Merkmale besaß er? Hatte er eine Zahnprothese? Nahm er Medikamente? Der Interviewer notierte, hakte nach: Hatte er sich mal etwas gebrochen, fehlte ihm vielleicht ein Fingerglied? Anisa hatte keinerlei Vorstellung vom Körper ihres Vaters, nie hatte sie ihn nackt gesehen oder wusste über Verletzungen Bescheid. Dass er alle Finger besaß, das immerhin konnte sie mit Sicherheit bestätigen, und auch ein weiteres Detail fiel ihr ein: Er trug meist eine Tabakdose bei sich, ein Souvenir aus Albanien. Der Interviewer fragte, ob ihr Vater diese auch am Morgen seines

Verschwindens eingesteckt hatte, und sie bejahte, wollte nicht daran denken, dass er die silberne Büchse mit der eingravierten Sonne vielleicht vergessen hatte, wollte die unzähligen Möglichkeiten nicht wahrhaben, in die der Alltag zerfällt und die die Suche nach ihrem Vater in falsche Richtungen lenken können.

Anisa erzählte von ihrem Ärger in der Rot-Kreuz-Zentrale, weil sie ständig ins Stocken kam und sich in ihren Aussagen verhedderte. Die Tabakdose mit der eingravierten Sonne, nein, keine Sonne, ein Adler. Oder? Etliche Jahre später wurde die Technik zur Auffindung von Vermissten weiter verfeinert, von Ante-Mortem-Daten ging man über zu DNA-Vergleichen, und Anisa schickte eine Blutprobe ans *Institute for Missing Persons* in Sarajevo, eine Ampulle, die man ihr zugesandt, die sie mit ein paar Tropfen gefüllt und samt unterschriebener Beglaubigung zurück auf den Weg gebracht hatte. Das Blut der lebenden, nahen Verwandten wird mit den entdeckten Knochen verglichen, die Suchanträge bleiben in Evidenz, die Ante-Mortem-Daten werden abgeheftet, und das alles, das bisschen Blut und die unzähligen Formulare und Interview-Fragen, sind wie Rufe in eine Hohle, deren Echo auf sich warten lässt. Nicht ganz achttausend Menschen werden noch vermisst, sagte Anisa, irgendwann muss er auftauchen.

Ein Foto zeigte sie lachend, eine schwarze Haarsträhne im Gesicht, die Augen vom Sonnenlicht geblendet. Im ersten Moment glaubte ich Sara zu erkennen, das gleiche Lächeln, die gleiche Art, eine Haarsträhne zwischen den Fingern zu halten. Da sind wir in mein Dorf gefahren, sagte Anisa, da kam ich zum ersten Mal zurück, 2004 war das. Sie deutete auf ein anderes Bild, Richard und Vehid ans Auto gelehnt, im Hintergrund ein Friedhof: Kula Grad oberhalb Zvorniks, erinnerte sie sich. Dort hatten sie für eine Pause gestoppt, die Stille nur gestört von Vehids Schimpftiraden, weil die Straße hier hoch seit kurzem *Weg der serbischen Helden* hieß. Die neue serbische Regierung, erklärte uns Anisa, hatte alles umbenannt, fort mit den alten, muslimisch geprägten Bezeichnungen von Dörfern, Plätzen und Straßen, maßlos konnte sich Vehid über so was ärgern. Ach, dieser Vehid, murmelte Anisa.

Mir war bereits aufgefallen, dass sie nicht unbedingt von ihren bosnischen Verwandten schwärmte. Ständig jammern sie, doch wenn man ihnen sagt, was sie besser machen können, regen sie sich auf; Geld, so Anisa, das ist alles, was sie von uns wollen. Erst bei dieser Fotoschau in der Küche erfuhren wir, dass es zwischen ihr und Vehid damals zu einem Streit gekommen war, der ihr Verhältnis weiterhin überschattet. Als sie nach zwölf Jahren wieder unten war, machte ihr Vehid, zu viel Rakia intus, Vorwürfe, warum sie keinen Bosnier fände, sondern nur einen Österreicher. Vermutlich wurde Vehid im Café oder in der Kafana von Kollegen angestachelt oder musste sich zynisches Gerede über den fremden Mann seiner Schwägerin anhören, denn kam er betrunken nach Haus, ließ er seiner Unzufriedenheit über die Beziehung freien Lauf. Nach einer heftigen Diskussion packte Anisa die Koffer und siedelte mit Richard und der damals zehnjährigen Sara in eine Pension; seither hat sie nie wieder einen Fuß in die Wohnung gesetzt.

Wechselnd zwischen Deutsch und Bosnisch schimpfte sie während des Blätterns durchs Fotoalbum über Vehid, eine Entschuldigung, bekräftigte sie, steht weiterhin aus.

Ich verstehe, dass sie es sich nicht gefallen ließ, ich würd austicken, wenn jemand glaubt, er könne sich in mein

Leben einmischen, aber mich wundert, dass sie so zornig wird deswegen, es ist lange her und eigentlich wirkt sie nicht nachtragend.

Anisa suchte das Foto eines Parkplatzes raus. Hier, sagte sie, stand in meinem Dorf früher die Moschee. Ein anderes zeigte eine von angeschwärzten Balken gestützte Mauer, darauf das rote Kreuz eines vormaligen Lazaretts. Vor notdürftig reparierten Häusern saßen Menschen, die ihre Augen beschatteten und in Richtung Kamera blickten. Das war das Seltsamste, sagte Anisa. Es lag nicht daran, dass sie erstmals seit zwölf Jahren wieder hier war, weshalb sie sich so fehl fühlte. Am Rand der Wälder, die sie früher in- und auswendig gekannt hatte und durch die sie bestimmt nach wie vor Schleichwege und Besonderheiten wie Wasserfälle oder Lichtungen finden würde, an diesen Wäldern und an den Straßen und Wegen lebten Unbekannte, Menschen, die erst nach dem Krieg hierhergezogen waren, und das genügte, um am Ort ihres Aufwachsens selbst eine Fremde zu sein.

Auf einem Foto war ihr Elternhaus zu sehen, so, wie sie es 2004 vorgefunden hatte. Vom oberen Stock waren nur zwei Eckpfeiler geblieben. Im Erdgeschoss neue Fenster und eine hellbraune Tür. Auf ihr Klopfen öffnete eine junge Frau, ein Baby im Arm. Ihr Mann sei wegen Arbeit in Belgrad, sagte sie und blickte nervös um sich. Anisa bat, eintreten zu dürfen, aus Neugier, ob etwas übrig sei von früher. Aus sämtlichen Räumen waren die Holzböden und aus den Wänden die Steckdosen und Kabel gerissen, die neuen Bewohner, die ins geplünderte Wrack gezogen waren, hatten sich eine provisorische Unterkunft errichtet. Während die Frau Kaffee kochte, ging Anisa die schmalen Betonstufen hoch in den ersten Stock. Vom oberen Absatz fotografierte sie Wandreste, die die einstigen Räume erraten ließen, vorne links etwa ihr Zimmer. Es gab keinerlei Spuren mehr von ihrer Familie, kein Spielzeug, keine Bücher oder Schallplatten, keine Zeugnisse oder Briefe. Anisa wusste endgültig, dass die einzigen Bilder, die von ihren Eltern und ihrer Kindheit und Jugend noch existierten, die in ihrem Kopf waren.

Am Samstag, dem 11. Juli, war das Feld bei der Fabrik, in der 1995 die holländischen UN-Soldaten untergebracht waren, mit Bussen aus Travnik, Mostar oder Banja Luka zugeparkt. Einer hatte die österreichische Fahne am Heck, ein anderer an den Seiten eine riesige französische Aufschrift: *Srebrenica, ne jamais oublier.* Gegenüber der Friedhof, Marmorpfeiler um Marmorpfeiler, über achttausend und in Parzellen geordnet. Besuchermassen wälzten sich hierher, in bosnische Fahnen gehüllte Fußgänger eilten voran, bloß weg von der vom Himmel knüppelnden Sonne, Bikergangs wie The Wolf Brotherhood oder Sons of Bosnia zwängten sich zwischen den Autos hindurch. Tiger zeigte mal hier-, mal dorthin: Veteranen der Crni Labudovi, der Schwarzen Schwäne, einer Spezialeinheit, die im Krieg in den Bergen um Sarajevo gekämpft hatte, schwenkten die Fahne ihres Verbands, andere älteren Männer trugen Abzeichen der 28. Division, jener Einheit, die Srebrenica bis zum Juli '95 verteidigt hatte. Vom Stadtzentrum an staute es sich, wir hielten an einem Feld und gingen den Rest zu Fuß. In den Ruinen Potočaris waren Cafés und Restaurants improvisiert, auf den Grills drehten sich langsam die aufgespießten Lämmer. Viele der auf Bierbänken oder im Gras sitzenden Menschen hatten am *Marš mira* teilgenommen, dem mehrtägigen Friedensmarsch von Tuzla hierher, entgegengesetzt jener Richtung, in die im Juli 1995 mehrere Tausend muslimische Männer vor den Truppen Mladićs flohen. Es gelang ein paar Hunderten, das Gebiet der eigenen Armee zu erreichen, der Großteil wurde in den umliegenden Wäldern gejagt und erschossen.

Wir nahmen den ersten Seiteneingang, folgten dem Weg, den die Absperrungsgitter vorgaben, und unter jedem Strauch und Baum Menschen, jeder spärliche Schatten bereits besetzt von Trauernden, von Schaulustigen wie uns. Kamerateams bezogen Stellung, am Friedhofsrand reihten sich die Wagen der TV-Stationen. Einhundertsechsunddreißig Tote sollten begraben werden, oder zumindest das, was von ihnen im Verlauf der vergangenen Monate in der Umgebung entdeckt worden war. Es bleibt der Familie überlassen, ob sie sich beispielsweise nur mit dem Kopf oder einem Fuß zufriedengeben, flüsterte Tiger. Weißt du, wie die Geschichte mit meinem Cousin aus Prijedor weitergegangen ist, dem Gitarristen?, fragte er, sagte: Er wurde vor ein paar Jahren gefunden, in einer zu einem Massengrab umfunktionierten stillgelegten Mine. Einer, der damals ein Handlanger war und die Grube zugeschaufelt hatte, plauderte die Lage aus, wegen der Gewissensmarter oder der Aussicht, ins Zeugenschutzprogramm von Den Haag aufgenommen zu werden, allerdings, so Tiger, tauchte vom Cousin nur ein einziges Stück auf, nämlich die rechte Hand. Ausgerechnet. Die rechte Hand, mit der er als Lebender mit dem Plektrum zwischen den Fingern millimetergenau die Saiten traf, diese Hand wurde als Platzhalter für den gesamten Cousin beigesetzt.

In Potočari wurden einhundertsechsunddreißig grüne Särge aus dem Fabrikhangar und über die Straße zum Friedhof getragen, wurden über die abertausend Trauernden weitergereicht zu den Anverwandten, die mit Schaufeln bereitstanden, um nach zwanzig Jahren ein Grab zu schließen und damit eine Leerstelle. Und dann ging eine Anspannung durch die Menge, ein nervöser Impuls wie ein leichter Stromschlag. Pfiffe, Rufe, ich verstand die Worte *Smrt* und *Tschetnik*, von den oberen Gräberreihen hörte ich *Allahu akbar*. Jetzt im Nachhinein ist mir, als hätten wir alle instinktiv gemeinsam gehandelt, von einem Trauernden zum nächsten sprang die Aufregung, *Smrt* und *Tschetnik* und *Allahu* übertönten die über Boxen übertragene Rede des Hodjas, ich griff nach Saras Hand und zog den Kopf ein, die Stimmen um uns, die Schreie schreckten mich, zugegeben; wie ein Jahr früher in Tuzla machte mir die unerklärliche Bewegung der Menge Angst, Sara und Tiger und ich und alle anderen wurden eins, wir bildeten einen festen, kompakten Körper, eine unerwartet erwachte, von einem zum nächsten springende Wut einte uns wie zu einer Faust, die auf irgendetwas, irgendwen einschlagen wollte.

Die Schreie verklangen so jäh, wie sie begonnen hatten, Tiger sah sich besorgt um. Vučić ist auf dem Friedhof, sagte er, Vučić traut sich tatsächlich auf den heiligen Boden. Der serbische Premier, die Verkörperung der damaligen Täter, war erstmals zu Gast bei der Gedenkfeier, bereits morgens war im Fernsehen live gesendet worden, wie er durch den Fabrikhangar gegangen war und sich ins Kondolenzbuch eingetragen hatte.

Bald beginnt das Totengebet, und ich muss mich noch waschen, sagte Tiger. Wir drängten uns durch eine Lücke im Zaun zum Maisfeld nebenan, er bat mich, aus einer Plastikflasche Wasser auf seine Hände zu schütten. Vornübergebeugt wusch er sich die Ohren, das Gesicht, Sara zoomte währenddessen auf ein weißes Banner mit roter

Schrift, das am oberen Friedhofsrand am Zaun hing. Ein Zitat von Vučić, eine Aussage, die er als aufstrebender Jungpolitiker wenige Tage nach dem Fall Srebrenicas im serbischen Parlament ins Mikrophon geplärrt hatte: *Für jeden toten Serben werden wir einhundert Muslime töten.*

Tiger schob uns zurück zum Friedhof, Sara zum Greifen nah und gerade wollte ich meine Hand nach ihr ausstrecken, wollte ich sie bei mir haben, weil mir die Sonne zusetzte und mir schwindlig war, als die Pfiffe und Schreie wieder aufflammten, wir uns alle wieder anspannten, wieder zur Faust formten, und diesmal gab es ein Ziel, nämlich die Gruppe, die den Hang hoch lief, ein seltsames Gebilde aus aufgespannten Regenschirmen und schwarzen Anzügen, die Sonnenbrillen der Bodyguards blitzten wie die hochgereckten Smartphones und Tablets der Trauergäste, vielleicht hatten wir alle denselben Gedanken: Hier passiert was Wichtiges, Geschichte meinetwegen.

Verdeckt von Securities und unter den Regenschirmen musste Vučić sein, von den Erdhaufen neben den noch offenen Gräbern geklaubte Steine hagelten auf ihn, sein Davonlaufen wurde von Pfiffen und Gelächter begleitet, der Lärm wuchs an, die Schreie von wegen Tod-dem-Tschetnik, Gott-ist-groß. Als würde er ein Heimvideo kommentieren, rief ein grauhaariger Typ neben mir: *Oh wow, look at that!* Sara fort und auch Tiger nirgendwo, egal, dachte ich mir in diesem Moment der geworfenen Steine und Flaschen, der Schreie und des Gelächters, der schützende Trupp brachte Vučić zu den Limos, und kaum war der serbische Premier mit seiner Entourage weg, ebbte die Aufregung wieder ab, verschwanden die Devices in den Taschen, als wär es nur eine Show gewesen, eine Brot-und-Spiele-Unterhaltung.

Mein Smartphone war auch in der Luft, klar, aber alles, was auf dem Video zu sehen ist, sind ein paar Typen weiter entfernt, die sich zwischen weißen Pfeilern durch eine Menschenmenge zwängen. Nichts Besonderes. Die Leute vor mir drehten sich um, aus den Boxen die Stimme des Hodjas, und die Köpfe neigten sich zum Mittagsgebet, ich mittendrin, ich mit dem Smartphone in der erhobenen Hand.

Ich ging zurück zum Maisfeld, von dort zur Straße. Überall, im Graben, am Zaun, zwischen den geparkten Bussen, knieten Menschen und beteten. Eine schwarze Luxuskarosse bog zum Fabrikgelände ein und stoppte einen Zentimeter vor mir, ich war der Karre vor die Haube gelaufen, ein Bodyguard mit Glatze und Mikrokabel im Ohr drängte mich zur Seite. Draußen die Hitze und die spärlichen Schatten, die über die Lebenden weitergereichten grünen Särge, die vorn die Nummer ihres Grabes trugen, drinnen in der Fabrik die Ansprachen der Ehrengäste, aus aller Welt angereiste Politiker, die kurz nach dem Begräbnis in Limousinen mit schwarz getönten Scheiben abfuhren. Blaulichter flackerten und Bodyguards scheuchten im Laufschritt Schaulustige auf, während sich die Autos langsam durch den Menschenstrom kämpften. Sara zeigte mir später ein Foto von Bill Clinton, der einen Meter von ihr entfernt durch die Menge geleitet worden war, schlohweißes Haar und das Gesicht rot von der Sonne, beide waren wir erstaunt, wie alt er wirkte.

Ich streifte durch die Fabrik, beim Eingang Einschusslöcher in der Mauer und ums Eck eine Besucherschlange. Einer nach dem anderen trat in eine finstere, hohe Kammer, neugierig marschierte ich mit, und drinnen, in der Dunkelheit, holte Blitzlicht schwarze, rote Spritzer an den

Betonmauern hervor, die weit über die Kopfe reichten. *Torture-room*, flüsterte jemand neben mir.

Im größten Hangar gab es eine Fotoausstellung, Bilder von Gegenständen, die in Massengräbern gefunden worden waren, Brillen, Pistolen, Amulette, darunter die großformatige Fotografie einer Mutter zweier kleiner Kinder, die 1995 mit dem Tross der aus Srebrenica Vertriebenen nach Tuzla gelangt war und sich in einem Wald unweit der Stadt erhängt hatte. Sie trug eine rote Weste, einen weißen Rock, aber keine Schuhe. Das Gesicht von Haaren verdeckt, schien sie aus dem dunklen Waldgrund, geborgen vom hypnotisch schillernden Grün der Blätter, langsam in die Tageshelle aufzusteigen, die hinter den Wipfeln zu erkennen war.

In einem Seitentrakt fand ich die Kantine des Dutchbat. Aufgemalt an der Tür das Essensmenü, T-Bone-Steak 400 Gramm für 10 DM, ein Schnitzel für 5,25. Der Raum dahinter ohne Licht. Erst der Blitz einer Kamera holte die Wandbemalung hervor: einen grinsenden feuerroten Teufel, darüber die Aufschrift Devil's Café. Nur wenige Besucher schlenderten durch diesen Teil der Fabrik. Nach dem Spektakel blieben die Hallen gähnend leer, kaum vorstellbar, dass hier Abertausend eingepfercht waren und die Serben Folterkammern errichtet hatten. Es bleibt das Devil's Café, eine unscheinbare Spur wie die Papierblätter vor der Holztribüne, die den Politikern für ihre Ansprachen und Fernsehauftritte gedient hatte, zwischen den Stühlen lag die englische Übersetzung der Rede der kroatischen Präsidentin, das gewöhnliche, zigmal durchgekaute Verdammen des Bösen, die immerwährende Forderung, dass etwas wie Srebrenica nie wieder geschehen darf. Das Nebengebäude war mit gelbem Sicherheitsband abgesperrt, aber niemand passte auf. Ich schlich mich rein, im ersten Stock mit Farn bewachsene Toiletten, dunkle Duschkabinen, offenbar das damalige Quartier der holländischen UN-Soldaten samt Schlafräumen und Büros. An den Wänden Zeichnungen und Schmähschriften wie *No teeth ...? A mustache ...? Smells like shit ...? Bosnian Girl!*, oder mit Kugelschreibern gekritzelte Kalender, durchgestrichene Tage, bis der Einsatz zu Ende war und man endlich nach Hause durfte.

Auf der Suche nach Sara oder Tiger ging ich zurück zum Friedhof, eine Frau brach weinend an einem der neuen Gräber zusammen, eine Rot-Kreuz-Mitarbeiterin kniete bei ihr. Fotografen und Kameraleute versuchten, unauffällig so nah wie möglich ranzukommen, die Linsen auf die weinende, an das grüne Schild geklammerte Frau gerichtet. Niemand beachtete die neuen Gräber, an denen keine Angehörigen trauerten.

Langsam leerte sich das Areal, abertausend Menschen fuhren in Bussen wieder ab, verschwanden zu Fuß über die Felder oder der Straße nach, nur mehr kleine Gruppen blieben an vereinzelten Pfeilern zurück. Am Haupteingang, wo die Namen sämtlicher Opfer in Marmorplatten graviert sind, fand ich endlich meine beiden Begleiter. Wir gingen ins Stadtzentrum, es war spätnachmittags, am Himmel die blendende Sonne, und Militärhelikopter flogen laut ratternd höher, bis sie über die Bergflanken aus der Sicht verschwanden. Tahir kam uns mit dem Wagen entgegen, die Linke aus dem Seitenfenster gelehnt. Die Zigarette, die er zwischen den Fingern hielt, zog im Fahrtwind eine Spur winziger, wirbelnder Funken; wir stiegen ein und keiner von uns sagte ein Wort, schweigend fuhren wir durch Srebrenica und den Hang hinauf zur Hütte. Und egal, wohin ich blickte, sei es während des Begräbnisses oder auf dem Rückweg, überall sah ich Menschen, sah ich Gesichter, Einschusslöcher, Ruinen, überall Geschichten, Zeugnisse von Tod und Gewalt, von Überleben, Weiterleben, ganz Srebrenica war eine einzige Überforderung.

Abends saßen wir auf dem weichen Sofa, Ameisen krabbelten übern Tisch und Tahir zupfte die einzige Saite einer winzigen Gitarre, er sang mit geschlossenen Augen ein erst langsames, leierndes Lied, das sich steigerte und schneller wurde. In der Küche klapperte Sabina im Takt mit dem Geschirr, auch Tiger klatschte vergnügt in die Hände wegen des Gesangs, Tahir denkt sich alles aus, sagte er, Tahir macht Freestyle, besser als Kollegah.

Junge, komm, rief Tahir mich Sonntagmorgen. Sara war mit der ältesten Tochter im Stall, Tiger schlief noch. Auf der Holzbank vor der Hütte sah ich den Kätzchen zu, die sich im Staub balgten, und Tahir rief mich in seiner gewohnten Weise: Junge, komm, ich zeig dir was. Wir stapften die Wiese hinauf zum Wald, folgten einem Pfad zu einer Schlucht zwischen Fichten und Laubbäumen und gelangten von dort auf eine Anhöhe. Ein Steinbrocken steckte aufrecht in der Erde, die glatte Vorderseite war mit grünen arabischen Buchstaben bepinselt, darunter standen die Jahreszahlen 1982 – 2000. Wer liegt hier begraben?, fragte ich. Mein dreifarbiges Pferd, antwortete er.

Als es am Gift gestorben war, hatte es Tahir nicht übers Herz gebracht, das Pferd wie üblich zu entsorgen, nicht mal das dreifarbige Fell zog er ab, aus Respekt vor dem schönen Tier. Er benötigte mehrere Stunden, den Leichnam bis hierher, an einen Ort mit beeindruckender Aussicht auf die Berge, zu zerren. Aus der Hütte holte

Tahir Spitzhacke und Schaufel, hob damit die Grube aus, während Sabina vor Sorge um ihren aufgebrachten Mann einen Hodja verständigte, der für eine NGO einen Monat lang in Srebrenica tätig war, um Kindern die Koranlehre näherzubringen. Tahir schaufelte und pickte, er schob das Pferd ins Loch und kniete, als das Grab verschlossen war, weinend davor. In seinem Rücken hörte er ein Murmeln, er wandte sich um und da stand der Hodja, ins Totengebet vertieft. Nachdem er den Schleifspuren gefolgt war und Tahir entdeckt hatte, vermutete der Geistliche, Tahir würde einen Verwandten begraben, seinen Sohn vielleicht, es kam vor, dass jemand im Wald oder in einem Brunnenschacht gefunden wurde.

Wir lehnten am Grabstein und Tahir kicherte, der Anblick eines Hodjas, der unwissentlich für ein totes Pferd betete, brachte ihn auch nach Jahren noch zum Lachen.

Nachmittags machten Sara, Tiger und ich eine Tour durch die Gegend. Die Gedenkstätte war verlassen, auch sämtliche Grills und Cafés verschwunden, Potočari nur mehr ein trostloser Ruinenort. An jedem Pfahl, Zaun und Bushäuschen klebten Poster mit dem Konterfei Putins; gelangweilt glotzte Wladimir von Pfosten und Mauern. Erst dachte ich, das wär Street-Art, etwas mit Augenzwinkern, quasi: Vorsicht, der russische Chef behält uns alle im Auge. Aber nein. Auf Kyrillisch stand darauf: Die östliche Lösung. Die Poster waren von einer pro-serbischen Partei als Hinweis aufgehängt worden, dass vor wenigen Tagen die UN-Resolution, die Srebrenica offiziell als Genozid deklariert hätte, am Veto Russlands gescheitert war. In Kravica, einem Dorf zwischen Bratunac und Novo Kasaba, kamen wir an einem riesigen schwarzen Steinkreuz zur Erinnerung an die serbischen Opfer des Zweiten Weltkrieges und des Bosnienkrieges vorbei. Am 7. Jänner 1993, dem orthodoxen Weihnachtsfest, wurde Kravica von Naser Orićs Verbänden überfallen. Orićs Truppen verteidigten Srebrenica und durchbrachen gelegentlich die Linien der Belagerer, um serbische Siedlungen zu attackieren. In Kravica töteten sie mehrere Dutzend Menschen und fackelten sämtliche Häuser ab, erklärte uns Tiger.

Ein paar hundert Meter vom Marmorkreuz entfernt parkten wir. Ich zeig euch was, sagte Tiger. Wir querten die Straße, hinter Obstbäumen Lagerhallen, auf denen wie überall Putin klebte. Vom Zaun, der die Straße von den Obstbäumen trennte, konnte ich in der vordersten Halle einen Traktor erkennen, ein rostiges Eisengitter und in der Mauer Einschusslöcher, Granatspritzer. Hier, sagte Tiger, sind am 13. Juli 1995 um die eintausend oder mehr muslimische Männer erschossen worden, die man aus Srebrenica gebracht hatte, aber nichts erinnert daran. Aus Rache für Orić?, fragte ich, und Tiger sagte: Wer weiß. Klettern wir rein, schlug Sara vor. Ist Privatgrundstück, zögerte Tiger, die Nachbarn rufen sicher die Polizei, und dann wird Bakshish fällig. Sara wollte etwas erwidern, aber verstummte. Ich folgte ihrem Blick, sah, dass aus den gegenüberliegenden, mit serbischen Fahnen behangenen Häusern mehrere Männer getreten waren. Sie stellten sich in einer Reihe am Straßenrand auf, ein jeder mit verschränkten Armen. Ich hoff, die tun uns nichts, flüsterte Sara. Tiger machte sofort kehrt, stieg ins Auto und startete den Motor. *Dobre dan*, rief ich den Männern zu, vielleicht, dachte ich mir, haben sie was zu erzählen, so ganz kapierte ich nicht, was los war. Zur Antwort drehten sie mir wortlos den Rücken zu, einer nach dem anderen wandte sich um. Komm, rief Tiger mit heiserer Stimme, komm endlich, und drückte aufs Gas. Ich sprang ins Auto, und bis wir um eine Kurve bogen, konnte ich durch die Heckscheibe die Reihe schweigender Typen sehen.

Es war ein eigenartiger Moment, die Angst, die Tiger gezeigt hatte, passte so gar nicht zum fluchenden Ex-Kickboxer, der in Tuzla jeden kennt, an jedem Eck Hände schüttelt, diesem oder jenem Mädel zuzwinkert, hab ich schon geküsst, sagte er, wenn Sara nicht hinhörte, hab ich schon geküsst, flüsterte er mir zu und kicherte dreckig. Aber dass er in Kravica vor den Serben Angst gehabt hatte, machte ihn noch sympathischer; Tuzla und das Viertel Stupine waren sein Revier, dort war er der Macker, aber hier, keine zwei Stunden Autofahrt entfernt, zählte das nichts, war er genauso ausgeliefert wie wir. Serbische Landeier, schnaubte Tiger verächtlich, wieder gewohnt selbstbewusst. Wie schräg war das denn, sagte Sara ungläubig, und ja, sie hatte recht, wirklich arg, die bei den Lagerhallen wohnenden Einheimischen passen auf, dass niemand rumschleicht und fotografiert, dass niemand reinklettert und Spuren sucht, sie formen eine stille, bedrohliche Abwehr. Eigentlich hat die Belagerung Srebrenicas nie geendet, denke ich mir, Dörfer oder Kleinstädte wie Kravica, wie Milići und die dort geschehenen, ungesühnten Verbrechen umschließen die Gedenkstätte wie ein unsichtbarer Wall, rund um Srebrenica gruppieren sich Orte, an denen so getan wird, als wäre nie auch nur ein Muslim ermordet worden.

Von Freitag bis Montag poppten die Geschichten auf, wurde uns bereitwillig von den Toten erzählt. Ich glaub, dass das der Grund war, weshalb Sara überhaupt nach Srebrenica wollte. Alles Versionen ihrer Mutter, wie in einem Spiegelkabinett, in dem sich Anisa in Verzerrungen und

Ausschnitten zeigte, anders, als sie in Wahrheit ist, aber dennoch stimmig. Hier, am Ort des größten Massakers des Bosnienkriegs, war eine derartige Überfülle an Geschichten vorzufinden, dass Sara darin ein Detail zu entdecken hoffte, das ihr die Vergangenheit ihrer Mutter verständlich machen würde. Als wär Anisas Vergangenheit ein verronnener Wassertropfen und Srebrenica ein Meer, das viel zu groß war, viel zu ungestüm, um es begreifen zu können, aber doch mehr erahnen ließ als dieser eine Tropfen.

In Wien spannen mich die Geschichten Anisas ein, lösten Bilder in mir aus, von einer verlorenen Jugend und einem winzigen, abgelegenen Dorf in den bosnischen Bergen, in Srebrenica dagegen rissen mir die Geschichten den Boden unter den Füßen weg, fühlte ich mich wie in freiem Fall.

Die aus Hamburg oder Paris angereisten älteren Frauen, die vor zwanzig Jahren von hier deportiert worden waren, die dort aneinandergedrängt standen, wo zur Gedenkfeier die Busse parkten, sprachen ohne Umschweife von ihrem Leid: *I lost my husband*, erzählte uns Merima, eine kleine Gestalt mit falschen Zähnen und geblümten Tuch um den Kopf. Sie stand auf der Caféterrasse im Stadtzentrum und versuchte, die Moschee samt ganzem Minarett zu fotografieren. Sie deutete auf eine ältere Frau mit blondem Pagenschnitt, die an einem mit leeren Espressotassen überfüllten Tisch saß, und setzte nach: *That's my cousin, she lost her husband as well.*

Merima war aus Melbourne angereist und zeigte uns von der Terrasse des Cafés, wo ihr Haus einmal gestanden hatte, unterhalb der Kirche, im jetzt überwucherten, unbebauten Hang. 1992, nach dem ersten gewaltsamen Zwischenfall in Srebrenica, war sie mit ihrem Mann und den Kindern zu einer Cousine nach Augsburg gefahren. Nach einer Woche kamen sie zurück, es schien unmöglich, dass Krieg ausbreche. War das ein großer Fehler, sagte Merima, der größte Fehler meines Lebens. Am 12. Juli 1995 hatte ihr Mann den damals achtjährigen Sohn an der Hand, sie die Tochter, damals zwölf. Soldaten rissen ihren Mann mit sich, das letzte Mal sah sie ihn, wie er in der Menschenmenge auf- und absprang, nach ihr rufend. Sie schrie seinen Namen, und für einen Moment, bevor man ihn endgültig fortzerrte, trafen sich ihre Blicke.

Merimas Erzählung verband sich mit der von Tahir oder den Geschichten von älteren Männern und Frauen, die uns bei beiden Bosnienreisen begegnet waren. An der Busstation von Banja Luka zum Beispiel einer, den der Krieg 1992 mitsamt Ehefrau und Kind nach Vöcklabruck verschlagen hatte. Stolz erzählte er von seiner Tochter, die in Wien BWL studiert, vom Haus, das er in einem unweiten Dorf wiederaufgebaut hat.

Mittlerweile kann ich mir vorstellen, wie seine Flucht nach Österreich verlaufen ist, wie der Flüchtlingsstatus alle drei Monate verlängert wurde, dann alle sechs, bis er die unbeschränkte Aufenthalts- und Arbeitsgenehmigung erhielt. Den Schritt, die österreichische Staatsbürgerschaft anzunehmen, zögert er hinaus, als Einziger seiner Familie besitzt er noch einen bosnischen Pass. Es scheint ihm ein wichtiges Zeichen zu sein, das Papier zu behalten, aus Respekt vor den eigenen Wurzeln, auch als Beleg der Selbstachtung, weil man die Zerstörung des eigenen Landes, der eigenen Vergangenheit nicht einfach so hinnehmen darf, man die angeborene Identität zumindest in Form eines offiziellen Dokuments bewahrt. Wobei, auch dieses Dokument ist nur ein Provisorium und nicht der jugoslawische

Pass, den er besessen hat, als sein Leben noch intakt war und ungefährdet schien, sondern der eines Staates, der aus dem Zusammenbruch Jugoslawiens hervorgegangen ist.

Die Tochter ist groß geworden, spricht ein weitaus besseres Deutsch als er, belächelt ihn für die abgehackte Sprache, die er sich angeeignet hat. Das im Krieg niedergebrannte Haus in Bosnien hat er neu errichtet, langsam, wie es sich aus der Ferne handhaben ließ, im Wissen, übern Tisch gezogen zu werden von den Arbeitern dort unten, eigentlich unwichtig, aber trotzdem nagt es an ihm wie das von starkem Akzent geprägte Bosnisch der Tochter. Gemeinsam mit dem Bruder, den es in die Schweiz verschlagen hat, oder der nach Schweden geflohenen Schwester baute er das Haus etwas größer als zuvor, und wenn er zu den Feiertagen mit seiner Frau anreist, trifft er die Verwandten wieder, grüßt übern Zaun die Nachbarn, die neuen und jene von früher, die überlebt haben, doch besser nicht fragen, wie. Es ist ein stattliches Haus mit orangener oder gelblicher Fassade und verschlossenen Türen, runtergelassenen Jalousien, es ist das, was den über Europa, Friedhöfe und nie entdeckte Massengräber verstreuten Clan beisammenhält, ist der Beweis: Hier, an dieser Stelle, lebte einmal die Familie Smajić, bestellte in diesem Dorf einen Acker, verbrannte im Garten das Laub der Obstbäume. Er versucht sich zu erinnern, wo die Obstbäume standen und wie viele es waren, und insgeheim, muss er sich eingestehen, freut er sich auf Österreich, weil die Pension näher rückt und er nicht drüber nachdenken muss, welches der beiden Länder die bessere Altersvorsorge bietet. Am Tag der Rückreise steht er mit seiner Frau lange vor Abfahrt an der Busstation, gute zehn Stunden bis nach Wien, und die folgende Nacht verbringen sie auf dem Sofa in der Studenten-WG ihrer Tochter. Bevor er einschläft, erinnert er sich an die Feldbetten in den Baracken des Flüchtlingslagers, weißt du noch?, fragt er seine Frau.

Am folgenden Morgen brechen sie frühzeitig zum Bahnhof auf. Beim Eintreffen in der Wohnung in Vöcklabruck hat er ein unangenehmes Gefühl. Wenn er sich an den Küchentisch setzt, um eine Tasse Tee zu trinken oder ein Bier, und neben ihm seine Frau auf der Digicam die Fotos aus Bosnien durchsieht und amüsiert kommentiert, wächst dieses Gefühl zum Bewusstsein, zu Haus zu sein, hier, wo er sich ein neues Leben aufgebaut hat, eine Gewissheit, die ihm wie Verrat an der eigenen Herkunft erscheint.

Auf der Caféterrasse fragte Sara Merima, ob sie jetzt, nach zwanzig Jahren, Frieden gefunden hat. Nein, antwortete sie. Gerade die Tage vor der Abreise waren anstrengend, aufwühlend. Dass man Naser Orić, den Kommandanten der Verteidigung Srebrenicas, vor wenigen Wochen in der Schweiz verhaftet habe. Er, der für uns gekämpft hat und in Den Haag von Kriegsverbrechen freigesprochen worden ist, festgesetzt wegen eines serbischen Haftbefehls, sagte sie, und heute die Sache mit Vučić, morgen werden die Zeitungen voll sein mit Hassreden auf alle Muslime, Vučić dagegen wird als Held gelten. Warum musste er den Friedhof betreten? Es hätte genügt, wäre er in der Fabrik geblieben. Und warum das Steinewerfen?, fragte sie, warum hat man Vučić nicht einfach den Rücken zugekehrt? Sie erzählte, wie es gewesen war, im Juli '95, in Sommerhitze und Gestank, zwischen unzählig aneinandergedrängten Menschen und in Brand gesetzten, nahen Wäldern, die schleichende Panik, die vereinzelten

Schüsse, und wie erste serbische Soldaten auftauchten, die sich nicht um die Blauhelme scherten. Als Merima mit den zwei Kindern abtransportiert wurde, in den stickigen Bussen, weshalb es ihr ein jedes Mal, wenn sie heute mit einem Bus fährt, beim Einsteigen den Atem abschnürt, da war ihr Mann schon fort, und sie hatte nicht die Kraft gehabt, dagegen zu protestieren, wie auch er sich widerstandslos abführen ließ. Immer wieder sagte sie sich, dass er es überleben wird, dass man ihn interniert, aber bald freilässt, er war Zivilist, kein Soldat. Im Niemandsland zwischen den Fronten mussten sie aussteigen, zu Fuß erreichten sie ein UN-Camp. Von dort wurde sie zum Zeltlager am Flughafen von Tuzla gebracht. Hier hörte sie erstmals von den Erschießungen, und sie wusste ... ja, was wusste sie? Nichts. Im Flüchtlingslager in Tuzla prophezeite eine alte Frau, dass alle Männer Srebrenicas getötet worden seien. Die Alte untermauerte ihre Behauptung mit den eigenen Erfahrungen im Zweiten Weltkrieg. Als Jugendliche war sie vor den Tschetniks aus Višegrad nach Srebrenica geflohen, wegen der Herbstkälte in einen Ledermantel gepackt. Auf der Flucht fiel sie hin, in der Panik gestolpert, dachte sie. In Sicherheit, entdeckte sie im Mantel Schrotkugeln, ein Treffer hatte sie niedergeworfen, doch war sie weit genug entfernt gewesen, damit die Kugeln nicht durchs Leder drangen. Fünfzig Jahre später, so die Alte, sind die Tschetniks wieder da und wollen zu Ende bringen, wovon unter Tito nicht gesprochen werden durfte.

In ihrer Wohnung in Melbourne, erzählte uns Merima, hält sie an den Ritualen mit ihrem Mann fest. Jeden Sonntag zwei Tassen mit süßem Kaffee und ein Schälchen Pistazien, pünktlich um vier nachmittags, das war ihm wichtig, zumindest vorm Krieg. Jeden Sonntag sitzt sie am

Tisch und knabbert Pistazien, trinkt eine Tasse, schüttet die zweite nach einer halben Stunde ins Waschbecken, spült den Kaffeesatz aus und stellt das Geschirr zurück ins Regal. Sie erinnerte sich, wie die Serben sie in einen Bus pferchten, eingekeilt in Hitze, stickige Luft. Wie sie an den um sie stehenden Frauen vorbei starrte, noch ein Blick, bat sie, zumindest das. Wie sie durch beschlagene Scheiben angestrengt ihren Mann zu erkennen suchte, wie der Bus um die Kurve bog und Potočari hinter sich ließ. Ein klappriger, großer Sarg rumpelte davon, und im Inneren verschwitzte, aneinanderklebende Frauen. In Tuzla suchte Merima vergeblich um eine Ausreisebewilligung an, weshalb sie sich 12.000 Mark von den Verwandten in Deutschland für die illegale Fahrt erbettelte. Mit den beiden Kindern fuhr sie nach Split, von dort nach Zagreb. Ein Slowene brachte sie über Maribor an die österreichische Grenze. Mit zwei weiteren Flüchtlingen folgte sie dem Schlepper zu Fuß durch den Wald in ein Kärntner Dorf, von wo sie nach München chauffiert wurden. Nach dreieinhalb Jahren machte sie sich auf nach Australien. Als Kriegsflüchtling mit zwei kleinen Kindern galt sie als *risk-case*, die australische Aufenthaltsgenehmigung war leicht zu erhalten. Erst 2007 war sie wieder in Srebrenica, überhaupt in Bosnien. Zwölf Jahre nach ihrer Flucht. Sie hatte Geld gespart und entschloss sich, es endlich in die Tat umzusetzen: nach Sarajevo zu fliegen, nach Srebrenica zu fahren, wenn es sein muss mit dem Bus. Ein paar Tage nachdem sie sich das Flugticket besorgt hatte, erhielt sie in Melbourne einen Anruf. Ihr wurde mitgeteilt, dass ihr Mann gefunden worden war. Vielleicht ist das ein Beweis, dass es Gott gibt, sagte sie: Nach zwölf Jahren entschließt sie sich zurückzukommen, und wenig später wird ihr

Mann in einem Massengrab entdeckt. Sie war da, als er bestattet, sah zu, wie der grüne Sarg in die Erde gesenkt wurde, während der zwölften Gedenkfeier eine der bereitgelegten Schaufeln in der Hand, dort, wo sie ihren Mann zum letzten Mal gesehen hatte.

Die Toten und Verschwundenen waren ständig gegenwärtig an diesem Wochenende. Am Samstagmorgen, ehe wir zur Gedenkfeier aufbrachen und auf dem Diwan saßen, kamen zwei Polizisten, die an der Straße Wache standen, für eine Pause in die Hütte. Sonst lauf ich davon oder versteck mich vor ihnen, und jetzt tranken wir gemeinsam Kaffee aus winzigen weißen Tassen. Einer der beiden begann wild zu gestikulieren, sprach immer lauter. Sein Kollege winkte ab und tippte sich an die Schläfe, Tahir dagegen nickte beiläufig, als hörte er von Dingen, die ihm schon lange bekannt waren. Der Polizist war bei einem Leichenfund nahe Bijeljina dabei gewesen, übersetzte mir Tiger. Auf einem Feld hatte man nach einem anonymen Hinweis die sterblichen Überreste einer zeit ihres Lebens wunderschönen jungen Frau entdeckt, die im Krieg vergewaltigt und ermordet worden war. Die folgenden zehn Nächte träumte der Polizist von einem Mädchen mit weißem Schal. Sie war von außerordentlicher Schönheit, aber in ihren Augen lag etwas, das den Polizisten schreckte. Sie sprach zu ihm, doch hörte er nichts, und die lautlosen Bewegungen der Lippen machten ihm noch mehr Angst als ihr starrer Blick. Am elften Tag, als er ein nervöses, von den Alpträumen gezeichnetes Elend war, bat er einen Hodja um Hilfe. Der Geistliche trug dem Polizisten auf, der Moschee Geld zu spenden, so viel er wolle, aber besser nicht zu wenig, und er würde im Gegenzug versuchen, die Erscheinung mit Gebeten zu besänftigen. In der folgenden

Nacht habe er endlich wieder traumlos durchgeschlafen, behauptete der Polizist. Tahir nickte. Vor Jahren, sagte er, waren die Knochen und Schädel in weitem Umkreis verstreut, waren die Wälder voll mit den im Moos liegenden oder mit Stacheldraht an Bäume gefesselten Toten. Es gibt hier Plätze, sagte Tahir, an denen eine merkwürdige Stille herrscht, ein Vakuum, du trittst auf eine Lichtung oder unter einen Baum und hörst Stimmen, Schreie. Es gibt Orte, sagte er, die so aufgeladen sind von der Gewalt, die hier geschehen ist, dass es geistert unterm Blätterdach, verfluchte Wälder, in die sich die Bauern und Holzfäller nicht mehr trauen, egal, ob es Muslime sind oder Serben.

Während Militärhubschrauber übers Tal kreisten und Limousinen Politiker ankarrten und nach getaner Arbeit wieder abtransportierten, blickten ältere Frauen wehmütig über die Ruinen und Rohbauten, über den verwucherten Hang zwischen Kirche und Moschee, und ich wusste nicht, was ich davon halten, was ich mit all ihren Erzählungen tun sollte, aber ich spürte, und ich spüre es noch, dass es wichtig war. Wichtig für sie, einem Fremden davon zu erzählen, jemandem, der nachfragte und interessiert war, und wichtig für mich, weil den Ermordeten dadurch eine Gestalt gegeben wurde.

Und natürlich sprach in Srebrenica jeder und jede von Mladić. Er ist der Platzhalter für die Soldaten in den Erschießungskommandos. Wer waren diese Männer? Einer jener, die in den TV-Bildern aus Den Haag zu sehen sind, oder einer der Russen und Griechen, die als Freiwillige auf serbischer Seite kämpften, oder irgendein Typ, der jetzt in der Republik Srpska als Alkoholiker durchs Leben gammelt und sich an die Ereignisse vor zwei Jahrzehnten kaum noch erinnert?

So viele Täter und Opfer, wie kann es sein, dass niemand etwas weiß? Die verlorenen, aufgelösten Existenzen, die in einer Grube liegen, eine Ansammlung letzter Gedanken, letzter Gefühle, die flatternden Enden des Lebensfilms, wenn es wirklich so sein sollte, dass man das Leben in Sekunden komprimiert vor sich ablaufen sieht. Die letzten Blicke auf das Gras, eine Blume, aufs Strauchwerk, eine mit Dreck verschmierte Stiefelspitze, oder, falls man auf einer Hügelkuppe stirbt, in die Weite von Wolken, Wald und Feldern, auf den Dunst über der Drina. Die letzten Gefühle und Gedanken mischen sich unter der Erde, die letzten Augenblicke von zwei, zweihundert oder zweitausend verbinden sich zu einem schillernden Strom, der auf sich die dünne Schale Bosnien trägt.

Die Meldungen, Milošević sei in seiner Zelle verstorben, Mladić geschnappt und ausgeliefert, nahm man vielleicht ohne sonderliche Genugtuung hin. Milošević starb in den Niederlanden an Herzversagen, und Merima ging in Melbourne wie jeden Tag zur Arbeit, trank Kaffee oder saß in der Straßenbahn. Zwar fühlte sie sich verpflichtet, ein wenig zu triumphieren, doch wusste sie, dass es gleichgültig ist, sich ein Name, ein Toter, nicht gegen abertausend aufrechnen lässt. Und vor allem gibt es nicht nur die Ermordeten, sondern auch eine fast ebenso erschreckend hohe Zahl von Männern und Frauen, die damals die Befehle ausgeführt und getötet haben und Jahrzehnte später gleichfalls zur Arbeit gehen, in einer Straßenbahn sitzen oder Kaffee trinken, die Nachricht von Miloševićs Tod mit einer leichten Gänsehaut quittieren, weil die Erinnerung das Rückgrat hochkriecht, doch wie etliche Male zuvor schieben sie sie weit weg, stellen dem Gast ein Bier auf den Tisch, blättern die Zeitung um oder wechseln den Fernsehkanal.

In Bosnien ertappte ich mich oft dabei, dass ich ältere Leute ansah und mich fragte, auf welcher Seite sie im Krieg gestanden, ob sie Opfer oder Täter gewesen waren. Ich beobachtete, wie ein Kellner Kaffeepulver ins Kännchen schippte, eine Frau unterm Schirm geduckt durch den Regen lief, und ich vermutete hinter jedem dieser Handgriffe einen Mörder oder einen Ausgelieferten, Schutzlosen, ich sah in solchen Bewegungen, wie man vor mehr als zwei Jahrzehnten erbeutete Geldscheine zählte oder vor Granaten floh. Und dann dachte ich mir immer, Junge, reiß dich zusammen, Bosnien ist nicht nur der Krieg. Zieh die NGOs ab, die Politik und den Gewaltporno der blutigen Stories, und was bleibt? Ein kaputtes Land, sicher, aber eins voll mit Leuten wie Tiger, der deutschen Gangsta-Rap hört und einfach mal Spaß haben will und einen Job, der im Monat mehr einbringt als vierhundert Euro, Jungs und Mädels, die in klapprigen BMWs durch die Berge rumpeln, auf Wohnblockdächern Cévapi grillen und keinen Bock mehr haben, ständig auf die Vergangenheit reduziert zu werden, die nix mehr wissen wollen vom Krieg. Das ist die eine Seite der bosnischen Gegenwart.

Die andere sieht so aus: Am Montag, dem 13. Juli, verließen Tiger, Sara und ich Srebrenica. Auf dem Weg nach Tuzla kamen wir erneut durch Kravica, und diesmal war das Dorf voller Polizisten. Sie kontrollierten die Zufahrten, standen in Seitengassen und bewachten die Lagerhallen. Im Vorbeifahren erkannte ich an den zerschossenen Wänden anstelle des grinsenden Putins Blumenkränze. Offenbar waren frühmorgens die Mütter, Frauen und Kinder der Getöteten aufs Grundstück geklettert, und bevor die Aufpasser der Nachbarschaft was mitbekamen, hatten sie Putin von den Mauern gerissen und die Blumen niedergelegt. Wenn sonst nichts darauf aufmerksam macht, was vor zwanzig Jahren hier geschehen ist, dann wenigstens dieser würdevolle, private Akt des Gedenkens.

Als wir wieder in Tuzla waren, wo uns Refika und Vehid und Tigers Clikk über das Wochenende ausfragten, ehrlich interessiert an unseren Eindrücken, da waren sowohl Sara als auch ich belebt, so seltsam das ist, wir waren erfüllt, ja, wegen all der Geschichten, wegen der wütenden Menge, die Vučić vom Friedhof vertrieben hatte. Die drei Tage Intensität, die drei Tage Tod und Sonnenbrand und Spektakel steckten uns in den Knochen, drei Tage Erzählungen von Verlust und Weiterleben, von schönen Pferden, verschollenen Ehemännern und Söhnen, und ich war froh, dass es vorbei war, wir bald zurück nach Wien fahren würden.

Und seitdem ich zu meiner eigenen Version von Bosnien gekommen bin, zur Einsicht, dass dort ein fortlaufender Widerstand geschieht, gegen die Politik und die Propaganda und für die eigene Würde, frag ich mich, wie viel wert im Vergleich dazu das Sprayen ist. Kein Piece hat dieselbe Tragweite wie ein Blumenkranz an der Lagerhalle in Kravica. Und kein Piece ist so provozierend wie ein Putin-Poster an ebendieser Hallenwand. Was kann Graffiti? frag ich mich. *Leave your mark on society*, klar, Graffiti nimmt das wortwörtlich. Was sich wie ein Werbespruch anhört, ist das, was Graff dir bietet: Du hinterlässt dein Zeichen, dort, wo alle es sehen. Aber die meisten Menschen können nicht lesen, was auf der Bahn oder der Mauer steht, also wofür soll das gut sein?

Darauf hab ich eine Antwort: Ich. War. Da. Und Graff hinterlässt nicht nur draußen Spuren, sondern ebenso in mir. Dadurch bewahre ich mir eine rebellische Einstellung, ist jede Spray-Aktion ein Update dieser Geisteshaltung. Es bleibt die Erfahrung, dass man sich nicht alles gefallen lassen darf.

Jetzt ist es still. Kein Vibrieren mehr von durchfahrenden Us. Betriebsschluss. Ich duck mich an die Kabel und Kisten, konzentriere mich. Ein paar Meter entfernt die Eisenleiter hinab. Es ist 00:52. Bis um halb fünf sind die Bahnen abgestellt, werden vorbereitet für die erste Ausfahrt in den neuen Tag, wenn an einer Garnitur mein Name gemalt sein wird. Im Rucksack die Spraydosen, im Kopf die Linien und Farbeffekte. Im Bauch ein mulmiges Gefühl. Meine Hände kribbeln, der Atem geht schneller. Noch eine Etage tiefer, entlang der Gleise zu einem Seitentunnel. Also los.

1992

Crack heads with everyone, fight everything, the past, the present, so long as the story moves on.

(Valeria Luiselli, *Faces in the Crowd*)

1.

DER ERSTE FEIND

Außer diesem Schritt und dem nächsten zählt nicht viel, in der Bahnhofshalle vorbei an Trafik und Blumenladen, die mattweiß gefliesten Treppen hoch. Zürich Bukarest Berlin steht auf der großen Anzeigetafel. Mit einem Rasseln, das Anisa an Zähneklappern erinnert, lösen sich die Buchstaben und Zahlen in einen weißen Zeichenschleier, fügen sich zu neuen Orten und Zeiten. Sie geht hinaus zu den Bahnsteigen, in die flirrende, drückende Sommerhitze, und kann ein Grinsen nicht unterdrücken: Die Stadt, in der das Flüchtlingslager liegt, und *Bécs*, aus dem Geschichtsunterricht geläufig, sind ein und dasselbe. Beim Anblick eines Werbeplakats neben dem Kartenschalter ist es ihr schlagartig bewusst geworden: Das also ist Wien.

Draußen startbereit summende Garnituren, fremde Sprachen, Abschiedswinken. Unter einer Sitzbank liegt eine Nagelfeile. Anisa kniet sich hin, steckt sie schnell ein. Hinter Waggonfenstern Fahrgäste, die sich auf gepolsterten Sitzen ausstrecken, Bierdosen oder Wasserflaschen öffnen. Ein Schaffner vergleicht die Zeit an seinem Armgelenk mit jener der runden Uhren über den Köpfen. Anisa schlendert weiter bis zum Bahnsteigende, lehnt sich an das Schild, das vorm Weitergehen warnt. Entfernt die Umrisse von Gebäuden, Laternenpfählen. Überkreuzte Gleise. Die Rücklichter eines abfahrenden Zuges glimmen rot, fügen sich ein ins von Signalen punktierte Schienenfeld. Das schrille Bremsen rangierter Güterwaggons ist zu hören; ein Geräusch, das bis vor kurzem, während eines Spazierganges durch Sarajevo, etwas in ihr bewirkt hätte. Ein Weiterwollen, woandershin. Wenn die Arbeit im Café nebensächlich war, der Tag stattdessen erfüllt von Erwartung, der Lust auf Reisen, Abenteuer. Momente, deren ruhige, zugegeben langweilige Abfolge jetzt, im Nachhinein, eine Art von Glück ist. Eine Straßenbahnfahrt beispielsweise. Das träge Rattern, die Gesprächsfetzen und ruckelnd anvisierten Haltestellen, geöffnete Schiebetüren und Rufe, Gelächter. Jovans Hand auf ihrem Oberschenkel. Beide sahen durch die Hinterscheibe auf die zurückgelegte Allee. Die Fahrspur ein dunkelgrün flackernder Tunnel aus Blattwerk; der Himmel in den Fenstern naher Häuser wie Scherben aus Wolke und Blau.

Die Faszination lag im Eingeständnis, dass der Glaube, den anderen zu kennen, eine Täuschung ist. In Sarajevo fuhren sie mit der Straßenbahn zum Zoo, und während des Schlenderns von Gehege zu Gehege, von Affen zu Löwen, von Lamas und Bären zur Voliere, wurde Jovan fassbarer und rätselhafter zugleich.

In Arbeitspausen saß sie gern am Platz vor der orthodoxen Kirche und sah den alten Männern zu, die dort Schach spielten; ihr gefiel die Vorstellung, dass die Beziehung mit Jovan einem leeren Schachbrett ähnelte, für das sie mit jeder Beobachtung eine Spielfigur erhielt. Ein Ausflug in den Zoo beispielsweise könnte einen Turm einbringen, und einen Springer gab es für Kinobesuche, wenn

Jovans Gesicht im Schein der Projektionen aufglomm. Sie mochte es zu beobachten, in wie viele Facetten er sich während der Filmvorführungen spaltete; sein unterdrücktes Kichern oder erstauntes Kopfschütteln bewiesen ihr, dass es Verborgenes in ihm gab, das sie gleichsam begreifen wollte. Im Zoo bestaunte sie die Fremdheit im Wesen Jovans, während er sich im Wundern über exotische Tiere verlor. In einem Käfig lungerte auf einem gefällten, das Gehege durchschneidenden Baumstamm ein Schneeleopard. Das Tier sah auf, da Jovan näher trat und die Hand durch das Gitter steckte. Anisa stand neugierig abseits, wie mit dem Schneeleoparden übereingekommen, ihrem Freund eine Falle zu stellen. Den langen Schweif durch die Luft geschwungen, spannte die Raubkatze ihren Leib und sprang gegen die Absperrung, welche unterm Aufprall erzitterte; gelbliche Fangzähne und Speichelfäden im geöffneten Maul, die linke Tatze erhoben, um Jovans Gesicht zu zerkratzen, der in einer Mischung aus Schreien und Lachen zurückwich, erregt, den Schneeleoparden provoziert zu haben.

Ein Pfiff lässt sie aufhorchen. Sie wendet sich um, erspäht neben einem Gepäckwagen eine hagere Gestalt, die ihr winkt, die Augen beschattend, erkennt sie Emir. Offenbar hat er die Frau gefunden, die am Bahngelände Memphis-Zigaretten aus einem Koffer verkauft, die billigsten Wiens, kursiert im Lager das Gerücht.

*

Auf den Sommer möchte Jovan fluchen und die Schaufel weit von sich schleudern, er will weg von diesem mit Stechmucken verseuchten, klebrig schwülen Landstrich im Norden Bosniens. Doch hört er hinter sich den knirschenden Schritt des Korporals, macht er dasselbe wie immer: Lippen fest aufeinander und den Ärger runterschlucken. Er sticht die Schaufel ins Gras, sticht in die Erde. Auch die Schaufeln neben ihm rammen tiefer, stoßen auf Steine, Wurzeln. Mit dem Fuß drückt er nach, stochert, rüttelt am Stiel. Schweiß brennt in den Augen. Zehn Mann wurden abkommandiert, einen Schützengraben auszuheben. Der Rhythmus von dumpf kratzenden Schaufelblättern und rieselnder Erde wirkt einschläfernd. Besser nicht zu viel denken, sich nicht um den Sonnenbrand scheren. Zehnmal Erde scheppernd in die Schubkarren geladen.

Der Korporal geht vor den hüfttief im Feld versunkenen Soldaten auf und ab und zwirbelt die Spitzen seines Schnauzers. Zu hypnotisierendem Klang mischen sich unterdrückte Flüche und das Zirpen vom Wald her. Holunder, Laubbäume, bis ans Ufer der Save. Von dort ist es nicht weit, weiß Jovan, nicht nach Kroatien, nicht zu den Soldaten auf der anderen Flussseite. Ob es den erneuten Versuch wert ist, dem Fahrer eines Lastwagens, der unterwegs ist in Richtung Südosten, einen Brief zuzustecken? Wieder ein Kuvert, das vielleicht Anisa erreicht oder zumindest ihr Dorf oder eins in der Nachbarschaft und dort den nächsten Boten.

*

Im zum Lager umfunktionierten Turnsaal drückt Anisa sich vorm Putzdienst. Sie isst dreimal täglich die Fertiggerichte, immer in Gruppe eins, die Kinder und Frauen umfasst. Dreimal täglich geht sie raus zum weißen Baucontainer, nimmt das Tablett entgegen, kehrt zurück zu ihrem

Bett oder hockt sich an die Mauer, zieht die Alufolie vom Plastikbehälter und stochert in Nudeln oder Reis.

Den Alltag organisieren die Flüchtlinge größtenteils selbst: Eine Germanistikstudentin aus Sarajevo hat für nächste Woche einen Sprachkurs geplant, der allen Interessenten, egal welchen Alters, offensteht. Aus der Lagerkassa sollen Farben und Pinsel bezahlt werden, um mit den Kindern ein Stück der Außenwand zu bemalen; Arielle die Meerjungfrau und Mickey Mouse stehen auf der Wunschliste weit oben. Die Lagerkassa speist sich aus verschiedenen Aufträgen, ein Unternehmen in der Nachbarschaft bestellte etwa für eine Betriebsfeier ein Dutzend Kilo Ćevapi und spendete einige Küchenutensilien gleich mit. Die Unterkunft kann zu jeder Tages- und Nachtzeit verlassen werden, wer rein möchte, muss dem Wachmann am Tor den rosaroten Ausweis der Fremdenpolizei vorzeigen. Es gibt zwei Fußballmannschaften, gespielt wird draußen auf dem Parkplatz, an dessen Rand frühmorgens Österreicher warten, die Tagelöhner suchen. Frauen für die Reinigungsfirmen, Männer für den Bau und alle zusammen für die Weinberge außerhalb Wiens.

Meist beginnen die Tage ähnlich. Anisa zählt ihren Besitz: Zahnbürste, Zahnpaste, Nivea-Creme. Blaues T-Shirt, ein roter Anorak. Eine Jeans, Anfang des Jahres in Sarajevo gekauft. Die Turnschuhe mit Klettverschluss, was bescheuert aussieht, aber trotzdem: neue Schuhe; aus einem Caritas-Sack geholt wie die Bluse mit aufgedruckten violetten Blüten und die schwarze Jogginghose. Ein Heft, ein Kugelschreiber, ein Bleistift. Unterwäsche. Das rosa Ausweiskärtchen, das sie von der Fremdenpolizei erhalten hat. Ein Stadtplan, am Westbahnhof aus einer Ablage mit Info-Material gezogen. Der Haarreif, ein Geschenk einer Sozialarbeiterin.

Brauchst sicher bald, meinte sie und strich Anisa über die schwarzen Stoppeln, die auf ihrem glattrasierten Schädel zu wachsen begannen. Ein Plastiksack, darin Taschenspiegel, Postkarten, Zündhölzer und, als neuester Fund, die Nagelfeile. Wieder und wieder sortiert Anisa ihre Habseligkeiten, ordnet und zählt sie. Faltet den Stadtplan auseinander, fährt mit der Fingerspitze Straßenverläufe nach.

Sie meidet die rechte Hallenwand. Die über Klettersprossen gehängten Hosen und Röcke riechen nach Heu, als wären ihre Besitzer direkt von der Feldarbeit vertrieben worden, ein Geruch, der in Anisa, muss sie daran vorbei, die Wiese hinterm Elternhaus wachruft.

Links von ihr schläft Azra, neben ihr Rahim, Azras siebzehnjähriger Sohn. Mit diesen beiden ist Anisa nach Wien geflohen. Azra stürzt sich auf die neuen Aufgaben, die in der Turnhalle warten, gerade versucht sie, eine funktionierende Gemeinschaftsküche auf die Beine zu stellen. Anisa bewundert den Elan der zierlichen Frau, deren Gesicht zu einer auffälligen Härte verzogen wird, wenn sie von ihrem Mann Mahir erzählt, der noch in Bosnien festsitzt, oder von Nenad, ihrem ältesten Sohn, der in der Jugoslawischen Volksarmee dient und von dem seit Kriegsbeginn jegliche Spur fehlt. Es ist eine willkommene Ablenkung für Anisa, Azra und Rahim zu beobachten, wie sie nicht ohne einander können und bei jeder Gelegenheit aneinandergeraten. Azra schilt ihren Jungen, nicht so viel Zeit in der Dusche zu verbringen: Deine Pickel gehen schon von alleine weg, wasch dich nicht so oft, das macht die Haut spröde. Rahim verdreht die Augen, zieht demonstrativ einen Schokoriegel hervor, und sogleich springt Azra darauf an: Wie willst du endlich abnehmen, Junge, wie, wenn du die ganze Zeit Süßes isst?

Das Bett rechts von Anisa gehört der neunzehnjährigen Jasmin, die mitsamt Eltern und Geschwistern aus einem Dorf nahe der Drina vertrieben worden ist, eine insgesamt achtköpfige Familie. In der Reihe davor sitzt Emir auf seiner Matratze. Er starrt auf den Walkman in seinen Händen, Anisa versucht zu erraten, welche Lieder er mal lauter, mal leiser in brüchigem Englisch mitsingt. Oft spreizt er die Finger der rechten Hand und fummelt am Ehering, bis ein Sanitäter zur Morgenvisite kommt, um den breiten Verband um Emirs Bauch zu begutachten. Er nimmt die Kopfhörer ab, steht mit erhobenen Armen vor seinem Bett und redet auf den jungen, ganz in Weiß gekleideten Mann ein, serbokroatische Obszönitäten, die dieser nicht versteht.

*

Endlich ist der Graben ausgehoben. Man bezieht Stellung, erschlägt Mücken, harrt aus. Vom Fluss steigt ein Schleier hoch aus Grau und Nass, lässt vom Wald nur schwarze Striche. Den Posten teilt Jovan mit Pavel, ein magerer Typ mit Halbglatze und der Einzige im Trupp, der schon voriges Jahr in Kroatien gekämpft hat. Nie hab ich einen Feind gesehen, erzählt er, die Kugeln kamen und ich hab zurückgeschossen, irgendwohin. Durch den Regenschleier sind die beiden nächsten Soldaten in zusammengekauerten Umrissen auszumachen.

Jovan hockt im Graben, das Uniformhemd zum Schutz vor Feuchtigkeit um die Kalashnikov geschlungen, und wartet. Nicht auf einen Angriff, bloß nicht, sondern auf das Ende des Nieselregens. Pavel schnalzt mit der Zunge. Ein scharfes Ding, sagt er und betrachtet das mit einer Hand vorm Regen beschützte Foto Anisas mit einer Aufmerksamkeit, die Jovan anwidert. Das Blut schießt ihm zu Kopf, Pavel lacht, was los?, fragt er, ist doch nicht etwa deine Erste? Jovan steckt die Fotografie wortlos in die Hosentasche. Er beobachtet die Wolken, die übern Himmel ziehen, er sieht auf die Uhr, schon wieder, starrt in Richtung Wald, in den Nebel, aus dem die Kroaten kommen, kommen können, und hört aus dem Unterholz ein Knacksen und zuckt zusammen. Auch Pavel schreckt auf, sicher ein Reh oder ein Fuchs, flüstert er Jovan zu, noch sind die Viecher alle hier, so schlimm ist's nicht mit den Kämpfen. Erneut Stille, kaum zum Aushalten, Acht-Stunden-Schichten, die Jovan abzusitzen hat, acht Stunden horchen und aufpassen, bis er abgelöst wird und in den Schuppen am Fuß des Hügels darf.

Bisher hat er vom Krieg nichts anderes mitbekommen als dieses Warten, von hirnlosen Tätigkeiten wie dem Putzen von Gewehr und Stiefeln kaum kaschiert. Er denkt an Anisa, an das zurückgelassene Sarajevo und flucht im Stillen, dass ausgerechnet dann, wenn er eingezogen wird, ein Krieg beginnt. Arschkarte, presst er zwischen den Zähnen hervor, ich hab die Arschkarte gezogen. Die Bemühungen herauszufinden, was in Anisas Dorf geschehen ist, führen zu widersprüchlichen Aussagen, die alles wie nichts bedeuten können, und diese Ungewissheit macht ihn fertig. Ein Mal telefonierte er mit seinen Eltern. Mitte Mai durften sie das belagerte Sarajevo verlassen, nachdem sie ihre Wohnung als Gegenleistung fürs freie Geleit einem Milizführer übergeben hatten, jetzt sitzen sie in einem Belgrader Flüchtlingslager fest.

Die Ungewissheit ist zum bestimmenden Merkmal der Gegenwart geworden. Erst hieß es, die Volksarmee müsse die Zukunft Jugoslawiens gegen Separatisten verteidigen, die die Einheit des Landes zerstören wollten, doch gibt es seit einiger Zeit keine Soldaten mehr, die aus kroatischen oder muslimischen Familien stammen. Egal, wie er die Nachrichten wendet, es ergibt einfach keinen Sinn. Warum umzingelt und beschießt die Armee, der er dienen muss, Sarajevo? Woher kommen die muslimischen Extremisten, gegen die im Osten Bosniens, dort, wo Anisas Dorf liegt, laut den Meldungen erfolgreich gekämpft wird? Er weiß nicht, wie es um Anisa steht, ihn quält die Befürchtung, dass ihr etwas zugestoßen ist. Er hockt im Dreck und flucht auf die dauernd präsente Angst um seine Freundin und auf die Lage, in die er geraten ist, und weiß augenblicklich, dass all das Schimpfen viel zu wenig ist. Er hat genug, er muss weg aus diesem Graben, sonst kann er keinen klaren Gedanken fassen. Mit einer ruckartigen Bewegung steht er auf und klettert hinaus. Pavel zischt aufgeregt, unterdrückt: Spinnst du?

Jovan schleicht übers Gras zum Wald, er schiebt Zweige zur Seite, drängt durch Sträucher und Schwaden, mit jedem Schritt wird der Geruch nach nassem Holz stärker. Er kommt auf eine Lichtung, am gegenüberliegenden Rand schimmert das Gemäuer eines Stalls durch den Nebel. Keine Tür, der Boden aus gestampfter Erde, entlang der Mauer tappt Jovan und kauert sich unterhalb einer Fensteröffnung im Schneidersitz hin. Die Kalashnikov auf den Knien, überlegt er, was gegen die Blasen an den Händen zu machen ist, er verflucht das Schaufeln, aber endlich ist er fort vom Graben und dem Gestank Pavels, der aufstößt vom Abendessen. Endlich allein. Im Dunkel des Stalls nimmt er den Helm ab, streicht sich über die schweißverklebten Haare.

*

Eine Stunde, hört Anisa von Jasmin, gaben uns die Serben. Ihre Geschichte ähnelt der anderer, die gleichsam aus dem Osten Bosniens vertrieben worden sind. Ein Tag Anfang Juni, so Jasmin, eine Stunde, um das Nötigste zu packen. Pro Person ein Koffer oder eine Tasche. Nach einer Stunde mussten alle Muslime des Ortes in einem der am Hauptplatz bereitgestellten Busse sitzen. Im Baumschatten vor den geräumten Häusern lungerten Bewaffnete, die sich als Gelbe Wespen bezeichneten. Das sind keine normalen Soldaten, flüsterte jemand im Inneren des Busses, das sind Tschetniks, und kaum war dieses Wort ausgesprochen, war die Bezeichnung für serbische Freischärler gefallen, begannen die älteren Frauen Suren aus dem Koran zu rezitieren.

Die Sonne knallte auf den Bus, in der drückenden Hitze verstummten die Gebete und Vermutungen, die wenigen Wasserflaschen, die man bei sich hatte, teilte man Schluck um Schluck. Ein Tschetnik kam mit einer Liste und rief einen nach dem anderen auf, strich mit einem Bleistift die Namen jener durch, die die Hand gehoben hatten. Erst spätnachmittags fuhren die Busse ab. Uniformierte positionierten sich im Mittelgang und verboten jegliches Getuschel über das Ziel der Fahrt. Vor den Scheiben zogen Äcker vorbei, eine flache, staubige, fast endlose Landschaft, bis in der Einöde eine winzige Bahnstation auftauchte, umgeben von Höfen, deren Bewohner hinter den Fenstern hervor ihre Ankunft beobachteten. Der Kommandant der Gelben Wespen befahl, sich in einer Reihe vor der Eingangstür des Bahnhofs aufzustellen. Nacheinander traten sie ins stickige Innere, wurden dort fotografiert und mussten eilig hingehaltene und schnell wieder fortgezogene Formulare unterzeichnen. Zwei

Tage und Nächte lagerten sie neben den Gleisen; bewacht von den Tschetniks, hockte Jasmin auf einem Streifen Gras zwischen Schienen und Holzschuppen, sah den Gebetskugeln zu, die zwischen den Fingern ihrer Mutter vor und zurück wanderten, dann bekamen sie Reisepässe ausgehändigt und wurden in Gruppen eingeteilt, Waggons standen für ihre Weiterfahrt bereit.

Eine der Sozialarbeiterinnen tritt zu ihnen. Wer heut mitkommt ins Kunsthistorische Museum, möchte sie wissen. Beide nicken, die Sozialarbeiterin notiert ihre Namen und geht weiter zur Gruppe, die sich um den Fernseher versammelt hat. Wieder ungestört erzählt Jasmin, dass der serbische Fernsehsender RTS die Abfahrt jenes Zuges filmte, der sie und ihre Familie nach Wien brachte. Sie öffnete das Fenster und lehnte sich hinaus in die nach frisch gemähtem Gras riechende Ebene. Wohin wird der Zug uns bringen?, fragte ihr Vater den Mann, der neben ihm saß. Nach Budapest, behauptete der, nein, widersprach ein anderer, er habe die Tschetniks belauscht und gehört, dass Österreich das Ziel sei. Nah am Fenster glänzte das schwarze Linsenauge einer TV-Kamera in der Morgensonne. Verwundert betrachtete Jasmin die sonderbare Erscheinung einer schönen Frau, die nicht viel älter als sie selbst sein konnte. Geschminkt und ganz in Rot gekleidet, stand sie am Bahnsteig, in der Hand ein Mikrophon. In rotem Minirock, roter Bluse, roten Stilettos sagte sie zur Kamera gewandt, dass all die Muslime in den Waggons freiwillig ausreisten, um dem serbischen Volk jenen Lebensraum zu überlassen, der ihm rechtmäßig zustehe.

*

Jovan hält den Atem an: Vorm Fensterloch flüstert jemand. Er bewegt sich nicht, horcht auf die Stimmen zweier Männer. Er kann kein Wort verstehen, doch gibt es nur eine Möglichkeit, in seinem Kopf der eine Gedanke: Da draußen stehen Kroaten. Sie haben den Nebel genützt, um über die Save zu setzen oder aus einem der Weiler des Grenzgebietes heranzuschleichen. Er spannt sich an, konzentriert sich auf die Stimmen, im Tropfen des Regens aufs Holzdach kaum zu verstehen. Er hört ein Rascheln, vielleicht war alles nur eingebildet, hofft er, doch taucht im Stalleingang eine Gestalt auf. Jovan drückt sich an die Wand, fort von der Silhouette des ersten Feindes, den er hautnah und echt zu Gesicht bekommt. Der Mann postiert sich wenige Meter entfernt, zwei, drei große Schritte würden genügen, Jovans Hände verkrampfen sich um Kolben und Lauf des Gewehrs. Er weiß nicht, wie er es machen soll: entsichern und feuern, in einer einzigen, schnellen Bewegung; kann sich nicht erinnern, wie dieses metallene Ding zu gebrauchen ist. Er versucht, möglichst leise zu atmen, erschrickt vor dem eigenen, lauten Herzschlag, der den gesamten Stall auszufüllen scheint, bestimmt bis zur Tür zu hören ist. Er muss unbedingt pissen, denk an etwas anderes, sagt er sich, denk an den Plan, mit Anisa nach Dubrovnik zu fahren, denk daran, wie sie sich abends die Haare für eine Lockenfrisur mit blauen Gummistäben eindrehte und bös wurde, wenn er über den Anblick lachte, oder wie sie von der Arbeit zu ihm in die elterliche Wohnung kam und gleich wieder raus in die Stadt wollte, um irgendetwas zu erleben, ein Elan, der ihn fortriss von den langweiligen Texten des Soziologiestudiums.

Jovan stiert ins Halbdunkel, bis ihm einfällt, dass der Mann ebendies im Rücken spüren könnte: den starren, ängstlichen Blick eines unerkannt im Schatten Kauernden. Die langweiligen Texte, die er durchackern musste, ja, das ist eine gute Ablenkung, glaubt Jovan, und wiederholt den Uni-Stoff, mit dem er sich vor kurzem noch abquälte. Die regenfeuchte Kleidung pickt an seiner Haut. Es juckt im Nacken, aber er traut sich nicht zu kratzen, traut sich auch nicht, das linke Bein auszustrecken, das gerade einschläft. Denk an etwas ganz anderes, sagt er sich, denk an Goran, der vor der Kathedrale in Sarajevo Zeichnungen feilbot; Werke, die Jovan, ging er daran vorbei, stutzen ließen. Der Blick eines Frauenporträts auffällig entsetzt, die Krähen einer Dorfansicht ein unheilvolles, dürres Spalier auf den Zäunen, und hinter den Fenstern eines in matten Farben gemalten Stadthauses kauernde menschliche Schemen; Tag für Tag entdeckte Jovan mehr Anzeichen einer unterschwelligen Düsternis, die sich in den Bildern versteckte, dunkle Details, die ihn faszinierten.

*

Anisa steht in einem der Säle des Kunsthistorischen und versucht, ein Gähnen zu unterdrücken. Sie hat ihre Gruppe verloren, den Haufen Bosnier, die eine Sonderführung bekommen. Ablenkung vom Lageralltag, hat die Sozialarbeiterin angekündigt. Ausgerechnet, denkt Anisa mit Blick auf die unzähligen Kreuzigungsszenen oder die junge, wie bekifft lächelnde Frau, die in einer Schüssel den Kopf eines bärtigen Mannes präsentiert. Manche Malereien wirken streng, zerbrechlich die Körper, wie Porzellan. An den Wänden Könige, Mönche, halbnackte Bogenschützen, im Waldschatten verborgen.

Anisa tastet in ihrer Tasche nach dem gefalteten Papier

mit dem Emblem des Roten Kreuzes. Am liebsten würde sie das Blatt zerreißen, aber sie kann sich nicht einmal überwinden, es zu zerknüllen und in den nächsten Müllkorb zu werfen. Sie verschwendet keinen Blick auf die Gemälde von Marodeuren, Raubtieren, unbekannten Heiligen, von Totenköpfen in allen möglichen Blickwinkeln auf Tischen, in Händen, im Gras. Bettlerschalen, Eisenketten. Kleinkinder mit den Gesichtern verbrauchter Lebemänner, am Rücken Flügelstummel. Fische und Kornblumen, Samtroben, Kronen: Anisa hat kein Auge für die Bilder, wäre sie besser in der Turnhalle geblieben, allein, die Decke übern Kopf, um zu einem Entschluss zu gelangen, was sie mit dem Blatt Papier anfangen soll.

Rahim zischt ihr zu, reißt sie aus ihren Gedanken. Er steht vor einem Bild, das einen Jungen mit Federschwingen zeigt, der sich leichtfüßig einem im Dunkeln knienden Mann nähert. Rahim streckt die Zunge raus wie ein hechelnder Hund und ahmt die Haltung dieses ausgehungerten, irr blickenden Mannes nach, den Kopf gebeugt, die Hände unbeholfen gehoben, mit verdrehten Augen.

Im Turnsaal sehen viele so ähnlich aus, denkt Anisa. Sie lächelt Rahim zu, erstaunt, wie sehr er sich seit der Ankunft in Wien verändert hat. War er bei ihrem Kennenlernen schüchtern gewesen, so scheu, dass er Anisa gegenüber kaum ein Wort über die Lippen brachte, hat er sich im Lager zu einem geschäftigen Jungen gewandelt. Als die Anspannung der Flucht nachließ, begann er, der Energie seiner Mutter Azra nachzueifern. Er beschaffte Clearasil und Haargel, reagierte auf die Frage nach deren Herkunft mit einem schelmischen Kichern. Hoffentlich hat er das Zeug nicht geklaut, sorgte Azra sich Anisa gegenüber. Die Kosmetikartikel, die Rahim herbeischaffte, tauschte er gegen Süßigkeiten und Limonaden, mit denen er Anisa und seine Mutter beschenkte. Schön und gut, findet Anisa, es freut sie, dass Rahim die Schüchternheit verliert, doch weiß sie, dass die auf ihrem Kopfpolster hinterlegten, in goldenes Cellophan gepackten Pralinen mit einer übertriebenen Aufmerksamkeit verbunden sind. Rahim kommt ihr wie einer der Täuberiche vor, die auf der Straße die Weibchen mit gespreizten Schwanzfedern umtänzeln, und es nervt, dass er immer unverhohlener Zeit mit ihr verbringen will.

Schnell geht sie weiter über den knarrenden Holzboden, an Stillleben mit Obst und Stundengläsern vorbei und an Porträts von Königen und Prinzessinnen, die in Pelzroben gekleidet so gelangweilt lächeln, wie Anisa sich im Museum fühlt. Gelegentlich aber entdeckt sie Sonderbarkeiten, die ihr gefallen, wie das nackte, winzige Baby, das auf der Hand eines Mönchs steht. Oder die kleinwüchsigen Diener am Rand der Festbankette, die Clowns und betrunkenen Kartenspieler, die im Gegensatz zu müde wirkenden, schmuckbehangenen Regenten ein breites Grinsen zeigen. Vorm betenden Mann in braunem Umhang, in dessen Kopf ein Beil steckt, wendet sie sich ab, wie auch vorm Feldherrn in blitzender Rüstung, der sich auf den gefesselten, halbnackten Leichen seiner Feinde wie auf einem Diwan aalt.

Wieder greift sie nach dem Papier in ihrer Tasche. Nachdem sie in der Turnhalle einquartiert worden war, hatte man ihr im Büro das Blatt überreicht. Eine Rot-Kreuz-Nachricht, Format A5. Auf der Vorderseite die auszufüllenden Angaben zum Absender: ihr Name, Geburtsdatum, Adresse, der Name des Vaters, den sie auch als Empfänger eintrug, dazu sein Geburtsdatum, das ihr erst nicht einfallen wollte. Im Oktober, sicher, aber welches Jahr? Auf der Rückseite achtzehn freie Zeilen. Anisa beschrieb darauf die Unterkunft: Bett neben Bett neben Bett, an die einhundert, alle aus der Gegend um die Drina, die meisten von Soldaten vertrieben, die sich Gelbe Wespen nennen. Ich mach mir Sorgen um dich, notierte sie, ich hoff, es geht dir gut. Sie setzte ab, weil sich ihr der Magen umdrehte wegen diesem dummen Satz, der auf eine Rot-Kreuz-Nachricht gekritzelt und als Fracht eines Hilfskonvois den Weg nach Bosnien finden sollte.

Vor Tagen erhielt sie das Blatt zurück, darauf ein roter Stempel, das Kürzel B.T.S. – *Back to Sender*. Unzustellbar, da der Empfänger nicht aufzufinden ist. Der Name der Paramilitärs mit schwarzem Marker überdeckt. Sie kratzte mit dem Fingernagel daran, ungläubig, wieder und wieder. Was soll das?, fragte sie und hielt der Sozialarbeiterin den Zettel hin. In der Rot-Kreuz-Zentrale in Zagreb, erklärte diese, müssen alle Botschaften zensuriert werden, nichts Militärisches oder Politisches dürfe enthalten sein.

Im Kunsthistorischen spielt Anisa die Möglichkeit durch, den Bildern, die ihr zusetzen, etwas entgegenzuhalten. Eine Flucht in der Flucht, vielleicht, vor den im Rückstoß zitternden Geschützen, den über Mauern verstreuten Schrapnellspuren. Jeden Abend, knapp vor 20 Uhr versammeln sich die im Turnsaal Untergebrachten vorm Fernseher. Auf dem mit Spanplatten abgedeckten Boden und herangeschobenen Bettgestellen sitzend, sieht man die brennende Nationalbibliothek Sarajevos, die TV-Reporter in Schutzwesten berichten von Sniper Alley, dem Hotel Holiday Inn, von den Geschehnissen in Višegrad oder Foča.

Alle Legenden, sämtliche Heiligen, denkt Anisa im

Museum, müsste sie mit ihrer eigenen Geschichte vollpumpen, bis etwa das Bildnis des alten, einzig mit einem roten Tuch um die knochigen Hüften bekleideten Mannes zerplatzt und Farbspritzer auf die schweigsamen, schier andächtigen Besucher regnen. Neben dem halbnackten Mann liegt ein Totenkopf, aus einem höhlenartigen Raum blickt grimmig ein Tier, in dem Anisa einen Bären zu erkennen glaubt. Der Alte schreibt Unlesbares auf ein Blatt Papier, in einer ähnlichen Haltung, wie ihr Vater am Küchentisch zu sitzen pflegte.

Ihr Vater versteckt sich, malt sie sich aus, in einer ähnlichen Höhle wie die auf dem Gemälde, im verlassenen Bergwerk nahe des Dorfes vielleicht, und schreibt in einem Brief, der bestimmt bald in Wien eintreffen wird, in seiner unbeholfenen, krakligen Schrift von den gezähmten Bären, die auf dem Markt tanzten und sich für eine in den Hut geworfene Münze verbeugten; eine seiner üblichen Erzählungen, die davon handeln, wie er als Kind durch den Wald geschlichen war, um der Mutter das Junge wegzuschnappen, das in den folgenden Monaten die Tortur zu erleiden haben würde, zu unentwegtem Trommelschlag auf einem heißen Blech zu tappen, Kindheitsgeschichten, die Anisa langweilten, doch sie befürchtet, dass, versteckt im Bergwerk, zwischen die rostigen Grubenhunte gekauert, die er früher selbst betätigt hat, ihrem Vater nichts Besseres einfällt.

*

Eines Nachmittags fragte der Straßenkünstler Jovan, ob er, der seine Werke so eingehend betrachte, selber male. Es mag am schalkhaften Eindruck gelegen haben, den Goran mit abstehenden, ergrauten Haaren und blinzelnd nach oben gerichteten Augen erweckte, dass Jovan Vertrauen fasste. Seinen Eltern oder Freunden wie auch Anisa gegenüber sprach er kaum von den eigenen Ambitionen, wich verärgert aus, wollte jemand wissen, was er in Notizbüchern festhielt oder in einer Mappe verwahrte; er spürte die Notwendigkeit, das Zeichnen zu verstecken, aus Unsicherheit, Scham und um eine gewisse, in der Heimlichkeit gründende Magie zu bewahren. Die Frage des Malers aber bejahte er sofort, schon beim nächsten Treffen an der Kathedrale zeigte er ihm Skizzen, vom Obstbaum etwa, dessen Ast er als Kind abgebrochen hatte, was ihm jene Prügel von Seiten seines Vaters einbrachte, die ihm am eindrücklichsten in Erinnerung sind. Goran musterte die Blätter mit Interesse. Er leerte Pinsel und Lappen aus einem Eimer, drehte ihn um und wies Jovan an, sich zu setzen. Nicht schlecht, sagte er und fuhr mit tabakgelbem Zeigefinger die Linien des Baumes nach.

Ließ es sich auf dem Weg von der Universität einrichten, machte Jovan beim Straßenmaler halt, der ihm die Proportionen von Menschen, Dingen, Tieren erläuterte und durch wenige Striche Kreise in die Köpfe züngelnder Schlangen verwandelte. Goran gab Hinweise, welche Bleistiftstärke geeigneter wäre, zerbröselte Pastellkreide und verwischte sie mit etwas Spucke, um eine Schattierung zu erzielen. Tageslicht aus Nordwesten, sagte er, eignet sich hervorragend zum Malen, weil es diffus und verbergend, zugleich weich und glättend ist. Mitten in seinen wahllos beginnenden, selten ein Ende erreichenden Ausführungen sprang Goran oft auf, diesen oder jenen zu umarmen, Hände zu schütteln und Blätter mit seinen Werken auszurollen, Unbekannte verwickelte er in Gespräche über Kunst und Politik, lobte Kinder, küsste Wangen, klopfte Schultern und erspähte bereits den Nächsten, er lief Frauen nach bis zur Moschee oder zur Marshala-Tita-Straße, gestikulierend, beschwörend, Einladungen zu Kaffee oder Schnaps parat, ohne sich um seine Bilder, geschweige denn Jovan zu kümmern. Bei Gelegenheit zitierte Goran aus dem Koran oder aus der Bibel, lachte laut, so dass es die auf den Steinstufen hockenden Tauben schreckte, er kannte die ganze Stadt oder war zumindest vom Vorhaben getrieben, von ganz Sarajevo gekannt zu werden, er drehte Zigaretten und erzählte, sich Tabakfäden aus dem Mund ziehend, von der Zeit, die er in Westdeutschland verbracht hatte, Erzählungen, die an Momentum gewannen, gesellten sich abends Gorans Freunde zu ihnen auf die Kathedralenstufen. Schnaps ging reihum und trieb die Truppe aus den Gesprächen übers Wetter in die Nostalgie, zu Partisanenliedern oder Gorans Prahlereien, wie er dank seines da wie dort anerkannten jugoslawischen Passes problemlos zwischen Ost- und Westberlin gereist war, im doppelten Boden seines Kofferraums Obst und Alkohol schmuggelnd, und wie er dadurch einen gewissen Reichtum erwirtschaftet hatte, zumindest bis zum 9. November 1989, als die Mauer fiel. Angeheizt vom Gerücht, dass die Grenze offen sei, überwanden abertausend Menschen Stacheldraht und Todesstreifen, und er war dabei gewesen, hatte gesehen, wie sich Fremde weinend in die Arme fielen, tanzten und sangen, die ganze Stadt war von einer unvorstellbaren Energie beseelt, ja, beseelt, anders lässt es sich nicht beschreiben, meinte Goran. Ganz Berlin triefte von Adrenalin und Glück, doch er war inmitten hupender Autokorsos, frenetischer Gesänge niedergeschlagen, fast todtraurig, denn nichts konnte darüber hinwegtrösten, dass die Ära, in der er schnell ein paar Mark verdiente, eindeutig vorbei war …

Flacher Atem, ein Kitzeln an linken Arm, eine Assel vielleicht. Der Schatten vor Jovan hat sich hingekauert, verharrt reglos. Ein derartiges Glück, wie Goran es in Berlin erfuhr, kann er sich gar nicht vorstellen, und allein dafür ist es nötig, diese Nacht zu überstehen.

Nach einer unsäglich langen Zeit löst sich der kroatische Späher aus dem Stalleingang und verschwindet. Jovan horcht auf das Knirschen von Kieseln, auf vereinzelte Laute wie einen Vogelruf. Langsam streckt er die Beine aus, bewegt er die Finger, dehnt die Arme, massiert den Nacken, endlich kann er sich aus der Erstarrung lösen. Geduckt schleicht er zur Tür und vergisst alle Vorsicht, er läuft los in den Nebel, stößt an Baumstämme, bricht durchs Gebüsch, ohne sich um den Radau zu scheren, den er veranstaltet, bloß weg, bloß zurück in den Schützengraben. Er stolpert auf die Wiese, hält sich in die ungefähre Richtung seines Postens. Von der eigenen Stellung her ein Ruf: Halt! Und: Stehenbleiben! Ich bin's, ruft Jovan, und seine Stimme bricht wegen der Angst, hinter sich einen Kroaten zu haben, der eben jetzt auf seinen Rücken zielt.

*

Wieder in der Turnhalle, liegt Anisa auf ihrem Feldbett und hält die retournierte Rot-Kreuz-Nachricht in der Hand. Sie faltet daraus einen Papierflieger, faltet ihn wieder auseinander. Jemand war damit in ihrem Dorf und hat ihren Vater gesucht, aber nicht gefunden. Sie sieht einigen Männern zu, die zwischen den Betten stehen und mit leeren Konservendosen und Schuhen auf den Basketballkorb in der Höhe zielen, jeden Treffer mit Applaus quittieren. Anisa überlegt, Jasmin auf dem Bett gegenüber zu einer

Wette aufzufordern. Die nächsten fünf gehen rein, etwas in dieser Art, um die Zeit totzuschlagen. Jasmins Gesicht steckt hinter einer Ausgabe der *Bravo*, die sie aus einem Altpapiercontainer gezogen hat. Anisa stupst sie an, deutet auf die Matratze Emirs. Wie ist der so?, fragt sie. Jasmin schielt hinter der Zeitschrift hervor und tippt sich an die Schläfe: Ihm ist die Frau durchgebrannt, das hat er nicht verkraftet.

Wie ist eigentlich deine Flucht verlaufen?, fragt sie und legt die *Bravo* beiseite. Anisa möchte es ihr erzählen, aber über die ersten Sätze kommt sie nicht hinaus. Schwindel, ein stechender Kopfschmerz, wie seltsam, sie will, doch lässt ihr Körper nicht zu, dass sie davon spricht: überm Hügelschwarz ein Streifen Morgen. Hinterm Ziegenverschlag das Gerippe eines Gartenzauns, das silbern schimmernde Band des Kiesweges. An den Häusern unförmig helle Flecken. Man wird uns nichts tun, sagte Vater, sie wollen nur wissen, wer wir sind. Man wird uns nichts tun, wiederholte er und strich die rotweiß gemusterte Tischdecke glatt. Anisa wunderte sich, dass er seine schwarze Kappe auf dem Kopf trug, wie bereit zum Aufbruch. Von Draußen das Schnauben eines Pferdes. Ein Vogelschrei vom Rand der Wiese. An den Häusern weiße, aus Fenstern gehängte Laken, vom Regen durchnässt und getrocknet im Wind, der von den Hügeln kam und nach Rauch roch, nach verbranntem Holz. Er trat zur Kommode, nahm die Fotografie von Anisas Mutter in die Hand. Pferdeschnauben, eine zugeschlagene Tür. Anisa wandte sich erneut zum Fenster, sah die Baumwipfel, die Häuser mit ihren weißen Laken. Man wird uns nichts tun, wiederholte sie still, sie wollen nur wissen, welche Häuser die unseren sind. Jemand hatte die Kennzeichnung aller nichtserbischen Behausungen gefordert und widerwillig, stillschweigend, war man dem Befehl nachgekommen.

Anisa glaubte ein fernes Singen zu hören. Die Stirn an der Scheibe, sinnierte sie über die Melodie, ihr vage bekannt. Am Himmel zeichnete der anbrechende Tag die Umrisse von Wolken. Woher kenn' ich dieses Lied?, wollte sie Vater fragen, der selbst regungslos auf das Singen horchte, das lauter wurde, aus vielen Stimmen bestand, doch war hinterm Zaun und auf den Wegen niemand zu sehen. Das Singen schien aus jeder Richtung zu kommen, vom Wald wie von der Straße, manchmal war ein Jauchzen, freudiges Schreien zu hören. Dann ein grelles Licht. Eine unerwartete Gewalt, die durchs Fenster fegte und Anisa niederriss, eine Welle, die jedes Geräusch auslöschte, bis sie sich, wie knapp vorm Ertrinken nach Luft schnappend, wieder aufraffte. Vater ergriff ihre Hand, und gebannt von seinen Augen, der Angst darin, folgte sie ihm hinaus. Knistern, Qualmgeruch. Die geschwärzten Gesichter der Uniformierten, die zu viert oder fünft zu den mit Leintüchern gekennzeichneten Häusern eilten. Gestalten in Camouflage und an ihren Füßen weiße Turnschuhe, die im Morgen wie leuchtende, kleine Fabelwesen tänzelten, aufgeregt vom Feuer, das an den Laken fraß. Imre, ihr Nachbar, hetzte den Hang hoch zum Wald. Vater gab ihr einen Stoß, ihm nach, schrie er, lauf ihm nach.

*

Die nächste Nacht im Schützengraben. Neben Jovan schnarcht Pavel, an die Grubenwand gelehnt, den Kopf auf der Brust. Der Korporal hatte Jovans Bericht von den Spähern ungläubig zur Kenntnis genommen. Verunsichert, grübelnd, verdonnerte er ihn zu durchgehendem Nachtdienst und Pavel gleich mit, weil dieser ihn nicht am Verlassen des Postens gehindert hat. Der Korporal gab den Befehl, im Wald Sprengfallen auszulegen. Draht wurde in Schritthöhe von in die Erde gesteckten Ästchen zum Auslöser der Granaten gespannt. Abends explodierte eine, im Graben wurden die Gewehre entsichert. Ein Rieseln war zu hören, ein Aufflattern. War sicher wieder nur ein Tier, sagte Pavel.

Jovan wird schwindlig, wenn er daran denkt, wie nahe er gestern dem Feind gewesen ist. Nie als Erstes schießen, wurde ihnen eingebläut, das verrät die Stellung. Egal. Eine Flucht nach vorn könnte helfen, um als mental gefährdet eingestuft zu werden. Vielleicht ist eine Versetzung ins Hauptquartier drin, ein Schreibtischposten in Banja Luka, rattert es durch Jovans Kopf, ich muss von hier weg, sagt er sich und drückt den Abzug seiner Kalashnikov. Klickdiklick und nichts. Ladehemmung. Er nimmt Pavels Waffe, sagt es erneut, bestimmter: Ich muss von hier weg. Jetzt funktioniert das Gewehr, er zielt in Richtung Wald, wartet, gibt eine neuerliche Salve ab, ja, er lacht laut, es fühlt sich verdammt gut an, diesen Radau zu veranstalten und zu spüren, wie das Gewehr in den Händen vibriert, er nimmt sich die befreiende Verrücktheit, das Magazin leer zu feuern. Aus seinem Lachen wird ein Johlen, das sich ins Peitschen der Kugeln mischt, Pavel schreckt hoch und wirft sich bäuchlings in den Dreck. Im entfernten Gebüsch erkennt Jovan aufblitzende Funken, etwas surrt durch die Luft, und erst begreift er gar nicht, was das bedeutet. Oh Gott, oh mein Gott, schreit er, als ihm klarwird, dass seine Schüsse zwischen den Bäumen hervor erwidert werden, im Unterholz gegenüber Mündungsfeuer flackert. Jovan glotzt perplex, lässt das Gewehr sinken, jemand schießt zurück, schießt auf ihn, er kann's nicht glauben. Pavel greift ihn am Gürtel und zieht ihn zu sich in die Deckung, unweit ruft einer ihrer Kameraden, er schreit, nein kreischt, damit es alle im Schützengraben hören: Die Kroaten sind da.

*

Hunderte Kilometer weiter nördlich liegt Anisa schlaflos auf ihrem Bett und denkt ans letzte Telefonat miteinander. Es muss Ende März gewesen sein, vor mehr als drei Monaten. Jovan rief aus Banja Luka an, sprach am Kasernengang möglichst leise. Sie kauerte sich im Vorzimmer des Hausbesorgers ins Eck, den Hörer ans Ohr gedrückt. Der Grundwehrdienst nervt, sagte Jovan. In der Kaserne hier, alle sind sie nervös, ich weiß nicht, stammelte er.

Am nächsten Morgen fuhr Anisa mit einem Bus in ihr Dorf in den Bergen bei Zvornik. Unterwegs waren die Wiesen und Fichten in schattigen Winkeln von Schnee bedeckt, gaben wie in den Jahren zuvor ein altbekanntes Bild ab. Ende März, Anfang April machte sie sich meist auf, um Vater bei Frühjahrsputz und dem Düngen des hinterm Haus gelegenen Feldes zu helfen, und warum sollte es diesmal anders sein, warum sollte das Verlassen der Stadt einen anderen Grund haben als diese zwischen ihnen unausgesprochen existierende Tradition? Ihr Zuhause präsentierte sich unverändert als abgeschiedener Ort.

Bald nach ihrer Ankunft stieß Anisa aber auf Gerüchte, die sich mit Jovans spürbarer Anspannung deckten. Was war etwa dran an der Behauptung von Nachbar Imre, in einem nahen Dorf an serbischen Häusern schwarze Kreuze gesehen zu haben? Ein Freund, mit dem er früher im

Bergwerk zusammengearbeitet hatte, lebt dort und pinselte eines Abends ein solches schwarzes Kreuz an die eigene Hausmauer, erzählte er Anisa und ihrem Vater. Am nächsten Morgen stand ein Karton mit Pistolen und Munition vor der Tür, über Nacht, beteuerte Imre, war ihm die heimliche Waffenlieferung vors Haus gestellt worden. Die Serben bewaffnen sich, grummelte Imre, aber wozu und wofür? Anisas Vater winkte ab, ach komm, lachte er, solche Schauergeschichten höre ich schon seit meiner Kindheit.

Umgeben von lautem Atmen, Schnarchen und geriebenen Zündhölzern, vereinzelt aufglimmenden Zigarettenspitzen dreht sie sich nach links, nach rechts, horcht auf das Klicken des Walkmans. In der vorderen Bettreihe drückt Emir Stopp, spult zurück. Sie holt das Notizheft unterm Kopfpolster hervor. Überblättert die Seiten mit Tagebucheinträgen, Kritzeleien. Im Dunkeln schreibt sie übern Museumsbesuch und hofft, ihre Schrift bei Tageslicht entziffern zu können.

Inmitten der ausgestellten Landschaften und Schlachtszenen war sie auf ein einziges Gemälde gestoßen, das eine besondere Anziehung auf sie ausübte. Begrenzt von roten, gebauschten Vorhängen zeigte es eine Akt-Sitzung, vorne links ein bärtiger Maler, hingerissen beäugte er die nackte Frau, die ihm Modell stand. Diese wandte Anisa den Rücken zu, ihren rechten Fuß stützte sie auf eine große Muschel. Die Dienerschaft hielt Spiegel, posierte mit Requisiten und raffte Tücher, im Hintergrund langweilte sich ein mit Goldketten behangener Mann, und über dem hektischen, fast lebendigen Treiben schwebte ein weiblicher Engel, der dem Maler einen Lorbeerkranz reichte.

Die nackte Frau war im Halbprofil dargestellt. Hochgebundene hellbraune Haare, bleiche Haut. Anisa fand sie hübsch, aber nicht attraktiv, etwas zu dick um die Hüften, dachte sie. Im deutschen Infotext auf einer Plakette anbei konnte sie *Apelles und Kampaspe* entziffern, zwei Namen, die ihr nichts sagten. Am Bildrand ein braunweißer, liegender Hund, neben dem Maler ein pausbäckiges Kind mit Flügeln, das ihm mit einem Pfeil auf die Brust wies. Er selbst deutete mit einem langen Stab auf das Bildnis, an dem er arbeitete. Es zeigte die Frau von vorne, nackt und bleich schimmerte sie im lauten Rot des Geschehens wie eine Figur aus geschliffenem Stein. Die nackte Frau auf der Leinwand, das Bild im Bild, hatte einen Blick in den Augen, der auffällig fremd wirkte, weil sich darin eine unerträgliche, stille Traurigkeit zeigte, so als hätte die Porträtierte jegliche Hoffnung aufgegeben. Diese im Detail verborgene Ausweglosigkeit faszinierte Anisa. Was mochte diese Frau erlebt haben, was mochte ihr geschehen sein, dass sie derart elend war? Das Notizbuch im Schoß, schaudert Anisa beim Gedanken, ähnlich zu sein: ausgeliefert, regelrecht nackt, mit einem seltsam traurigen Blick in den Augen, der verrät, immer noch ins angsterfüllte Gesicht ihres Vaters zu starren oder auf die vermummten Gestalten zwischen brennenden Laken; Momente, die sie nicht loswird.

Als Gesamtes betrachtet, löste das Gemälde in ihr eine Erinnerung aus, oder eher die Unruhe einer vagen Idee, die erst als sie einen der nächsten Museumssäle querte, eine richtige Form fand: eine Nacht in der Disko des Hotel Beograd unweit des Nationaltheaters. Nicht Anisas bevorzugtes Lokal in Sarajevo, ein Freund Jovans aber kannte einen Kellner und lockte mit der Aussicht auf Freigetränke. Sie tanzten zu Nena oder Kris Kross, stießen Bierflaschen von den Tischen, und ohne dass Jovan sich darum gekümmert hätte, drehte er sie weiter, und Anisa warf den Kopf zurück, fühlte sich für Sekunden wie über Zigarettenstummeln und Scherben schwebend. Sie mochte es, dass Jovan für gewöhnlich ruhig, fast schüchtern war, bei Partys aber überraschend hemmungslos tanzte, als würde er bloß ein paar Takte brauchen, um in ein rauschhaftes Vergessen zu kippen. Im Rauch, der unter der Decke waberte und die Lampenlichter dämpfte, verstummte die Musik, fror das Gedränge auf der Tanzfläche ein, und nur Jovan war noch da, lachend und mit glänzenden Augen. Sie stahl ihm die Zigarette aus dem Mundwinkel, nahm einen Zug, und die Wochenendnacht sprang wieder an, Musik und Getümmel fügten sich unterschiedslos ein in ähnliche, vorher oder nachher gefeierte Stunden, doch blieb als Besonderheit jenes Gefühl von Schwindel, Schwerelosigkeit.

Sie legt Heft und Stift zurück unters Bett. Sie denkt an den Nachtfalter, der eines Morgens im Zimmer in Sarajevo auf dem Fensterbrett gelegen war. Woran denken die Menschen auf den Matratzen neben ihr? Durch eine Fensterreihe in der Höhe dringt fahles Licht, die Betten aber bleiben im Finsteren. Wie der Grund eines Brunnenschachtes, der erfüllt ist von dumpfen Geräuschen. Grübelt Rahim darüber, was er seinem in Bosnien zurückgebliebenen Bruder schreiben soll? Anisa horcht ins Schwarz, das Emir verbirgt. Kein Klicken ist mehr zu hören. Sie denkt daran, dass sie Jovan nie abgenommen hat, dass seine Zeichnungen nur ein nichtiger Ausgleich zum Studium seien. Den toten Nachtfalter platzierte sie wie einen Köder auf dem Tisch. Vielleicht würden die filigranen, schimmernd grauen Flügel und der eingerollte schwarze Fühler ihm auffallen und Teil eines Bildes werden. Wenn er sich bisher schon nicht getraut hatte, sie zu bitten, ihm Modell zu sitzen, so wollte sie versuchen, die Wahl seiner Motive wenigstens heimlich zu beeinflussen.

*

Am Morgen schlägt über den Wipfeln ein Storch träge seine Flügel. Der Korporal stößt mit der Fußspitze einen Leichnam an. Ein junger Mann, im Wald entdeckt. Seine Stiefel fehlen bereits. Betretenes Schweigen, und im Gras ein Toter, die linke Gesichtshälfte von einer Kruste trockenen Blutes überzogen. Es muss ein kleiner Trupp gewesen sein, der die Hügelkuppe ins Visier genommen hat und von der unerwarteten Gegenwehr zurückgeschlagen worden ist. Jovan lügt, in einem Moment, da der Nebel sich kurzzeitig löste, am Waldsaum mehrere Gestalten gesehen und instinktiv geschossen zu haben. Anerkennend nickt der Korporal. Gut gemacht, sagt er und befiehlt Jovan und Pavel, den Toten die Anhöhe hinab zu bringen und dort zu bestatten. Pavel hat ihn an den Knöcheln, er unter den Achseln. Durchs verdreckte Uniformhemd spürt er den kalten Körper. Warum müssen ausgerechnet wir ihn wegschaffen?, fragt Jovan. Ist eine Belohnung, sagt Pavel, sehr nett vom Korporal, hätt' ich ihm nicht zugetraut. Nahe eines Haselnussstrauches bleiben sie stehen. Pavel kniet sich zum Toten, durchsucht die Taschen. Er reicht Jovan die Hälfte der entdeckten Dinar. Verstehst du jetzt?, fragt er, ohne aufzusehen. Pavel löst die verkrusteten Haarsträhnen erst vom rechten, dann vom linken Ohr. Muslimisch, mit Freundin, sagt er. Woher weißt du das?, fragt Jovan. Pavel klappt ein Taschenmesser auf und deutet mit der Spitze auf einen goldenen Ring im linken

Läppchen. Ihre Spezialität, sagt er, Ring rechts heißt Junggeselle, links Beziehung, und in beiden bedeutet es verheiratet. Endlich was zum Verkaufen, sagt er und schneidet den Schmuck frei.

Die kroatischen Vorstöße entlang der Save haben den Befehl zur Folge, das Gelände zu verminen. Die zehn Mann von Jovans Trupp werden nach Banja Luka zurückbeordert und eine Woche freigestellt. Jovan wird den Anblick des toten Jungen nicht los, wie Pavels Messerklinge in das weiße Ohrläppchen schnitt und schwarzes, dickes Blut am Goldring klebte, und er verlässt das Kasernengelände, um sich draußen irgendwie abzulenken.

Banja Luka ist ihm seit den Besuchen bei seinem Jugendfreund Zlatan leidlich bekannt. Ihre Väter hatten sich in einem Sommercamp kennengelernt, bis in die 70er eine jugoslawische Institution, um die Jugend mit kollektiver Arbeit zu beschäftigen. Aus den gemeinsam verbrachten Einsätzen beim Bau einer Autobahn entwickelte sich eine Freundschaft, die die Söhne weiterführten. Eine Ferienhälfte lang war Zlatan bei ihnen, die nächste fuhr Jovan mit in den Norden Bosniens, zu Motorroller-Touren in die umliegenden Berge und Schwimmausflügen in der Vrbas-Schlucht.

Er läuft am Fußballstadion vorbei zur von Kastanien gesäumten Hauptstraße, links die Tabakfabrik, rechts die Radiostation zwischen Villen, die noch von der österreichischen Besatzung geblieben sind. Auf dem Gehsteig gegenüber der katholischen Kirche erklärt ein Mann einem kleinen Jungen, dass die drei Turmzacken, in deren Mitte das Kreuz aufragt, ein dreimalig ineinandergefügtes U darstellen. Nichts anderes als Ustasha Ustasha Ustasha würde die Kirchenspitze als kaum verheimlichte Botschaft verkünden, schnappt Jovan im Vorbeigehen auf, eine über den Dächern ragende Drohung der kroatischen Faschisten, wiederzukommen und die Serben wie im Zweiten Weltkrieg an den Bäumen aufzuknüpfen.

Mehr Sliwo, mehr Tanz, in den Bars und auf der Straße, da wie dort Schulterklopfen und Händeschütteln, triumphierend hochgereckte AKs: Die Posavina, die Ebene im Nordosten Bosniens, sei freigekämpft, hört Jovan, endlich gibt es eine durchgehende Verbindung von hier bis nach Belgrad. Vom Balkon eines Hotels feuert einer Salven auf einen Taubenschwarm in der Ferne, sein Oberkörper ist rot vom Sonnenbrand, übers Gesicht hat er eine Sturmhaube gezogen, und die Leute unten auf der Straße ducken sich, nur ein paar wenige rufen: Bravo, Kamerad. An der nächsten Kreuzung ein provisorischer Checkpoint, von Paramilitärs errichtet, die schwarze Overalls oder Trainingsanzüge tragen, Insignien mit Tiersymbolen und kyrillischen Abkürzungen ans Barett geheftet.

Von diesem Anblick verunsichert, biegt Jovan am Theater ab zur orthodoxen Kathedrale, sucht nach einem schattigen Ort für die Mittagszeit. Vorm Rekrutierungsbüro hat sich eine Schlange von Menschen gebildet, bis in die Altstadtgasse stehen sie an, um sich zum Dienst in der bosnisch-serbischen Armee zu melden. In dem überfüllten Café, in das Jovan vor der stechenden Sonne geflohen ist, legt ein Mann, der sich als Freiwilliger aus Montenegro vorstellt, den Arm um seine Schulter und drückt ihn fest an sich. An jedem Finger ein Ring. Gestern, prahlt er, sind wir von der Front ins Hinterland gezogen und in jedes Haus ohne passende Fahne, ohne richtiges Kreuz an der Mauer … Er formt eine Faust und begutachtet den Schmuck, reckt sich nach dem Kellner: Zweimal Rakia, auf mich. Jovan windet sich aus der Umarmung, im Rücken die erbosten Rufe: He, wo willst du hin? Er stürzt hinaus, fort von der Aggression, die der Mann ausstrahlt. Egal, wohin er sich in Banja Luka wendet, überall stößt er auf diese zur Schau gestellte Gewalt, die ihn verschreckt.

Er kauert sich in den Schatten eines Strauchs, gegenüber tanzt ein Betrunkener durch die Ruinen einer niedergebrannten Moschee, wirbelt verkohlte Reste, kalte Asche auf. In den Schlafsälen und Gängen der Kaserne war zu hören, dass alle sechzehn Moscheen der Stadt gesprengt werden sollen, zum Höhepunkt die große Ferhadija unweit des verfallenen türkischen Kastells, doch hat Jovan das für leeres Gerede gehalten. Bisher hat er nie über Moscheen nachgedacht, die Gemäuer waren eine Selbstverständlichkeit wie die gleichermaßen vielzähligen katholischen oder orthodoxen Kirchen. Aber jetzt, die Trümmer vor Augen, fühlt er sich ungewiss traurig, als wäre ihm etwas fortgenommen, über dessen Wert er sich nie im Klaren war. Ein jahrhundertealtes Gebetshaus wurde gesprengt, gibt eine rußschwarze Tanzfläche für einen Betrunkenen ab, und Jovan denkt daran zurück, wie sich Freitagmittag die Gläubigen am Brunnen vor einer Moschee die Hände, Füße und das Gesicht wuschen, ehe sie ins Gebet des Hodjas einstimmten; eine Erinnerung, in der sich ihm die gesamte unbescholtene, friedliche Vergangenheit zu bündeln scheint. Der von Bulldozern umgewälzte Schutt macht ihm bewusst, dass etwas vor sich geht, das sehr tief und weit reicht, sogar Bauwerke ausradiert, die für ihn bisher untrennbar mit Jugoslawien verbunden waren.

Das gestürzte, wie die verkohlte Wirbelsäule eines riesigen Fossils verstreute Minarett beweist ihm, wie lächerlich sein eigenes, persönliches Banja Luka ist. Die Heimatstadt von Zlatans Familie formt sich aus Anekdoten und bildet eine märchenhaft verbrämte Vergangenheit, die rein gar nichts mit dem Banja Luka der Gegenwart zu schaffen hat, mit der Stadt der Paramilitärs und Straßenkontrollen und niedergebrannten Gotteshäusern. Zwei Banja Lukas, die sich nicht zur Deckung bringen lassen. Die jetzige Stadt ist bedrohlich, nervöser als jene, die er aus seiner Jugend kennt und die mit Diskos, Flirts auf Parkwiesen aufwartete oder mit dem Grab von Sefikada, ein hüfthoher, an eine Hausmauer angefügter Betonquader in einer Seitengasse unweit der Ferhadija.

Der Legende nach hatte sich Sefikada in einen österreichischen, im nahen Kastell stationierten Soldaten verliebt und sprang, nachdem dieser versetzt worden und auf einem fernen Schlachtfeld gefallen war, vor die zum Morgenappell abgefeuerte Kanone. Sie wurde an jener Stelle von der Kugel getötet, an der sich das Grab befindet, und früher versuchte Zlatan, beim Schwimmen oder im Park getroffene Mädchen mit der Geschichte rumzukriegen, dass dem das Glück in der Liebe sicher sei, der an Sefikadas Grab eine Kerze entzünde. Unterm Sitz seines Motorrollers verwahrte Zlatan mehrere Beutel mit Teelichtern, erinnert sich Jovan.

Der besoffene Tänzer schreit, kickt einen verkohlten Stein in seine Richtung, herausfordernd, wie es zuvor im Café das Gehabe des Montenegriners gewesen war. Ohne auf die Rufe zu reagieren, reißt Jovan sich los vom Anblick der zerstörten Moschee. Jetzt hat er ein Ziel: Zlatans Elternhaus im Süden der Stadt.

*

Ein neuer Tag, ein neuer Anlauf, das fremde Wien kennenzulernen. Ehe die Mittagshitze beginnt, spaziert Anisa durch die Gegend, erweitert ihren Radius um einige Straßen mehr als zuletzt. Sie kommt an einem Lokal vorbei und kann durch die Tür auf den Fernsehbildschirm sehen. Ein Soldat nimmt einen Schluck aus einer Coladose, andere haben Daumen, Zeige- und Mittelfinger zum serbischen Gruß erhoben. Eine Landkarte Bosniens wird eingespielt, die Orte der Auseinandersetzungen sind mit Explosionssymbolen verzeichnet. Unter diesen roten und gelben Flammen Anisas erste Partys, der Schulabschluss, der erste Sex; die Premieren, die das Leben einer Jugendlichen ausmachen und nun ebenso unglaubwürdig wirken wie die Ortsnamen, die sie von der Moderation aufschnappt.

Anisa wendet sich ab. Die Leute in Wien haben von Jugoslawien höchstens eine vage, vom Adriaurlaub vermittelte Vorstellung, und wütend drüber, dass sie selbst mit den Augen einer Außenstehenden auf Fernsehbildschirme gafft, zerdrückt Anisa im Weitergehen die Coladose, die sie in der Hand hält. Niemand hier, denkt sie, weiß, wie es in Bosnien ist, nicht mal sie selbst kann es mehr mit Sicherheit sagen. Die Fernsehbilder irritieren sie, rufen Erinnerungen an den Zoo von Sarajevo oder an ihren Vater wach, Erinnerungen, die nicht mehr mit der Realität vereinbar sind. Sie hat sich von Bosnien entfernt, ohne woanders angelangt zu sein. Unwirklich die Berichte von unten, provisorisch ihre Existenz in Wien. Niemand spricht sie an, keiner im Kaffeehaus und keiner, der ihr auf der Straße entgegenkommt, vielleicht weil man als Bosnier nicht anders aussieht als die Einheimischen und einfach nicht auffällt oder weil es den Wienern lieber ist, sich auf distanzierte Hilfe zu beschränken.

Jeden Morgen bringt der Wachmann Kartons mit freiwilligen Spenden, die am Eingang abgegeben wurden; es ist zu einem beliebten Zeitvertreib geworden, dass sich einer damit untern Basketballkorb stellt, die Kleidung, Konservendosen, Bücher und CDs wie bei einer Versteigerung präsentiert und an Interessierte verteilt. Aber Anisa will keine Zuwendungen, kein Mitleid, sie will nicht weiter durch diese unbekannten Straßen laufen und auch nicht zurück in die aus der Not entstandene Gemeinschaft der Turnhalle. In Sarajevo war sie eine selbständige, junge Frau mit Ambitionen, die übern Kellnerjob hinausgingen, mal um Journalismus kreisten, mal um Schauspielerei. Sie will die Gewissheit, dass sie nach wie vor jene Frau ist, die über die felsenfeste innere Überzeugung verfügte, dass ihr jegliche ausgemalte, phantasierte Zukunft offensteht. Sie braucht eine Bestätigung, dass sie mehr kann, als dreimal täglich Essen zu holen oder planlos durch die Gegend zu laufen, eine Cola in der Hand wie dieser dämlich grinsende Soldat im Fernsehen.

Anisa holt aus und wirft die Aludose in hohem Bogen über die Straße. Sie knallt auf die Windschutzscheibe eines geparkten Autos, der Alarm springt an, und Anisa wartet, ob jemand sie zur Rede stellen will, sie hofft, dass der Autobesitzer wütend aus einem der Häuser stürzt, ein solcher Streit würde sie ablenken, ja, eine hitzige Diskussion und Geschrei, das könnte helfen.

Sie versucht ihr früheres Leben zu beschwören, das Selbstbewusstsein, das sie besessen hat. Sie erinnert sich an den heimlichen Stolz, der sie in Sarajevo ergriff, weil sie aus der Ödnis und Enge des Dorfes fort war und ihre Idee, es in der Hauptstadt zu versuchen, durchgezogen hatte. Aber dann wird ihr flau im Magen wegen des schlechten

Gewissens ihrem Vater gegenüber. Es fühlt sich wie ein schrecklicher Verrat an, so über das Dorf zu denken. Er ließ sie nur widerwillig gehen, wusste sich nicht anders zu helfen, als mit einem auffälligen Schweigen auf ihren Entschluss zu reagieren. Nach jedem Besuch begleitete er sie vom Dorf hinab nach Zvornik zur Busstation, trug ihr die Reisetasche bis zum Sitz, und bei jedem Abschied spürte sie, dass er ihre Entscheidung, nach Sarajevo zu gehen, weiterhin nicht nachvollziehen konnte. Jetzt ist er verschwunden, ohne eine Spur hinterlassen zu haben, wie von einer überirdischen, bösartigen Kraft aus ihrem Leben gerissen, innerhalb von Sekunden fortgezogen, verschluckt, als hätte Anisa ihn nur phantasiert.

Vater weg und weg auch Jovan, der Verlust dieser beiden hat Löcher gerissen, die täglich größer werden, denn jeden Tag fallen ihr Besonderheiten ein, Liebenswürdigkeiten, die sie mit den zweien verbindet. Wie Vater frühmorgens mit einer Tasse Kaffee am Fenster stand und hinaus aufs Feld blickte, in Träumen versunken, von denen er ihr nie erzählte, oder wie Jovan der Idee verfallen war, Tango zu lernen und eine VHS-Kassette mit Tanzlektionen besorgte, die übern Fernseher flimmerten, während die beiden im Wohnzimmer zwischen Sofa und Tür halbwegs elegant die Bewegungen nachzuahmen versuchten. Oder aber sie erinnert sich an Diskussionen, verletzende Worte, die ihr jetzt wahnsinnig leidtun. Der eine Streit mit Jovan etwa, als er sie vom Café abholte und zu sehen bekam, wie sie an der Theke mit einem Stammgast scherzte, ein harmloser Flirt, der sich in seiner Wahrnehmung zu einem Vertrauensbruch auswuchs.

Anisa bleibt stehen. Wo will sie überhaupt hin? Bestimmt nicht zurück in die Turnhalle, zu all den Menschen, die eine ähnliche Fluchtgeschichte wie die ihre erzählen, und wo sie auf dem Bett zurücksinken würde, die Decke übern Kopf, damit niemand sie weinen sieht. Längst ist der Autoalarm verstummt, die Sonne steht über den Dächern und frisst allen Schatten vom Asphalt.

*

In Banja Luka gibt es Straßenecken, Innenhöfe und Bartheken, wo die Parolen und Schreie zu einem Flucht verheißenden Flüstern werden: Willst du weg? Knapp tausend Deutschmark für einen Sitzplatz im Auto eines Polizisten, der bis nach Serbien fährt und an den Kontrollstellen vorbei gewinkt wird. Manche bieten Tickets für Kleinbusse an, die, behaupten sie, problemlos ausreisen, weil kein anderer über derart gute Verbindungen zur Armee und zur Miliz verfügt. Auf den Handel lässt sich ein, wer den Militärdienst verweigert oder den falschen Namen trägt.

Zlatans Familie, weiß Jovan, ist gemischt. Sein Vater ist Kroate, die Mutter Muslimin. Es muss etwa ein Jahr her sein, seit er Zlatan zuletzt besucht hat. Er weicht den Milizposten an der Hauptstraße über Umwege durch Hinterhöfe und Gärten aus. Ein jeder dieser Hinterhöfe und Gärten ist verlassen, und auch das Haus von Zlatans Familie unterscheidet sich nicht von den übrigen: Die Eingangstür weit offen, die Fenster zerschlagen. Jovan quert Wohnzimmer und Küche, steigt über Scherben und Zigarettenstummel, aufgerissene Bodenbretter. Hallo, ruft er verhalten, selbst wenn er überzeugt ist, dass in diesem geplünderten Chaos niemand mehr lebt. Er geht die Stufen hoch in den ersten Stock. Sämtliche Bettmatratzen aufgeschnitten, die Schubladen rausgerissen, ihr Inhalt übern Boden verstreut, in allen Räumen herrscht dieselbe gründliche Verwüstung. Er öffnet die Zimmertür von Zlatans Schwester, der Geruch nach Scheiße schlägt ihm entgegen, und angewidert wendet er sich ab. Er geht zurück ins Erdgeschoss, versucht mit jedem vorsichtigen Schritt durch die Trümmer und Splitter zu erraten, was genau hier geschehen, wer dafür verantwortlich ist. Durch die Hintertür gelangt er in den Garten. Eine ungemähte Wiese, der Efeu von Wespen und Bienen fiebrig belagert, ein lautes Summen, das sich von Jovans Anwesenheit nicht stören lässt. Er geht entlang der Hausmauer, die Finger gleiten übern Verputz. Aus dem schmalen Kellerfenster hervor packt eine Hand seinen Fußknöchel, und er zuckt zusammen, schreit auf. Pst, zischt eine bekannte Stimme, Jovan, sei ruhig.

Er rennt in das Haus, die Treppe hinab in den Keller. Ein dürrer Mensch steht im Schatten, Zlatan, sagt er, Zlatan, und kann es nicht glauben. Vor ihm ein bärtiger, nur mit einer kurzen Hose bekleideter Mann. Doch, er muss es sein. Die Wangen eingefallen, die ganze Haltung zittrig, verkrampft. Aber das angedeutete Lächeln, verschmitzt wie vor Jahren, kurz vorm Sprung von einem Felsen in den Fluss. Du musst mir helfen, stammelt der abgemagerte Halbnackte. Jovan nickt, zündet ihm eine Zigarette an, etwas Besseres fällt ihm nicht ein. Du musst mir helfen, wiederholt er, ich muss hier raus.

Nach und nach erfährt Jovan, dass Zlatans Eltern und Geschwister schon vor Wochen zu den Großeltern nach Kroatien geflohen sind, er aber zurückblieb, da er der Panik, die einen Krieg prophezeite, nicht traute, und vor allem keinen Tag verlieren wollte, um sich auf die Abschlussprüfung an der Uni vorzubereiten. Eines Nachmittags, über die Bücher gebeugt am Schreibtisch, hörte er wütendes Geschrei, unterbrochen von Flehen, Weinen. Vom Zimmerfenster aus konnte er beobachten, wie der Nachbar von zwei Männern in den Garten gezerrt und ihm eine Pistole an den Hinterkopf gehalten wurde. Zlatan hörte einen dumpfen Knall, der Nachbar fiel vornüber und die zwei Unbekannten schleiften ihn an den Beinen fort. Es muss eine private Abrechnung gewesen sein, die in den Wirren des Kriegsbeginns nicht auffiel, vermutet er. Am folgenden Abend weckte ihn hämmerndes Klopfen an die Haustür, höhnische, lachende Stimmen riefen: Zlatan, Zlatan, bald kommen wir dich holen! Er schlich zu einem der auf die Straße weisenden Fenster und erkannte mehrere vermummte Gestalten, die von Haus zu Haus gingen und die Namen jener Muslime riefen, die die Stadt noch nicht verlassen hatten. Zlatan fand als einziges Versteck den unbenützten Kleiderschrank, der in einem Eck des Kellers verstaubt. Er nahm die Regalbretter raus und kletterte hinein, zog die Tür hinter sich zu. Spätnachts hörte er Poltern, Scheppern, das Klirren von Geschirr, Gejohle. Er hörte das Knacksen, Kreischen, als man oben auf der Suche nach gebunkertem Geld die Bretter aus dem Boden riss. Die Stimmen klangen zunehmend betrunkener, und vielleicht lag es am von Alkohol und Plünderung bedingten Rausch, weshalb niemand auf die Idee kam oder Lust hatte, den modrigen Keller zu betreten, ein einziges Mal nur ging die Tür auf und jemand pisste vom Absatz die Treppen hinab. Mehrere Tage lang hörte er Schritte und Gelächter, er hörte Musik und Betrunkene, die falsch sangen, aber mit Inbrunst. War es oben still, kletterte er aus dem Schrank und holte sich vom gegenüberliegenden Regal Gläser mit Marmelade, die er, wieder im Versteck, gierig aufsaß und geleert als Toilette benützte. Die Tür zum Keller wurde geöffnet, er hörte eine Frau, die über die Dunkelheit schimpfte, und das Winseln eines Hundes, der die Treppe hinabgestoßen wurde. Bewegte sich Zlatan, begann der Hund zu bellen und am Schrank zu kratzen. Erneut wurde die Tür aufgerissen, diesmal befahl ein Mann dem Köter, still zu sein. Die Holzstufen knarrten unter Schritten, die haltmachten, da jemand rief: Du bist dran, zieh 'ne Karte. Die Schritte polterten zurück, und lange war nichts zu hören außer dumpfes Gelächter und das Kratzen des Hundes, der, als Zlatan jegliches Zeitgefühl verloren hatte, von der Frau nach oben geholt wurde. Als Zlatan den Hunger nicht mehr aushielt, schlich er sich aus dem Keller. Die Uhr im Wohnzimmer zeigte halb drei in der Früh. Auf dem Diwan lagen eine Frau und ein Mann, nackt aneinandergedrückt, aus dem Vorgarten drang das Winseln des Hundes. Zlatan ging in die Küche und kratzte aus einer Pfanne die Reste angebrannter Kartoffeln. Aus der Schublade nahm er ein Messer, stand damit vor den Schlafenden, ohne dass er sich getraut hätte, ihnen etwas anzutun. Er schlich zurück in den Keller und hockte sich wieder in den Schrank. Seit einiger Zeit ist es still im Haus. Hilf mir, sagt Zlatan, ich muss von hier weg.

*

Emir hat in Erfahrung gebracht, dass türkische Händler am Mexikoplatz günstig gebrauchte Kleidung verkaufen, die ansehnlicher ist als jene der Caritas. Er fragt Anisa, ob sie ihn begleiten möchte. Er sieht sie erwartungsvoll an, doch sagt sie nicht gleich zu. Seit ihrer Flucht ist sie vorsichtig geworden. Nicht verhärmt, verschreckt, aber stiller, als sie vorher je gewesen ist. Sie will niemandem ganz vertrauen, sich nicht abhängig machen von einem Menschen, den man dann doch wieder verliert. Aber allein kommt sie nicht durch. Als Flüchtling braucht man ein Netzwerk, das Hilfe und Ratschläge gibt, Hinweise und Verständnis. Es ist ihr noch nicht ganz klar, wie sie diesen Balanceakt meistern soll, und sie geht auf Emirs Vorschlag zögerlich ein. Hoffentlich, denkt sie, bekommt Rahim nichts mit, weil er sonst unausstehlich wird, unbedingt wissen will, warum sie mit Emir alleine rumzieht.

Unterwegs befürchten sie, sich verlaufen zu haben. Auf einer Parkbank kramt Anisa den Stadtplan hervor, um rauszufinden, wo sie sind. In manchen Belangen, merkt sie, ist Emir überraschend naiv. Von einer Gelegenheitsarbeit fuhr er mit dem Taxi zurück ins Lager, weil er dem Gerücht geglaubt hatte, der rosarote Flüchtlingsschein ermögliche die alles umfassende Freifahrt, egal ob Straßenbahn, Zug oder eben Taxi. Die Fahrtrechnung musste vom Leiter der Unterkunft beglichen werden, und wenn Emir Anisa vorspielt, wie erbost dieser reagiert hat, kann sie sich ein Lächeln nicht verkneifen, und je mehr sie lacht, umso übertriebener ahmt er nach, wie aufgebracht der Chef im Büro auf und ab gewandert war. Emir reicht ihr die Kopfhörer, drückt Play. Anisa horcht aufs Lied, dreht den Schmierzettel mit den notierten Kleidungswünschen anderer Flüchtlinge in den Fingern, beginnt, ein Eck einzureißen. Einen Millimeter, noch ein wenig. Aus den Augenwinkeln mustert sie Emir. Er muss um die dreißig sein, schätzt sie. Sie nimmt die Kopfhörer ab, sieht ihn fragend an. Die Sex Pistols, schwärmt er, und unbedingt muss ich dir noch Pankrti und The Clash vorspielen, das waren die 80er, das war Punkrock, und ich und meine vier besten Kumpel trugen T-Shirts mit dem Union Jack drauf, wie

Dragan Nikolić in *Jung und blühend wie eine Rose*, wirst du gar nicht kennen, ein von Tito verbotener Streifen über einen Typen, der zum Gangsterboss Belgrads aufsteigt, quasselt er.

Anisa merkt, dass ihm etwas auf den Lippen liegt. Eine junge Frau Anfang zwanzig, allein geflohen, das fällt auf. Er dreht am Ring an seiner rechten Hand. Ich hab meine Frau verloren, sagt er, formt eine Faust und fragt: Was ist mit deiner Familie? Anisa spult die Fakten ab, nicht unähnlich dem Gespräch im Erstaufnahmezentrum, wohin man sie nach der Ankunft am Westbahnhof gebracht hat, sie wundert sich selbst, wie leicht diese verstümmelte Version ihrer Geschichte aus ihr herauskommt: Die Mutter verstorben, als sie acht war. Ihr Vater bis zur Pensionierung in einem Kohlewerk tätig. Ein Onkel, der in Tuzla lebt, einer Stadt, die sich, glaubt man den TV-Nachrichten, als Schutzzone hält.

Nach einigen Minuten Schweigen, in denen Anisa den Schmierzettel in ihren Händen zerreißt, erzählt sie Emir, dass ihr Vater ihr ähnliche Tanzschritte wie die eines dressierten Bären beigebracht hat. Sie war um die sechs Jahre alt, und er trommelte auf dem Tisch den Takt, lachte laut; ein Schauspiel, worüber sich Mutter erregte, weil sie es abwertend fand, dass er seine Tochter zur eigenen Belustigung wie einen Tanzbären rumtappen ließ. Eigentlich, sagt Anisa, hatte sie recht. Aber trotzdem denk ich gern daran zurück.

Emir, nicht schwächeln, ruft sie über die Schulter, als er sich beim Weitergehen krümmt, die Hand vorm Bauch. Das Wetter, erwidert er und quält sich ein Lächeln ab. Emirs Weg nach Wien begann Anfang Mai beim Brennholzsuchen außerhalb seines Dorfes. Auf einer Waldlichtung hörte er einen Knall, spürte im nächsten Moment einen unerwartet schmerzhaften Stich. Blut, das zerfetzte T-Shirt: unerklärliche Einzelheiten, die ihn, auf dem Gras zusammengeklappt, ungläubig staunen ließen. Unter Schock schaffte er es bis nach Haus; ein Ambulanzwagen, der zu diesem Zeitpunkt die bereits errichteten Straßensperren noch passieren durfte, selbst wenn darin jemand mit dem muslimischen Vornamen Emir lag, brachte ihn ins nächste Krankenhaus. Gegenüber Anisa spricht er nicht viel von der Verletzung. Die Kugel, deutet er an, sei durch seinen Nabel gegangen. In Wien hat er von ähnlichen Fällen gehört, schon Wochen vor dem eigentlichen Kriegsbeginn war es zu Attacken gekommen. Über Nacht wurden Scheunen in Brand gesetzt oder Tiere erstochen oder aber es wurden aus dem Hinterhalt Schüsse abgefeuert auf Holz suchende oder Wiesen mähende Ahnungslose, und wie Emir können auch andere nur rätseln, wessen Finger am Abzug gewesen ist.

Auf dem Rückweg vom Mexikoplatz warten Emir und Anisa an einer Kreuzung auf Grün. Gestern, sagt er, war jemand in der Turnhalle, der dafür geworben hat, zurückzukehren und gegen die Serben zu kämpfen. Der Plan sieht vor, sich auf einem Parkplatz nahe des Südbahnhofs zu treffen, von wo die Freiwilligen nach Kroatien in ein Militärlager gebracht würden. Erst soll man den Umgang mit der Waffe üben, um dann in Bosnien einzusickern. Du fährst auch?, will Anisa wissen. Emir zuckt mit der Schulter, durchsucht die Taschen des neuerstandenen blauen Sakkos. Gut, dass wir so früh bei den Türken waren, sagt er, wir haben sicher die besten Stücke abgegriffen.

*

Jovan braucht nicht lang darüber nachzudenken, was zu tun ist. Er kann seinem Freund helfen und hat zudem die Möglichkeit, Typen wie dem tätowierten Montenegriner aus dem Café oder dem Besoffenen im Schutt der gesprengten Moschee insgeheim eins auszuwischen. Ein kleiner Sabotageakt im allgegenwärtigen Kriegstreiben, die Vorstellung gefällt ihm.

Zlatan und er sehen sich auf Ausweisfotos leidlich ähnlich. Jovan besorgt Rasierschaum, Rasierklinge und eine Schere. Er bürstet seine Uniform, steckt das Soldatenbuch hinzu. Am nächsten Morgen wirkt Zlatan wie ein gewöhnlicher Rekrut, wenn auch kränklich mager. Mit Jovans Ausweis und Urlaubsbewilligung setzt er sich in einen Bus nach Belgrad. Gleich nach seiner Ankunft, verspricht Zlatan, wird er alles zurücksenden. Sie verabschieden sich mit einer Umarmung, küssen sich dreimal auf die Wangen, links, rechts, links, um so glaubhaft wie möglich zu wirken. Der Bus fährt ab, das von Angst und Schlaflosigkeit ausgezehrte Gesicht Zlatans drückt sich an die Scheibe, eine bleiche Kugel unterm Barett. Wenigstens versteckt das Hemd die hervortretenden Schlüsselbeine und die Wirbelsäule, die sich vor den Augen Jovans, als sich Zlatan die Kellertreppe hoch schleppte, im fahlen Licht erschreckend auffällig durch die Haut zeichneten.

Jovan quartiert sich im Haus ein, schläft auf der zerschnittenen Matratze im Zimmer seines Jugendfreundes. Jeden Mittag macht er sich auf zur Station und fragt nach, ob der Bus aus Belgrad eine Sendung für ihn hat. Zurück im geplünderten Haus, steht er am Fenster und sieht in den Nachbargarten. Hohes Gras und blühende Brombeersträucher, aufgeregtes Gewimmel von Wespen, Bienen, Schmetterlingen. Weiße Plastikstühle liegen umgeworfen im Gras, die erkalteten Reste eines Lagerfeuers sind zu erkennen, die Verandatür hängt halb in den Scharnieren. Er wiederholt Zlatans wenige Worte von der Hinrichtung. Wer ist dieser Nachbar gewesen? Und wer hat ihn erschossen?

Ähnliche Fragen wälzt Jovan in seinem Kopf, denkt er an den Jungen, den Pavel und er am Hügel nahe der Save begraben haben. Er kommt zu keiner Antwort, er zwinkert, massiert sich die Schläfen, konzentriert sich dann auf eine bestimmte Blüte des Brombeerstrauchs oder lässt den Garten in seiner Gesamtheit auf sich wirken. Je nach Sonnenstand fallen die Schatten von Strauch, Baum und Haus ineinander oder ziehen sich einzeln in die Länge. Immer zeigt sich der Garten wie das Gesicht eines Menschen, dessen Augen, Lippen, Falten eine bewegte Geschichte erzählen, ohne zu verraten, ob es die des Opfers oder des Täters ist. Jovan fertigt erste Skizzen an, kriegt das Gefühl, das ihn umtreibt, aber nicht zu fassen. Da fällt ihm ein, dass Anisas Foto noch in der Uniform steckt, die er Zlatan mitgegeben hat. Der Ärger, wegen des unerwarteten Wiedersehens mit Zlatan und der Erregung, ihm bei der Flucht helfen zu können, die Fotografie vergessen zu haben, treibt ihn vor die Tür.

Er geht in Richtung Markthalle nahe des Flusses. Eine Parade roter VW-Golfs fährt hupend die Hauptstraße entlang. Eine Gruppe von Zivilisten betrachtet das Schauspiel verwundert vom Straßenrand aus, eine Frau berichtet, gehört zu haben, dass die Autos in einer verlassenen Fabrik entdeckt und von den Paramilitärs konfisziert worden waren, mehrere Dutzend VW-Golfs, in derselben Farbe wie ihre Barette.

Wieder zurück im Haus, bricht Jovan vom Wohnzimmertisch die Beine ab, beklebt die Holzplatte mit unleserlichen, dichtbeschriebenen Blättern Papier, die er im Büro von Zlatans Vater findet. Am Herd schmilzt er in einer Pfanne einige Ölkreiden, auf dem Markt an einem Stand für Schulutensilien erstanden. Es ist einer der von Goran abgeschauten Tricks: Die bei geringer Hitze zerflossenen Farben lassen sich in der Pfanne wie auf einer Palette vermischen oder mit einem Messer direkt auf dem Papier verarbeiten. Auf der improvisierten Leinwand bilden die schnörkelige Schrift und die Bleistiftstriche Jovans ein kreuz und quer verlaufendes Muster aus Blau und Grau. Wellen und Striche, Streichungen, Zacken und Schlaufen formen einen Hintergrund, ähnlich lebendig wie das schwirrende Insektengewirr um Brombeersträucher. Darüber vermalt er mit Fingerspitzen die warmen Farben. Ein Garten. Gras und Blumen. Die Umrisse eines Hauses. In der Mitte, mit einer Messerspitze filigran gezeichnet, ein kniender, gesichtsloser Mensch.

Jovan sitzt auf dem Zimmerboden vorm Bild. Es sagt nichts aus, muss er sich eingestehen, zumindest nicht das, was er am Fenster fühlt: die Gewissheit, in etwas hineingeraten zu sein, das über lästiges, stechmückengeplagtes Schaufeln eines Schützengrabens hinausreicht, in etwas viel Ernsteres, Tödlicheres, bei dem Menschen verschwinden, Häuser und Moscheen niedergebrannt werden und niemand aufbegehrt, niemand sich traut, den Milizen entgegenzutreten, gegen das Verschwinden und die Asche zu protestieren.

Er selbst, ob er will oder nicht, ist Teil davon, Teil des Verschwindens, der Asche, des Schweigens. Dass er im Schützengraben das Magazin der Kalashnikov leergeschossen hat, war eine Laune gewesen, ein trotziger Impuls. Er wollte weg von der Angst, die er im Stall ausgestanden hatte, weg von den Mücken und der Hitze, von Pavel und dem Korporal, überhaupt fort von der Armee, zurück in ein Leben, in dem es Anisa gab und solche Geschichten wie die von Sefikadas Grab und er von einer Existenz als Maler träumen konnte. Ein Leben in Sarajevo mit einem nachlässig absolvierten Studium, ein Dasein, in dem noch nichts entschieden, aber alles möglich ist.

Der Gedanke, dass hinter der Kurzschlussaktion mehr steckt, jagt ihm eine Gänsehaut übern Rücken. Was, wenn es die einzige intelligente Wahl ist: abzuhauen, zu desertieren, weil es sonst gar nicht anders werden kann, als dass er in den Trümmern einer zerstörten Moschee tanzt, tanzen muss, oder auf irgendeinem Balkon steht und nicht nur auf Tauben feuert, feuern muss, sondern auf die Menschen unten auf der Straße. Oder wie lange noch, bis er keine verrückten Aktionen mehr abliefert, sondern wie Pavel träge im Graben hockt und alle Befehle erfüllt, ein dummer Lemming, der nichts weiter als ein warmes Essen will und sich keine Gedanken drüber macht, was eigentlich passiert. Keine Gedanken, keine Verantwortung.

Am vierten Tag überreicht ihm ein Busfahrer endlich das Paket. Die Soldatenkluft ist zu seinem Erstaunen gewaschen, dazu ein Fetzen Papier, worauf steht: Hau ab. Hastig durchsucht Jovan die Taschen, findet in einer das Foto. Es fühlt sich brüchig an, das Gesicht Anisas ist durchs Waschen verblichen. Er hat noch drei Tage, bis er sich in der Kaserne melden muss. Drei Tage.

Am darauffolgenden Morgen bricht Jovan auf. Er geht die Hauptstraße entlang, vorbei an der Tabakfabrik, am Fußballstadion. Zwischen den Alleebäumen kann er das Kasernengelände erkennen. Einmal rast ein roter VW-

Golf stadtauswärts. Auf dem Parkplatz, umgeben von niedrigen Gebäuden mit Restaurants und Kiosken, steht der Bus nach Belgrad. Bevor Jovan das Haus verließ, vernagelte er das Fenster in Zlatans Zimmer mit der Zeichnung. Der Blick auf den Garten des ermordeten Nachbarn war versperrt, nur übern oberen Rand der Holzplatte blieb ein Spalt, durch den eine Schneise ersten Tageslichts in den Raum fiel.

*

Als Emir ihr an der Kreuzung von der möglichen Rückkehr erzählte und sie seiner ausweichenden Antwort wegen wusste, dass er zugesagt hatte, spürte Anisa einen leichten Stich. Schon wieder würde sie jemanden verlieren, zu dem sie eine Beziehung aufgebaut hat, und dieser Verlust setzte ihr zu, egal, wie unbedeutend, wie filigran die Beziehung auch sein mochte.

Am Tag der Abreise begleitet sie Emir zum Treffpunkt. Um den Bus schart sich ein Haufen Männer und ein, zwei Frauen aus verschiedenen Wiener Flüchtlingslagern. Einige kennt Anisa aus dem Turnsaal. Sie tragen ihre Zuversicht als Maske, die schnell zerbricht, sobald sie zum Abschied ihre Verwandten oder Freunde umarmen. Der Fahrer in hellblauem Hemd, gleichfarbiger Hose und schwarzer Krawatte schenkt jedem einen Becher mit Rakia voll. Auf der Schwelle den Umstehenden zugeprostet, ein Schluck, und schon hat auch der letzte Freiwillige Platz genommen. Wind jagt zerdrückte Plastikbecher übern Asphalt, und Emirs Gesicht schimmert hinterm Seitenfenster, bleich wie einer der gemalten Totenschädel im Kunsthistorischen.

2.

IRRE FAHRTEN

Kopfhörer auf. Reisende strömen in Richtung Halle. Die Stufen, Rolltreppen hinunter, bei den gläsernen Schwingtüren hinaus. Play drücken. Zuggeräusche, Kofferrollen verdrängt von Drums, Gitarrenriffs. Der Text schnell geplärrt, unverständlich bis auf: *Punk's not dead*, lautstark postuliert. Anisa klatscht den treibenden Rhythmus auf der Banklehne mit. Kopf im Nacken, Gesicht zur Sonne. Nach Emirs Abfahrt, zurück im Lager, war sie ins Bett gekrochen und mit dem Knie an etwas gestoßen. Sie warf das Leintuch zurück und entdeckte seinen Walkman. Auf der eingelegten Kassette, zwischen den Liedern, wenn er versäumt hatte, rechtzeitig Stopp zu drücken, Fetzen der Radiomoderation; ein Streifzug durch Jugoslawiens Piratensender. Um sie herum Abschiede, eifriges Winken. Menschen, die auf nichts Bestimmtes warten. Strandgut eines Tages der Hektik, verpassten Verbindungen, der Umarmungen und gesippten Kaffees, die warme, vibrierende Bahnhofsluft zu Träumereien gesponnen. Trommelwirbel, der letzte Schlag fällt mit dem verzerrten Gitarrenklang in eins. Keine zwei Minuten, schon endet das Lied im angewiderten Würgen des Sängers. Rewind,

Lautstärke rauf. Vielleicht lässt sich die Müdigkeit dadurch vertreiben.

Heut Morgen, kurz nach fünf, stand Anisa im Duschraum vorm Spiegel. Neben ihr rieb sich Jasmin die rissigen Hände und schimpfte über den Job in der Wäscherei. Verschlafen besah Anisa ihr Spiegelbild. Sie drehte den Kopf hin und her, die Haare sind bestimmt mehr als fünf Zentimeter nachgewachsen, stellte sie zufrieden fest. Ein VW-Bus wartete mit laufendem Motor auf dem Parkplatz. Einige Frauen kletterten durch die Seitentür, drängten sich auf die Sitzbänke. Die Fahrt endete an einem Bürogebäude. Bodenwischen, Fensterputzen, vom vierten Stock bis ins Erdgeschoss, wies der Fahrer sie an. Nachmittags kam er zurück und drückte nach einem Kontrollgang jeder einen Fünfziger in die Hand.

Anisa stellt sich einem Reisenden in den Weg, ahmt mit der Hand ein Feuerzeug nach. Er nickt, sucht eine Zigarette aus dem Päckchen. Rauchend auf der Bank, beschattet sie die Augen. Zehn nach fünf zeigt die Uhr. In nicht ganz zwanzig Minuten beginnt der heutige Deutschkurs. Es ärgert sie ein bisschen, dass die Kinder weitaus schneller und einfacher lernen als sie selbst. Die Deutschkurse finden täglich statt, um jenen, die im Herbst zur Schule sollen oder an der Universität ihr Studium wiederaufnehmen möchten, eilig das Nötigste beizubringen. Das Lernen der neuen Sprache beschäftigt, lenkt ab, doch will Anisa das Bewusstsein einer nur vorübergehend hier Lebenden so lange wie möglich aufrechthalten.

Sie bewegt sich durch Wien, ohne viel von den gelesenen oder gesprochenen Worten zu verstehen, ausgeschlossen und zugleich, weil sie der hiesigen Sprache nicht mächtig ist, beschützt. Sprachlosigkeit ermöglicht

Abstand, und das Deutschlernen kommt ihr wie das unfreiwillige Eingeständnis vor, nicht an eine Rückkehr nach Bosnien zu glauben.

Entfernt gibt ein Schaffner den Wink zur Abfahrt. Schnell löst sich der Zug auf in der flirrenden Umgebung entfernter Brücken und Fabriken, verschwindet aus dem Blick. Den Unterricht wird sie auslassen, dafür: Forward. Play. Forward. Der gesuchte Gesang wirkt kühl, distanziert. Die Stimme der Frau gewinnt an Geschwindigkeit, die Wörter wie springend, knapp dran an Kreischen, Juchzen: *Deine blauen Augen* … Welche Farbe hatten Jovans Augen? Den Zigarettenstummel schnippt sie auf die Gleise, singt: *Deine blauen Augen.* Nein, beim besten Willen nicht. Bernstein vielleicht.

An diesem Bahnsteig ist sie selbst frühmorgens mit einem Zug aus Belgrad angelangt, mit Rahim und Azra und etlichen anderen. Anisa streckt die Beine aus, wartet. Vielleicht bringt der nächste Zug weitere Vertriebene und mit ihnen Geschichten, Gerüchte von unten, die sie mitnehmen könnte in die Turnhalle, Neuigkeiten etwa, welche Grenzübergänge offen, welche Wege nach und aus Bosnien freistehen. Welche Gebiete gänzlich abgeschottet sind, umzingelt von feindlichen Armeen, und wo sich Widerstand hält.

Bei der eigenen Ankunft kamen ihnen zwei Männer vom Roten Kreuz entgegen, lächelnd, als ob sie lang vermisste Bekannte wiedersähen. Alles gut, sagte einer der beiden. Darauf vorbereitet, sich am Ende der Irrfahrt auf eigene Faust durchzuschlagen, überraschte Anisa das zuversichtliche Lächeln, die wiederholte Behauptung, in Sicherheit zu sein. Im Innenhof des Erstaufnahmezentrums, wohin man sie über morgendlich leere Straßen brachte, standen Körbe mit Brot, Mineralwasserflaschen und Thermoskannen mit Kaffee oder Tee. Entlang der Mauern und unter einer großen Buche Menschen mit jenem Blick, den Anisa während der Zugfahrt nach Wien an sich selbst entdeckt hatte: die geduckte Vorsicht der Flucht, wenn man von einer Deckung zur nächsten hetzt, sich so klein wie möglich macht, weil in der Nähe die Stimmen der Jäger zu hören sind.

In einem Zimmer im ersten Stock tippte ein Mann mit seinen Zeigefingern langsam und konzentriert Anisas Namen, Herkunft und Alter in einen PC. Ein kaltes Stethoskop tastete sich über ihren Rücken. Finger, die in dünnen weißen Handschuhen steckten, suchten ihren Körper nach Ungeziefer ab und wiesen den Weg zum Lungenröntgen. Nur zu eurem Besten, beruhigte sie eine Ärztin, wir wollen nur sicher sein, dass niemand eine Krankheit einschleppt.

Anisa hört Kassettenseite A, Kassettenseite B, vielleicht ist es doch der falsche Bahnsteig. Aus einem eingefahrenen Zug treten alle möglichen Leute und streben zu den Ausgängen, in ihren Händen Reisetaschen oder Aktenkoffer. Nirgends aber jemand, der nach ein, zwei Schritten verunsichert stehen bleibt und einen Plastiksack umklammert oder ein Bündel aus geblümter Leinwäsche, vollgestopft mit eilig zusammengesuchten Habseligkeiten. Genug gewartet, beschließt Anisa und spaziert zu Bahnsteig 11.

Hinterm Wartehäuschen hat die alte Zigarettenverkäuferin Stellung bezogen. Im Hochsommer erst ab vier nachmittags, erklärte sie letztens, davor ist es zu heiß. Neben ihr ein Koffer aus hellbraunem Leder, darin Memphis Blue, Memphis Red, Memphis Classic. Zwanzig Schilling je Packung, geht ein Schaffner oder Gleisarbeiter vorbei, drückt sie ihm eine frei Haus in die Hand. Die Alte nimmt das Basecap vom Kopf und winkt Anisa, schiebt ihr über die Sitzbank eine Tageszeitung zu. Heute nicht, entschuldigt sie sich. Sie kauft eine Schachtel, fünf Zigaretten wird sie der Deutschlehrerin als Entschuldigung fürs Versäumen des heutigen Unterrichts zustecken. Die Alte gibt Anisa vierzig Schilling zurück. Passt schon, sagt sie.

*

In Belgrad kontrolliert Jovan die auf einen Zettel notierte Adresse. Richtige Nummer, richtiger Name am Schild. Kosta Konstantinović. Oberster Stock, in einem der massiven Hochhäuser Novi Beograds. Aus der Wohnung ist Vogelgezwitscher zu hören. Der Lift springt mit einem Surren wieder an, rattert den Gitterschacht hinab. Am Gangende dringt Tageslicht durch eine verdreckte Fensterscheibe. Entlang der Wand ziehen sich gemalte Vogelköpfe, Sonnen, Spiralen, aus dem düsteren, von Neonröhren kaum erhellten Stiegenhaus wächst ein gepinselter Baum mit bunter Blätterkrone. Eine Tür zur Rechten öffnet sich, und ein kleines Mädchen tappt hervor, wegen der Müdigkeit glaubt Jovan für Sekunden, das Kind sei Teil der Malereien. Eine Frau taucht hinter der Kleinen auf, du weißt, sagt sie, dass du nicht einfach abhauen darfst. Sie hebt das Kind hoch und streift Jovan mit einem anklagenden Blick.

Er geht einige Schritte zurück. Es ist, als würden sämtliche Zeichnungen von Tieren und Planeten, die Blätter des aus dem Stiegenhaus wachsenden Baumes, all die im Neonlicht kalten Farben auf diese Wohnung mit dem Namensschild Kosta Konstantinović hinwirbeln, darin wie durch einen Abfluss verschwinden. Jovan nimmt sich zusammen, klopft. Schlagartig verstummt das Zwitschern. Er drückt die Klinke, erschrickt, als die Tür aufspringt. Vorsichtig tritt er ein, hält inne, da er ein Gurren hört: Von einer Hutablage reckt eine Taube ihr Köpfchen.

Vor Stunden ist er eingetroffen. An der Busstation, noch bevor er durch die Schwingtüren in die Halle getreten war, sprach ihn eine junge Frau an und wollte wissen, was er in Belgrad vorhabe. Mit unverhohlenem Interesse taxierte sie ihn, tat seine ausweichend einsilbigen Antworten mit einem Schulterzucken ab, und ehe sie sich lächelnd einem anderen, neu eingetroffenen Mann zuwandte, hielt sie Jovan einen Zettel hin, darauf eine Adresse säuberlich notiert. Über eine der Savebrücken, zu Fuß in nicht ganz einer Stunde zu erreichen. Eine Anlaufstelle, versprach sie, wenn du nicht weißt, wo du hin sollst. Jovan steckte den Zettel in die Tasche und eilte hinaus zur Hauptstraße. Er erwog seine Möglichkeiten. Erst hatte er vorgehabt, den Aufenthaltsort seiner Eltern ausfindig zu machen, doch musste er einsehen, wie unsinnig dieser Plan war, würde doch gerade dort nach ihm gesucht werden.

Er schüttelte den Kopf und dachte ungläubig: Ich bin wirklich desertiert. Er blinzelte über die von der Sonne grell beschienene Straße, er war in Belgrad, gut, aber wie sollte es jetzt nur weitergehen?

Eine Pension, eine Absteige, irgendeine Unterkunft, die er mit dem ersparten Armeesold zu bezahlen vermochte, kam gleichsam nicht in Frage, mit seinem Ausweis registriert zu werden barg ein zu hohes Risiko. Überall, befürchtete Jovan, lauern die Denunzianten und Militärpolizisten. Ein jeder Blick, der ihm begegnete, trug die Drohung in sich: Wir suchen dich, wir kommen und sperren dich ein, Fahnenflüchtiger!

Mit beiden Augen betrachtet, bot sich, wie von einer Großstadt im Hochsommer nicht anders zu erwarten, ein zähes Treiben, Staus, Schattensuche, dauerndes, nervendes Hupen. Wenn Jovan aber ein Auge zukniff, die Straßen und Gehsteige, die Cafés und den Park am Festungshügel Kalmegdan genau anvisierte, wurde der Alltag von einer zweiten, den Hunden gehörenden Welt überlagert. Paradierende junge Männer, Lieder singend und Parolen skandierend, die Hemden offen und die Köpfe geschoren: Horden von Bulldoggen, Rottweilern. Umschwänzelt wurden sie von schoßhündischen Mitläufern, selbst Kinder und Pensionisten trugen Camouflage, scheinbar die Trendfarbe dieser Saison, aus Drillich gefertigt und an den Straßen verkauft. Demgegenüber andere junge Männer, verlauste Köter, von Räude gekennzeichnet und auf Parkbänken ins Leere stierend, auf Holzkrücken gestützt. Der überlebensfähige Rest, der vom hiesigen Militärspital ausgespuckt wurde, nachdem Hubschrauber oder Sanitätsfahrzeuge sie aus dem Kriegsgebiet notversorgt hergebracht hatten. Wenn einer davon, egal welcher Hund, von seiner Fahnenflucht wüsste …

Jovan verscheuchte den Gedanken. Ihn überraschte, wie offensichtlich es war, dass die Hunde Belgrads einen gemeinsamen Reigen bildeten, unter der Patronanz der neuen Ikonen Milošević, Mladić und Karadžić, des serbischen Präsidenten und seiner bosnischen Heerführer, deren Abbilder Schaufenster und Mauern zierten. Der Krieg ist längst hier, dachte Jovan und kramte den Zettel wieder hervor, den ihm die Frau zugesteckt hatte. Kosta Konstantinović in Novi Beograd; es konnte zumindest eine erste Station sein. Jovan erinnerte sich an die letzten Worte der Frau. Bevor er durch die Schwingtür trat, umarmte sie ihn und flüsterte: Es ist ein Versteck, ein Platz zum Durchatmen, du siehst aus, als könntest du so was gebrauchen.

*

Zurück im Lager, setzt Anisa sich zur blonden Sozialarbeiterin, die für den heutigen Nachtdienst direkt vom Schwimmen in der Donau gekommen ist. Mein Bett, sagt sie und tätschelt die Luftmatratze, mit der sie sich unterm Basketballkorb positioniert. Lang her, dass es einen so heißen Sommer gegeben hat, sagt sie.

Anisa will mehr von den Wegen wissen, die Bosnier nach Österreich führen. Wochenlang war nicht aufgefallen oder wollte man nicht wahrhaben, dass der Krieg bis hierher reicht, erzählt die Sozialarbeiterin. Die Ersten trafen mit einer Adresse oder einer Telefonnummer von Bekannten ein, die bereits in Wien lebten, und so unauffällig, wie sie angereist waren, wurden sie Teil der Stadt. Im Mai aber erreichte eine Gruppe von etwa siebzig Leuten den Südbahnhof. Ihr eigentliches Ziel war Deutschland, und sie brachten in Erfahrung, dass sie mit der 18er-Straßenbahn zum Westbahnhof mussten, von wo Züge nach München, Berlin oder Frankfurt abfuhren. Zufälligerweise stieg in ihren Straßenbahnwaggon ein Kontrolleur zu, der siebzig Schwarzfahrer vorfand, die auf seine Drohung von Strafe nur mit verständnislosen Blicken reagierten. Er benachrichtigte die Fremdenpolizei, die die Bosnier, weil Freitag Spätnachmittag und das Wochenende schon in Greifweite, der Einfachheit halber am Tageszentrum für Obdachlose ablieferte. Deren Leiter, ebenso überfordert wie zuvor der Kontrolleur, rief im Rathaus an und verlangte sofortige Hilfe, befand sich unter den siebzig doch auch eine Frau, die ein Neugeborenes bei sich hatte. Da das Obdachlosenzentrum über keine Mittel verfügte, einer jungen Mutter samt Baby beizustehen, wie auch nicht genug Betten zur Verfügung standen, vom Essen ganz zu schweigen, wurde im Verlauf der folgenden Nacht vom Rathaus eine erste Unterkunft eilig und einzig für bosnische Kriegsflüchtlinge organisiert. Ab dann trafen täglich größere Gruppen ein. Es war, erinnert sich die Sozialarbeiterin, als wären diese siebzig, die im Mai in Wien strandeten, die Vorhut, um die tatsächliche Tragödie und die Reichweite des Krieges zu offenbaren.

Es gab keine Zweifel mehr, dass ein stetiger Flüchtlingsstrom in Wien endet oder Wien als erste größere Zwischenstation anvisiert. Großschneidereien, übern Sommer leerstehende Schulen, aufgelassene Fabriken, von Unternehmern oder Privatbesitzern bereitgestellte Häuser: Jeder mögliche Raum wurde und wird seither für die Ankunft und die Unterbringung der Bosnier verwendet. Zumindest mal übern Sommer, sagt die Sozialarbeiterin. Und danach?, fragt Anisa. Im Herbst ist der Krieg hoffentlich vorbei, erwidert sie. Euch auf die Unterkünfte zu verteilen ist wie Tetris spielen, sagt sie, oft sind die Familien so groß, dass es nicht möglich ist, allen Betten im selben Lager zuzuweisen. Anisa kann sich kein Lächeln abquälen, schnell spricht die Sozialarbeiterin weiter: Seit Tagen, sagt sie, wird ein Sonderzug vollgepackt mit Bosniern erwartet. Niemand weiß, wann er eintrifft oder ob er noch an irgendeiner Grenze festgehalten wird. Der Zug soll direkt zum Praterstern durchgewiesen und die Insassen ins Messegelände nahe des Vergnügungsparks gebracht werden, in einer der Ausstellungshallen befindet sich das größte Lager der Stadt. An die achthundert, schätzt sie, leben schon dort.

Von draußen dringt das Geschrei eines Fußballspiels. Anisa verabschiedet sich von der Sozialarbeiterin, geht durch die Reihen zu ihrem Bett. Auf dem Kopfpolster liegen die kopierten Unterlagen des heutigen Deutschunterrichts. Adjektive und Verben, Lektion IV. Sie breitet ihre Besitztümer aus. Anorak, Jacke, Jogginghose. Turnschuhe und, recht neu, Sandalen. Braunes Lederimitat, frühmorgens in einer bei den Wachmännern abgegebenen Schachtel gefunden. Notizbuch, Bleistift, in der Mitte zerbrochen und an den Enden mit Hilfe eines Taschenmessers gespitzt. Zahnbürste, Zahnpaste. T-Shirts, eins blau, eins grün, auf dem dritten steht in großen roten Lettern *Baywatch*. Die Bluse mit aufgedruckten violetten Blüten. Der rosarote Ausweis. Ein o.b.. Auf Jasmins Vorschlag hin hatten sich mehrere Mädchen abends in der Toilette getroffen. Vor den vier Kabinen aufgeregtes Flüstern, bald war man selbst an der Reihe, sich am Tampon zu versuchen. Ein Artikel in der *Bravo* versprach Gutes, in der Anwendung ganz anders als Binden, kündigte Jasmin an. Eins der Mädchen rief »Achtung!« und warf einen übern Kabinenrand zu den Waschbecken, wo er vom Spiegel abprallte und zu Boden fiel. Lautes Gelächter war die Folge, das augenblicklich verstummte, als jemand zur Tür reinblickte.

Auf dem Bett der Stadtplan. Darin eingelegt die retournierte Rot-Kreuz-Nachricht an Vater und eine unbeschriebene Postkarte. Sie zeigt den Stephansdom, im Vordergrund ein Kutscher mit schwarzem Pferd. Ein Geschenk von Rahim. Mal was anderes als Süßigkeiten, etwas, das ihr beweist, dass er sich Gedanken macht über ihre Lage und nicht nur nervig eifersüchtig ist. Falls du es wieder versuchen möchtest, hat er gemeint, kannst du deinem Vater zeigen, wie es in Wien so aussieht.

Im Plastiksack Taschenspiegel, Zündhölzer, Nagelfeile. Ein Lippenstift in der Farbe Karmesin, ein Geschenk von der alten Zigarettenverkäuferin. Anisa legt den Kugelschreiber dazu, heut im Bürogebäude geklaut. Ein Glücksfall wäre der Fund von Batterien gewesen. Widerwillig verzichtete sie beim Bodenschrubben darauf, den Walkman einzuschalten; sinnvoller war, die Musik für später zu bewahren, wenn sie am Westbahnhof aussteigen und sich dort rumtreiben würde. Vom Putzlohn wird sie Batterien kaufen. Batterien und eine Sonnenbrille.

*

Vom Flurende winkt Jovan ein glatzköpfiger Mann, eine schwarze Klappe überm linken Auge. Der freundliche Gesichtsausdruck und der überraschend feste Händedruck widersprechen dem ausgehungerten Eindruck, den er macht. Guten Tag, mein Lieber, sagt er, ich bin Ratko, so was wie der Hausmeister hier. In kurzer Hose und Unterhemd steht er im finsteren Gang. Zu beiden Seiten stapeln sich Schachteln voller Nudelpackungen und Äpfel, quer übern Teppich liegt ein erdverkrusteter Sack Kartoffeln. Hier haben wir die Küche, beginnt Ratko die Wohnungsführung. Am Schrank lehnen zwei Paar Krücken, zwei Männer sitzen vor einem kleinen Fernsehapparat. Sie verfolgen das Programm ohne sonderliche Regung, einer schiebt Krümel zu einem Häufchen und pfeift dem orangefarbenen Kanarienvogel zu, der auf der Vorhangstange sitzt. Ihm fehlt das rechte Bein, seinem Kompagnon das linke.

Jovan dreht sich der Magen um, den Belgrader Hunden kann er offenbar nicht entrinnen. Kameraden, habt ihr eigentlich schon den Flur gekehrt?, fragt Ratko. Beide lehnen sich im Stuhl zurück, sehen ihn herausfordernd an. Nervös kratzt Ratko sich an der Augenklappe, zieht Jovan eilig weiter. Wo die zwei Amputierten gedient haben, möchte er wissen. Die kommen und gehen, erwidert Ratko, diese Woche zwei ohne Beine und nächste Woche einer ohne Arme und einer ohne Kopf. Er führt ihn in ein Zimmer mit Matratzen auf dem Boden. Auf Kisten Käfige mit Ziervögeln, die aufgeregt hin und her hüpfen, von der Decke baumeln Mobiles aus Wollfäden und Vogelkrallen. Achtung!, ruft Ratko, und Jovan duckt sich, wie in der Grundausbildung eingebläut. Ein dunkler Fleck schnellt über sie hinweg. Ein Beo, Kostas Liebling, erklärt Ratko. Die Vorhänge sind zugezogen, die abgestandene Luft stinkt nach Schweiß. Einer der Schlafenden stöhnt wie unter starken Schmerzen. Ratko deutet auf ein freies Lager: Hier kannst du bleiben.

Vom Balkon führt eine Eisenleiter aufs Dach. Auch dort stapeln sich Schachteln, die ihrem fleckigen, modrigen Aussehen nach bereits einige Regenbrüche überstanden haben. Entfernt ein paar Jungs in Trainingsanzügen, zwischen ihnen ein Mann mit schulterlangem grauen Haar, in ein weißes Hemd und eine weiße Hose gekleidet, das schmale Gesicht gebräunt. Kosta, flüstert Ratko und deutet auf ihn. Kosta lacht laut und oft, sein Leib schüttelt sich und zittert, als würde jede Faser, ja sogar das Skelett vom Lachen ergriffen. Sie warten, bis ein Händedruck den Handel beschließt und die Jungs in den Jogginghosen sich mit Kartons die Eisenleiter hinabmühen. Niemand, versichert Ratko, hat derart gute Verbindungen wie Kosta. Er ist in dieser Gegend aufgewachsen, kennt hier jeden.

*

Im Wiener Turnsaal gibt es einen, der jeden Morgen vom Lärm aufgeschreckt das Gesicht hinter seinen dürren Armen verbirgt, wie in Erwartung von Schlägen. Er erzählt, dass in den Wochen, bevor man ihn aus seinem Haus holte, die Straßen und Kraftwerke von serbischen Truppen besetzt worden waren. Nach und nach verschwanden Kroaten und Muslime von allen höheren Posten, gab es keine nichtserbischen Ärzte, Politiker, Journalisten mehr, sagt er, und dieses Verschwinden geschah trotz der über sämtliche Nationalitäten reichenden Familien, der engen Freundschaften und gemeinsam gefeierten Hochzeiten, Begräbnisse, Feste. Unglaublich, wiederholt er, wie konnte so etwas möglich sein? Dann kam die Nacht, als an seine Tür geklopft wurde. Auf der Straße und den Stufen zu den Nachbarhäusern sah er bewaffnete Männer, in deren mit Schuhcreme bemalten Gesichtern die Augen weiß wie Marmor leuchteten, zwei von ihnen stießen ihn in einen Lieferwagen, der ihn und etliche andere zu einer leergeräumten Fabrik brachte.

Der dürre Mann sitzt auf dem Bett, bläst auf die dampfende Tasse in seinen Händen, so lange, bis der Kamillentee auskühlt, tunkt die Zigaretten ein, die Anisa ihm geschenkt hat. Zum Trocknen legt er eine nach der anderen auf ein Zeitungsblatt. Beruhigt ein bisschen, sagt er, als wir in der Fabrikhalle eingesperrt waren, verkauften uns die Wärter solche aufgepäppelten Zigaretten, halfen gegen die Nervosität. Stell dir vor, eingesperrt waren wir vergleichsweise sicher, denn draußen trieben sich die Vermummten rum, und ein jeder mit muslimischem oder kroatischem Namen war frei zum Abschuss. Ich kannte die Fabrik, mein Onkel hatte dort mal gearbeitet, ich kannte meine Mithäftlinge und auch die Wärter aus der Schule oder vom Fußballclub.

Für wenig Geld verkauften sie uns Essen, wir rauchten gemeinsam, teilten Rakia, scherzten über den Zufall, dass wir im Hangar hockten und sie als Wächter davorstanden. Eines Tages wurde die Belegschaft ausgetauscht. Der neue Chef, ein Typ Anfang dreißig, ließ uns auf dem Vorplatz antreten. Draußen, auf der anderen Seite des Maschendrahtzauns, stand eine Frau, die vielleicht hoffte, unter den Gefangenen ihren Mann oder Freund zu entdecken und ihm zu winken, irgendetwas, um ihm die Haft zu erleichtern. Wir wurden durchsucht, jede Uhr, jeden Geldschein nahm man uns ab. Ich weiß, dass ihr immer noch etwas versteckt, rief der Neue. Er wählte drei aus, einen von links, einen aus der Mitte und einen von rechts, denen die Hände mit Kabelbindern hinterm Rücken gefesselt wurden. Ich sah nur auf die Frau außerhalb des Lagers. Ich hörte die Schreie, hörte ein Gurgeln aus der Richtung, in der die drei Ausgewählten standen. Ich sah, wie die Frau ihr Gesicht hinter den Händen verbarg, wie sie die Straße hinabwankte, ohne sich umzudrehen. Als sie fort war, hatte ich nichts mehr, das meinen Blick ablenkte. Nur noch einer der drei Ausgewählten stand, die anderen zwei lagen auf dem blutverfärbten Asphalt, einer hielt sich die Hände vor die Stelle, an der seine Nase, der andere an die Kopfseite, an der sein Ohr gewesen war. Der neue Kapo stellte sich hinter den Dritten, legte die Messerspitze an dessen Auge. Eine Viertelstunde geb ich euch, rief er, ich will alles Geld, allen Schmuck, alles Wertvolle, sonst ist er dran.

*

Die Geschichten, auf die Jovan in der Belgrader Wohnung stößt, muten ihn wie Märchen an, denen er zuhört, um zumindest kurzzeitig von seiner eigenen, ungewissen Lage abgelenkt zu werden. Beispielsweise Ratko. Aus der Hosentasche holt er ein Schnäuztuch, wickelt einen kleinen gelblichen Gegenstand hervor, den er Jovan hinhält mit den Worten: Das ist mein Talisman. Jovan sieht genauer hin, stupst das zum Vorschein gebrachte Ding vorsichtig an. Ein Schneidezahn?, fragt er. Ratko nickt, seine Augen bleiben auf den Zahn in seiner Hand geheftet, und Jovan staunt über die Zärtlichkeit dieses Blicks. Ratko reißt sich los, legt Schnäuztuch samt Zahn auf den Küchentisch. Er stöbert durch eins der Regale, zieht hinter einem Tellerstapel eine verschrumpelte Zitrone hervor. Ein Cousin, sagt er, war erschossen worden, und meine Familie redete auf mich ein, du musst ihn rächen, los, kämpf. Ich hab mich mit meinem besten Freund bei Paramilitärs gemeldet. Nach einem Grundkurs fuhren wir die serbische Seite der Drina ab und rekrutierten weitere Freiwillige, die sich vom Ausblick auf Geld und Frauen locken ließen.

Ratko kratzt Vogelscheiße von der unteren Hälfte einer zerschnittenen Coladose, füllt sie mit ein paar Tropfen Wasser und sagt: Einige hauten ab, sobald sie die Waffe hatten, von einem fuhr im Windschatten die halbe Familie mit, die im Lieferwagen verstaute und abtransportierte, was er aus den Häusern plünderte. Erst gab es in Bosnien überall anerkennendes Schulterklopfen und lächelnde Mädchen, wir wurden als Helden gefeiert, als Befreier, es kam mir vor, als würd' die ganze Welt allein mir gehören. Ungeduldig warteten mein Kollege und ich auf Schusswechsel wie in den Partisanenstreifen aus den 60ern, aber dann … Bumm! Ratko reißt die Augen auf und zerdrückt im selben Moment die Zitrone über der Dosenhälfte. Bumm! schlugen die Granaten ein, und weg war mein Großmaul. Als ich wieder zu mir kam, wieder Luft kriegte und alles still war, so still, dass ich glaubte, taub geworden zu sein, lag ich in einem Lazarett. Die Mörsergranate hatte meinen Freund zerfetzt, ein Stück von ihm steckte in meinem linken Auge, wär mir fast durchs Hirn gegangen. Zur Erinnerung an meinen besten Freund gab mir ein Sani den rausoperierten Zahn. Als würde er einen Juwel bestaunen, hält Ratko das gelbe kleine Ding gegen das Sonnenlicht. Mit einem Klaps auf Jovans Schultern verschwindet er samt Coladose in seine Kammer.

Die Tür ist nur angelehnt, und eigentlich möchte Jovan nach etwas Essbarem stöbern, doch gibt er seiner Neugier nach. Was hat der Hausmeister mit dem Zitronenwasser vor? Er schleicht auf den Gang, späht durch den Türspalt. Ratko sitzt auf seiner Matratze, balanciert mit spitzen Fingern die Dosenhälfte über der Flamme eines Feuerzeugs. Von einer umgedrehten Obstkiste, die ihm als Tischchen dient, nimmt er leise pfeifend eine Spritze, und gerade kneift Jovan die Augen fest zusammen, um mehr vom Geschehen zu erkennen, als aus dem Schlaflager eine Frau wankt und aufs Badezimmer zusteuert. Ehe Ratko von ihren Schritten aufgeschreckt die Tür verschließt, macht Jovan einen Sprung zurück in die Küche.

*

Im Versuch, das Erlebte zu ordnen, schreibt Anisa ins Notizbuch, was ihr vom Angriff auf das Dorf in Erinnerung geblieben ist. Der frühe Morgen, als sie ein Scheppern weckte. Vielleicht vergessen die Hintertür abzuschließen, und der Nachbarshund macht sich in der Küche zu schaffen, befürchtete sie und tappte die Stufen hinunter. Sie erschrak, als sie Vater im Dunkeln am Tisch sitzen sah. Er schob ihr das unberührt vor ihm stehende, dampfende Glas Tee zu. Er strich die Tischdecke glatt, wischte imaginäre Brösel zu Boden, fahrig und nervös. Das Singen. Die Explosion. Die brennenden Laken. Wie er ihr einen Stoß gab, seine gefasste, befehlende Stimme, mit der er sie Imre nachschickte. Als eintrat, was er befürchtete oder erhoffte, wer weiß, weil damit das Warten beendet, die schwarze Kappe auf dem Kopf als letzter Akt der Selbstbestimmung gerechtfertigt wäre, war er für ein paar Sekunden imstande, wie gewohnt zu handeln, mit groben Berührungen, festem Tonfall. Wie sie auf den Wald zulief, der Rettung versprach, denn das glaubte sie in Vaters Worten zu hören: Im Wald bist du sicher. Im Rücken die Echos von Schreien, Schüssen. Die frische, kalte Morgenluft brannte in ihren Lungen, und auch wenn sie spürte, dass sie so schnell wie möglich fortmusste, konnte sie nicht anders, als stehen zu bleiben und zurückzublicken.

Der gräulichen Schwebe eines neuen Tages standen die scharf gezeichneten Flammen gegenüber. Sonderbar wirkten die aufgeregten, hetzenden Gestalten, manche in Kampfanzügen, mit schwarzen Stiefeln oder weißen Turnschuhen, andere mit wehenden, gebauschten Morgenmänteln oder offenen Hemden. Sie machte die Hinterseite ihres Elternhauses aus, den verwitterten Zaun und die Apfelbäume, sie stand im Feld und hatte Angst, sich so lange nicht rühren zu können, so lange gebannt vom Anblick ihres brennenden Dorfes zu sein, bis einer der Unbekannten sie entdeckte. Sie wollte auf und davon, hoch in den Wald, sie wollte zurück, runter ins Dorf, um bei ihrem Vater zu sein, den sie nirgends erkennen konnte, und was auch immer es war, ein lauter Schrei vielleicht oder eine

Gewehrsalve, etwas gab ihr den nötigen Stoß, das Letztere zu tun, sich umzuwenden und in den Wald zu fliehen.

Aber stimmt das, gab es tatsächlich mehr Explosionen als die eine, die vermutlich die Moschee zum Ziel hatte und deren Druckwelle das Fenster bersten ließ, hinter dem sie gestanden war? Sie selbst, wird ihr bewusst, kann sich an kaum etwas erinnern. Anisa füllt diesen einen Morgen mit Details, die sie von anderen im Lager aufschnappt. Sicherlich wurden auch in ihrem Dorf Granaten durch die Scheiben geworfen und die von der Detonation betäubten, ins Freie taumelnden Überlebenden von Soldaten mit angelegten Gewehren oder Pistolen oder Messern erwartet. Bestimmt hat sie seinen Namen geschrien, als sie in der steilen Wiese stand, bestimmt ist auch ihr Vater einer, der davongekommen ist und jetzt in einem deutschen oder ungarischen Camp von seiner Tochter erzählt, die er verloren hat und nach der er sucht. Bald, das weiß sie, das weiß er, werden sie sich finden.

*

Für mehrere Tage beschränkt Jovan seinen Bewegungsradius auf Wohnung und Dach. Er beobachtet die Schwalben, die zwischen den Wohnblocks irrwitzige Manöver absolvieren, hört dem Krakeelen der zwischen den Zimmern frei fliegenden Wellensittichen zu, und ständig wälzt er die Frage nach dem Wohin in seinem Kopf. Ohne Ausweis, mitten in Serbien. Soll er bleiben, versteckt wie eine Assel unter einem Stein? Seine Fahnenflucht ist bestimmt längst gemeldet worden. Ungarn wäre zu erreichen. Jede Nacht, hat er in Erfahrung gebracht, fahren mehrere Busse nach Budapest. Oder doch nach Süden, um über Montenegro die Adriaküste zu erreichen, und dann, und dann …

Gerüchte werden geteilt, halten sich im Wechsel in der Wohnung eintreffender, weiterziehender Menschen. In Triest, hört er von einem, der sich im Badezimmer neben ihm das Gesicht wäscht, ist das jugoslawische Konsulat noch intakt, stellt jedem Antragsteller egal welcher Volksgruppe einen Pass aus. Jovan putzt sich die Zähne und nickt eifrig, Schaum rinnt ihm aus dem Mundwinkel, während er sich Triest und die Freiheit, die dort beginnt, vorzustellen versucht.

Auf dem Dach ein Verschlag, dessen Mauer von Efeu überzogen ist. Jovan reißt an den Blättern und Ranken, bis ein großes Rund frei wird. Im dunklen ledrigen Grün zeigt sich der Mauerputz wie die Pupille eines blinden Auges. Er beginnt ein Porträt von Anisa mit Pinseln und Farben, die er aus einer der abgestellten Schachteln gefischt hat. Konzentriert versucht er, seine Freundin wachzurufen. Für Sekunden fühlt er sich aus der Gegenwart geholt, denkt er daran, wie sie ihn anblickte, erzählte er ihr von Gorans Berliner Schmuggelgeschichten. Seine Begeisterung für die Abenteuer des Straßenmalers quittierte sie mit einem Lächeln, sie nimmt mich nicht ernst, dachte er sich und war gleichzeitig überzeugt, dass sie ohne zu zaudern dabei wäre, würde er am nächsten Morgen nach Berlin aufbrechen.

Er zieht das kleine, welke Foto aus der Tasche. Er kennt es in- und auswendig, weiß um den Schatten, den eine Haarsträhne über die Stirn wirft. Wenn er versucht, sich Anisa ohne das Foto vorzustellen, hat er keine greifbare Gestalt im Kopf, sondern ein Gemisch aus Stimme, Gefühl, Berührung, eine geisterhafte, zugleich ungeahnt starke Erinnerung, die ihm unter die Haut und in jede Zelle kriecht, bis er nichts anderes tun möchte, als sofort zurück über die Grenze zu fahren und Anisa zu suchen.

Jovan hat keine Ahnung, wie er dieses Phantom auf die Wand bringen soll. Wie waren die Farben ihrer Augen, ihrer Lippen, ihrer Haut, rätselt er, wie änderten sich diese Farben, wenn sie wütend, glücklich, gedankenverloren war? Er steht auf dem Dach, vor dem freigelegten Mauerstück, in der Hand die Fotografie, wie er es auch während der Fahrt von Banja Luka nach Belgrad, in der Uniform um einen selbstsicheren Eindruck bemüht, gleich einem Schutz versprechenden Fetisch zwischen den Fingern hielt. Knapp 24 Stunden dauerte die Strecke im Gesamten, vorm Krieg waren es acht gewesen. Aus den Boxen plärrte Musik, der Fahrer sang so laut wie möglich durch den Lärm des Motors. Außerhalb Banja Lukas erreichten sie bald den ersten Checkpoint, ein Bollwerk aus Pfosten, Latten und Autoreifen. In der Mitte eine Lücke, höchstens breit genug für ein einzelnes Fahrzeug. In Camouflage gekleidete Männer ließen abwechselnd die zwei Spuren passieren, zwangen unter vorgehaltener Waffe willkürlich zum Anhalten. Jovan biss sich vor Ärger auf die Unterlippe, weil er sich derart wenig auf die Fahrt vorbereitet hatte; es wäre ihm nicht eingefallen, wie sein Sitznachbar eine Tasche mit Schnapsfläschchen mitzubringen, kleine Aufmerksamkeiten, um sich das Wohlwollen der Soldaten und Milizionäre zu sichern. In den Feldern und Uferböschungen abseits der Straße standen mit aufgerissenen Türen und offenen Motorhauben mehrere PKWs und ein Lieferwagen mit zerschossener Heckscheibe. Bis zum Waldrand lagen Kleidungsstücke, Papier, Shampooflaschen und Bücher verstreut, die Scherben zertretener

Brillen blitzten in der Sonne und die offenen Koffer erinnerten an die Gräber der muslimischen Friedhöfe Banja Lukas, die umgegraben worden waren auf der Suche nach Schmuck oder Goldzähnen.

Langsam durchfuhr der Bus die Schleuse, eine vorragende Eisenstange kratzte über die Außenwand, brachte die Konstruktion ins Zittern. Einer der Soldaten schrie erbost, erregte sich über die schwankende Barrikade, und der Busfahrer sang, als wäre nichts. Andere Uniformierte umkreisten einen VW-Golf. Jovan sah über die Schulter zurück auf vier Menschen, die langsam, mit erhobenen Händen ausstiegen, drei Männer, eine Frau. Weil der Soldat den Busfahrer beschimpfte und dieser den Schalthebel in einen höheren Gang zwang, konnte Jovan nicht verstehen, was den vieren zugerufen wurde. Die Gesichter der Uniformierten verzogen sich zu lachenden Grimassen, einer ging in die Hocke, klopfte sich auf die Schenkel, als die drei Männer mit hängenden Köpfen die Gürtel öffneten, sich die Hosen hinunterzogen. Jovan sah durch die dreckige Scheibe zurück auf den lachenden Mann mit hochrotem Kopf, wie von einem Hustenanfall gebeutelt, doch schon war das Geschehen hinter der Barrikade verschwunden.

Zwischen Sträuchern und Holunderbäumen niedergebrannte Häuser, am Straßenrand Panzer, vorm Fenster die grün flirrende, dampfende Ebene. Es dauerte, bis Jovan bemerkte, dass diesem hypnotisch grünen Ausblick ein wesentliches Merkmal fehlte, nämlich die schlanken Minarette, die für gewöhnlich hochragten, oder vielmehr, da ihr Marmorweiß in den blassen Dunstschwaden des Horizonts verschwamm, wie schwebend wirkten. Kein Straßenschild war mehr ganz, auf Hausmauern waren riesige Pfeile gesprayt, die den Weg durchs Hinterland wiesen, Hügel hinauf, hinab, durch verlassene, allen Lebens beraubte Dörfer. Irgendwann hörte er auf, die Kontrollstellen zu zählen. Kam ein Soldat in den Bus, griff Jovans Sitznachbar in die weiße Plastiktasche, um den Schnaps bereitzuhaben. Die Soldaten hatten nur Augen für solche Aufmerksamkeiten, weshalb Jovan sich ein Beispiel nahm und die Marlboros verschenkte, die ihm aus der Kaserne geblieben waren.

Immerhin, ein Sold von dreihundert Mark im Monat und etliche Packungen Marlboro, das kann man der Armee zugutehalten, sagte er sich und stellte sich vor, wie es wäre, einfach in Banja Luka zu bleiben und wieder in der Kaserne aufzutauchen, den Dienst zu absolvieren, ohne einen Gedanken ans Desertieren zu verschwenden. Damit die Zweifel an seiner Entscheidung nicht überhand nahmen, rief Jovan sich die Zeit im Schützengraben zurück, wie sehr er das Schaufeln und Ausharren gehasst hatte, oder er dachte an Zlatan, an die abgemagerte Gestalt seines Freundes am Ende der Kellertreppe und die riesigen, angsterfüllten Augen, mit denen er Jovan angestarrt hatte.

Meist mussten sie neben dem Bus eine Reihe bilden, die Ausweispapiere griffbereit; unter der blauen Bluse der jungen Frau pochte das Herz während einer solchen Kontrolle derart stark, dass sich der seidige Stoff über ihrer Brust auffällig hob und senkte. Jovan dagegen konnte die Militärausbildung nützen: stramm wie beim Exerzieren, wie am Appellplatz den Blick ins Nirgendwo gerichtet, abgenabelt von der Außenwelt.

Unterwegs riss der Fahrer das Lenkrad mal abrupt nach links, rammte fast einen entgegenkommenden, aufgeregt hupenden Armeelaster. Etwas schlug gegen die rechten

Seitenfenster, Jovan glaubte den leblosen Körper eines an einem Baumast aufgeknüpften Menschen zu erspähen, und sah ab diesem Moment nur noch auf das Foto in seiner Hand, in nervöser Erwartung der nächsten Kontrolle.

Am Übergang nach Serbien stellten sie sich vorm Zollhaus auf. Zwei Beamte öffneten und durchsuchten die Gepäckstücke, ein dritter nahm die Papiere in Augenschein. Der Grenzsoldat begutachtete die Urlaubsbescheinigung, dann Jovan, der möglichst ungezwungen zu lächeln versuchte, aber nur ein nervöses Zucken der Mundwinkel zustande brachte. Der Grenzer besah sich erneut das Dokument. Jovan Kovač, der Name kommt mir bekannt vor, sagte er und musterte ihn kühl, er wusste um die eigene Macht und erwog die Möglichkeit, sie auszuspielen, das Papier zu konfiszieren und Jovan abführen zu lassen. Die Genehmigung läuft in drei Tagen ab, fuhr er fort und wedelte mit dem Papier durch die Luft. Ich, stammelte Jovan, ich muss nach Belgrad, mein Vater liegt im Krankenhaus. Was Ernstes?, fragte der Grenzer. Na ja, er hat noch eine Kugel stecken, ein Andenken aus Kroatien letztes Jahr, log Jovan. Der Soldat nickte bedächtig und gab ihm den Schein zurück, wandte sich dem Nächsten zu.

Hinter der Grenze änderte sich das Szenario. Weiterhin Flüchtlinge, in durchquerten Dörfern auf dem Hauptplatz oder am Straßenrand kauernd. Die Soldaten erregt vom Aufbruch in ein Abenteuer, auf Ladeflächen die Gesichter im Fahrtwind. Anstelle verlassener Dörfer aber querten sie Ortschaften, die mit Barrikaden zu provisorischen Festungen ausgebaut waren, die Häuser ganz, die Gärten intakt: Innerhalb weniger Kilometer hatte die Welt ihre Erscheinung getauscht, war zwar weiterhin bedrohlich, doch nicht mehr derart vom Tod durchsetzt wie der Norden Bosniens.

Als der Bus Belgrad erreichte, steckte Jovan Anisas Foto in die Hemdtasche. Durchs Fenster sah er auf die Save und ein weitläufiges Bahngelände unterhalb der Brücke, die Altstadt am Hügel baute sich Dach für Dach vor seinen Augen auf. Ich hab's geschafft, ich hab's geschafft, dachte er und grinste.

*

Im Versuch, das Erlebte zu ordnen, listet Anisa im Notizbuch auf, was nach dem Angriff geschehen ist. Etwa wie sie im Wald oberhalb des Elternhauses Imre fand. Er saß wie schlafend an einem Baum. Sie fasste ihn an der Schulter, schüttelte ihn. Unverständliches murmelnd, raffte er sich auf, folgte aber nicht Anisas Wink den Hang hoch, sondern torkelte zurück zum Dorf. Sie tappte ihm nach, die Bitte stammelnd, mit ihr zu kommen, fort vom unfassbaren Geschehen. Da gellte von den brennenden Häusern ein Schrei, ein schrecklicher Laut, der das Knistern und die Kommandos übertönte, und die Angst, die er bedingte, löschte in Anisa jeglichen Gedanken, an Vater, ans Dorf oder an Imre, und sie drehte sich um und hetzte zur Hügelkuppe.

Sie schreibt ins Notizbuch: Zweige. Sie schreibt: Atem. Und: Klick. Schlaglichter sind geblieben vom Beginn ihrer Flucht. Ein formloses Gefühl, das ihren Puls erhöht, wenn sie es beschwört. Sie setzt den Stift ab, versucht ruhig zu werden. Denk nicht daran, sagt sie sich, denk nicht an Zweige, die das Gesicht zerkratzen. Wie sie mit dem Fuß in einem Strauchwerk hängenblieb und hinfiel, freizukommen versuchte, die Finger in die Erde grub. Denk nicht an den eigenen, lauten Atem, an das Stechen in den Lungen, den klaren Himmel über den Wipfeln und die von Schatten verzerrte Umgebung aus Bäumen, Büschen, Ziegenpfaden.

Sie setzt sich in den Schneidersitz, legt das Notizbuch auf den linken Oberschenkel. Ich muss mich zusammenreißen, sagt sie sich, ich muss mich erinnern, vielleicht hab ich etwas Wichtiges vergessen. Die Stiftspitze liegt auf dem Papier. Anisa schreibt: Asphalt; denkt an die Überraschung, die sie ergriff, als ihr bewusst wurde, längst auf einer Straße zu laufen. Zvornik, schreibt sie. Der Name der Stadt, der an einer Wegkreuzung auf einem Schild zu lesen war und Sicherheit versprach. In Großbuchstaben wiederholt sie: KLICK. Abseits der Straße erspähte sie einen Hof. Im Garten hingen Ribisel von den Sträuchern, gierig stopfte sie sich die Beeren in den Mund, und bestimmt wäre sie die drei Stufen hoch zur Eingangstür gegangen, hätte sich im Inneren umgesehen und gegessen, was ihr in die Finger gelangt wäre. Ja, bestimmt. Aber zuvor: Klick. Sie glaubte sich verhört zu haben. Unweit von ihr dieses metallische Geräusch. Anisa sah auf die Obstbäume, auf die Wiese hinterm Zaun, wo das Grillenzirpen erneut einsetzte. Sie sah zu den Fenstern, zum Balkon, zur Tür. Da erst bemerkte sie die Gewehrmündung zwischen den Tomatenstauden. In einem Graben entlang der Hausmauer hockte eine Frau und zielte auf Anisas Stirn. Stumm erhob sie sich und verfolgte, Anisa weiterhin im Visier, wie diese rückwärts tappte und nach dem Gartentor griff.

Jetzt erst wird ihr klar, wie dumm sie gehandelt hat. Nicht nur bei diesem Haus, sondern auch als sie auf die Barrikaden eines Dorfes zuging. Sie dachte nicht daran, dass die Verteidigungsstellung von Leuten hätte sein können, die ihr feindlich gesinnt waren. Wie sie sich den Eisentonnen, Brettern und Traktorenreifen näherte und jemand sie übern Gewehrlauf ins Auge fasste, versprachen diese Barrikaden, diese bewaffnete Gestalt, Schutz, nichts sonst. Wie heißt du?, wurde sie gefragt. Anisa rief ihren Namen, und begann, vom morgendlichen Angriff zu erzählen, doch der Wächter winkte müde ab und deutete ihr, über die Absperrung zu klettern. Die Menschen dahinter betrachteten sie gleichgültig, die junge Frau auf der Straße war eine Illusion für sie, eine unwirkliche Erinnerung an jenes Früher, das vor wenigen Tagen untergegangen war. Abgeschreckt von den stummen Gesichtern, den Blicken, beschloss Anisa, ihrem Plan treu zu bleiben und nach Zvornik zu gehen. Niemand fragte, was sie hierhergebracht hatte und wohin sie wollte, niemand hinderte sie, das Dorf auf der anderen Seite über eine weitere Barrikade wieder zu verlassen.

*

TRIEST, schreibt Jovan über die Küchentür, groß und fett und in grüner Farbe, die die Wand hinab tropft. Aufgeheizt vom Rakia, ist Ratko eines Nachts rausgestürmt und seither nicht zurückgekehrt. Ich befürchte, wir sehen ihn nicht mehr wieder, merkte Kosta diesen Morgen an, als er auf dem Dach mit einer Gießkanne von einer Pflanze zur nächsten ging. Jovan zog durchs freigelegte Mauerstück erste Striche für Anisas Porträt, um sich ihr Gesicht zu vergegenwärtigen und dem eigenen Gedächtnis nachzuhelfen. Kosta goss die Pelargonien und ohne von der Gießkanne aufzusehen, bat er Jovan für Ratko einzuspringen.

Er stellt einen Topf Wasser auf den Herd. Ein Kanarienvogel schüttelt auf der Vorhangstange sein Gefieder, Jovan kramt altes Brot hervor, verstreut Krumen übern

Tisch, wie von einem der Beinamputierten abgeschaut. Triest, murmelt er. Er gibt eine halbe Packung Nudeln ins Wasser, sucht im Schrank nach Ketchup. Vielleicht kann er sich nach Italien durchschlagen, überlegt er. Auf Kostas Bitte, als Hausmeister zu helfen, war er zwar eingegangen, hatte als Gegenleistung drei Päckchen Drina-Zigaretten und eine Dose Instantkaffee erhalten, aber Italien … ja, warum nicht?

Er bezieht Ratkos winzige Kammer. Vom Einäugigen bleiben ein T-Shirt mit Metallica-Aufdruck und die zerschnittene Coladose, zwischen Matratze und Wand findet Jovan eine benützte Spritze; mit Fingerspitzen trägt er sie zum Müllkorb in die Küche, ohne dass es einen jener interessieren würde, die vorm Fernseher sitzen.

Ab nun dichtet Jovan zerschlagene Scheiben mit Karton ab, fegt den Flur, räumt die Regenrinne aus. Er kratzt Wachsstummel von Fensterbänken und Flaschenhälsen, platziert neue Kerzen. Um sieben in der Früh beginnt auf dem Dach der Tag mit einem gemeinsamen Kopfstand. Eine Spezialität des Ashtanga Yogas, erklärt Kosta und geht durch die Reihen jener, die seinem Angebot der morgendlichen Übung folgen. Der Kopfstand wirkt verjüngend und aktiviert eine Drüse im Scheitel, die normalerweise brachliegt, so Kosta.

Das nach oben gestreckte linke Bein eines der beiden Kriegsversehrten schaukelt hin und her, der Stoff seines fehlenden rechten hängt nach unten, ihm vors Gesicht. Blödsinn, denkt Jovan, nachdem er mitgemacht und sich den Rücken verrissen hat. Er werkt weiter am Porträt und fragt sich, ob die Malerei ein Ausweg sein kann. Sie ist eine Reise, die seiner Flucht innewohnt, ja. Sein bisheriges Leben stellt er sich als Land vor, an dessen Grenze er wegen des Krieges gedrängt wird. In seinem Rücken das Studium, die Zeit in Sarajevo, seine Zeichnungen, die er selbst vor Anisa verbarg. Er kann den Krieg aussitzen und hoffen, irgendwann zurückzukehren an den Punkt, von dem er aufgebrochen ist, oder aber den einen Schritt über die Grenze seines imaginierten Landes machen, um mehr aus seinem Talent rauszuholen. Und vielleicht ist damit ein echter Schritt, eine echte Grenze gemeint.

Das ist eine Möglichkeit, die er bisher außer Acht gelassen hat: Dass nämlich im Ausland das richtige Leben wartet, dass er wegmuss aus dieser kriegskaputten Gegend und es woanders besser ist, er dort alles daransetzen kann, ein Maler zu werden. Hier ist er ein heimlicher Deserteur, der versucht, ein Frauengesicht auf eine Mauer zu übertragen, und sich nicht aus der Wohnung traut. Lächerlich, denkt er. Gibt es tatsächlich einen Grund zur Paranoia? Kann es wirklich sein, dass die Militärpolizei nach ihm, einem x-beliebigen Rekruten fahndet?

Er kann den einen entscheidenden Schritt auch etwas kleiner setzen, beschließt Jovan und tritt durch die Tür hinaus zum Lift. Er weigert sich, Angst zu haben, und spaziert übern Platz zwischen den Hochhäusern, setzt sich für eine Zigarette am leeren Kinderspielplatz auf die Schaukel. Ihm ist, als würd er der Armee mit jedem Vor- und Zurückschwingen ins Gesicht lachen, quasi: Mich könnt ihr nicht einsperren. Er weiß, dass das kindisch ist, aber was soll's, er fühlt sich gut und frei, die Straßen sind noch warm von der Tageshitze, in ihnen herrscht ein anderes Schweigen als über der Grenze. In Bosnien ist jeder ruhige Moment mit Misstrauen zu beobachten, hier wird die Tür einer *Kafana* aufgerissen, und der Lärm, der aus dem verrauchten Inneren kommt, trägt die Gewissheit in sich, dass es einen nächsten Morgen gibt und einen weiteren Abend.

Die Hände in den Taschen, leise pfeifend, geht Jovan zurück. In der Wohnung sucht er Kosta, findet ihn in der Küche beim Kartenspiel mit den zwei Beinamputierten. Gibt's auch eine andere Arbeit als Saubermachen für mich?, will er wissen. Kosta blickt von den Karten hoch, zwinkert ihm zu. Ich überleg mir was, sagt er.

*

Jasmin zwängt sich zwischen den Bettreihen hindurch. Sie fällt auf ihre Matratze, scheiß Arbeit, sagt sie und ist rasch eingeschlafen. Etwas später kommt Rahim. Anisa deutet ihm, ruhig zu sein, um Jasmin nicht zu wecken, doch aufgeregt zieht er ein Kuvert hervor: ein Brief von seinem Vater aus Tuzla, heut bei der Busstation neben dem Südbahnhof eingetroffen. Er setzt sich zu Anisa, rüttelt Jasmin wieder wach, hört euch das an, sagt er, und beginnt vorzulesen, was Mahir schreibt: Ich war im Krankenhaus, im überfüllten Krankenhaus, und am Gang zupfte mich jemand am Hemd, ein junger Mann mit eingegipstem Bein, Nenad, es war Nenad, er ist hier, wir sind alle am Leben. Anisa reißt ihm den Brief aus der Hand, liest diese unerwartete Nachricht mit eigenen Augen, umarmt Rahim fest. Herzlichen Glückwunsch, sagt sie, alles Gute, stammelt Jasmin, und alle drei beginnen zu lachen, weil es sich anhört, als würden sie Rahim zum Geburtstag gratulieren. Ich muss Mama finden, ruft Rahim, sie wird es nicht glauben.

Am Südbahnhof spielt es sich ab: Die Rot-Kreuz-Nachrichten erreichen oder verlassen Bosnien oft mit Verspätung, weil ein Grenzübergang gesperrt oder die Zentrale in Zagreb mit derart vielen Sendungen beschäftigt ist, dass sich die Abwicklung verzögert. Ähnliche Schwierigkeiten betreffen auch den alternativen Postweg, doch verfügt dieser über die zwei großen Vorteile, so viel Platz zum Schreiben wie nötig zu bieten und keinerlei Zensur ausgesetzt zu sein. Briefe und kleinere Pakete erreichen über versteckte Wege durch die Fronten und Belagerungen beispielsweise Tuzla und von dort weitere Ortschaften. Auf dem Parkplatz neben dem Südbahnhof wartet man auf die Busse, die gewöhnlichen bis nach Hamburg oder Kopenhagen fahrenden, oder die, die direkt aus dem Kriegsgebiet kommend einzig Vertriebene transportieren. Im Chaos der Ankunft werden Namen durch die Menge gerufen, Kuverts geschwenkt. Wenn die Adresse in Lautschrift angegeben ist, drückt man den Brief jemandem in die Hand, der den Sinn zu entschlüsseln hofft. Oft sind nur die Namen des Absenders und des Empfängers vermerkt, aber keine Angaben zum Aufenthaltsort in Wien. Diese Briefe wandern von einer Unterkunft zur nächsten, sind bis zum Erreichen ihres Zieles Teil eines Stroms, der zwischen den als Camps benützten Turnhallen, Kindergärten, Großschneidereien zirkuliert und Menschen, Dinge, Informationen umfasst. Man weiß, wo es sich am günstigsten einkaufen lässt, in welchem Lager ein Psychiater untergekommen ist, der seinen Leidensgenossen anbietet, gratis über die Alpträume und sonderbaren Ticks zu sprechen, die seit geraumer Zeit nicht mehr zu verscheuchen sind. Und man weiß, wo jemand wohnt, der für zwei, drei Zigaretten mit einer Polaroidkamera ein Porträtfoto vor einer weißen Mauer knipst.

Wer weiterwill, zum Beispiel nach Deutschland, hat am

Südbahnhof ein Mitarbeiter des Stadtmagistrats gefragt, berichtet Rahim an diesem Abend der glücklich verweinten Azra und etlichen anderen. Einige bejahten und wurden gefragt, ob sie dort Familie haben. Eine Cousine in Frankfurt, erwiderte einer, einen Bruder in Berlin, eine andere. Abseits zählte man dann ihr Geld, rechnete um, ob es für ein Ticket reichte. Fehlte etwas, wurde es ihnen vom Stadtmagistrat bezahlt. Man kümmerte sich darum, sie zum Westbahnhof und dort zum richtigen Zug zu bringen, Hauptsache, die Leute reisen weiter in das nächste Land, sagt Rahim, ganz erstaunt, wie schnell diese Flüchtlinge wieder auf den Weg gebracht wurden. Ich hab noch was erfahren, sagt er. Ein Mann mit zerschundenem Gesicht erzählte an der Busstation von einer Schlägerei mit einem Serben. Anfangs wäre es nur ein gegenseitiges Belauern auf der Baustelle gewesen, auf der sie beide tätig waren, man spuckte auffällig aus, ging einer am anderen vorbei. Der Serbe lebe schon seit Jahren in Wien, ein ehemaliger Gastarbeiter, der in Österreich geblieben ist, mit Frau und Kindern und Wohnung, sagte der Mann. Der Grund für die Schlägerei war die Prahlerei des Serben, Freitag nach Arbeitsende runter zu fahren und übers Wochenende für sein Volk zu kämpfen, er werde von den Bergen auf Sarajevo feuern, mit Scharfschützengewehr oder Mörsergranate, ganz egal, und montags sei er zum Arbeiten wieder hier in Wien. Ist das möglich?, fragt Rahim in die Runde, ist das möglich, dass Leute aus Wien nach Bosnien fahren und auf uns schießen? Und wenn ja, was kann man dagegen machen?

*

Vor Tagesanbruch steht Kosta an Jovans Matratze. Auf mit dir, ruft er. Im Lift zieht er eine Pistole unterm weißen Hemd hervor, sagt: Man weiß ja nie, in Bosnien sind aus allen Zoos die Tiere abgehauen und anscheinend zieht ein Löwenrudel gerade in Richtung Belgrad. Auf zur Safari, erwidert Jovan, und Kosta fuchtelt mit der Waffe durch die Luft. Der Lift rattert in die Tiefgarage, sie steigen in Kostas Škoda, der vollgeräumt ist mit leeren Plastikflaschen und Kanistern. Draußen hängen von Blockbauten serbische Fahnen, ein lahmes Farbenspiel vorm Beton. Ehe sie auf die Schnellstraße abbiegen, kommen sie an einem Lieferwagen vorbei, der in einer Einfahrt parkt. Von der Ladefläche werden Möbel, Kleidung und Geschirr verscherbelt, bosnische Spezialitäten, meint Kosta dazu, alles geplünderte Ware. Langsam umkurvt er ein Schlagloch, Jovan hat genügend Zeit, den Mann zu beobachten, der im Schatten des Lieferwagens lungert. Aus einer Schachtel ragen verdrehte Puppenbeinchen, der Verkäufer lächelt ihm zu, hebt die Finger zur Schläfe und salutiert. Ein mulmiges Gefühl beschleicht ihn … Sie kommen und sperren mich ein … und um sich abzulenken, fragt er Kosta nach dem Ursprung seiner Yogakenntnisse.

Ah, die gute alte Zeit, schwärmt Kosta und grinst. Mitte der 60er, sagt er, ich muss so alt gewesen sein wie du jetzt, hab ich an der kroatischen Adriaküste als Segellehrer gearbeitet und auf einer Strandparty zwei junge Deutsche getroffen, die mit einem VW-Golf nach Indien wollten. Ihr Plan war, das Auto dort zu verkaufen und mit dem Geld ein Rückflugticket zu besorgen, ein guter Plan, wie ich fand, ein richtig guter Plan. Er zündet sich eine Zigarette an, pafft versonnen vor sich hin. Und weiter?, fragt Jovan. Ja, was glaubst?, fragt Kosta zurück und beginnt zu kichern. Am nächsten Morgen bin ich nicht zur Arbeit, das Segeln konnte mir gestohlen bleiben, sagt er, ich saß mit den zwei Deutschen im Auto, bereit für die Hippie-Tour entlang der Seidenstraße, durch die Türkei, über den Iran und Afghanistan, Endstation Benares.

Außerhalb Belgrads sind die Straßen von Panzerketten aufgerissen, von Schlaglöchern übersät. Sie rumpeln durch die Ebene, und Kosta erzählt, wie er in den engen Gassen von Benares in Hauseingänge floh, um den Hörnern der riesigen, schwarzglänzenden Wasserbüffel auszuweichen. Wie er bei den Scheiterhaufen stand, die am Ufer des Ganges brannten, und von den Arbeitern verjagt wurde, die fürchteten, er würde ihnen die in den Resten liegenden Goldzähne wegstehlen. Wie am Ganges Frauen Kleider wuschen und Hunde die in den Fluss gefegten, verbrannten Leichenteile zurück an Land zerrten. In Benares, so Kosta, lernte er seinen Yogalehrer kennen, einen dürren, in orangenes Tuch gekleideten Mann mit ergrautem Vollbart, der barfüßig das Land durchstreifte. Ihn von Dorf zu Dorf begleitend, war Kosta Teil seiner Scharade, um an Geldspenden zu gelangen. Der Guru streckte die Zunge aus dem Mund und schnitt sich deren Spitze ab, oder vielmehr ließ er es aussehen, als würde er sich die Zungenspitze abtrennen, vollführte in Wahrheit aber mit Hilfe des auf Serbokroatisch fluchenden und schreienden und dadurch die Aufmerksamkeit zerstreuenden Kosta ein geschicktes Manöver, das eine Ampulle mit Schweineblut und ein passend zugeschnittenes, rohes Stück Fleisch beinhaltete. Der Guru sackte zusammen, spuckte sich das Fleischstück in die Hand, aus seinem Mund quoll das vermeintliche Blut. Immer endete das Schauspiel damit, dass sich der Guru mit verdrehten Augen am Boden wälzte und zwischen seinen Lippen die unversehrte, scheinbar zusammengewachsene Zunge hervorreckte.

Nachmittags erreichen sie eine winzige Bahnstation. Umgeben von Sonnenblumen ein Schuppen, ein einzelnes Gleis. Reifenspuren ziehen sich kreuz und quer durch das Feld, dem der scharfe Geruch nach Benzin entsteigt. Im Schatten des Verhaus einige Soldaten, die zu ihnen spähen. Dort drüben ist Rumänien, sagt Kosta und deutet zum Horizont. Er öffnet den Kofferraum, steckt ein Bündel Deutschmark in einen Karton mit Schnaps und Zigaretten. Das wird uns einen guten Platz in der Reihenfolge sichern, sagt er und trägt die Schachtel zu den Uniformierten. Aus der Ferne beobachtet Jovan, wie einer davon einen prüfenden Blick hineinwirft und nickt, der Wind trägt Kostas lautes Lachen übers Sonnenblumenfeld, mit jeder Faser seines Körpers, jedem Knöchelchen lacht Kosta, als sie sich die Hände schütteln.

Heut gibt's Bleifrei, sagt er, als er wieder bei Jovan steht. Was sind das für Soldaten?, will er wissen. Sondereinheit, aber wen interessiert's?, antwortet Kosta. Er reibt sich die Hände: Das Zeug aus Albanien ist zwar besser, aber bleifrei, damit können wir was anfangen. Komm, sagt er, setzen wir uns, jetzt heißt's warten auf den Zug.

Mehr und mehr Menschen treffen ein, in Autos, auf Fahrrädern oder zu Fuß, auch sie haben Behälter jeder Art bei sich und suchen einen schattigen Platz unter den Sonnenblumen. Die Soldaten halten den Schuppen besetzt, neben ihnen häufen sich die Schachteln und Plastiksäcke mit Zuwendungen, die ein jeder Ankömmling zur Begrüßung heranträgt. Alle auf Platz eins in der Reihenfolge, merkt Jovan an, und Kosta spuckt schweigend aus. Was hast denn vor mit dem ganzen Benz?, fragt er in die

Stille hinein. Wird in Belgrad an ein paar Stammkunden verkauft, erläutert Kosta, bisher war es außerdem Ratkos Job, sich mit Kanistern und Trichter an der Hauptstraße zu positionieren, um Laufkundschaft und vorbeifahrende Autos abzudecken. Alles ein Rädchen, um meine Firma am Leben zu halten, sagt er, und Jovan errät, dass er mit Firma die Wohnung meint. Die zwei Amputierten, so Kosta, klappern mehrmals die Woche die Nothilfsstellen für Veteranen ab und bringen Gemüse, Obst und Reis nach Haus, gratis Essen für alle, weißt, dank solcher Kleinigkeiten kann was Großes entstehen, das Makro gibt's nur durch die Power des Mikro, wie eine alte Weisheit meines Gurus besagte.

Dann endlich ein Pfiff. Erst ist es nur ein dunkler Punkt, der sich aus Rumänien dem winzigen Bahnhof nähert. Bald ist die Lok zu erkennen, die Treibstoffwaggons. Der Bremslärm des Zuges verhallt, Schläuche werden gelegt, Hähne geöffnet, die Sonnenblumen rascheln, als die Wartenden aufspringen und zu den Waggons rennen, sich niemand mehr um die von den Soldaten angekündigte Reihenfolge schert. Kosta flucht: Für was hab ich Schnaps und Mark gebracht, ihr Hurensöhne, schreit er und läuft mit Plastikflaschen und Kanistern in die Menge, hinter sich den ähnlich beladenen Jovan. Die Soldaten rufen Kommandos, hitzige Verhandlungen brechen aus, jemand deklamiert: Fixpreis, Fixpreis. Geldscheine fliegen in die aufgeweichte Erde, und aus den Hähnen plätschert die stinkende bernsteinfarbene Flüssigkeit und füllt Behälter um Behälter.

Auf der Fahrt zurück schwappt in den Plastikflaschen das Benzin. Grob kalkuliert Kosta die Gewinnspanne: Pro Liter um 50 Pfennig angekauft, lassen sich in Belgrad bis zu drei Mark dafür rausschlagen, gesamt sind 200 drin.

Nach jeder Polizei- oder Milizkontrolle greift er vom Armaturenbrett einen Zettel und notiert, wie viel er als Wegzoll in die durchs Seitenfenster gereichte Hand gelegt hat. Er rechnet um, streicht durch, schüttelt verärgert den Kopf. Geradeaus vor ihnen steht die Sonne am Himmel, riesig und orange, und Jovan stellt sich vor, wie es wär, einfach weiterzufahren, unter dieser unwirklich großen Sonne hindurch bis ans Meer, oder noch besser, einfach kehrtzumachen und bis nach Benares zu fahren, zu Gurus und Wasserbüffeln, und wieder denkt er an Triest und an den Bus, der jeden Abend von Serbien nach Ungarn fährt. Es gibt so viele Möglichkeiten, stellt er zufrieden fest, so viele Wege, und er streckt die Hand hinaus in den Fahrtwind, als ließe sich eine jede Hoffnung fangen und eingehend betrachten.

Sie halten an einer Belgrader Ausfallstraße, bei Baracken nicht unähnlich des Bahnhofschuppens. Neonschilder künden von Sauna- und Topless-Bars mit Namen wie *Dženifer* oder *Brüderlichkeit*. Auf dem Parkplatz stupst eine junge Frau in Minirock und Stilettos mit einem Zweig eine tote Taube an, Hallo, ruft Jovan ihr durchs Rauschen vorbeirasender Laster zu, doch sie beachtet ihn nicht. Er lässt sich die gute Laune nicht verderben, eilt Kosta nach ins Innere der Bar, wo durch Lücken im Dach Schneisen letzten Tageslichtes dringen. Von einer im Eck lümmelnden Gruppe Soldaten angegafft, tanzt ein weiteres Mädchen auf einer aus Paletten gezimmerten Bühne, gleitet ihr nackter Oberkörper durch die einfallenden Sonnenstrahlen, geht von ihrer Haut ein weißes Blenden aus. Kosta stößt Jovan in die Seite, zeigt auf das Bier, das vor ihm auf dem aus Holzbrettern gezimmerten Tresen steht. Die Tänzerin klettert auf den Tisch der Soldaten, schnappt einem das Barett vom Kopf. Im Takt des Lieds kickt sie Bierflaschen zu Boden, angefeuert von Gelächter. Jovan riecht an seinem Gewand, es stinkt nach Benz, neben ihm flüstert Kosta mit dem Barkeeper, der zu den Soldaten schielt, entschuldigend die Hände hebt. Nicht so schlimm, sagt Kosta, war so oder so ein guter Tag. Er zählt die Deutschmark, die ihm der Barkeeper für einige der befüllten Plastikflaschen gibt, fünf steckt er Jovan zu.

Auf der Weiterfahrt nach Novi Beograd erklärt Kosta ihm, wie man die jetzige Situation ausnützt. Das Verrückte ist, so Kosta, dass das internationale Embargo nur Serbien als kriegsführende Nation betrifft, nicht aber Bosnien. Ein Geschäftsmann in einer bosnischen Stadt wie Zvornik oder Brčko kann weiterhin Ray-Bans oder Öl oder Whiskey beziehen und über die Grenze hierherschmuggeln, wo es unzählige willige Käufer gibt.

Der andere Weg, ins große Business einzusteigen, hat die beiden in die Go-go-Bar geführt. Kostas eigentliche Absicht war, einen UN-Soldaten zu treffen. Dieser wäre oft zu Besuch, behauptet der Kellner, weil er mit einem der Mädchen etwas laufen habe, beide sind aus derselben Gegend Russlands, vielleicht genügt das schon, um sich zu verlieben. Der Soldat vercheckt Benzin aus dem UN-Bestand, ungeschnittenes, unverdünntes Benzin, sagt Kosta, mit dem müssen wir uns anfreunden, unbedingt, setzt er nach und trommelt aufs Lenkrad vor Freude über die mögliche Verdienstquelle.

*

Nachts sind die Fenster gekippt. Der Fernseher ist stumm geschaltet, das Geschehen auf dem Bildschirm wirft eine Schneise fahlen, zuckenden Lichtes. Anisa liegt im Bett, von fern hört sie das Tuscheln einer aufgeregten Diskussion, die nur mit Mühe leise gehalten wird, bis ein Mann schreit: Putzfrauen werden immer gebraucht, aber uns vertrösten sie auf den Winter, aufs Schneeräumen. Stampfende Schritte, eine Tür knallt zu. Anisa verdreht die Augen: wieder einer, der keine Arbeit findet, zu alt ist fürs Pfuschen am Bau und nicht damit klarkommt, dass jetzt die Frau das Geld einbringt.

Sie freut sich für Rahim und Azra, dass sie endlich eine Nachricht von Mahir erhalten haben. In ihrem eigenen Fall hieß es nach dem erfolglos abgeschickten Rot-Kreuz-Blatt, sie solle einen Suchantrag stellen, der bearbeitet werde, sobald die Lage im Kriegsgebiet sicher genug für eine eingehende Untersuchung sei. Anisa erhielt ein Formular, dieses Mal im Format A4. Sein Name, Ort und Datum seiner Geburt, Name seines Vaters und seiner Mutter, Nationalität und ethnische Gruppe. Die Beschreibung, wie der Kontakt verlorenging: Ich lief auf den Wald zu, notiert Anisa, früh am Morgen, das Dorf wurde angegriffen, und er sagte mir, ich soll laufen, das war das Letzte, das ich von ihm hörte. Sie schreibt diese unsäglich kurze Geschichte auf, zu der das Verschwinden ihres Vaters geschrumpft ist, um es auf Ämtern und offiziellen Papieren erzählen zu können. Er am Tisch, er an der Kommode. Die Explosion. Elemente, aus denen sich ihre Erinnerung zusammensetzt, die sie sich täglich wiederholt. Auseinandernimmt, neu in eins fügt. Und die täglich nichtssagender, abgenutzter werden, zu Floskeln auf einem Suchantrag verkommen.

Vor kurzem wurde ihr im Büro der Lagerleitung mitgeteilt, dass sich die Front verlagert hat und ein Rot-Kreuz-Mitarbeiter im Dorf gewesen ist. Ihr Elternhaus hatte er verlassen vorgefunden, sein Nachforschen ergab keinen

Aufschluss über den Verbleib ihres Vaters. Sie nickte, brachte kein Wort hervor.

Nachts halten Anisa nun Fragen wach oder vielmehr der Ärger, diese Fragen nicht gestellt zu haben. Was zum Beispiel bedeutet »verlassen«? Ist das Haus niedergebrannt, zerstört oder wider Erwarten noch ganz? Hätte sie vom Bergwerk schreiben sollen, von den übrigen Verstecken, die in den Wäldern und Hügeln zu finden sind? Was bedeutet »Nachforschen«? Wer lebt denn noch im Dorf, der Auskunft geben könnte? Der Suchantrag bleibe gültig, wurde ihr mitgeteilt.

Sie tappt durch die Bettreihen hinaus auf den Parkplatz. Dass sie ein Blatt Papier in Blockbuchstaben ausfüllt, weckt die Hoffnung, dass er lebend gefunden wird, in irgendeinem Flüchtlingslager oder in einem Gefängnis, wohin ihn die Angreifer verfrachtet haben. Aber die Ungewissheit darüber, was mit ihm wirklich geschehen ist, mischt sich mit jener, der sie sich hier ausgeliefert fühlt. Seit fast drei Monaten lebt sie schon in diesem Turnsaal, ohne zu wissen, wie lange noch oder was danach passieren soll. Alles geschieht, ohne dass sie den geringsten Einfluss darauf nehmen kann, alles, was ihr bleibt, ist, immer dasselbe zu erzählen, dieselbe Geschichte, den Leuten vom Roten Kreuz oder Emir und Jasmin, diese Version des schlimmsten Augenblicks ihres Lebens, die sich mit ein paar wenigen Zeilen begnügt.

*

An einem der Tage, die auf die Benzintour folgen, bahnt sich Jovan durch neu eingetroffene Schachteln den Weg ins Badezimmer. Er betrachtet sein Spiegelbild, summt zum Lied, das aus der Küche zu hören ist. Noch sind seine Haare bis auf einen Millimeter geschoren, viel, muss er zugeben, unterscheidet ihn nicht vom mageren Anblick seines Freundes Zlatan. Er wendet den Kopf nach allen Seiten, rätselt, ob seine Gesichtsbehaarung schon dicht genug wär für einen Bart. Auf jeden Fall, beschließt er, wird er sich die Haare wachsen lassen, mindestens so lang wie die von Kosta. Er schließt die Augen, lässt Momente der vergangenen Tage Revue passieren. Die Sonnenblumenfelder und die rumänische Ebene, der orange, riesige Sonnenball, die Wohnblöcke Novi Beograds, die im abendlichen Dunstglühen ihrer Konturen beraubt werden. Er denkt an Triest, an Benares, und spürt, wie sich das alles ineinanderfügt zu einem Gefühl möglicher Freiheit. Es ist ein Fluchtversuch vor der Traurigkeit, die der Gedanke an Anisa bringt, ein Heilmittel, um nicht ganz zu verzweifeln. Er spielt mit der Vorstellung, einen endgültigen Schlussstrich zu ziehen. Er müsste dafür die Save vergessen und Banja Luka, müsste Sarajevo aufgeben und die Hoffnung, Anisa dank einer glücklichen Fügung bald wiederzusehen. Jovan spielt diese Variante einer Zukunft durch, tastet sich in Gedanken ran: ein wenig noch warten, ein wenig noch bedeckt halten, und dann fort aus Belgrad und dem Einflussbereich der Militärpolizei, so viele Kilometer wie möglich zwischen sich und Jugoslawien bringen. Seinen Eltern würde er Bescheid geben, sobald er im Ausland wäre, irgendwo würde er neu beginnen, in Paris vielleicht, der Stadt Monets, von dem Goran geschwärmt hat.

Langsam formt sich eine Idee, es tut gut, einen Plan für die Zukunft zu haben, eine ungefähre Richtung. Bisher ist vieles im Vagen geblieben: von der Silhouette des Kroaten im Stall über die Begegnung mit Zlatan bis hin zu dem, was sich ihm auf der Busfahrt nach Belgrad durchs Fenster gezeigt hat. Immerhin, er hat gelernt, wie verschiedenartig Angst sein kann. Die Angst vorm kroatischen Späher unterscheidet sich von der, die ihn bei Betrachtung von Zlatans Nachbargarten überkam, und auch von jener während der Busfahrt. Im Stall, wenige Meter vom Feind entfernt, war die Angst greifbar und körperlich, drang aus jeder Pore und überzog ihn wie eine zweite Haut. In Zlatans Elternhaus saß die Angst im Nacken, rann aus jedem Spalt, hockte in jedem Eck, jedem Schrank, und ließ sich doch nicht greifen. Im Bus umgab sie Jovan wie ein Wall, die Angst hatte sich der Außenwelt bemächtigt, doch fand er Ausflucht in Anisas Foto, zu nervös, um darauf mehr zu erkennen als die Umrisse einer jungen Frau.

Jovan denkt an den Angriff der Kroaten, der von seinem Kurzschluss vereitelt worden war. Wie die Kugeln aus dem Wald surrten. Wie er zurückgefeuert hatte, im ersten Moment sogar beleidigt war, dass jemand ihn erschießen will, und ihn überkommt die Angst in einer neuen Form, nämlich als offene, nicht zu beantwortende Frage: Hat vielleicht er selbst unabsichtlich den Soldaten getroffen, als er auf den Abzug gedrückt und das ganze Magazin leer gefeuert hatte wie ein verrückt gewordener Rambo-Verschnitt?

*

An einem der Tage, nachdem Mahirs Brief nicht wenige im Lager mit der Hoffnung auf eine ähnliche glückliche Botschaft erfüllt hat, kauft Anisa sich zwei Kugeln Eis. Schokolade und Zitrone, vom Putzverdienst bleiben ihr damit noch vierundzwanzig Schilling. Unterwegs ins

Kunsthistorische Museum beißt sie in die Waffel, und ihr kommt eine kosovarische Pistazienspezialität in den Sinn, in einer Konditorei nahe des Cafés verkauft, in dem sie gearbeitet hat. Sie versucht sich an den Geschmack zu erinnern, aber vergeblich, fort ist die Konditorei und fort sind die verregneten Abende, wenn die steilen Pflastersteinwege Sarajevos sich in rutschige Bahnen, unscheinbare *Kafanas* in Rettungsinseln verwandelten.

Ihre verbliebenen Geldscheine hält sie dem Mann hinterm Kartenschalter hin. Legt ihren Flüchtlingsausweis dazu, sieht den Kassier fragend an. Vielleicht funktioniert's, und ja, er nimmt das rosa Kärtchen in die Finger, gibt sich einen Ruck, schiebt ihr den Ausweis samt Geld wieder zurück und lächelt ihr zu. Vorbei an den weißen Marmorlöwen der Haupttreppe, die in ihren Pranken Krone und Wappen zeigen, stößt Anisa die gläserne Schwingtür auf in den eigentümlichen Geruch der Gemäldegalerie. Der vielstimmige Klang der Eingangshalle verebbt zu Räuspern, knarzendem Boden. Flüstern, Kleiderrascheln, klickende Fotoapparate. Die durchgeschleusten Besuchergruppen tragen ein Gewölk aus italienischen, russischen oder englischen Worten mit sich; eigentlich, denkt Anisa, könnte das Museum überall sein, in jeder beliebigen Stadt.

Sie möchte rausfinden, ob es ein ähnlicher Rückzugsort ist wie der Westbahnhof. Ein Ort zum Rumtreiben, ohne aufzufallen. Auf den in einer Höhle hockenden, halbnackten Alten, der sie beim ersten Mal an ihren Vater erinnert hat, stößt sie oft. Immer duckt sich zu seinen Füßen ein Tier ins Dunkel: Der heilige Hieronymus, entziffert sie auf einer Info-Plakette, der einem Löwen einen Dorn aus der Pranke gezogen hat. Anisa wandert durch die Säle und gelangt zu ihrem eigenen Erstaunen nach ein, zwei Ecken wieder in jenen, von welchem sie aufgebrochen ist. Mal sitzt sie auf einem Stuhl, mal auf einem Sofa, sie genießt die Zeit, die sie hier hat, allein und ungestört.

Die Augen des Mannes auf dem Bild, vor dem Rahim posierte. Jesus, steht auf der Plakette. Ein gebrochener Mann mit schwarzumrandeten Augen, über den Schultern einen Umhang, der mit der Dunkelheit verschmilzt, die das Gemälde beherrscht. Darunter sein Kleid, ein tiefrotes Flackern, aus dem knochige Hände ragen. Der Kopf gebeugt, sein Gesicht kränklich bleich. Anisa sieht in diesen Augen Traurigkeit. Dann Irrsinn. Der Blick lebt und mit ihm das Bild.

Welche Augenfarbe ihr Vater hatte, auch daran kann sie sich nicht erinnern. Ist das möglich, wundert sie sich, ist das normal, dass sie sich nicht an die Augenfarbe ihres Vaters erinnert? Im Gegensatz zu Jovan hat dieses fehlende Detail aber keinerlei Bedeutung. Wenn das Tier auf dem Hieronymus-Gemälde allerdings ein Löwe ist, zerbröckelt ihre heimliche Hoffnung, ihr Vater verstecke sich im Bergwerk und denke zurück an die gefangenen Bärenjungen. Die ganze Geschichte, die sie sich letztens ausgedacht hat, ihre Phantasie, dass er in einer Höhle kauert und ihr schreibt, wird hinfällig, denn was, grübelt sie, könnte Vater mit einem Löwen zu schaffen haben?

Ein Wärter deutet ihr, leise zu sein. Ohne es bemerkt zu haben, hat sie eins der Lieder mitgesungen. Sie drückt die Stop-Taste, behält den Walkman in der Hand, das faustgroße Teil ist zu schwer, um es am Clip an der Hose festzumachen. Erneut die übern Holzboden knarzenden Schritte, die Fetzen fremder Sprachen. Sie spult zurück, drückt Play. *I haven't fucked much with the past, but plenty with the future … In heart I am a Muslim*, deklamiert eine

Frau. Bevor das Lied vollends beginnt, die Drums und Gitarren einsetzen, endet ihr drängender Monolog mit einem Satz, dem Anisa wieder und wieder zustimmen will: *I have not sold myself to God.* In den letzten Wochen ist es überall zu hören gewesen, im TV, im Radio, in den Zeitungen: Ihr seid Muslime, und die anderen, die, die euch angreifen und niedermetzeln, das sind Serben. Dieser Abgrenzung folgt man auch im Lager: wir, die Muslime. Wir gegen die Serben, wir mit oder gegen die Kroaten, wer weiß. Der familiäre Hintergrund, stellt Anisa verwundert fest, und die damit verbundene Religion scheinen mit einem Mal alles zu erklären und den Krieg in Bosnien plausibel zu machen. *In heart I am a Muslim*: Stimmt das? Bisher hat Anisa nie einen Gedanken daran verschwendet, einer muslimischen Familie anzugehören. Bis auf die Feiern zu Bayram oder dem Ende des Ramadans war die Religion in ihrem Leben nicht existent. Während der Flucht, im Wald und in Zvornik, da hat sie gebetet, ja, doch war dieses stille Flehen nicht an Allah gerichtet, sondern an eine unbestimmte Form höherer Macht. Dass die Trennung in Muslime, Serben und Kroaten auch in ihr Spuren zeitigt, kann sie aber nicht abstreiten. Nie würde sie zugeben oder es jemandem verraten, dass Jovan ein bosnischer Serbe ist. Wenn jemand sie fragt, ob sie verheiratet sei oder einen Freund habe, verneint sie; es scheint zu gefährlich, eine Beziehung zu einem Serben einzugestehen. Er ist zum Feind geworden, und vielleicht genügt das, um eine Muslimin zu sein: Es gibt das Negativ, von dem sie sich abgrenzen muss. Doch nein, denkt sie, nein, es ist nicht ihre Entscheidung, nicht ihr Wille, in solchen Rollen zu leben, zu denken. Sie wird zur Muslimin, weil alle Welt sie vom scheinbar Anderen abkoppelt, abschottet. *I have not sold myself to God*: Das darf sie nicht vergessen. Sie will sich nicht in die Rolle als Muslimin drängen lassen, sie ist Bosnierin, Jugoslawin, und die ganze Aufteilung in Volksgruppen, mit der sie täglich konfrontiert wird, steht ihr bis zum Hals.

Auf dem nächsten Gemälde liegt ein Mann im Gras, über ihm bäumt sich ein Schimmel auf. Im Info-Text steht etwas von Saulus und Paulus, eine weitere Bibelgeschichte, vermutet Anisa. Die dünnen Zügel schlenkern um die Mähne, aus Wolken bricht ein angenehm mattes Licht, das gebündelt auf das Pferd zielt. Der Mann hat die Linke schützend erhoben, sein Schwert liegt abseits. *Outside of society, that's were I wanna be*, singt die Frau. Auf sie selbst, denkt Anisa, trifft exakt das Gegenteil zu: Sie will wieder zurück in die Gesellschaft, in der sie aufgewachsen ist, zurück nach Bosnien, wie es bis vor wenigen Monaten war, sie will wieder zu Hause sein, bloß nicht draußen, nicht in der Fremde hier in Wien. Sie benötigt einen eigenen, wunderartigen Lichtstrahl wie jenen, der auf dem Gemälde das Pferd ergreift und es den Reiter abwerfen lässt. Wie könnte ein solches Licht beschaffen sein, das sie wieder an den richtigen Ort, in die richtige Zeit bugsiert? Das geblendete, ergriffene Pferd galoppiert gleich los zum entfernten Gebirge, schwarzbläuliche Felszacken, an deren bewaldeten Hänge die Umrisse einer Stadt zu erkennen sind. Es könnte Sarajevo sein, ja, denkt Anisa, wie wenn man mit dem Bus von Zvornik kommend den Berg hinab fährt und im Tal die Stadt vor sich liegen hat, Scheiße, unterbricht Anisa ihren eigenen Gedankenlauf, dieses deutsche Wort hat sie schnell aufgeschnappt: Scheiße, denkt sie, ich bin zwanzig Jahre alt, und alles was ich im Kopf hab, ist das Früher. Sie beißt in eine Eiswaffel und ihr fällt eine Konditorei in Sarajevo ein, sie sieht ein Gemälde und denkt augenblicklich an die verlorene bosnische Hauptstadt.

Die Frau singt von einem *Valley of Pleasure*, sie schmeichelt, drängt weiter, ihre Stimme wie ein galoppierendes Pferd, so gar keinen Kompromiss duldend, Ausdruck einer Persönlichkeit, die Anisa gerne hätte, stark und wild und … Patti Smith!, ruft jemand hinter ihr. Sie wendet sich um. Ein Mann mit kurzen blonden Haaren, braunen Augen. Er erinnert sie an Patrick Swayze, aber das kann auch einfach nur am Grübchen in seiner rechten Wange liegen. Sie spürt in seinem Blick, dass sie selbst eine Art Bild für ihn ist; etwas, wovon er sich nicht abwenden kann oder will. Auf den Walkman in ihren Händen zeigend, nickt er ihr zu. Patti Smith, wiederholt er, und: *Babelogue*. Anisa kapiert, wieder laut gesungen zu haben, und bejaht auf gut Glück. Der Mann nimmt ihr den Kopfhörer ab, yeah, yeah, sagt er und tappt mit dem Fuß im Takt. Er fragt etwas, das sie nicht versteht. Er kratzt sich am Hinterkopf, lächelt verlegen. Anisa, sagt sie, und er erwidert: Jakob. Er deutet ihr, ihn zu begleiten. In einem Seitengang bleibt er vor dem Gemälde eines Pärchens stehen, das auf einem Esel einen dunklen Wald durchquert, im Weggraben grünstichige Kinderleichen. Jakob zeigt auf den Esel, Daumen hoch. Dann das Bild eines schlafenden Mannes, über ihm eine Wolke in Gestalt von Hunden, Katzen, Schweinen. Anerkennend nickt Jakob. Bei einem Einhorn zeigt er auf die gespaltenen Hufe und blickt gespielt böse. Nein, nein, sagt er, auf die Hufe tippend, und Anisa begreift, dass er vor allem von der detailgenauen Darstellung von Tieren angetan ist. Das Piepsen des Alarms schlägt an, und Jakob zieht sie mit sich fort zu einer Kreuzigungsszene. Die Menschen darauf wie Karikaturen, eine schaugeile

Meute mit geblähten Bäuchen, übergroßen Händen und nackten Füßen, rollenden Augen in klobigen Gesichtern. Ein Gekreuzigter, bleich und unförmig, mit Bartstoppeln im aufgedunsenen Gesicht. Jakob deutet auf ein Pferd in der Menge, mit dämlichem Grinsen wie von zu viel Sliwo, und er ahmt es nach, die Zunge aus dem Mundwinkel hängend, laut wiehernd, die Augen verdreht.

*

Jovan begleitet Kosta auf einen Spaziergang. Sie setzen sich auf eine Bank nah des Spielplatzes. Eine junge Frau gibt dem Kind auf der Schaukel nachlässig Schwung, die Jubelschreie des Kleinen verhallen zwischen den Hochhäusern. Aus einer Zündholzschachtel holt Kosta Zigarettenpapier und faltet es behutsam auseinander. Darauf dunkelbraune kristalline Brösel. Der letzte Rest von Ratkos Heroin, sagt er, und Jovan nickt beiläufig, als wüsste er Bescheid. Kosta mischt Tabak hinzu, raucht dann versonnen vor sich hin. Jovan kann seine Neugier nicht verbergen: Wie fühlt sich das an? Was man nie vergisst, ist das erste Mal, wie schön es war, als würde … als würde dir ein Stück Himmel ins Herz fallen, antwortet Kosta und kichert über diesen Vergleich. Jovan nimmt ihm die Zigarette aus dem Mund und raucht einen Zug, einen zweiten. Schnell fühlt er sich schläfrig; eine angenehm kribblige Hitze im Bauch kippt er zur Seite. Er legt seinen Kopf auf Kostas Oberschenkel und schließt die Augen, er hört gar nicht hin, was Kosta ihm erzählt, spürt nur, wenn dieser sein knochenklappriges Lachen von sich gibt. Was ist so lustig, flüstert Jovan, ehe er einschläft.

Er erwacht, da ihn jemand an der Schulter rüttelt. Zwei

Männer beugen sich über ihn, Jovan schreckt hoch, glotzt verdutzt nach allen Seiten, weiß nicht, wo er sich befindet. Es ist bereits finster, seltsam, hinter umliegenden Fenstern flackert Kerzenlicht. Einer der beiden Fremden sagt etwas, doch achtet Jovan nicht auf ihn. Er muss pissen und ist hungrig, Kosta?, fragt er, dann nochmals, jetzt lauter: Kosta? Wie oft soll ich's dir sagen?, herrscht einer der Unbekannten ihn an: Ausweiskontrolle. Wie heißt du, wo kommst du her?, fragt der zweite und packt ihn am Kragen. Jovan reißt sich los, springt auf. Er kommt ein paar Schritte weit, schon haben sie ihn, zerren ihn übern Spielplatz zu einem Auto und drängen ihn auf die Rückbank. Hat er vorhin instinktiv versucht davonzulaufen, so beginnt er jetzt endgültig zu verstehen, was geschieht. Militärfahnder, das sind sie, hämmert es in seinem Kopf: Militärfahnder, *fuck*, und er starrt durchs Seitenfenster auf das finstere Hochhaus, in dem er sich sicher gewähnt hat, bitte, stammelt er, ich wohn hier, ich, ich, was wollt ihr von mir …? Der auf dem Beifahrersitz dreht sich zu ihm, den Zeigefinger auf den Lippen. Du hältst jetzt einfach mal die Klappe, sagt er.

*

In den Abteilen eines einfahrenden Zuges steht der Zigarettenrauch, als wären darin Regenwolken eingesperrt. Über den Stromleitungen färbt sich der tiefblaue Himmel schwarz. Niemand beachtet die beiden Frauen abseits des Menschenstromes, der zu den Waggons oder von diesen fort durch die Glastüren drängt. Auf dem Schoß der älteren ein hellbrauner Lederkoffer, in den Händen der jüngeren eine Zeitung.

Kroatische Küste, sagt die Alte, noch mal, sprich es langsam aus. Sie horcht nur beiläufig hin, als Anisa es erneut versucht, sagt: Ist sicher schön an der Adria. Anisa überlegt, wie sie ihr vom Mann erzählen könnte, den sie heut im Museum kennengelernt hat. Dass sie den Enthusiasmus mitreißend findet, der ihn ergreift, spricht er von gemalten Tieren. Wie sie mit ihm durchs Museum spaziert ist und danach auf den Stufen vorm Eingang saß, wo er ihr klarzumachen versuchte, dass er sie gern wiedersehen will, und sie sich den Spaß gemacht hatte, ihm ihre Deutschkenntnisse zu verheimlichen, weshalb er sich in immer ausgefallenere pantomimische Darstellungen verstieg.

Anisa möchte mit der Zigarettenverkäuferin darüber reden, dass Jovan in den Hintergrund rückt. Ihr schlechtes Gewissen machte sich bemerkbar, dennoch sagte sie ja zu Jakobs Vorschlag. Er kritzelte ihr ins Notizbuch die Uhrzeit und das Datum des übernächsten Tages, zeichnete daneben eine dampfende Kaffeetasse und ein lachendes Gesicht. Zum Abschied drückte er ihr die Hand, verdrehte die Augen und wieherte. Während sie zum Westbahnhof spazierte, kam Anisa zu dem Schluss, dass es in Ordnung war, sich mit ihm zu treffen. Es war eine Verabredung zum Kaffee, nicht mehr, und sie war froh um diese Möglichkeit, dem Lagertrott zu entrinnen, abgelenkt zu sein vom Warten auf Nachrichten und retournierte Suchanträge.

Ehe sie den Versuch unternimmt, das alles irgendwie in deutsche Wörter zu fassen, fällt ihr etwas anderes ein: Orient-Express, platzt sie hervor, Istanbul, Paris. Der Orient-Express hat sie nach Wien gebracht, weiß Anisa von der Sozialarbeiterin, die beim Nachtdienst auf einer Luftmatratze liegt. Ein Zug, der jeden Morgen zwischen halb sechs und sechs diesen Bahnhof erreicht und neben den gewöhnlichen Fahrtgästen auch Flüchtlinge von Belgrad nach Wien transportiert. Die Alte nickt. Gute Idee, sagt sie, ich würd' wahnsinnig gern mal nach Paris. He, Anisa!, ruft jemand, sie kneift die Augen zusammen, erkennt Rahim, der auf sie zueilt.

Ich hab mich erkundigt, sagt er und kann seine Aufregung nicht verbergen. Komm mit, fordert er sie auf, bitte komm mit. Hastig verabschiedet Anisa sich von der Alten, läuft Rahim nach, übern Bahnsteig und durch die Halle hinaus zur Straßenbahn. Während der Fahrt blockt Rahim alle Fragen ab, wirst schon sehen, vertröstet er sie. Er hat eine rote Einkaufstasche bei sich und verrät nicht, was darin eingewickelt ist. An einer Hauptstraße steigen sie aus, zweigen ab zu einem Supermarkt. Hinter dem Parkplatz eine Baustelle. Das Auto eines Serben, sagt er und zeigt auf einen schwarzen Golf. An den Firmen-Containern sind die Fensterrollos runtergelassen. Alle beim Wirt, flüstert Rahim und deutet auf eine erleuchtete Baracke. Gedämpfte Stimmen sind zu hören, unterbrochen von lautem Gelächter. Aus der Plastiktasche wickelt er ein Küchenmesser, prüft die Klinge mit einer Fingerspitze. Sie rennen aus dem Schatten des Supermarktes zum Wagen. Anisa behält die Kantine im Auge, Rahim rammt das Messer in einen der Vorderreifen, zerrt und zieht am Griff, versucht es nochmals. Schneller, feuert sie ihn an. Die Kantinentür öffnet sich, ein Bauarbeiter stolpert in den Abend. Sie kauern sich hinter das Auto. Der Mann torkelt in Richtung Straßenbahnstation, und während sie warten, dass sein Pfeifen leiser wird, tastet Rahims Hand nach der von Anisa.

3.

ÜBER DIE ALTE BRÜCKE

Ein kleines Lokal, neben ihr am Tisch Jakob. Seine Hand auf ihrem Oberschenkel, eine Geste von Vertrautheit, die, findet Anisa, gut zu ihrem siebten Treffen passt. Siebenmal haben sie in dieser oder einer anderen, ähnlichen Gaststätte gesessen, sind davor und danach in Jakobs weißen Peugeot durch die Gegend gefahren. Vorm blinkenden Musikautomaten ein miteinander tuschelndes Paar. Wurlitzer, sagt Jakob. *Der* Wurzlitzer, setzt er nach. Er deutet dem Kellner, und bald stehen zwei Gläser Weißwein auf dem Tisch. Manche seiner Bekannten betrachten Anisa neugierig, schütteln ihr die Hand. *Dobre dan, dobre dan*, wiederholt einer. *Dobar dan*, verbessert sie ihn. Jakob schnappt sich eine Tageszeitung, zeigt auf das erstbeste Foto, sagt: Fluss. Eine doppelseitige Reportage aus Bosnien, brennende Häuser und Panzer und davor ein weinendes Kind. Hastig blättert er weiter, zeigt auf das Foto eines Bergs. Großglockner, sagt er. Jakob erzählt von seiner Zeit beim Heer, er salutiert und tippt sich dann mit dem Zeigefinger an die Schläfe. Alle Soldaten verrückt, sagt er. Pferdestaffel, bringt er ihr bei, Hochfilzen, wiederholt er, und sie nickt und lächelt, als ob sie eine Ahnung hätte, was diese Wörter bedeuten. Sie setzt ihm die Kopfhörer auf. Er horcht sich durch die Lieder, notiert aufs Zeitungsblatt die Namen der Bands, die er kennt. Ideal. Einstürzende Neubauten. Joy Division. Jakob winkt einem Mann mit grauen Rastas und reicht ihm die Kopfhörer. Schnell hellt sich die konzentrierte Miene des Alten auf, er schreibt The Exploited an den Zeitungsrand. Bevor sie hinausgehen zu Jakobs Auto, reißt Anisa die Seite entzwei und steckt sich den Streifen mit den Bandnamen ein.

Reklamen und erhellte Fenster gleiten während der Fahrt als lichter Strom vorbei. Sie parken auf einem Hügel oberhalb der Stadt. Wien liegt in ein Nebelnest gebettet, eine weithin strahlende Ansammlung heller Punkte, zerschnitten vom dunklen Band der Donau. Jakob zieht sie mit sich fort. Blätterrascheln, Waldgeruch, auf einer nahen Wiese setzen die Grillenlaute wieder ein. Später flüstert sie: Halle, und Jakob nickt. Während der Rückfahrt steckt Anisa ihren Kopf durch die runtergekurbelte Seitenscheibe, der Wind reißt ihr beinah die Zigarette zwischen den Lippen fort, und sie schließt die Augen, gesteht sich zwei, drei Atemzüge lang die Vorstellung zu, glücklich zu sein. Länger ist nicht drin. Mehr Glück geht nicht. Dann kommt Vater, kommt der Gedanke an ihn, nichtig, unbedeutend scheint ihr selbst die Tatsache, dass sie ihren Freund Jovan längst verraten und hintergangen hat. Ihr Vater erwacht in ihr als Leere, etwas Schwarzes, das sie von innen auffrisst, und sie sieht Jakob an, wie die Straßenlichter über sein Gesicht flackern, ruft, wie er es ihr beigebracht hat: schneller, tritt aufs Gas.

Unweit der Turnhalle steigt sie aus. Übermorgen geht's bei mir wieder, sagt Jakob, fragt, als Anisa nicht darauf reagiert: Ok? Durchs Seitenfenster zeigt er sein Swayze-Lachen, und Anisa nickt. Sie schlendert zur nächsten Ecke, horcht aufs Motorgeräusch des wegfahrenden Autos. Ihre Wangen brennen, es müssen Kratzspuren sein von Jakobs Bartstoppeln, und sie tastet über ihr Gesicht, verwundert, wie gut es tut, fremde Hände auf der eigenen Haut zu wissen. Die Berührungen eines anderen lassen sie die eigene Gegenwart, den eigenen Körper wieder spüren.

Übern Parkplatz eilt ihr jemand entgegen, ruft schon von weitem: Wo warst du? An der Stimme erkennt Anisa Rahim. Er fasst sie am Arm und fragt: Wo bist du gewesen? Anisa schüttelt ihn ab, zischt: Lass mich. Wieder Rahims Hand auf ihrer Schulter, sie bleibt stehen, was fällt dir ein?, fragt sie drängend, leise vor Angst, dass jemand etwas mitbekommt. Rahims Lippen zittern, er ballt die Fäuste, aber sagt nichts mehr, und Anisa dreht sich um, läuft auf die Turnhalle zu.

*

Die darin angestaute Hitze treibt sie auch am folgenden Abend hinaus. Gelegentlich ein Windstoß, der Stimmen aufwirbelt, weiterträgt. Lieder, eine gepfiffene Melodie, Gelächter. Auf dem Parkplatz wird Schnaps vom Discounter rumgereicht, und im Brennen, das in den Magen rinnt, beschwören etliche den gewohnten Rakia von zu Hause. Es ist einer der Abende, an welchem die Gegenwart überhandnimmt. Sommer ganz einfach, warmer Asphalt und ein Strecken und Dehnen wie faule Katzen, könnte man glauben. Azra zeigt einen Brief Mahirs vor. Von einem Zeltlager auf dem Flugplatz ist zu lesen und dass man schon ans Brennholz für den nächsten Winter denken müsse. Auf den Bergen ringsum hocken die Serben und beschießen die Stadt, schreibt er, Nenad liegt weiterhin im Krankenhaus, die Lage ist schwierig, aber nicht hoffnungslos. Zum Schluss steht: Kuss an dich und Rahim, passt auf euch auf.

Meho, ein Jugendlicher, der vor wenigen Tagen in Wien angelangt ist, verschenkt Zigaretten. Er spaziert von einem Grüppchen zum nächsten, um möglichst viel über die Wiener Gegebenheiten, die Schwarzmärkte und Verdienstmöglichkeiten zu erfahren. Heut informierte die Lagerleitung, dass alle Kinder ab einem Alter von sieben Jahren im September eingeschult und anstelle von Sport- oder Werkunterricht zusätzlich Deutsch lernen werden. Die meisten Gespräche aber drehen sich um die Nachricht, dass am Praterstern jener lang erwartete Sonderzug eingetroffen ist, von dem die Sozialarbeiterin erzählt hat. Ganze zehn Waggons, vollgesteckt mit vertriebenen Bosniern. Die Serben deportierten Menschen wie früher die Nazis; wie die Nazis haben sie jedes Fenster und jede Waggontür verschweißt, regt einer sich auf. Vielleicht waren es gar nicht die Serben, sondern die Ungarn, wirft ein anderer ein und behauptet zu wissen, dass die Feuerwehr Stunden damit beschäftigt war, die Türen aufzuschneiden und die seit Tagen Eingesperrten zu befreien.

Das Lager ist ein Kaleidoskop, das sich mit jedem Gerücht, jeder Erzählung ein Stück weiterdreht, eine manchmal dunklere, manchmal hellere Färbung annimmt. Vieles ist zu einer Phrase geworden: Bald wird der Krieg zu Ende sein, und wir können zurück. Noch ist nichts verloren. Oder: Wir wollen nichts mehr mit Bosnien zu tun haben. Arbeit suchen, Arbeit finden, *nema problema*. Aber wie zu einer Arbeit kommen, die mehr zu bieten hat als das Schrubben von Fluren oder das Abschuften auf dem Bau? Manche fallen Abend für Abend aufs Bett, ausgelaugt und genervt, weil der Besuch auf dem Amt erneut umsonst gewesen ist, die Universitätsabschlüsse und Ausbildungszertifikate in Österreich nicht anerkannt werden. Freiwillige Helfer oder Zivildiener begleiten sie auf diesen offiziellen Wegen, übersetzen oder besorgen die nötigen Formulare, doch vor allem bestehen diese Tage darin, in überfüllten Warteräumen vergeblich auszuharren und die Enttäuschung zu verarbeiten, bis vor kurzem ein Zahnarzt gewesen, jetzt aber einzig auf den Status eines Hilfesuchenden reduziert zu sein.

Für viele ist Wien zudem zu nah am Kriegsgebiet, zu sehr durchdrungen von der jugoslawischen Lebensweise. Trotzdem wird die Möglichkeit, einen Schlussstrich zu ziehen, der Tausende Kilometer weit reicht, zusehends greifbar: In den Unterkünften liegen Fragebögen der Republik Irland aus, gesucht werden besonders Jüngere mit handwerklichen Fähigkeiten. Demnächst, heißt es, wird ein Vertreter der irischen Regierung die Lager besuchen und mit den Auswanderungswilligen Gespräche führen. Wer genommen wird, dem winke Arbeit, Haus, ein neuer Pass obendrauf. Die Vorstellung, das Leben von nun an weit weg zu führen, gewinnt Gestalt. Südafrika sucht jede Art von Fachkraft, akzeptiert sämtliche Diplome und Zertifikate, verlangt zur Einreise aber eine tadellos absolvierte Englischprüfung. Australien lässt Frauen und Kinder ohne Schwierigkeiten ins Land, Männer jedoch erwarten strenge Aufnahmeverfahren. Es bleibt Kanada. Kanada, spricht sich rum, ist unkompliziert, Kanada nimmt jeden.

*

Rahim hockt abseits, mit dem Rücken ans Gebäude gelehnt. Zwischen den Fingern der jüngste Brief seines Vaters, gestern am Südbahnhof erhalten. Seiner Mutter hat er noch nichts davon gesagt. Er versucht, die Erinnerung an den Alptraum von letzter Nacht zu verscheuchen. Seit dem Aufwachen hat er das Gefühl, nicht ganz da zu sein, als würde ihn der Traum am Nacken gepackt halten. Die Vorstellung, in einer Menschenmenge gefangen zu sein, lässt sich nicht abschütteln. Rahim wollte fort von dem, was in seinem Rücken passierte, von den Schreien und dem Wissen um eine bedrohliche Präsenz, aber nie konnte er so schnell gehen, wie es nötig gewesen wäre. Er steckte in einer Masse unkenntlicher Gesichter fest, er befahl seinen Füßen, flinker zu sein, bettelte sie an, loszulaufen, er wusste, dass er es kann, lauft, bitte lauft …

Vor Monaten, an einem Tag Anfang April, waren Rahim und seine Eltern Teil eines realen Flüchtlingsstromes. Autofahrer forderten hupend voranzugelangen und blieben unweigerlich stecken, Streits brachen aus und führten zu Handgreiflichkeiten, schnell versickerte das Geschrei in der nachdrückenden Menge. In den Bergen schlossen sich jenen, die vor der Zerstörung Zvorniks flohen, weitere an, wurden Dorfbewohner mit ihren Bündeln und Ziegen Teil des Marsches, der Tuzla zum Ziel hatte. Dort, hieß es, sei man sicher vor den serbischen Soldaten. Rahim bewegte sich so eilig wie möglich, und doch geschah jeder Schritt in Zeitlupe. Einen Tick zu langsam, ein Zwinkern verzögert. Manchmal war es, als würden die Schritte aller für Sekunden eins werden, als würde sich über dem Gemurmel, dem Schluchzen und dem Meckern trappelnder Ziegen der Klang militärischen Gleichschrittes legen.

Die Vertreibung hat sich in Rahims Schlaf geschlichen, ist zu einem Parasiten mutiert, der von seinen Träumen Besitz ergreift. Unterwegs kam ihm die Erinnerung abhanden, der Parasit nährt sich von diesen Gedächtnislücken. Er weiß nichts mehr vom Weg durch die Wälder und entlang der Wiesen, vielleicht wegen der Hitze oder der Angst oder weil ihn der Klang der Schritte betäubte, das unterdrückte Sprechen Einzelner, das sich zu einem leisen Rauschen vereinte. Rahims Bewusstsein setzt mit dem Anblick der Rücklichter der Busse wieder ein, die den Geflohenen aus Tuzla entgegengefahren waren. Die Busse verschwanden um eine Kurve, einzig Azra und er standen noch am Straßenrand. Seine Mutter zupfte ihn am Ärmel, komm, sagte sie, und er folgte ihr in den Wald, ohne zu verstehen, weshalb sie zwei allein auf einen Pfad durchs Unterholz abzweigten.

*

Am Anfang von alldem waren es nur ein paar Gerüchte, die um Bijeljina kreisten, einer Stadt nördlich von Zvornik. Jedes hatte den serbischen Milizführer Arkan und seine Tiger zum Inhalt. Mit automatischen Waffen wären sie von Haus zu Haus vorgedrungen, hätten Muslime aus ihren Häusern gezerrt und abtransportiert oder auf der Straße hingerichtet. Schutzlos, besagten die Gerüchte, sei Zvornik, wenn Arkans Männer wie grausame Djinns, wie scharfgemachte Kampfhunde kämen.

Rahim lehnte am Balkongeländer, fünfter Stock in einem der markanten Wohnblöcke am Ufer der Drina. Auf der gegenüberliegenden serbischen Seite standen seit einigen Tagen Haubitzen und Panzer der JNA, der jugoslawischen Volksarmee, und Rahim hatte den Eindruck, er müsste sich nur wenig übers Geländer hinauslehnen, um eins der Kanonenrohre berühren zu können. Vor zwei

Monaten war sein älterer Bruder Nenad in die JNA eingerückt und vielleicht, dachte er sich, war Nenad just dort drüben stationiert. In der Wohnung seiner Familie trafen sich abends Bekannte und befreundete Familien. Man rätselte, ob die aufgefahrene Artillerie dem Schutz der Stadt diente, immerhin berichteten die Radionachrichten täglich von gewalttätigen Zwischenfällen und bewaffneten Auseinandersetzungen. Genauso gab es Durchsagen, die vor islamischen Extremisten warnten, der Djihad sei ausgebrochen, verkündeten die Medien, man werde jedoch alles unternehmen, diesen im Keim zu ersticken.

In der Wohnung wurde Kaffee gekocht, Karten gespielt. Azra versuchte vergeblich, Nenad ans Telefon zu kriegen. Mit den Nachbarinnen sprach sie über das mögliche Schicksal ihres ältesten Sohnes, wohin man ihn als Soldat aus einer muslimischen Familie versetzt hatte, während auf dem Balkon diskutiert wurde, ob wahr sein konnte, was bisher unvorstellbar schien: Krieg; konnte das sein, war das möglich?

Vor wenigen Tagen war Mahir der Eintritt in die Fabrik verwehrt worden, in der er als Buchhalter tätig war. Das Gelände, hieß es, werde als Quartier für die Volksarmee gebraucht. Ehe ihn der Wächter am Tor aufforderte, nach Hause zu gehen, konnte Mahir einen Blick auf Soldaten werfen, die hinterm Maschendrahtzaun exerzierten. Auf ihren Helmen waren anstelle des jugoslawischen Sterns die serbischen Nationalfarben angebracht, ein Detail, das Mahir nicht mehr aus dem Kopf ging: Warum, fragte er auf dem Balkon, tragen jugoslawische Soldaten das serbische Fähnchen, was hat das zu bedeuten?, und seine Bekannten zuckten ratlos mit den Schultern.

Arkan kommt: eine Prophezeiung, die über Zvornik

schwebte, in die Häuser drang, in die Gespräche sickerte, sich nicht von den gemeinsam verbrachten Abenden, nicht von den Kartenspielen verscheuchen ließ. Arkan kommt, Arkan kommt. Rahim mied seine Mutter, die ihn, war er in ihrer Nähe, ergriff und an sich drückte, was ihm vorm Besuch peinlich war. Sein Vater ging im Wohnzimmer auf und ab, Zigarettenasche übern Teppich verstreuend. Einmal wurde im Radio ein Interview mit Arkan übertragen. Erstaunt, wie hoch dessen Stimme klang, lauschte Rahim den Lobreden des Milizführers auf die Delije, den Fußballfans von Roter Stern Belgrad. Mit weniger Enthusiasmus erzählte er von den Grobari, den Fans von Partizan Belgrad.

Beide Fanclubs sind verfeindet bis aufs Blut, für die Verteidigung Jugoslawiens aber, sagte Arkan, würden sogar sie vereint gegen die kroatischen und muslimischen Separatisten kämpfen. Mahir schüttelte den Kopf und steckte sich eine weitere Zigarette an. Sie entschieden sich, die nächste Zeit in Azras Heimatdorf Kula Grad zu verbringen, oberhalb Zvorniks am Berg gelegen, es konnte nicht schaden, ein wenig Abstand zur Stadt zu gewinnen. Im Haus, das sie seit dem Tod der Großeltern nur mehr selten besuchten, hatte Rahim Neujahr und Geburtstage gefeiert. Er verband damit Erinnerungen an Familienfeste, Schulferien, glückliche Momente, die ihn nicht zweifeln ließen, seinen Eltern an einen sicheren Ort zu folgen. Tage später zeigte sich, wie falsch er mit dieser Vorstellung gelegen hatte.

Rahim saß auf der Schaukel, von seinem Großvater an die Buche im Garten gehängt, ein stiller, strenger Mann, hatte Azra ihm erzählt, der mit solchen Taten überraschte; erst schlägt er dich wegen einer Kleinigkeit und eine Stunde später setzt er dich auf eine neue Schaukel, als wäre nichts gewesen. Bei jedem Schwung nach vorn konnte Rahim übern Gartenzaun hinweg einen Teil Zvorniks überblicken und eine scheinbar unbewegliche Menschenmasse, die die Straße hoch zum Berg blockierte. Nach hinten schaukelnd, hörte er Explosionen, Schüsse, wieder vorn sah er dichten Rauch, der aus Häusern quoll. Am entfernten Ufer der Drina ging von den Haubitzen ein wuchtiger Krach aus, nach jedem auf Zvornik gerichteten Schuss zitterten sie, als erschreckte sie ihre eigene Gewalt. Innerhalb von Sekunden war eine gewöhnliche Stadt einem qualmenden Trümmerfeld gewichen und die nur von Vogelzwitschern akzentuierte Frühjahrsstille einem entsetzlichen Lärm. Das Krachen der Explosionen erzeugte ein ununterbrochenes Echo, einen Donner, der von einem Tal ins nächste wuchs, Hubschrauber surrten durch den rauchigen Himmel, der Flüchtlingsstrom löste sich auf, als würde das Schwanzende einer Schlange zerquetscht. Rahim stoppte abrupt und drehte sich nach seinen Eltern um. Auf dem Balkon stehend, vergrub Azra ihr Gesicht in den Händen, neben ihr Mahir, der mit offenem Mund auf die Stadt am Fuß des Berges starrte.

*

Rahim atmet tief durch, im Bauch ein nervöses Kribbeln. Er schlendert zu Anisa, fragt: Alles klar? Sie nickt, ohne den Blick vom mit Ziegelsteinen improvisierten Grill zu wenden. Tagsüber hat ihr eine Sozialarbeiterin aufgezählt, welche Möglichkeiten offenstehen: eine befristete Arbeitserlaubnis, ein Zimmer in einer Wohngemeinschaft, Bleiberecht. Möglichkeiten, die ihre Existenz hier in Wien verankern würden, und Anisa hatte genickt und versprochen, sich Gedanken zu machen über ihre Zukunft. Sie ist sich nicht sicher, ob diese Aussichten ein Grund zur Freude sind. Die Enge der Turnhalle kann zurückgelassen werden, aber damit auch die Sicherheit einer bekannten Umgebung.

Arbeitserlaubnis, Wohngemeinschaft, Bleiberecht, wiederholt sie sich, drei Wörter, die bedeuten, dass es kein Zurück nach Bosnien gibt. Entschuldige für letztens, sagt Rahim. Unbewusst berührt Anisa die Stelle an ihrem Oberarm, an der er sie gepackt hatte, fährt ihn an: Lass mich gefälligst allein. Rahim stammelt vor sich hin. Er fingert aus seiner Hosentasche eine Packung Zigaretten hervor. Nicht irgendwelche, sondern Marlboro. Jackpot: Diesen Vormittag hat er mit Meho einen Zigarettenautomaten geknackt. Wien steht uns offen, Wien ist reich und ein Stück davon will ich, hat Meho gesagt. Überall, in Österreich oder Ungarn oder Serbien, habe er nicht nur Jugos gesehen, sondern auch Geflohene aus zig anderen Weltgegenden: Die ganze Scheißwelt ist auf der Flucht, und wir müssen selbst sehen, wo wir bleiben, so Meho, und Rahim stimmte eifrig zu.

Er hält die Marlboro unschlüssig in der Hand, will wieder zurück zu seinem Platz an der Mauer. Warte, ruft Anisa ihm nach. Der erste Zorn ist verflogen, insgeheim ist sie froh über seine Annäherung. Jasmin hat ihr anvertraut, dass getuschelt wird. Sie, Anisa, würde sich mit fremden Männern abgeben. Nicht nur Rahim will wissen, wo sie sich bis spätabends rumtreibt, nicht nur ihm war aufgefallen, dass sie einige Male von einem Auto mit österreichischer Nummerntafel gebracht wurde, dessen Fahrer keiner der ihren sein konnte, andernfalls hätte er auf dem Parkplatz gehalten und wäre ausgestiegen. Anisa war wütend, dass Rahim sich einbildete, sie wäre ihm Rechenschaft schuldig, und auf Jasmins Tratsch reagierte sie mit einem genervten Aufruf: Lasst mich doch einfach in Ruh.

Aber dann kroch ihr die Angst ins Denken, aus der Gemeinschaft des Lagers verstoßen zu werden, gänzlich auf sich gestellt zu sein. Du weißt, hatte Jasmin gesagt, was ein paar der Alten von dir denken? Was?, fragte Anisa und ahnte, was folgen würde. Jasmin hatte verlegen zu Boden geblickt, ähnlich wie Rahim gerade eben, dann ausgeatmet und gesagt: Schlampe. Mit verdrehten Augen hatte Anisa auf genau dieses Wort gewartet, das musste ja kommen, erwiderte sie. War wichtig, was andere über sie dachten? Die Gefahr besteht, dass man sie abstempelt, es sich rumspricht, und sie endgültig allein ist in dieser Stadt, das weiß sie. Wien, was ist Wien? Wien ist ihr weiterhin fremd, ist ein Provisorium, mit dem sie sich arrangiert, ohne viel Interesse zu investieren.

Wohnung, Bleiberecht, Arbeitsbewilligung, was würde das ändern? Ihr Vater bleibt verschwunden, wie auch Jovan. Jovan: Der Gedanke an ihn gibt ihr einen Stich, hastig greift sie nach dem Päckchen Marlboro. Mach nie wieder so einen Blödsinn, sagt sie zu Rahim und quält sich ein Lächeln ab. Ein eifersüchtiger Junge ist eindeutig das kleinere Übel als allgemeine Ächtung. Ja, tut mir leid …, murmelt er, nimmt sich zusammen, sieht ihr geradewegs in die Augen und sagt: Komm, wir machen einen Ausflug.

Kennst du Serben?, fragt er sie während der Straßenbahnfahrt. Erst antwortet sie nicht, sieht auf ihre Hände, die seit dem Job im Bürogebäude gerötet sind, es muss am Reinigungsmittel liegen. Nicht vergessen, bläut sie sich ein, die wichtigsten nächsten Besorgungen sind Batterien,

Sonnenbrille, Plastikhandschuhe. Nein, sagt sie schließlich. Du? Im März, erzählt Rahim, verschwanden sie aus unserem Wohnhaus, von einer Nacht auf die andere, ich schwör es dir, innerhalb einer Nacht waren alle weg, um in den Urlaub zu fahren oder kranke Verwandte zu besuchen, behaupteten sie, aber weißt, was ich denk? Ich denk, sie wussten schon, dass Arkan kommt.

Am Praterstern steigen sie aus und schlendern aufs Riesenrad zu, werden Teil der Menschen, die in den Vergnügungspark strömen. Ich lad dich auf eine Geisterbahn ein oder ein Karussell, was auch immer du willst, verspricht Rahim.

Familien, Einzelgänger, Liebespärchen, fast wie am Bahnhof, nur aufgedrehter, denkt Anisa und betrachtet fasziniert die Meute, die staunend, lachend oder betrunken an einem riesigen Dämon vorbeiflaniert, dessen rechte Klaue sich ruckartig hebt und senkt. Aus den Augenwinkeln bemerkt sie, wie Rahim sich unbeobachtet glaubt, aus der Hosentasche Scheine und Münzen sucht und eilig zählt. Sie passieren Hüpfburgen, Restaurants und eine Achterbahn, deren Waggons am Ende jeder Runde durch das aufgerissene Maul einer großen, dicken Katze rattern. Dahinter erkennt Anisa eine Allee. Die Baumreihen machen einen verlassenen Eindruck, würde sie an der rotgelben, klapprigen Achterbahn vorbei, aus Lärm und Licht dorthin spazieren, wäre eine unsichtbare Grenze überschritten, der Vergnügungspark dagegen flirrt und wirbelt viel zu schnell für Gedanken über Einsamkeit. Die flatternden Haare, die in die Luft gehobenen Hände, die Rufe der Schausteller, das blecherne Geisterlachen: eine schnaufende, stampfende Maschinerie, die unentwegt surrt und rasselt, und mittendrin Anisa, die Rahim von einem aus

Boxen plärrenden Technobeat zum nächsten zieht. An einem Autodrom beobachten sie die lauten Zusammenstöße. Wir finden was Besseres, schreit Rahim durch die pumpende Musik, die Schreie. Am Geisterschloss hält ein Skelett einen Menschenkopf mit verschlossenen Augen, rausgestreckter Zunge an den Haaren hoch. Rahim imitiert einen auf die Fassade gemalten Teufel, Zigarette im Mundwinkel und den Mittelfinger streckend. Anisa versucht, von Vorbeigehenden rosa Zuckerwatte zu stehlen, Rahim posiert vor einem Zerrspiegel, schlüpft in jegliche Rolle, die der Vergnügungspark ihm bietet. Aber je länger er das macht, jede einzelne Attraktion abwägend, weil die Entscheidung schwerfällt, für welche das Geld ausgegeben werden soll, umso mehr kommt es ihm vor, er würde wieder fliehen, in die Spiegel, in das Lachen Anisas, in die Lichter. Und kommt und kommt nicht von der Stelle. Schon wieder nicht.

Ein Skelett mit hervortretenden Augen schwenkt einen Knochenarm, grüne Augenschlitze blitzen unter einer schwarzen Kapuze. Rahim rempelt einen Mann, der ihm verärgert Unverständliches nachruft. Er bemerkt, dass seine Hände schweißnass sind. Sie gehen an einem Schießstand vorbei, davor Jugendliche, die sich gegenseitig anfeuern. *Kill 'em all* heißt die in Camouflage bemalte Bude. Spielzeuggewehre liegen griffbereit, an der Außenwand sind gesichtslose Puppen genagelt, in Uniformen, mit Helmen und Uzis aus Plastik. Der Boxautomat daneben trillert, blinkt. Einer nimmt Anlauf, holt weit aus, und der Sack schnellt krachend zurück, ein Zeiger schwenkt sich auf die Angabe der Schlagkraft ein, sorgt für anerkennendes Grölen. *Kill 'em all*, wiederholt Rahim. Anisa neigt ihren Kopf, fragt, was er gesagt hat. Rahim tastet nach dem Papier in seiner Gesäßtasche, und als er es zwischen den Fingern hat, fühlt er sich erst recht miserabel. Am liebsten würde er sich hinsetzen, aber nirgends eine Bank, und Anisa bereits einige Schritte voraus. Ob er krank wird? Vielleicht Sommergrippe. Um ihn Labyrinthe, Karusselle. Links, rechts die Lichter, Blitze, Fratzen. Er greift nach Anisas Hand und schließt die Augen. Der Brief. Azra. *Kill 'em all.* Wörter und Bilder drehen sich in seinem Kopf, *Kill 'em all*, der Brief in seiner Hosentasche, Azra, wie Schrapnellsplitter, die unter der Haut durch den Körper wandern.

*

Als die ersten Flüchtlinge Kula Grad erreichten, warteten Azra und Rahim in der Einfahrt ungeduldig auf Mahir. Mit einer Spraydose Autolack wollte er an der Hausmauer ein serbisches Kreuz anbringen: Falls die Angreifer hierher vorrückten, würden sie ein solcherart markiertes Haus vielleicht verschonen. Beeil dich, rief Azra, bitte beeil dich.

Ein wenig später genügte ein Moment der Unachtsamkeit, um während des Marsches getrennt zu werden. Mahir traf einen Arbeitskollegen, wollte von ihm Näheres über die Geschehnisse an der Drina erfahren, schon schob sich ein Eselskarren dazwischen, glaubte Azra, ihn weiter links zu sehen, wie er winkte und vergeblich versuchte, sich durch die Menge zurückzudrängen. Aus dem muslimisch kontrollierten Gebiet um Tuzla kamen den Vertriebenen Busse entgegen, um sie in Sicherheit zu bringen, und als diese abfuhren, stand Mahir eingezwängt in einem davon, Azra und Rahim dagegen, die sich nicht entscheiden konnten, ohne ihn aufzubrechen, harrten am Wiesenrand aus. Bald zeigte sich die Straße von einer Hügelkuppe zur nächsten gähnend leer. Kein anderes Geräusch als das der Grillen, nirgendwo ein Auto zu sehen oder ein Mensch.

Azra kannte einen Waldpfad zu einem nahen Dorf, dort wollten die beiden die Nacht verbringen. Hinter Barrikaden hockten Bewaffnete; einige grölten Lieder und tranken, was sie in den bereits verlassenen Häusern vorgefunden hatten, andere waren auffallend still, lugten hinter Karosserien hervor, stützten sich auf ihre Gewehre wie krumme Vogelscheuchen. Beide, die Betrunkenen und die Schweigenden, wirkten in ihrer Verzweiflung abgeklärt. Bald würden die Serben auftauchen, und sie schliffen ihre Jagdmesser oder putzten die Pistolen, sagten so oft wie möglich *Fuck you* und riefen sich bei Namen wie Rambo oder Terminator.

Azra und Rahim kamen bei einem alten Ehepaar unter, das sich geweigert hatte, zu fliehen. Nachts hämmerte eine betrunkene Vogelscheuche an die Tür, die Tschetniks, keuchte sie, sind jeden Augenblick hier. Auf einer Waldlichtung weiter nach Norden würden sich einige verstecken, da sollen sie hin, so schnell wie möglich, riet ihnen die alte Frau. Die Lichtung, wo man früher als Pärchen hinging?, fragte Azra, und die Alte kicherte, ja, sagte sie, genau die.

Der Pfad führte entlang einer Schlucht, Steine polterten den Steilhang in die vom Mond schwach schraffierte Tiefe hinab. Das Schwarz der Bäume, das Grau der Steine verschwamm vor Rahims Augen in eins. Von unten waren Schüsse zu hören, Schreie, keine Rede mehr von Rambo oder Terminator, dafür Geheul, Fetzen eines Gebets. Baumstumpen wurden zu kauernden Gestalten, und die Finsternis verbarg Tschetniks mit Fistelstimmen. Immer wieder sah er zurück, versuchte die Schemen zu deuten, und wurde das Gefühl nicht los, verfolgt zu werden. Ihre Schritte, die über Steine, Wurzeln tappten, schienen Rahim viel zu laut, und als er aus der Dunkelheit ein Knacksen hörte, blieb er abrupt stehen. Ein Fuchs vielleicht? Rahim horchte, vorsichtig, angespannt. Was los?, fragte Azra leise. Komm weiter, drängte sie ihn, und erzählte, wie um das unsäglich langsame Vorwärtsstolpern zu erleichtern, woher sie das Ziel ihres Weges kannte.

Die Lichtung war sommers Treffpunkt von Liebespärchen; wie lang ist es her?, flüsterte sie aufgeregt. Aus Zvornik oder Kula Grad kam man, um fort zu sein von Eltern und neugierigen Geschwistern, auf der Lichtung störte das Küssen und Fummeln niemanden, war die Nacht bewölkt, musste man höchstens aufpassen, nicht über ein anderes im Gras liegendes Paar zu fallen.

Warst du oft mit Papa hier?, fragte Rahim. Azra blieb jäh stehen, wie er zuvor beim Ästeknicken, und wandte sich zu ihm. Das war vor seiner Zeit, antwortete sie, nach Rahims Gesicht tastend. In der Dunkelheit streichelte sie seine Wange, und in dieser Berührung glaubte er zu spüren, dass sie lächelte. Sein Name war Aleksandar, sagte sie. Wegen dieser Vertraulichkeiten fühlte der Weg sich weniger gefährlich an. Rahim stolperte den dunklen Schemen seiner Mutter nach, die ihm aus ihrer Jugend erzählte, wie Mahir etwa alles daransetzte, sie dem Konkurrenten auszuspannen, ein Vorhaben, dessen Umsetzung ein gestohlenes Moped und eine Fahrt zu den Plitvička-Seen beinhaltete.

Bevor sie die Lichtung erreichten, traten aus dem Gebüsch mehrere Männer mit Jagdgewehren. Auf ihr Fragen antwortete Azra, sie sei mit ihrem jüngsten Sohn auf der Suche nach einem sicheren Ort. Bei Anbruch des nächsten

Tages erkannte Rahim, dass auf dem zerdrückten Gras anstelle jugendlicher Liebespaare mehrere Dutzend Familien lagerten. Wie andere Burschen sammelte er Beeren und Kräuter, während Azra als Schlafunterlage Blätter pflückte. Die Baumstämme am Lichtungsrand trugen Initialen und Jahreszahlen, gelegentlich ein Herz. *D + V 1964* war in die Buche geritzt, nahe der Rahim und Azra schliefen.

Nachmittags waren knarzende, knacksende Laute zu hören. Augenblicklich erstickte das verhaltene Stimmengewirr, welches über der Lichtung lag. Manche rührten sich nicht, horchten konzentriert. Andere sahen erstaunt in alle Richtungen, verwundert über das, was nach einer blechernen Stimme klang, die unzusammenhängende Wörter sprach, wieder andere zogen sich ins Gebüsch zurück, bereit, tiefer in den Wald zu fliehen. Die Tschetniks, flüsterte es von einem zum nächsten. Die blecherne Stimme näherte sich, entlarvte sich als Lautsprecherdurchsage, die versprach, dass wieder Frieden herrsche und man zurückkehren könne, die Lage habe sich beruhigt. Die Tschetniks trauen sich nicht her, höhnte jemand auf der Lichtung, weil sie nicht wissen, wie viele wir sind und ob wir Waffen haben.

Einige waren weniger misstrauisch und packten eilig ihre Habseligkeiten, unterdrückte Diskussionen brachen aus, Koffer und Taschen wurden geschultert, abgesetzt, wieder hochgenommen. Erwartungsvoll sah Rahim Azra an. Wir bleiben, beschloss sie. Die Stimme wurde leiser, unverständlich und fern, dann wieder schwoll sie an, kommt, kommt, wiederholte sie, Frieden, Frieden, lockte sie zwischen den Bäumen hervor. Jene, die den scheppernden Worten folgten, verschwanden im Gebüsch. Bald war nichts mehr von ihnen zu hören, und auch die Durchsagen verstummten. Das Versprechen, zurückzukehren und von der Lage außerhalb des Waldes zu berichten, löste keiner der Fortgegangenen ein.

Einige der Versteckten fassten zwei Tage später den Entschluss, nach Zvornik aufzubrechen; Arkan war bestimmt weitergezogen, zudem hatten die Serben ihren Aufenthaltsort von einem der gutgläubig in die Falle Getappten sicherlich erfahren. Dieses Mal waren Azra und Rahim Teil der Kolonne. Weder sie noch Mahir hatten bei der Flucht aus Zvornik daran gedacht, die Reisepässe mitzunehmen, die jetzt, vermutete Azra, außerordentlich wichtig sein konnten. Wenn sie schon von Mahir getrennt war und weder wusste, wie es ihm erging, noch, wie es um Nenad stand, so wollte Azra sich wenigstens durch die Wiederbeschaffung der Dokumente nützlich machen.

Sie marschierten durch den Wald, bis sie eine Straße erreichten, und folgten dieser bergab in Richtung Stadt. In der Luft der Geruch nach Holz und Kohle, fast wie im Winter, wenn ein feiner grauer Nebel über den Tälern liegt. Am Stadtrand stießen sie auf eine Barrikade. Rahim starrte auf den ersten Panzer, den er zu Gesicht bekam, ein monströses Gebilde von dunklem Grün, dessen Geschützrohr auf die unterhalb liegenden Dächer gerichtet war. Soldaten wiesen sie an, sich an der Straße aufzureihen. Links von Rahim Azra, zu seiner Rechten ein alter Mann, der auf ein Haus zeigte, das zwischen Bäumen zu erkennen war. Da wohne ich, sagte er, ich bin fast daheim. Bald kam ein Laster, aus der Beifahrerseite stieg ein Uniformierter, vor dem die übrigen Soldaten salutierten. Er musterte die Kolonne, zeigte auf diesen Mann und den übernächsten, je nach Laune, schien es, und befahl den Ausgewählten, in den Laderaum des Lastwagens zu klettern, auf dessen Plane in farbigen Buchstaben Name und Adresse eines hiesigen Obsthändlers gedruckt war.

Aber, aber mein Haus, stammelte der Alte, als der Finger auf ihn wies. Als Nächstes besah der Uniformierte Rahim. Drei Sekunden, vier. Rahim biss sich auf die Unterlippe, Azra drückte seine Hand so fest, dass er glaubte, es knacksen zu hören. Plötzlich, mit einer Agilität, die niemand ihm zugetraut hätte, lief der Alte über die Straße auf sein Haus zu, und der Mann vor Rahim drehte sich um, zog mit einem wütenden Zischen die Pistole aus dem Halfter. Nach wenigen Metern erreichte er den Flüchtenden und riss ihn nieder, kniete sich auf dessen Brust. Er holte mit dem Pistolenknauf aus und schlug zu, erst bedächtig Ziel nehmend, bald fester, unkontrollierter. Als alle Aufmerksamkeit sich auf den schreienden Alten und den fluchenden Uniformierten richtete, sah einer der Soldaten Azra fest in die Augen und deutete ihr, abzuhauen. Ohne über mögliche Konsequenzen nachzudenken, zog sie Rahim vom Straßenrand fort ins Gebüsch. Weg, schnell weg, hämmerte es in ihrem Kopf.

Der serbische Soldat hatte die Situation richtig verstanden: Jetzt bot sich eine Möglichkeit zur Flucht. Azra wiederum hatte instinktiv begriffen, dass sie dieser Aufforderung, die in den Augen des Soldaten lag, unbedingt nachkommen musste. Hinter ihr Geschrei, ein Schuss, zwischen Häusern stürzten sie den Pfad hinab ins sonderbar stille Zvornik. Der Blick des Uniformierten, als er Rahim gemustert hatte, machte Azra die Gefahr bewusst, in der sich ihr Jüngster befand. Rahim steht auf der Abschussliste weit oben, begriff sie, beschämt, vor lauter Sorge um Mahir und Nenad bisher nicht erkannt zu haben, dass der, der am meisten Schutz benötigte, der Sohn an ihrer Hand war.

Sie kamen an ausgebrannten Autos vorbei, an schwarzverkohlten Resten von Schuppen, doch nirgendwo ein Mensch. In das Dach ihres Hochhauses hatte die Artillerie Löcher gerissen, auf dem Parkplatz lagen weit verstreut Mauerstücke und Metallteile. Vereinzelte Türen waren aufgebrochen, davor Möbeltrümmer und Kleiderfetzen, als hätten die Apartments die Einrichtung ausgekotzt.

Sie eilten die Stufen hoch in den fünften Stock, im Flur angelangt, beschleunigten beide ihren Schritt. Die eigene Wohnungstür war unversehrt, ein Glück, das Azra erst nicht wahrhaben wollte, ungläubig strich sie mit den Fingerspitzen übers glatte Holz. Rahim gab ihr einen Stoß, und mit zittrigen Fingern holte sie den Schlüssel aus ihrer Tasche. Das Aufsperren klirrte im verlassenen Gang, ein lautes Geräusch, das in Rahim die Erinnerung an den nächtlichen Weg zur Lichtung wachrief, und er drängte seine Mutter in den Vorraum, die Tür schnell hinter sich schließend.

Am nächsten Morgen durchstreiften sie das obere, sechste Stockwerk. Vielleicht gab es Essbares zu finden, die eigenen Vorräte würden nicht allzu lange reichen. Eine Tür wurde einen Spalt weit geöffnet, aus dem Dunkel löste sich eine zierliche Gestalt, ein Gesicht, das Azra und Rahim anstarrte, den Mund zu einem nervösen Lächeln verzerrte. Es war eine von zwei Krankenschwestern, die im hiesigen Spital arbeiteten, beides junge Frauen Mitte zwanzig, vor nicht allzu langer Zeit in die Stadt gekommen, die regelmäßig Gäste der abendlichen Zusammenkünfte bei Rahims Familie gewesen waren. Sie deutete ihnen, ihr ins Innere zu folgen. In der mit Konservendosen, Reis- und Nudelpackungen vollgeräumten Küche saß die Zweite rauchend am Tisch.

Im nächsten Ort gibt es ein Lager, sagte sie, dorthin bringt man die Männer und … Sie verstummte und sah mit verweinten Augen auf Rahim. Du musst ins Stadtamt, begann die andere, an Azra gerichtet. Hol dir einen Passierschein, damit darfst tagsüber in der Stadt unterwegs sein. Und einkaufen, warf die Erste ein, nachdem sie ihren Blick von Rahim gelöst hatte. Mit dem Passierschein kannst über die alte Brücke nach Serbien und einkaufen. Auf dem Markt stehen ihre Soldaten auch, aber was anderes gibt's nicht, hier bei uns ist alles leer, sagte sie.

Die Krankenschwestern gaben ihnen als Proviant einen Karton mit, darin hartes Toastbrot, ein bisschen Gemüse, eine Packung Kaffee. Zurück in der eigenen Wohnung, begann Azra die Böden zu schrubben und die Balkonblumen aufzupäppeln, die sie aus Angst vor den auf der serbischen Uferseite auf- und abfahrenden Militärfahrzeugen auf dem Flur platzierte, links und rechts der Wohnungstür. Sie versuchte sich an das Gesicht des Soldaten zu erinnern, der ihr gedeutet hatte, abzuhauen. Er war jung gewesen, ja, vielleicht Anfang zwanzig, dasselbe Alter wie Nenad. Mehr fiel ihr nicht ein, die Uniformierten unterschieden sich in ihren Augen kaum, doch war diesem Unbekannten das Leben Rahims zu verdanken. Es gehörte zu Mahirs Binsenweisheiten, dass eine jede Begegnung wertzuschätzen sei, weil man sich im Leben immer zweimal trifft; hoffentlich, dachte Azra, hat er damit recht.

Rahim streifte tatenlos durch sein Zimmer, seine Gedanken kreisten um den alten Mann, der vom Uniformierten geschlagen worden war. Was, fragte er sich, ist mit ihm geschehen?, was wäre mit ihm selbst passiert, hätte man auch ihn abtransportiert?, und er dachte an die großen Augen, mit denen ihn die Krankenschwester angesehen hatte, nachdem von Lagern die Rede gewesen war. Er ging in den Flur, sah seine Mutter mit einem Wischmopp und zweigte, ehe sie ihn zur Hausarbeit einteilen konnte, eilig ab in Nenads Zimmer. Er ließ die Finger über die Schulbücher seines älteren Bruders gleiten, hob die Bettmatratze ein wenig an, weil Nenad dort für gewöhnlich Sexhefte versteckte. Auf dem Lattenrost aber lagen keine abgegriffenen Bilder nackter Frauen, entweder hatte Nenad sie in die Kaserne mitgenommen, oder sie waren längst von Azra entdeckt worden. Alles findet sie, ärgerte sich Rahim. Er öffnete den Kleiderkasten und suchte die Jeansjacke mit Schulterfransen raus, um die er seinen Bruder immer beneidet hatte. Auf der gesamten Innenseite der Kastentür klebten Comichelden wie Spiderman, Wolverine oder He-Man, die Nenad aus Comics ausgeschnitten und zu einer Collage arrangiert hatte, und für einen Augenblick schien es Rahim unmöglich, dass sein Bruder, über dessen Bett ein Spiderman-Poster prangte, jetzt tatsächlich in der Armee war.

Tags darauf ließ Azra sich im Stadtamt den Passierschein ausstellen, der sie dazu berechtigte, den Markt in Mali Zvornik zu besuchen, der serbischen Ortschaft auf der anderen Flussseite. Ging sie raus, schärfte sie Rahim zuvor ein, die Wohnung unter keinen Umständen zu verlassen. Auf der Straße vermied sie jeglichen Augenkontakt, egal, ob es Soldaten waren oder andere Frauen, die ebenso unauffällig die Stadt durchstreiften, oder das Mädchen, das mit hochgeschobenem Rock am Rinnstein saß und weinte, auf der Innenseite ihrer Schenkel feine Linien getrockneten Blutes. Aus einem benachbarten Haus zerrten Soldaten den Apotheker, und ohne ein Wort lief Azra vorbei, den Blick zu Boden, genauso wenn ihr

Bekannte begegneten, der alte Bankangestellte etwa, der nun in einer Uniform steckte und sich ihr hinterherrufend auffordernd zwischen die Beine griff. Es gab nur mehr diese drei Arten von Menschen: die Soldaten, die aus den Häusern geholten, flehenden Männer, und die Frauen, die durch die Straßen eilten, nicht zu schnell, nicht zu langsam. Die richtige Balance zu finden wurde überlebenswichtig. Nicht laufen, nicht zu eindeutig wegsehen, um keine unnötige Aufmerksamkeit auf sich zu ziehen.

Die Zerstörung rief in Azra verschwundene Freunde, vergangene Begebenheiten wach, sie dachte an die Schulkameraden, mit denen sie früher Geburtstage gefeiert hatte und die jetzt Uniformen trugen oder spurlos verschwunden waren: Erinnerungen, die mit dem Schutt und der Gewalt nicht zu vereinbaren waren. Reiß dich zusammen, sagte sie sich, umfasste die Einkaufstasche und heftete ihre Augen auf die müllübersäte Straße.

Einmal nutzte Rahim ihre Abwesenheit. Langweilig war es in der Wohnung, die Zimmer kamen ihm winziger vor, als sie ohnehin waren. Er wollte sich auf dem Parkplatz die Beine vertreten, daran konnte nichts falsch sein. Die Mauern waren mit Parolen übersät, mit Schmierereien, die den aus Daumen, Zeige- und Mittelfinger geformten serbischen Gruß darstellen sollten. Rahim fehlte aufgrund seiner Jugend ein an die Vergangenheit gebundenes Sehen, wie es Azra zusetzte. Für ihn war es aufregend, über den Parkplatz zu laufen und dann durch eine der verlassenen Straßen. Bis zum nächsten Eck wollte er, ja, falls Soldaten kämen, wäre er schnell zurück im Hochhaus. Überall Spuren der Vernichtung. Fasziniert sah Rahim die zersplitterten Fensterscheiben, die zerschossenen Karosserien. Die Menschen, die hier noch lebten, hinterließen nichts, waren wie Nebel, ohne eine direkte Verbindung zur Welt, nicht wirklich existierend, und durch diese ausgestorbene Welt schlich Rahim zur Konditorei des Albaners. Ihn reizte die Idee, den Ausflug ein wenig auszudehnen, vielleicht könnte er ein Tortenstück besorgen oder Gebäck, etwas, das als Überraschung für Azra taugte. Wie würde sie sich wundern, fände sie bei ihrer Rückkehr ein Dessert auf dem Tisch, wie eindeutig würde es beweisen, dass er, Rahim, alt genug war, um draußen allein zurechtzukommen.

Die Konditorei aber gab ein jämmerliches Bild ab: Die Scheibe war eingeschlagen, Stücke rosaroter und schneeweißer Glasur pickten auf dem Asphalt, die Regale waren leer. Doch so leicht gab Rahim nicht auf. Er bog um die Hausmauer zum Hintereingang, etwas gab es bestimmt zu holen. Ruckartig blieb er stehen: Mitten in der Sonne hockte im weißen Glitzern verstreuten Zuckers ein Soldat. Beide Beine ausgestreckt, kratzte er die Reste von Keksen und Kuchen vom Pflasterstein, stopfte sich die klebrigen Finger in den Mund, in der anderen Hand die Marzipanfigur eines Bräutigams. Langsam glitt Rahims Blick von ihm zu zwei Männern mit nacktem Oberkörper. Sie hatten Rahim den Rücken zugewandt und verdeckten die Sicht auf jemanden, der auf einem Stuhl saß und von dem Rahim einzig die nackten Füße erkennen konnte. Einer der beiden schnaufte angestrengt und fluchte, die Muskeln auf seinem Rücken traten hervor, während vom Sitzenden ein Gurgeln zu hören war und seine Füße irr zu stampfen begannen. Der Zweite richtete sich die Sonnenbrille und hielt eine Hand zum Kinn, wie tief in Gedanken. Er zog das lange Messer, das an seinem Gürtel hing, stieß den anderen an und sagte: Hier, versuch's damit.

Rahim schrie auf, verstummte augenblicklich, da der

Mann mit Sonnenbrille sich zu ihm wandte und sagte: Hübsche Jeansjacke, gib mal her. Der Soldat auf dem Boden biss in den Marzipanbräutigam und rülpste. Nun drehte sich auch der andere Halbnackte um, und ehe Rahim zu sehen bekam, wer da auf den Stuhl gefesselt war, wem das blutige Gesicht gehörte, lief er zurück zur Straße, rannte, bis ihm klarwurde, dass er seinen Wohnblock längst schon hätte erreichen sollen, um ihn Häuser waren, die er noch nie gesehen hatte.

In jedem Moment, glaubte er, musste der Soldat mit den teigverklebten Fingern hinter ihm auftauchen oder jener mit dem Messer, er dachte an die stampfenden Füße, an das Gurgeln, und hetzte weiter durch das ausgestorbene Viertel. Endlich erkannte er zwischen Bäumen die Drina, der er stadteinwärts folgte, zum eigenen Block und dort die Treppen hoch, schnaufend, mehr torkelnd als tatsächlich laufend, den Flur entlang und in die Wohnung, wo er sich mit Seitenstechen auf den Diwan krümmte.

Von Draußen drang das Rattern der Panzer, das Hupen eines Konvois. Rahim schaltete das Radio ein, aber die Musik reichte nicht aus, um die Geräusche zu übertönen oder das Stampfen der nackten Füße aus dem Kopf zu scheuchen.

Er ging ins Schlafzimmer seiner Eltern und legte sich aufs Doppelbett, versank in der dicken Decke, im unverwechselbaren Geruch der Wäsche. Später hörte er das Klirren des Schlüssels, die Schritte Azras im Flur. Sie blieb einen Moment in der Tür stehen und ließ sich dann ohne ein Wort neben ihn aufs Bett fallen. Er griff nach ihrer Hand und still lagen sie nebeneinander, die Finger ineinandergekrallt und schweigend. Aus der Küche war das Radio zu hören, die Nachrichten verkündeten, ein Extremist, der sich als Zuckerbäcker getarnt habe, sei in seiner Konditorei verhaftet und abtransportiert worden.

*

An diesem Abend oder an jenem darauf erreichte Anisa die Hügelkuppe oberhalb Zvorniks. Vom Tal die Sirenen, auf- und abschwellendes Heulen stieg in den rotgefärbten Himmel. Hinter ihr die Wälder und Dörfer, die Barrikaden und Gärten, die man besser nicht betrat. Unter ihr die Drina und auf der anderen Seite Serbien. Das scharfe, schnelle Knistern und Knacken des Feuers, vom Wind in die Höhe getragen.

Entlang eines schmalen Baches schlich sie herab zu den Häusern am Hang. Kein Licht, nirgendwo. Aber Schreie, mal näher, mal weiter weg. Undeutliche Geräusche. Jubel oder Laute, die Anisa erschrocken innehalten ließen. Dann Stille. Immer wieder sickerte diese Stille ein, breitete sich aus. In Wahrheit, spürte Anisa, war es ein allumfassendes Horchen. Ganz Zvornik spannte sich an und erwartete den nächsten Schrei oder Schuss. Die Schleichwege und Bäume ein einziges Warten. Anisa fühlte sich beobachtet, belauscht. In jedem Haus, in jeder Ruine, die versteckten, wartenden Menschen. Hinter jedem zersplitterten Fenster die Jäger oder die Gejagten, verborgen von den schwarzen Scherenschnitten der gespaltenen, geknickten Bäume, den aufragenden Mauerresten. Ein Rascheln unweit. Anisa hielt den Atem an. Vielleicht eine Katze. Die steinernen, von Jahrzehnten geglätteten Stufen mündeten im hellen Schimmer eines Durchgangs unterhalb der Häuserreihe. Vorsichtig tappte Anisa durch den Tunnel, die Hand an der kalten Wand. Sie nahm die letzte Stufe, trat hinaus auf den Gehsteig an der Kreuzung. Vor ihr die Eisenbrücke über den Fluss, von Scheinwerfern beleuchtet. Ein Rattern war zu hören, stampfende, bedrohliche Laute. Rechts, an der Straße zur Busstation, ein großes Feuer. Sie sah nach links und erstarrte: Unweit von ihr lehnte ein Mann an der Motorhaube eines Autos und beobachtete sie. Er war dicklich, um die vierzig, trug einen olivgrünen Overall und eine schwarze Haube. Ruckartig blieb sie stehen, sein Blick jagte sie, drängte sie an einen Abgrund; ein bisher ungekanntes Gefühl von Schutzlosigkeit überkam sie. Das Rattern wurde lauter, hallte von den Häusern, kam näher. Anisa riss sich von diesen Augen los, lief fort vom Feuer, am Mann vorbei, der reglos auf der Motorhaube sitzen blieb.

Am Ende der Straße tauchte ein Panzer auf, die Ursache des Lärms. Anisa kletterte über Schutt und Holz, duckte sich hinter eine Mauer. Die Erde vibrierte, ein Zittern, das aus dem Grund stieg und die gesamte Umgebung ergriff. Das Rattern und Rasseln schob sich über den Asphalt dem Hauptplatz entgegen, und Anisa presste ihre Hände auf die Ohren, kauerte sich zusammen, bis das Zittern verebbte, das Echo des Panzers sich aus ihren Knochen verzog. Sie hörte Schritte.

Bist du dir sicher, fragte eine Männerstimme. Hundertpro, antwortete eine zweite, irgendwo läuft hier eine rum. Übern Schutt kletterte Anisa den Hochhäusern entgegen, deren Umrisse sich gegen den helleren Nachthimmel abzeichneten. Mit dem rechten Fuß brach sie durch ein verkohltes Holzbrett. Sie fluchte auf, fiel nach hinten, biss sich auf die Lippen, weil sie laut geschrien hatte. Um sich vom Schmerz abzulenken und von der Angst, dass die beiden Männer sie entdecken würden, konzentrierte sie sich auf den Geruch einer nahen Linde. Am Berg oberhalb Zvorniks hatte sie einen weitläufigen Friedhof queren müssen, über dessen geknickte Blumen ein Geruch nach wildem Honig lag, herb und süß vom Sommer gesättigt, ein Geruch, der nahe der ausgehobenen Gräber von etwas Modrigem, Feuchten verdrängt wurde.

Einige Bäume standen noch, alte Buchen, wie hier in Zvornik eine Linde mit raschelnden Blättern, von anderen ragten nur mehr die verbrannten Stümpfe auf, ein gezielter Schlag hätte genügt, sie zu zerbrechen. Hastig zog Anisa ihr Bein aus dem Schutt. Sie krempelte die Hose hoch, betastete behutsam den Schnitt, der sich über ihre Wade zog, humpelte auf die Hochhäuser zu. Eine Treppe führte zu einem Parkplatz. Militärwagen, dazwischen Fahrzeuge mit gesplitterten Scheiben, aufgerissenen Kofferräumen. Aus einer der Wohnungen über ihr Grölen und Singen.

An der Hinterseite des Wohnblocks humpelte sie entlang einer feuchten, moosüberwachsenen Mauer. Sie erreichte den nächsten Parkplatz, querte diesen zu einer nahen Eingangstür. Unter ihren Schritten knirschten Scherben, im dunklen Foyer zeichnete sich die Stiege in den ersten Stock ab. Sie nahm Stufe für Stufe, tastete sich durch einen Flur, das Bein, mit dem sie im Schutt eingebrochen war, schmerzte. Vor einer Tür machte sie im Dämmerlicht farbige Flecken aus. Kniend erkannte sie Töpfe mit frischen Blumen, die Erde feucht, hoffentlich ein gutes Zeichen, dachte sie und nahm allen Mut zusammen. Auf ihr Klopfen öffnete eine Frau und sah sie verwundert an, ergriff ihr Handgelenk und zog sie rasch ins Innere.

*

Es war ein Aufblitzen von Aberglauben, der Azra dazu brachte, Anisa aufzunehmen. Sie tat, was möglich war, um Rahim zu beschützen, und musste zugleich in jedem wachen Moment daran denken, dass sie nichts für Nenad machen konnte. Im Anblick der jungen Frau, die sie verschreckt anstarrte und die Hand noch zum Klopfen erhoben von Essen und Schlafen stotterte, überkam Azra die Hoffnung, dass sich Nenads Schicksal zum Guten hin wenden ließe, wenn sie selbst etwas Aufopferndes tat. Vielleicht gab es einen Gott oder eine andere überirdische Kraft, die milde zu stimmen war, wenn sie dem Mädchen half, dachte sie, vielleicht war dieses Mädchen ein an ihre Tür verirrter Faustpfand für das Leben des ältesten Sohnes.

Sie jagte Rahim vom Diwan und bereitete einen Schlafplatz vor, sie suchte Handtücher raus und ein Stück Seife und fertigte aus den in Mali Zvornik ergatterten und zu Wucherpreisen gekauften fauligen Salaten, Konservendosen und dem harten Brot ein Abendessen. Am Küchentisch berichtete Anisa den beiden von ihrem Weg, sie schlürfte ein paar Löffel Gulaschsuppe und vergaß bald ganz das Essen; die Konzentration, die sie bisher geleitet hatte, wich einem Wortschwall, der von Angreifern in weißen Turnschuhen zu einer Frau mit Gewehr sprang, von einer Explosion zu einem verbarrikadierten Dorf, eine wirre Erzählung, der weder Azra noch Rahim folgen konnte. Immer wieder erwähnte sie ihren Vater, begann von ihm zu sprechen, um dann doch zu einer anderen Episode abzuschweifen, bis nur mehr er übrig blieb, nichts sonst zu sagen war, mein Vater, stammelte Anisa, und vergrub ihr Gesicht in den Händen.

*

Die folgenden Tage beschränkten sich auf einen einfachen Ablauf. Azra desinfizierte die Wunde an Anisas Bein mit Schnaps, den sie in einer Schublade von Mahirs Schreibtisch gefunden hatte. Erst war sie zu den beiden Krankenschwestern gegangen, doch blieb ihr Klopfen ohne Antwort. Sie verstecken sich, mutmaßte Azra, da sie von oben das Knarren von Schritten hörte. Erledigte sie die notwendigsten Einkäufe, saß Anisa auf dem Diwan, während Rahim durch die Wohnung geisterte, in ihrer Nähe sein wollte, jedem Blick aber auswich. Anisa versuchte zu Hause anzurufen, doch die Leitung war tot. Du kannst nicht zurück, noch nicht, hatte Azra ihr gesagt, und Anisa zerbrach sich den Kopf, was sie nun tun sollte, wie sie ihren Vater finden konnte.

Eines Abends stand erneut jemand vor der Tür. Kein Klopfen mehr, sondern ein Hämmern, begleitet von Rufen, die eine Durchsuchung ankündigten. Azra deutete Anisa, sich in der Abstellkammer zu verstecken. Ein Soldat trat ein, im Schlepptau einen Rekruten, der nervös an seinem Hemdkragen fingerte. Anfangs redeten sowohl der Soldat als auch Azra, die zwischen den beiden Eindringlingen stand. Rahim saß auf dem Diwan, den Blick zu Boden. Der Soldat verlangte eine Belohnung für die Wachsamkeit, die er seinen Worten zufolge dem Hochhaus zuteilwerden ließ. Azra versuchte ihre Lage zu erklären, wie hilflos sie sei, wie wenig es bei ihnen zu holen gäbe.

In der engen Kammer hörte Anisa die Stimme des Soldaten mal näher, mal ferner. Ihr Muslime habt doch immer wo Gold versteckt, sagte er. Ich will, was mir zusteht, forderte er. Er sprach herrisch, dann wurde seine Stimme beruhigend, fast schmeichelnd, als er nah an Azra herantrat und ihr etwas ins Ohr flüsterte, mit einem Finger die

Falte nachfuhr, die ihre Stirn seit Kriegsausbruch zweiteilte. Sie schluchzte, der Soldat befahl ihr, still zu sein, und aus Trotz oder weil sie es nicht gehört hatte, weinte Azra derart laut, dass Anisa im Versteck eine Gänsehaut bekam.

Durch die roten Vorhänge fiel letztes Sonnenlicht und tauchte das Zimmer in ein warmes Leuchten, das zügig schwächer wurde, Azra und die zwei Soldaten zu Schemen wandelte. Im höhlenartigen Halbdunkel trat der Soldat zu Rahim und fasste ihn am Kinn. Er wandte Rahims Kopf nach links und rechts, betrachtete ihn von allen Seiten, wie er es eben mit Azra gemacht hatte. Du bist doch wirklich schon alt genug, um zu kämpfen, stellte er fest. Anisa spähte durch den Spalt in der Schranktür und spürte, dass im nächsten Atemzug eine Entscheidung fallen würde.

Junge Frauen, oben in Wohnung 57, platzte Azra hervor. In der Stille, die folgte, machte sich auf dem Gesicht des Soldaten ein Grinsen breit. Azra stürzte zu Rahim, schlang die Arme um ihn. Wenn das nicht stimmt, drohte der Soldat mit erhobenem Finger und gab dem Rekruten einen Wink, ihm zu folgen.

Kaum waren sie fort, verschwand Azra im Badezimmer. Sie wusch sich das Gesicht mit kaltem Wasser, wieder und wieder, bis das Atmen weniger laut und keuchend war. Sie konnte nicht glauben, dass ihr der Verrat an den Krankenschwestern so leichtfertig über die Lippen gelangt war. Sie hatte es getan, um die Uniformierten aus der Wohnung zu bekommen, möglichst weit weg von Rahim. Im Schrank saß Anisa, und während der Soldat auf sie eingeredet hatte, bedachte Azra die Möglichkeit, dass sie und Rahim wegen einer Art von Feindbegünstigung oder sonstigem fadenscheinigen Vergehen angeklagt werden könnten, wüsste jemand um den heimlichen Gast. Wenigstens beschütze ich Rahim, dachte sie, dachte es unentwegt: Wenigstens beschütze ich meinen Sohn. Sie gibt ihre Nachbarinnen preis und sieht auf der Straße nicht hin, transportiert man Bekannte ab, aber nie wird sie zulassen, dass man ihm etwas antut.

Sie sah sich im Spiegel überm Waschbecken, Wasser tropfte von ihrem Gesicht. Bin das wirklich ich? Ist das noch sie, ein Mensch, der verrät und kalkuliert, die eigene Haut und unter allen Umständen das eigene Kind retten will? Sie spürte die Schande als Stechen in der Brust und wusste: Wir müssen von hier weg, wir müssen von hier weg, um nicht ganz zu verrohen.

Aus dem oberen Stockwerk drang lautes Klopfen. Dann Krachen, Splittern, als die Tür eingetreten wurde. Azra, Anisa und Rahim hörten das Geschrei der zwei Frauen. Vorm Fenster sauste ein Fernseher nach unten, der splitternde Aufprall des Geräts mischte sich in ein krächzendes Lachen. Das Rücken von Möbeln drang durch die Decke, nur mehr eine der beiden Krankenschwestern schrie. Sie muss sich in einem Zimmer eingeschlossen haben, flüsterte Rahim. Später erklang im Stiegenhaus das Singen des Soldaten, in das nun auch der Rekrut einstimmte, und Anisa wandte sich zur Abstellkammer, bereit, sich wieder zu verstecken.

Die zwei Soldaten sangen die Treppen hinab, bald verhallten ihre Lieder. Azra holte die Blumen vom Flur und den Fußabtreter, verstreute vor der Wohnungstür Küchenabfälle und Scherben. Sie werkte hektisch, ohne ein Wort und ohne den besorgten Blick Rahims zu beachten, so als könnte Müll ihren Verrat an den Nachbarinnen verheimlichen, ein übelriechendes Arrangement, um den Eindruck eines längst geplünderten Flures zu erwecken.

Anisa ließ der Gedanke schaudern, dass es im Haus weitere Wohnungen gab, die den Schein von Verwüstung erweckten, in Wahrheit aber hinter ihren mit Möbeltrümmern verbarrikadierten Türen Menschen verbargen.

*

Radio und Fernsehen sendeten in diesen Tagen die Meldung, dass sich die Lage in Zvornik beruhigt habe. Die Nachricht versprach Sicherheit, als wären die jüngsten Geschehnisse bloß ein aberwitziger Alptraum gewesen. Alle Geflohenen wurden um Rückkehr ersucht, nur kurz bestand die Möglichkeit, das persönliche Eigentum zu registrieren, andernfalls würde jede Wohnung, jedes Haus und alle darin befindlichen Wertgegenstände und Dokumente an die serbische Gemeinde Zvornik fallen.

Das versteckte Ultimatum wirkte; mit Bündeln, die sie vor Tagen oder Wochen eilig geschnürt hatten, kehrten etliche Bewohner zurück in ihre zerstörten Häuser. Im Radio mehrten sich bald die Berichte neuerlich aufflammender Kämpfe. Die Extremisten seien nach wie vor aktiv, verlautbarten Eilsendungen im Radio. Ein neuer Schub an serbischen Freischärlern erreichte die Stadt und setzte sich laut offizieller Deutung zum Schutz der Bevölkerung vor den Djihadisten in den leergeräumten Schulen und Fabriken fest. Jeden Nachmittag wurde der Strom gekappt, eine abendliche Ausgangssperre trat in Kraft. An sämtlichen Ausfallstraßen wurden Kontrollstellen errichtet und die Passierscheine für den Gang über die Brücke zum Markt für nichtig erklärt. Ungehindert, hieß das, kam niemand mehr aus Zvornik raus.

Beim dritten Anlauf wurde Azra ins Büro des Sekretariats für Innere Angelegenheiten vorgelassen. Sie erfuhr vom Beamten, dass nur Männer berechtigt waren, den familiären Besitz zu melden. Frauen, sagte er, können gern daheim bleiben. Er warf einen Blick auf die Unterlagen, wiederholte Azras Adresse in leisem Tonfall. Es gibt noch eine andere Möglichkeit, sagte er schließlich. Er lehnte sich zurück, legte die Fingerspitzen aneinander. Sie könne, so der Beamte, der neuen Stadtregierung die Wohnung freiwillig überschreiben und sich dadurch die Erlaubnis zur Ausreise erkaufen. Ihre Unterschrift auf der Verzichtserklärung für die Freiheit. Für mich und meinen Sohn?, fragte Azra. Die Augen des Beamten tasteten über ihre Schultern, den Busen, zu den Hüften. Sie schnaubte verärgert aus, wegen der perversen Einfachheit dieses Momentes, in dem sie sich ganz in die Macht des kettenrauchenden Bürokraten begeben hatte. Sie hatte von einem gehört, der ins Amt gekommen war, um wie verlangt das Eigentum zu registrieren und direkt von diesem Schreibtisch abgeführt und in einem Lager verschwunden war. Und wie Azra nun selbst hier stand, verbitterte sie die Einsicht, wie beliebig alles geworden war, den Launen eines grauen Mannes mit gelöster Krawatte ausgeliefert. Also gut, sagte sie, wo muss ich unterschreiben?

In ihrem Passierschein wurde die Abmeldung ihres bisherigen Wohnortes vermerkt. Das war's. Akte zu, der Nächste trat ein. Azra raffte die Dokumente zusammen und eilte nach Hause, die Erlaubnis für die Ausreise galt nur bis Mitternacht. Bis dahin war es möglich, mit Rahim über die alte Brücke auf die serbische Seite und damit aus dem Kriegsgebiet zu gelangen.

An diesem Abend schnitt Azra Anisa im Schein einer Kerze die Haare ab. Wir machen dich so hässlich wie möglich, sagte sie und erzählte zur Bekräftigung von einem Nachmittag, als sie in der Stadt beobachtet hatte, wie vollbärtige Männer, über deren Hemden sich Patronengürtel kreuzten, eine schreiende, sich zwecklos wehrende Frau die Stufen zur Busstation hinabzerrten, Stufen wie ein Schlund, der sich hinterm schwarzen Eisengeländer öffnet, der Schlund zur Hölle, glaub es mir, sagte Azra.

Beim Abschied ließ sie sich von Anisa die einzelnen Punkte des Planes aufzählen: einen Tag und eine weitere Nacht in der Wohnung ausharren. Ich reagier auf kein Klopfen, ich öffne nie die Tür, ich steh nie am Fenster, wiederholte Anisa. Übermorgen Früh wird sie sich den Busen mit einem Schal flach binden, um nach außen hin für einen schnellen Blick als Junge durchzugehen. Sie wird dann zum Parkplatz nahe der Tankstelle aufbrechen. Von dort werden Busse der Firma Drinatrans Vertriebene umliegender Ortschaften nach Mali Zvornik bringen, um all jene, die über keinen Besitz mehr verfügen, den sie an die neue Regierung abgeben könnten, außer Landes zu schaffen. Nach einer Phase der Gewalt ging es nun darum, die noch lebenden Muslime zu vertreiben, ob durch die Deportation oder durch Erpressung wie im Falle Azras: dein Hab und Gut für dein Davonkommen.

Bitte vergiss nicht, die Tür zuzusperren, sagte Azra, und Rahim setzte nach: Wir warten drüben auf dich. Sie tappten den dunklen Flur entlang, verschwanden im Stiegenhaus. Anisa ließ sich auf den Diwan fallen, sie dachte an Jovan und an Vater, sie hoffte, dass sie ebenso nah an der Flucht waren wie sie selbst.

Azra und Rahim folgten der Hauptstraße bis zur Eisenbrücke. Etliche Tschetniks saßen auf einer Bierbank, einer kam ihnen entgegen, die Kalashnikov entsichernd.

Die Mündung pendelte von Rahim zu Azra und wieder zurück. Noch nix gehört von der Ausgangssperre?, fragte er leise. Wir, wir …, stammelte Rahim. Wir was?, fuhr der Tschetnik ihn an, und Rahim brachte keinen Laut mehr hervor. Die Gewehrmündung presste sich auf seine Brust, Azra hielt die Ausreisebewilligung in die Luft, hier, rief sie, wir dürfen raus. Die Kalashnikov blieb auf Rahim gerichtet, während der Tschetnik mit der anderen Hand das Dokument ergriff. Drei seiner Kameraden kamen mit leichtem Wanken, einer kicherte und glotzte auf Azra, fuhr ihr mit rußigen Fingern durchs Haar und über die Wange. Die Bewilligung wanderte zwischen den Tschetnik-Händen umher, bis endlich einer zischte: Schaut zu, dass ihr weiterkommt. Sie machten einen Schritt auf die Brücke, schneller!, schrie jemand, ein Schlag mit dem Gewehrkolben traf Rahim zwischen die Schultern, unerwartet und fest, Azra griff ihn unterm Arm und versuchte ihn weiterzuziehen. Schneller!, rief es, ein weiterer Kolbenschlag, dieses Mal auf Azra. Jetzt war es Rahim, der sich aufrappelte, seine Mutter am Kragen packte und mit sich zerrte. Aus einer *Kafana* an der Busstation drang lautes, fröhliches Singen, vermischte sich mit den Beschimpfungen, Hohnrufen hinter ihnen. Ein Schuss knallte, Azra heulte und kauerte sich hin, lauf, schrie Rahim, und die Tschetniks johlten wegen des Anblicks der beiden forthetzenden Gestalten. Am Ufer, wo das dunkle Wasser sich in einer Ausbuchtung staute, sah Rahim vier, fünf, sechs leblose Körper, die Gesichter nach unten, er sah hinab auf die dümpelnden Toten und fühlte nichts dabei, nur die Schritte zählten, über die Drina und endlich in Sicherheit.

*

Im Wiener Prater greift Rahim nach Anisa. Du, sagt er, ich muss mich mal hinsetzen, suchen wir uns einen ruhigen Platz. Durchs Gedränge, an den Autodromen und Karussellen vorbei, erreichen sie die Kastanienallee. Wie in Zvornik auf dem Diwan, denkt Anisa auf einer Bank im Schatten der Bäume. Im Rücken die Schreie jener, die auf einer nahen Achterbahn um die Kurven sausen, fühlt Rahim sich richtig schlecht. Er kramt die Marlboro-Schachtel hervor, aber sie ist schon leer. Er zerknüllt sie, wirft sie weg.

Der Alte, der auf der Straße nach Zvornik zusammengeschlagen worden war, der Unbekannte auf dem Stuhl mit dem blutigen Gesicht, die zwei Folterer, der Soldat im Zucker, der Soldat in der Wohnung: Rahim kommt es vor, als wäre er durch Kulissen gerannt, durch die abartige Version eines Vergnügungsparks, und hätte Einblicke in schreckliche Taten erhascht, und mit diesen Momenten und Episoden wird er jetzt allein gelassen, allein wie mit dem jüngsten Brief von seinem Vater.

Wie bei euch in der Wohnung auf dem Diwan, möchte Anisa ihm sagen, doch verstummt, als sie die zusammengekrümmte Gestalt neben sich sieht. Rahim hält den Brief in den Händen. Anfangs war er enttäuscht gewesen, so wenige Zeilen vor sich zu haben. Über die ersten Worte aber kam er gar nicht hinaus: Nenad ist tot. Im Krankenhaus, wegen eines Infekts im eingegipsten Bein. Rahim sieht Anisa an. Er hatte gehofft, dass der Abend mit ihr eine Flucht in der Flucht sein könnte. Etwa sechshundert Kilometer, hat er rausgefunden, sind es bis nach Tuzla. Überall sonst, fast an jedem Ort außerhalb Bosniens, schrieb Vater, in jedem Krankenhaus hätte Nenad überlebt. In Tuzla aber gibt es wegen der Belagerung kaum

Ärzte, Medikamente fehlen ohnehin, absurd gewöhnlich sei es, an einer Infektion zu sterben.

Rahim kennt den Brief auswendig, etwa wie im ersten Satz der Name *Nenad* mit so festem Druck geschrieben wurde, dass das Papier einriss. Wenn Azra diese Zeilen liest, wird sie zusammenbrechen. Wenn Rahim sie umarmt, wird der Geruch ihrer Haare ihn an die Waldlichtung erinnern und daran, wie sie in Zvornik Hand in Hand im Bett lagen. Und wenn diese Momente wieder aufleben, wird es in ihren Armen sein wie im Prater mit den Lichtern, dem Lärm, den Aufschriften von wegen: *Kill 'em all.*

4.

IN DEN WÄLDERN

Eine Zelle, dann ein Keller: enge, finstere Kerker, in denen Jovan für Tage vegetiert. Mit einer Handvoll weiterer Fahnenflüchtiger wird er auf der Ladefläche eines Transporters aus Belgrad fortgebracht. Während eines Halts wirft ein Polizist die Plane zurück und überblickt die angeketteten Häftlinge, hinter ihm ist ein breiter brauner Fluss zu erkennen. Die Drina, ruft einer, Scheiße, sie bringen uns zurück nach Bosnien. Er spricht aus, was alle denken: Die schicken uns wieder in den Krieg. Von draußen wird an die Plane geschlagen, Ruhe, schnauzt es.

Die Fahrt dauert bis in die Nacht, endet an einem von Scheinwerfern beleuchteten, großen Gebäude. Man jagt sie von der Ladefläche, zu beiden Seiten Soldaten, die mit Knüppeln auf sie einschlagen, ein brüllendes Spalier, Stufen hoch in einen Flur und über eine Treppe wieder hinab in ein modrig riechendes Kellergewölbe. Ein Streifen fahlen Lichts fällt auf kümmerliche Gestalten, die entlang den Wänden hocken. Die Tür kracht zu, und in der Dunkelheit denkt Jovan an den riesigen orangenen Sonnenball, der über der Ebene prangte, als er mit Kosta vom Benzinkauf zurückfuhr und ihm die Welt ein großes Versprechen schien, Wörter wie Triest und Benares ihm ein warmes Kribbeln verschafften.

Hinter der zugeschlagenen, versperrten Tür bekommt die imaginierte Sonne einen Riss, Jovan bleibt nur ein Splitterwerk seiner Träumereien von Freiheit. Jemand greift ihn an der Hose, hier ist noch Platz, sagt eine heisere Stimme, hier neben mir. Jovan spürt feuchtes Stroh, im Rücken die kalte Mauer, gräbt er sich in die Decke, die er im Belgrader Militärgefängnis erhalten hat. Eine Hand tastet nach der seinen und drückt sie fest; die Stimme, die Jovan den Platz angeboten hat, stellt sich als Dragan vor.

Unmöglich, die Tage und Nächte zu zählen, unterschiedslos verstreicht die Zeit. Zwei-, dreimal wird die Tür aufgerissen und ein Eimer mit Essenresten hineingestoßen. Einer tappt hin, nimmt eine Handvoll kaltes Kraut oder ungesalzene Kartoffel, reicht den Eimer weiter. Jovan kaut müde, versucht eine halbwegs bequeme Lage zu finden, ausgestreckt auf dem erdigen Boden. Unbestimmte Träume jagen ihn im Schlaf, im Wachen wird er vom Hadern, Grübeln unruhig gemacht: Wie konnte passieren, dass er auf der Bank eingeschlafen ist? Er könnte sich ohrfeigen wegen der Dummheit, das Heroin zu rauchen, und wo, fragt er sich, wo um alles in der Welt war Kosta hin?

Die Stimme, die dem Mann namens Dragan gehört, spricht ihn an, will wissen, was ihn in den Kerker gebracht hat, doch Jovan geht nicht darauf ein. Er will mit niemandem reden, es interessiert ihn nicht, was einen anderen hierherführte, er ist allein damit beschäftigt, wieder und wieder den Sonnenball zusammenzusetzen, das Gefühl während der damaligen Autofahrt von der rumänischen Grenze zurück nach Belgrad, als ihm alles möglich, alles leicht erschienen war. Dieses Gefühl muss er sich bewahren, um die hoffnungslose Lage, in der er sich befindet, auszuhalten. Jovan bastelt Gedanke um Gedanke an der riesigen Sonne, aber immer fehlt ein Stück, ist die Sonne weder rund noch groß noch flammend orange, und dass es mit dem Beschwören des damaligen Freigeists nicht klappt, hat einen einfachen Grund: Genau betrachtet, ist Verrat die wahrscheinlichste Erklärung, weshalb die Militärpolizei ihn schnappte. Je mehr Jovan drüber nachdenkt, umso einleuchtender wird, dass Kosta eine Abmachung hat, sich Freiheiten für seine Geschäfte erkauft, indem er Deserteure ausliefert; ja vielleicht, grübelt Jovan, war der Sinn von Anfang an, beginnend mit dem Mädchen, das an der Busstation auf Neuankömmlinge wartete, der, ihn als Fahnenflüchtigen einzukassieren.

Jovan schläft ein, wacht auf, schläft wieder ein, ein dumpfer Rhythmus, der erst unterbrochen wird, als die Kellertür aufspringt, Soldaten hereinmarschieren, mit Taschenlampen über fahle Gesichter leuchten. Alle hoch, ruft einer, ab in die Berge mit euch.

*

Der nächste Transporter, der nächste Laderaum und darin ein ungewaschener Haufen zusammengedrängter, ins Ungewisse steuernder Häftlinge. Die Rückseite bleibt offen, gierig saugt Jovan den Fahrtwind ein, um den Modergeruch des Kellers loszuwerden. Der Himmel eine tiefhängende Schicht grauer Wolken, nah an der Straße zieht ein Wall tiefschwarzer Nadelbäume vorbei, von Eiben durchsetzt, ihr Blätterrot, Blättergelb, leuchtet übern fichtdunklen Grund.

Auf der Ladefläche bekommt Jovan erstmals Dragans

Gesicht zu sehen. Die Haut aufgesprungen von der im Kerker verbrachten Zeit, trocken und gelblich wie Pergament, auf das der listige Ausdruck in den Augen Eigensinn schreibt. Jetzt geht's ab zum Kämpfen, sagt er und stiert mit einem abfälligen Grinsen die mitfahrenden Wachsoldaten an. Regen trommelt auf die LKW-Plane, und Dragans Kopf duckt sich in eine fleckige Armeejacke.

Schwelende Reste gleiten vorbei, niedergebrannte Häuser, die ein anderes Schwarz besitzen, dumpfer als jenes der nassen Baumstämme. Die muslimischen Friedhöfe sind geplündert, umgeackert, in den offenen, entleerten Gräbern sammeln sich braune Pfützen, Schilder warnen vor Scharfschützen: Wie die Panzer am Straßenrand sind das Einzelheiten, die Jovan aus der Gegend außerhalb Banja Lukas kennt, die in den von Fels und Wald beengten Tälern aber bedrohlich näher rücken.

Die Straße geht in einen Dreckspfad über, der sich einen Berg hochwindet, Motorendröhnen füllt den Laderaum. Der Lärm ändert sich, da der Fahrer in den nächsten Gang schaltet, doch die Reifen gehen durch, der Wagen schlittert. Jovan verkrampft sich, denkt daran, wie steil abwärts es neben der Fahrspur fällt. Der Motor stirbt ab, und alle müssen raus, mit herbeigezerrten, unter die Reifen geschobenen Ästen versuchen, den Wagen aus dem Schlamm zu wuchten. Die zur Bewachung abkommandierten Soldaten ducken sich vorm Regen unter überhängende Fichtenzweige, die Gewehre im Anschlag. Der Fahrer schreit Kommandos, steigt aufs Gas, die Deserteure schieben, bis die Räder endlich Grund fassen.

Als die Fahrt endet, ist es längst Nacht, der keifende Befehl ertönt: Schnell, schnell, raus mit euch. Der Regen fällt in Schlieren, Jovan erkennt Baracken, hinter Fenstern von Aggregaten notdürftig am Flackern erhaltene Lichter, einen Fahnenmast, dessen Spitze in der Dunkelheit verschwindet. Über der Glut eines Lagerfeuers hängt ein Spieß mit den grauen Resten eines Schafs. Von hier, befürchtet Jovan, kann er nicht abhauen, Wald und Berg formen ein erweitertes Gefängnis.

Essen fassen, wird ihnen befohlen. Sie stellen sich am Feuer an, ein Mann, dem eine feucht gewordene Kippe unnütz im verdrossenen Mundwinkel hängt, schneidet vom Spieß ein wenig Fleisch, das er ihnen in Zeitungspapier eingewickelt reicht. Sie stehen im Kreis und würgen am Mahl. Je tiefer im Wald, umso fetter die Tschetniks, sagt Jovan und wirft den abgenagten Knochen den Hunden zu, die im Schatten einer nahen Hütte kauern. Dragan kichert und tätschelt seinen Bauch. Hoffen wir's, sagt er. Aus einem Eimer schöpfen die Neuankömmlinge mit hohlen Händen kaltes Wasser, spülen das zähe Schafsfleisch runter.

Quartier beziehen, lautet der nächste Befehl, und sie stampfen in eine Baracke, darin Stockbetten mit kratzigen Wolldecken, ein Luxus im Vergleich zu den eigenen, drecksnassen Gewändern, aus denen sie sich jetzt endlich schälen.

*

Nach dem Morgenappell haben die Deserteure auf dem Hof strammzustehen. Der Laster, der sie herbrachte, scheppert durchs Tor hinaus, bald verklingt das Kläffen der Hunde, die ihm durch den Wald folgen. Ein Korporal betrachtet die Reihe vor sich, ein Klemmbrett in den Händen. Einer nach dem anderen wird einem Posten zugewiesen, Dragan etwa muss sich in der Küche melden. Der Korporal klickt mit dem Kugelschreiber, schreit einen

Mann in Zivil an, der einen Sack mit Brotlaiben vollstopft. Du bringst ihn zu Darko, sagt er und deutet auf Jovan.

Den Sack geschultert, zusätzlich einen verschlossenen Eimer in der Hand, passiert der Mann den Wachtposten am Tor. Jovan tappt hintennach, Scheiße, denkt er, jetzt geht der Trott der Armee wortwörtlich wieder los. Der Mann, der ihn führt, trägt eine schwarze Regenjacke und eine violette, am linken Bein zerrissene Jogginghose. An den Füßen hat er Leinenschuhe, als Sohlen sind Stücke von Reifengummi daran genäht. Wenn er sich umdreht, um zu sehen, wo Jovan bleibt, erschrickt dieser über den Hass in den kleinen, dunklen Augen.

Ein von Pferdehufen zerwühlter Pfad weist den Wald hinan. Sie erreichen ein Hochplateau, bedeckt von einer dünnen Schicht hartgefrorenen Schnees. Jovan lehnt sich an den silbrigen Stamm einer Buche, erschöpft vom Aufstieg. Ich hab nicht den ganzen Tag Zeit, ruft der Essensträger von weitem. Schnell quert Jovan das Schneefeld, eilt im Zickzack eine Schlucht hinab. Lärchen ragen kahl und schief am steinigen Ufer eines Baches. Jovan hüpft übers Wasser, verliert wegen des schweren Rucksacks beinah das Gleichgewicht. Entschuldigung, murmelt er. Sein Wegführer schnaubt abfällig, den Blick auf Jovans Stiefel gerichtet. Kopfschüttelnd wendet er sich um, stapft mit dem weißen Sack in der einen Hand, dem Eimer in der anderen, den nächsten Hang hinauf. Jovan bleibt bei den knorrig gewachsenen Lärchen stehen, die wie Wächter den Bach in ein krummhölzernes Spalier nehmen. Die Augen des Essensträgers sind auffällig lange auf die Stiefel gerichtet gewesen, und ehe Jovan ihm folgt, klaubt er vorsichtshalber einen Stein auf und steckt ihn in seine Jackentasche.

Nach mehr als einer Stunde Fußmarsch treten sie aus dem Waldsaum. Vor ihnen, nah steiler Klippen, eine Hütte samt einem mit Sandsäcken befestigten, überdachten MG-Stand. Mit dicken Wurzeln krallt sich eine rotblättrige Esche an den weißlichen Felszacken nebendran, eine kleine Ziege springt von einem Stein zum nächsten. Stacheldrahtzaun umgibt die Behausung. Am Gatter raucht ein bärtiger, hagerer Mann. Willkommen an der Front, sagt er an Jovan gewandt. Hallo, Idris, grüßt er den Essensboten. Der Angesprochene kramt ein paar Fladen Brot aus dem Sack, schiebt den Eimer mit dem Fuß weiter. Wann werft ihr das Ding endlich weg, fragt er. Jovan folgt seinem Blick und erkennt im Inneren der Hütte auf einem Regal ein Stofftier. Ein zweiter Soldat tritt mit Topf und Kelle heraus. Auch dieser hat einen schwarzen Vollbart, aus dem offenen Hemd ragt ein massiger, behaarter Bauch. Er blinzelt verschlafen, brummt: Es bleibt, bringt uns Glück. Das ist Aleksa, sagt der Erste zu Jovan. Ich bin Darko.

Die Hütte ist eine rußholzige, enge Behausung. Daran geduckt ein schmaler Verschlag, knapp am Abgrund. Jovan zieht den fleckigen Vorhang zur Seite und blickt aufs improvisierte Latrinenloch, ein schräg in die Tiefe weisendes Brett. Mit einer Tasse Kaffee setzt Aleksa sich hinter das MG, seine Gestalt füllt den Unterstand. Darko dagegen ist groß und mager, in den Augen Jovans ähnelt er einer der Fichten, wie diese vom Wind scheint Darko vom Hocken auf dem Posten gekrümmt.

Vom Waldsaum lautes Ästeknicken und Gefluche, drei verlumpte Gestalten zerren einen gefällten Baum ins Freie. Jovan steht neben Darko am Stacheldraht. Wer sind die?, fragt er. Zwangsarbeiter, erwidert Darko, mehr Muslime gibt's hier nicht mehr.

Jovan bezieht eine der freien Pritschen. Über ihm liegt Aleksa, gegenüber Darko, als Unterlage dient ein abgewetztes Ziegenfell. An der hinteren Wand eine Feuerstelle, auf dem Tisch zwei Kübel mit Bachwasser. Einer fürs Waschen, der zweite zum Trinken. Von der Decke baumeln getrockneter Salbei und Huflattich. Unser Tabak, erklärt Darko, kannst dich gern bedienen. Von draußen sind die Sägen und Äxte zu hören, mit denen die Zwangsarbeiter den Stamm zerlegen. Jovan will fragen, weshalb der weiße Teddybär mit verfilztem Fell und nur mehr einem schwarzen Auge Glück bringen soll. Da fällt ihm der Kassettenrekorder ins Auge. Was für Musik hört ihr?, fragt er neugierig und sucht die Playtaste. Darko haut ihm auf die Finger, der hier, sagt er scharf, ist tabu für dich.

Später sitzen sie zu dritt vor der Hütte, löffeln aus Schüsseln die über der Feuerstelle heiß gemachte Suppe, tunken das Brot darin ein. Aleksa zieht einen Zettel aus der Jackentasche. Darauf die Einteilung der Nachtwache: Darko von sechs bis zehn, von zehn bis zwei er selbst. Von da an bis sechs Uhr in der Früh hat X hinter dem MG zu sitzen. Aleksa tippt auf das X. Das bist du, sagt er.

*

Jovans Dienst dauert länger als die paar Stunden von zwei bis sechs. Weder Darko noch Aleksa machen sich etwas aus frühem Aufstehen. Bis der Erste aus seinem Bettlager torkelt, überblickt Jovan in der Morgendämmerung die Gegend am Fuß der Klippe: milchig-weiße, von schwarzen Adern durchzogene Felsen, braunes Laub, graue Äste, unüberschaubare Täler, bis zum Horizont eine bergige Litanei. Oder er versucht, die kleine Ziege zu fangen, die ihn auf wenige Schritte herankommen lässt und dann in schnellen Sprüngen zur Esche hochflieht.

Eines Morgens stehen vorm Stacheldraht Männer, eine Frau, ein paar Kinder. Sie haben Stöcke bei sich, einer trägt eine Axt. Gestern, berichtet dieser, waren Kämpfer bei ihnen, die behaupteten, ein Widerstandsnest ausgeräuchert zu haben, eigentlich eine winzige Siedlung, nicht weit von hier. Man könnte nachsehen, was noch dort ist, aber ohne Soldaten wollen sie nicht hin, präzisiert die Frau. Jovan rüttelt seine beiden Gefährten wach. Geh du, gähnt Aleksa, und schnapp dir, was du kriegen kannst, als Gegenleistung springst beim nächsten Gefangenenaustausch für mich ein. Aber mach keinen Blödsinn, setzt er nach. Darko nimmt den Teddybären vom Regal und packt ihn in seinen Rucksack. Keine Sorge, sagt er, ich pass schon auf, dass unser Kleiner nicht davonläuft.

Auf unbefestigten, von Rinnsalen durchzogenen Pfaden gelangen sie zu einer Lichtung mit drei, vier Hütten. Schweigen, das nach Ruß riecht. Leere Ziegenställe, die Böden eine harte Schicht Scheiße und gräuliches Stroh. Keinerlei Anzeichen von Verteidigungsstellungen, die einzige Auffälligkeit ist eine Sense, die aus einem Fenster ragt. Jovan zwickt sich in den Oberschenkel, um sich zu versichern, wach zu sein. Er sieht auf seine Hände, und auch sie wirken grau. Er befühlt sein Gesicht. Grau, grau. Er tappt durch eine Welt aus Asche. Die verlassenen Hütten, auch das Gesicht des Kindes, das neben ihm herläuft und neugierig auf die offenen Türen glotzt, alles scheint unwirklich, als wäre er im MG-Stand eingenickt und werde bald mit der vagen Erinnerung an einen grauen Traum aus dem Schlaf gerissen.

Die Dielen eines Hausflures knarren unter seinen Stiefeln. Geruch nach verfaultem Essen, von draußen Hundebellen. Der Diwan aufgeschlitzt, gelbes Innenfutter weit verstreut. Das Bellen wird lauter, überschlägt sich, ein Rasseln ist zu hören, der Hund muss an einer Eisenkette hängen. Über den roten Stubenteppich zieht Jovan eine Spur dunkelbraune Fußabdrücke, beschämt betrachtet er die Schlammbatzen. Zwischen verstreuter Kleidung liegen Musikkassetten, zertreten, zerbrochen, die Bänder in Knäuel verwickelt. Eine einzige ist noch ganz. Das aufs Etikett gekritzelte Wort entziffert Jovan als *Sevdahlinka*: sentimentale, alte Volkslieder, die ihm aus den *Kafanas* Sarajevos bekannt sind. Er steckt die Kassette ein, zuckt zusammen, als ein Schuss ertönt. Das Hundebellen verkommt zu einem Winseln, Jovan hört einen zustimmenden Ruf, Gelächter. Er geht hinaus, Darko tritt hinter einem Holzschuppen hervor, die Kalashnikov über der linken Schulter, in der Hand eine Halskette aus runden blauen Steinen. Viel mehr hab ich nicht gefunden, sagt er und hält die Kette gegen das gräuliche Tageslicht. Hast du was? Nichts, erwidert Jovan. Bald stoßen die anderen zu ihnen, auch ihre Ausbeute ist spärlich: eine kleine schwarze Standuhr mit goldenem Rahmen, eine gläserne Karaffe; ein kaum achtjähriger Junge hat sich einen schwarzen Mantel übergeworfen, viel zu lang für ihn, und wie in eine Robe gewandt, schreitet er lachend übern verschlammten Weg.

*

Jovan passt sich dem Rhythmus an, nach dem sich das Leben im Posten taktet. Zweimal täglich steigt er ab in die Schlucht, durch die ihn Idris, der Essensbote, geführt hat, und füllt die Eimer mit frischem Wasser. Durch Nebel, Nieselregen, tappt er wieder hoch, den Blick auf den von glatten Baumwurzeln durchzogenen Pfad gerichtet, in Gedanken bereits in der Hütte, an der Feuerstelle. Eines Morgens weist Darko ihn an, vom Bach einem Schleichweg in ein Dorf zu folgen und dort von einem Bauern namens Andrej frischen Schafskäse und Schnaps zu holen. Unterm Bett holt er eine Schachtel hervor, kramt daraus einen mit Blumen bemalten Emailletopf. Er reicht ihm das Geschirr, sagt: Tausch das gegen seinen Rakia, ich brauch was zum Einreiben meiner Knochen.

An der beschriebenen Stelle, wo er beim ersten Mal fast das Gleichgewicht verloren hatte und ins Wasser gestürzt war, entdeckt Jovan einen durchs Strauchwerk abzweigenden Pfad. Über Wurzeln und Laub führt der Weg entlang des Hangs, zur Orientierung wurden Pfeile in vereinzelte Baumstämme geritzt. Erst wundert er sich, dass ihn Darko einfach gehen lässt, immerhin ist er schon einmal desertiert und wer kann wissen, ob er es nicht ein zweites Mal versucht. Im Wald aber muss sich Jovan eingestehen, dass es für Darko keinen Grund zur Sorge gibt: Die steilen, von nassem Laub bedeckten Hänge, die Buchen und Sträucher schrecken ihn ab, aus Angst, sich zu verlaufen und in dieser Einöde verlorenzugehen, behält er die eingeritzten Pfeile aufmerksam im Auge. Nach fast zwei Stunden erreicht Jovan das Dorf, der geplünderten Siedlung nicht unähnlich, doch anstatt in Totenstille in eigenwilligen Frieden gehüllt, in Abgeschiedenheit, Langeweile.

Jovan fragt eine ältere Frau nach Andrej, sie blickt vom Rechen auf, in den sie neue Holzzähne einfügt, und deutet einige Hütten weiter. Während der Bauer die Käsestücke verpackt, steht Jovan vorm Haus. Drei Mädchen gehen vorbei, sie winken ihm und lachen, er wird rot und sieht verlegen zu Boden. Tuschelnd schlendern sie zu den unbewachten, an den Dorfenden ragenden Barrikaden, wenden sich dort um und spazieren langsam wieder zurück. Ist der letzte Käse, sagt der Bauer in seinem Rücken, gerade haben die Schafe aufgehört, Milch zu geben.

Zurück an der Wegkreuzung, bunkert Jovan Käse und Schnaps hinter einem Stein, folgt dann dem Bach aus Neugier schluchtaufwärts. Dunkle Schmetterlinge mit orangenem Flügelsaum und der Fels am Ufer tiefschwarz. Umgestürzte Fichten und Lärchen liegen quer, im letzten Unwetter abgerutschte Hänge färben das Wasser in den Gumpen lehmig. Rinnsale werden von Moos und Flechten zu einem glitzernden Vorhang gespalten. Der schwarze, von verwehten gelben Laubblättern gesprenkelte Fels ist nur scheinbar massiv, mühelos zieht Jovan handgroße Stücke heraus und zerreibt sie zwischen den Fingern. Ein paar Brocken steckt er ein, vielleicht, so seine Hoffnung, kann er daraus Farbe gewinnen. Er klettert weiter, über den rutschigen Stein, mit den Stiefeln im Bach, bis er vor der unüberwindbaren Sperre eines Wasserfalls steht. Fasziniert betrachtet er die Gewalt, die sich aus der Höhe in die Schluchtrinne ergießt. Er harrt davor aus, die rechte Hand an eine Moosflechte gekrallt, erstaunt von der Wucht des stürzenden, lärmenden Wassers, vertieft in den einen Moment im Fallen, an dem es undurchdringlich wie schimmerndes Metall wird, ehe es erneut zu Tropfen und Gischt zerstiebt. Es kommt ihm vor, als könne ihn der Wasserfall anspringen und mit sich fortreißen, eine Erregung aus Lärm und Wucht, ein ständiges Fließen, Fliehen, und er bleibt so lange stehen, bis das Rauschen alle Gedanken aus seinem Kopf gedrängt hat.

Abends sitzt er neben Aleksa vor der Hütte. An einer

entfernten Bergflanke brennt ein Dorf, und anstelle der winzigen Lichtpunkte, die durch Fenster dringen und an beheizte Stuben, Küchen mit brodelnden Töpfen denken lassen, beobachten sie das wallende Qualmen, wenn das Feuer von einem Dach aufs nächste springt. Hier, bei ihnen, nur feuchtes gelbes Gras. Die Kälte, die aus der Erde sickert, die Kälte, die der Wind bringt. Aleksa wird bald für ein paar Tage in sein eigenes Dorf absteigen, etliche Kilometer hinter der Front gelegen, er verspricht, mit gefüllten Taschen zurückzukehren, um den alltäglichen Speiseplan aus dünner Bohnensuppe und Schafskäse aufzufetten.

Aus den Tälern steigen Rauchsäulen, schlagen schmale Verbindungen zum Himmel. Aleksa deutet nach Süden und Osten, dort liegt Travnik, dort Zenica, Städte, die von den Kroaten oder Muslimen kontrolliert werden. Darko kommt aus der Hütte, versucht mit den Fingern seine Stiefelspitzen zu erreichen und presst zwischen den Lippen hervor: Meine Güte, tun mir die Knochen weh, das Wetter schlägt bald um, ihr werdet sehen. Seine Knöchel knacksen, er sagt: Es kommt Besuch, wurde gerade gefunkt. Aleksa brummt zufrieden. Nebel steigt aus dem Wald, zieht über die Wiese, verhüllt mal die rotblättrige Esche, mal den Stacheldraht. Darko richtet sich auf, tätschelt Jovan den Kopf. Hör zu, sagt er, bald kommen zwei Frauen. Eine für mich, stellt Aleksa klar, eine für unseren Knochenmann. Das heißt, fährt Darko fort, du musst die ganze Nacht Wache halten. Nichts für ungut, ja, Kleiner?

*

Darko stutzt seinen Vollbart mit der Schere, er schüttet Sliwo in die Hände und reibt sich das Gesicht ein, bosnisches Aftershave nennt er das. Aleksa hält derweil seine Geiß zwischen den Knien fest und setzt ihr einen selbstgeflochtenen Kranz aus getrockneten Kräutern und welken Baumblättern auf. Später wäscht Darko im Eimer zwei langgezogene, milchig-weiße Kondome und hängt sie zwischen Unterhemden an die Leine, die sich von der Hütte zur Esche spannt. Wie oft habt ihr die schon benutzt?, fragt Jovan und beobachtet angewidert, wie Aleksa ihr Essgeschirr in denselben Eimer taucht und mit bloßen Fingern abspült. Drei, vier Mal, sagt Darko, Gummis sind schwerer zu bekommen als Aspirin. Aleksa hält inne, runzelt die Stirn. Der Linke ist deiner?, fragt er, und Darko kratzt sich am Kopf. Ja, ich glaub', erwidert er.

Gegen Abend ist vom Wald her ein Rufen zu hören: Hei ho, hei ho. Darko und Aleksa stehen am Stacheldraht, neben ihnen meckert die mit einem Strick festgezurrte, aufgehübschte Ziege. Eine Frau zieht ein zweirädriges hölzernes Wägelchen, an einem drangenagelten Ast flattert die serbische Fahne. Die zweite geht hintendrein. Beide tragen graue Filzmäntel, die am Wagen zudem ein Kopftuch. Sie besitzen kantige Züge, gerahmt von dichtem, dunklen Haar; jene mit Kopftuch ist vielleicht Mitte zwanzig, es lässt sich schwer sagen wegen der Müdigkeit, die auf ihr liegt. Aleksa greift sie um die Hüften, Darko gibt der zweiten einen Handkuss und umarmt sie fest. Sie scheint jünger zu sein als ihre Kameradin, stößt unter Darkos Berührungen spitze Schreie aus, und der falsche dunkelgoldene Vorderzahn, der dabei sichtbar wird, verpasst ihr in den Augen Jovans ein verwegenes Aussehen. Vom Holzwagen kramen sie Schnapsflaschen, Audiokassetten und eingelegte Paprika, treten paarweise durch die Tür, Aleksa und die Müde, Darko und die Goldbezahnte.

Aus der Hütte ist Gelächter zu hören. Noch ein Spiel, noch eins, ruft eine der Frauen. Sie trommeln auf die Tische, Jovan sieht Schatten hinter der Fensterscheibe vorbeigleiten, die Tanzschritte krachen übern Bretterboden. Darko singt mit viel Eifer die Lieder mit, die die Frauen anstimmen oder auf ihren Kassetten abspielen; je weiter die Nacht fortschreitet, umso öfter grölt er ein paar Takte zu spät. Das also ist der Sinn des Rekorders und der Grund, warum er nie verwendet werden darf; die Batterien, kapiert Jovan, werden für solche Besuche gespart.

Einmal wird die Tür aufgerissen, und Jovan sieht Darko auf dem Tisch in eine Flasche trällern, Aleksa und die Jüngere tanzen und klatschen im Kreis um ihn. Die Ältere tappt hinaus, stößt gegen die Holzbank, macht fluchend kehrt. Sie rafft ihren Rock und geht in die Hocke, pisst einen Armweit von Jovan, verborgen im Schatten. Darko schleudert die Flasche über sie hinweg, und dann schließt sich die Tür erneut, kommt die Finsternis schlagartig übern Stacheldraht. Weit nach Mitternacht ist das Rücken von Möbeln und Geschirrklirren zu hören, gefolgt von röchelnden Lauten, einem erleichternden Stöhnen.

Jovan wartet ein wenig, ehe er sich hineinschleicht. Ein stickiges Gemisch aus Schnaps und Schweiß schlägt ihm entgegen. Wie in den Zimmern geplünderter Häuser steigt er über verstreute Kleidungsstücke und Scherben, ein Spielbrett. Jovan verbeißt sich einen lauten Fluch: Auf seiner Pritsche fläzt der nackte Aleksa, schnarchend und den Arm um eine der Frauen geschlungen, die unter seiner behaarten Masse beinah ganz verschwindet. Darko liegt auf seiner eigenen Matratze, auf dem Rücken und mit auf der Brust gefalteten Händen, lächelndem Mund, wie eine zufriedene Leiche. Die zweite Frau schläft zugedeckt mit Darkos Jacke auf dem Tisch, ihre nackten Beine baumeln über die Kante, um den Hals trägt sie die Kette aus blauen Steinen, die Darko aus der verlassenen Siedlung mitgenommen hat. Der Stoffbär dient ihr als Kissen, der Goldzahn glimmt im Halblicht der Kerzen.

Vor seiner Pritsche betrachtet Jovan die kaum sichtbaren Umrisse der Frau, das linke Knie und den Oberschenkel, ihre von Aleksas Arm umgriffene Hüfte, ihren linken, abgewinkelten Arm, das Gesicht im Polster. Eigentlich wollte Jovan Essen und Schnaps klauen, sich damit die Zeit bis zum Morgen vertreiben. Dann kam ihm der Einfall, Aleksa zu wecken, ihn zur Rede zu stellen, was das soll, auf seiner, Jovans, Matratze ... Stattdessen nimmt er den Rekorder hinaus in den MG-Stand. In seiner Jackentasche steckt die Kassette, die er aus dem verlassenen Hof mitgenommen hat, neugierig hört er sich durch die Volkslieder, *Sevdahlinke*, die allesamt von vergeblicher Liebe handeln, und denkt an die zwei nackten Frauen in der Hütte oder an die Mädchen im Dorf, wo er Schnaps und Käse geholt hat, und wie sie ihm zugelächelt haben. Er denkt an Anisa, wie es mit ihr war und wie es ohne Krieg hätte sein können, oder an Zlatans Mutter, die ihm, siebzehnjährig in Banja Luka zu Besuch, das Blech hinstellte und auftrug, Mehl auszustreuen, Fett zu streichen. Er folgte ihren Anweisungen, im Kopf in Dauerschleife, wie sie sich oben ohne im Garten gesonnt hatte, er hinterm Vorhang versteckt und durchs Fenster spähend, bis Zlatans Vater ins Zimmer getreten und er schamrot hinaus gelaufen war. Sie zeigte ihm, wie man den Teig ausrollt, das Hackfleisch würzt und welche Ofentemperatur nötig ist, um ein ordentliches *Burek* zuzubereiten. Und während sich Jovan jetzt dem Schlingern der *Sevdahs* überlässt, wird ihr Lächeln lebendig, mit dem sie beobachtete, wie verbissen er den Teig knetete.

Jovan dreht sich eine Zigarette, ein paar Brösel Tabak, größtenteils zerstampfter Salbei und Huflattich. Es kratzt in der Kehle, bis in die Lungen schabt das Kraut, und Jovan hustet, reckt sich im Unterstand, raucht aber gierig weiter, zieht wütend am selbstgedrehten Stummel, weil ihm das Denken an Anisa zum Hals raushängt, er wie Darko und Aleksa mit ihrem Besuch einfach nur Spaß haben möchte. Es kommt ihm lächerlich vor, schon wieder in Jacke und Decke gepackt an der MG zu hocken und zu wichsen, von den zwei Frauen im Hütteninnern phantasierend oder zum hundertsten Mal von Anisa, wie sie mal an der Uni im Klo vögelten, und er ärgert sich, dass sie solche heimlichen Aktionen nicht öfter unternommen, überhaupt nicht viel mehr gevögelt haben, viel, viel mehr, denkt er, wischt die Hände an der Hose ab und dreht die nächste Zigarette.

Morgens sitzen die zwei Frauen draußen und waschen sich mit Wasser aus einem der Kübel. Jovan stellt den Rekorder zurück ins Regal und reißt angewidert vom Gestank das Fenster auf. Aleksa liegt auf dem Bauch, Darko schläft unverändert in der Position einer lächelnden Leiche. Die jüngere der Frauen greift von der Stuhllehne die Filzmäntel. Nimm dir Kaffee, sagt sie mit heiserer Stimme und deutet auf die *Cevze* über der Glut. Sie hustet, sucht in Darkos Jackentasche nach Tabak. Die verbliebenen Schnapsreste schüttet sie aus den Gläsern in eine Flasche zusammen, zieht eine grüne Mensch-ärgere-dich-nicht-Figur aus einem Bretterspalt im Boden. Richte ihnen aus, dass wir in ein paar Wochen wieder da sind, sagt sie.

Jovan bindet die Geiß vom Stacheldraht und sieht den zwei Frauen nach, die auf den Wald zugehen, ihr beflaggter Wagen schippert durch den Nebel wie der Schattenriss eines klapprigen Bootes.

*

Die Stunden, die Jovan im MG-Stand ausharrt, ähneln sich. Immer die nasse Kälte, die der Nebel bringt, und Nacht für Nacht schleicht er in die Hütte, um den Kassettenrekorder zu holen. Er versucht die *Sevdahs* nachzusingen, ihm gefällt der Rhythmus, traurig und langsam, jede Note windet sich in Gesang und Melodie um verlorene, verschmähte Liebschaften. Um die Zeit am Posten mit ein wenig Sinn zu füllen, nimmt er sich vor, die *Sevdahs* auswendig zu lernen. Er muss sich beschäftigen, sonst wird er wegen des Grübelns noch verrückt, er muss sich ablenken von der Tatsache, dass ihm mit seinen knapp zwanzig Jahren etwas anderes zusteht, als im Gebirge zu versauern. Sogar Kosta, denkt er, war bis nach Benares gekommen. Die Verbitterung über den Zampano des Belgrader Wohnblocks beschert ihm Magengrummeln, wütend konzentriert er sich auf die Lieder, die aus dem Rekorder knarzen und dem Schweifen eines von böser Zauberei in die Luft gesperrten Vogels ähneln, der hinab auf eine Welt sieht, die er nicht mehr erreichen wird. Die *Sevdahs* handeln von vergeblicher Liebe, von unerwidertem Begehren, und Jovan hört auf zu singen, weil das Denken an Anisa sich zu einem Gefühl von Leere auswächst und er Gefahr läuft, darin wie in einen Felsspalt abzustürzen.

Mit jeder dank der *Sevdahs* durchgewachten, durchgewichsten Nacht wächst in ihm die Gewissheit, nur mehr ein Trugbild von ihr im Kopf zu haben. Was macht sie jetzt, lebt sie überhaupt noch?, fragt er sich. Ist sie davongekommen, und wenn ja, unter welchen Umständen? Als er nach Banja Luka in die Kaserne abfuhr, verabschiedeten sie sich an der Busstation von Sarajevo und keiner von ihnen wäre auf die Idee verfallen, dass das die letzte Umarmung sein würde, das finale Aug-in-Aug-Beisammensein. Er stellt sich vor, irgendwann in einer verrauchten *Kafana* zu sitzen und solche Lieder zu singen, in Stimme und Melodie die eigene Traurigkeit zu packen. Wegen seiner Interpretationen der *Sevdahs* würde er eine Legende des Nachtlebens werden, von *Kafana* zu *Kafana* das Publikum begeistern.

Jovan hockt im MG-Stand und beginnt die Lieder nachzusingen, er hängt den Träumen von einer zukünftigen Künstlerexistenz nach, die im Verlust seiner ersten großen Liebe gründet. Dennoch, bis zum Morgen bleiben viel zu viele Stunden totzuschlagen, zu viele Stunden, in denen ihn der Verdacht beschleicht, dass die Sehnsucht nach Anisa bereits so übermächtig ist, dass die echte, lebendige Frau davon ausgelöscht wird.

Als er versucht hatte, ein Porträt von ihr an den Dachverschlag zu bringen, war er auf das kleine, in Belgrad zurückgebliebene Porträtfoto ausgewichen, weil die Erinnerung allein nicht ausreichte. Jetzt nutzt er die *Sevdahs*, um Anisa als Phantasie zu bewahren, die, muss er zugeben, nichts mit der realen Person zu tun hat. Er hört Lieder von unerreichbaren Prinzessinnen, von hinter Gartenmauern umherhuschenden Schönheiten, und befürchtet, dass Anisa ganz in solche Märchen abrutscht und er gar nicht mehr weiß, wie und wer sie wirklich war.

Eines Nachts singt er so laut, dass Darko schlaftrunken in der Tür aufkreuzt und mit einem Holzscheit nach ihm wirft. Sei endlich leise, flucht er. Jovan verlässt seinen Posten am MG und geht mit dem Rekorder auf der Schulter die Klippen entlang. Je weiter er sich von der Hütte entfernt, umso höher dreht er die Lautstärke. Er wartet, bis die nächste Böe über den Berg fegt und nutzt die Stille, um die *Sevdahs* mit richtiger Leidenschaft zu üben. Er hält inne, horcht auf das Lied. Da glaubt er, eine zweite Stimme zu hören. Von fern, aber doch im Rhythmus, aus dem Wald unterhalb der Felswand. Jovan drückt Play, wartet, drückt Stop. Zwei, drei Verse noch, wie ein fernes Echo. Ja, kein Zweifel. Jemand singt seine *Sevdahs* mit, irgendwo in der Dunkelheit unter ihm.

*

Wache stehen beim Austausch, kündigt Aleksa an, auf einem kahlen Plateau am Vlašić. Noch vor Tagesanbruch muss Jovan die Stellung in Richtung Hauptquartier verlassen. Erstmals seit seiner Ankunft ist er wieder zwischen den Baracken und Wachtürmen, überrascht von der Geschäftigkeit, die den Stützpunkt ergriffen hat. Außerhalb des Stacheldrahtes reihen sich die Zelte neu eingetroffener Truppen, Geländefahrzeuge bringen Granatwerfer, kreuz und quer werden Befehle gerufen. Etwas Großes, mutmaßt Jovan, braut sich zusammen.

Hat man dich auch dazu verdonnert, begrüßt ihn Dragan im Hof. Wie läuft's in der Küche?, will Jovan wissen. Scheißlangweilig, antwortet er. Bei dir? Dasselbe, erwidert Jovan. Dragan stößt ihn an, deutet auf einen Priester, der in schwarzer Robe übern Appellplatz stolziert. Jahrzehntelang hielten sie sich bedeckt, doch kaum bricht der Krieg aus, sind sie wieder da, sagt er, als wären ihre Lehren nie verboten gewesen. Nehmt die Frauen in Besitz, ruft der Pfarrer den einfahrenden Lastwagen zu, nehmt die Frauen unserer Feinde und mit ihnen ihre Religion, schreit er und hält das um seinen Hals baumelnde Kruzifix triumphierend in die Höhe. Aus einer Baracke wird eine Reihe zerlumpter, hinkender Männer gejagt, aneinandergekettet traben sie zur Ladefläche eines Transporters. Ein Korporal pfeift nach Jovan und Dragan, weiter mit euch, schreit er, es geht los.

Am Ort des Austausches warten bereits in dicke Jacken und Kappen gehüllte Bewohner umliegender Dörfer. Einige sind mit Eselskarren gekommen, viele zu Fuß, abseits steht ein Zastava. Wie die Soldaten teilen auch sie sich in zwei Gruppen; da wie dort werden die Mützen mit beiden Händen auf den Köpfen behalten, bauschen sich die Röcke der Frauen im Wind, der über die Hochebene fegt, als wolle er mit einem Handstreich die gegenüber positionierten Verbände über die Klippen jagen.

Je zwei Laster brachen hierher auf, in einem die Toten, im anderen die Lebenden. Von einer Anhöhe nähern sich weitere Gestalten, ein Junge, der an einem Strick einen Greis mit sich führt, und man wartet, bis auch sie ihren Platz gefunden haben. Jovan zuckt zusammen, als der Alte an ihm vorbeitappt: Anstelle der Augen besitzt er zwei mit dünner Haut bespannte Löcher.

Erst sind die Toten an der Reihe. Die Planen der Laster werden zurückgeschlagen, die Umstehenden machen einen Schritt vor, wieder zurück, hin- und hergerissen vom Wissen, dass einer davon der ihre ist; eine Frau hält sich die Hand vorn Mund und beginnt zu weinen. Sechs werden zu den Serben gebracht, die Soldaten, die sie an den Schultern und Füßen tragen, rufen sich durch die Windböen Unverständliches zu, einer lacht, während sie den Letzten vom Wagen zerren. Die sechs werden gegen jene fünf gerechnet, über die die Serben verfügen, wie der Einsatz in einem abendlichen Kartenspiel, doch legt man anstelle der Zigaretten die Toten hin. Einer trägt das Hemd verkehrt, zwei sind ganz nackt. Am Körper Schnittwunden, schwarz verfärbte Prellungen. Ihre Gesichter teilnahmslos wie Stein oder Himmel. Einige haben keinerlei Verletzungen oder Verstümmelungen, liegen unberührt im Gras. Irgendwo an ihrem Körper, an der Schläfe oder in der Brust, muss sich das vom Schrapnellstück hinterlassene Loch befinden, eine unscheinbare, kaum sichtbare Wunde, die zum Sterben reichte.

Richtig lächerlich, denkt Jovan, dass so eine winzige Wunde genügt. Die Gesichter der Toten sind nicht mehr von Wind, Sonne oder Kälte gezeichnet, die Gesichter, die ins Gras gebettet werden, sind weiß oder grau, ein einziges schimmert bläulich und sonderbar schön. Jovan kann sich nicht abwenden von diesem faszinierend stillen, blau und kalt leuchtenden Gesicht. Zu Lebzeiten, glaubt er, kann dieser Mann nicht so schön gewesen sein.

Zwei Reihen, einmal die eigenen Toten, einmal die Toten der anderen, und Jovan hat das Bild vor Augen, bald selbst auf diese Art im Gras zu liegen. Wie jetzt werden die Gewänder an den leblosen Leibern im Wind flattern und Zivilisten werden bereitstehen, um die Toten zu Eselskarren oder Autos zu tragen, bis nur er noch übrig ist, weil es hier niemanden gibt, der ihn begraben will. Ob er dann einen ähnlichen schönen Schimmer besitzt, weil der Tod sein Leben nimmt und zum Tausch eine kleine blaue Flamme entzündet, die durch die Haut flackert, oder ob er grau und starr sein wird, eine winzige Wunde am Körper? Hoffentlich, denkt Jovan, hoffentlich bin ich dann nicht einer der Verstümmelten, Nackten.

Ein Korporal schreit durch den Wind, befiehlt die Gefangenen hinaus. Mit Stricken aneinandergefesselt, traben sie im Gänsemarsch zur gegenüberliegenden Seite. Sie tauschen ihre Plätze und glotzen aus den Lastern, ganz ungläubig, frei zu sein. Einer von ihnen hat im Gesicht dieselben schwarzkrustigen Wunden wie die Toten. Dragan hält ihnen Zigaretten hin, die sie stumm annehmen, in eiligen Zügen rauchen. Nicht so gierig, lacht er. Jovan beobachtet den Jungen, der den blinden Alten zu den getöteten Serben bringt, wo er sich hinkniet und dem ersten übers Gesicht streicht, dann dem zweiten, dritten. Beim Vierten hält er inne. Die Finger des Alten streichen erneut entlang der Wangenknochen, über die Nase, den Haaransatz. Sein Mund öffnet sich wie in einem langen Schrei, ein Anblick, der Jovan lange verfolgen wird, weil der Alte weint, obwohl ihm die Augen fehlen. Ein stummes, unsichtbares Weinen, ohne Tränen, aber doch mit jeder Falte, jedem Millimeter seines Gesichts. Seine schwachen Rufe werden vom Wind verschluckt, die Hände auf dem Totengesicht, wendet der Blinde seinen Kopf nach allen Seiten, als wolle er jeden anklagen, die Soldaten, die Zivilisten, den Jungen, der ihn mit einem um die Hüften gebundenen Strick hierhergelotst hat, die graue Wolkendecke, die er nicht sehen kann mit seinen mit dünner Haut bespannten Löchern.

Wir haben einen weniger anzubieten, schreit der serbische Korporal. Sein Konterpart macht eine abwehrende Handbewegung, ist doch auch schon egal, ruft er zurück. Den übriggebliebenen Leichnam lädt man zu den freigelassenen Soldaten in den Lastwagen. Sie ziehen ihre Beine an, als ob er ansteckend wäre. Ein älteres Paar schleppt zwei Tote zum Zastava, darunter den bläulich schimmernden Schönen. Sie legen ihn auf die Rückbank, rechts baumelt der Kopf, links ragen die Füße hinaus, den anderen binden sie rücklings auf das Dach. Der Mann setzt sich hinters Lenkrad und fährt los, rumpelt den mit Pfützen durchsetzten Weg hinab. Als er in ein Schlagloch gerät, löst sich auf dem Dach ein Arm des Toten aus den Schnüren und schwenkt zur Seite, gibt den Soldaten zum Abschied einen Wink.

*

In der Hand eine Tasse schwarzen Kaffees, sieht Darko zu, wie Aleksa der Geiß nachjagt. Endlich erwischt er sie, bindet ihr einen Strick um den Hals. Einmal hab ich vorgeschlagen, das Zicklein abzustechen, erklärt Darko, und seither nimmt er es auf jeden Freigang mit. Von sechs bis Mitternacht hält nun er die Stellung, danach Jovan. In jeder Nacht verlässt er seinen Posten und tappt entlang der Klippen, intoniert die Liebeslieder und löst ein Echo aus, das den Gesang weitaus gekonnter beherrscht als er selbst. Einmal glaubt er bereits am Weg ein Klopfen im Takt der Lieder zu hören, als würde ihn jemand locken. Aber vielleicht täuscht er sich, im Wind schlagen die Wipfel der kahlen Bäume aneinander, dauernd kommt ein hölzernes Knacken aus allen Richtungen.

Jovan klettert auf einen Steinbrocken, den Rekorder im Schoß, und horcht. Nichts. Er räuspert sich, wartet. Mit klammen Fingern bügelt er einen Knick im Magnetband der Kassette aus, steckt sie zurück ins Fach. Da vernimmt er Schritte. Jemand nähert sich. Eine Gestalt geht am Felsen vorbei, auf dem unbeachtet Jovan sitzt. Ein Bauer vielleicht, der in die ausgeräucherte Siedlung zurückgekehrt war, für eine neuerliche Suche? Jovan hält still, erkennt im

Unbekannten, der über der Schulter einen Sack trägt, den Zwangsarbeiter Idris. Was macht er hier, um diese Zeit? Idris zweigt zum Waldsaum ab, ist schnell außer Sichtweite. Jovan schüttelt den Kopf, offenbar ist er nicht der Einzige, der nachts hier rumschleicht. Er stellt sich an den Felsrand. Kein Klopfen. Er horcht angestrengt. Nein, kein Klopfen und kein Singen.

*

Die Mobilmachung zusätzlicher Soldaten, die Jovan im Hauptquartier beobachten konnte, wirkt sich bis zur Klippe aus. Eines Morgens errichtet ein Trupp am Waldrand ein Lager. Neugierig verfolgt Jovan das Treiben, nimmt eine Axt in die Hand und spaltet Klötze, um zumindest den Eindruck von Arbeit zu erwecken. Jener, der den Aufbau der Zelte befehligt, kommt übers Gras und poltert in die Hütte, ohne den strammstehenden Jovan zu beachten. Ein fülliges Gesicht, geschwollene Tränensäcke, am Schädel graue Haarstoppeln. Das rechte Auge wird von einer schwarzen Klappe bedeckt, ähnlich wie sie Ratko hatte, darauf ist ein goldenes Dollarzeichen gestickt. Die Stimme verschnupft, dennoch einschüchternd, herrisch. Er packt Darko am Kragen und wirft ihn von der Matratze, wie er sich erdreisten könne, um diese Zeit zu schlafen, will er wissen. Verzeihung, stammelt Darko, Kapetan Glum, verzeihen Sie mir. Und wo, fragt dieser, ist der Dicke? Kommt bald, beteuert Darko, ist für Besorgungen ins Tal.

Die Soldaten hocken vor den Zelten, putzen ihre Gewehre und Stiefel. Kapetan Glum lässt sie antreten, durch den Wald sprinten, die Zelte auf- und abbauen. Jovan muss vorsichtig sein. Einmal singt er am Felsvorsprung und wird von einem wütenden Rufen gestört. Vom Truppenlager her will jemand wissen, wer sich traut, diesen muslimischen Dreck von sich zu geben, und Jovan presst die Lippen aufeinander, nimmt sich vor, von nun an abzuwarten, bis der Wind stark genug geworden ist und alles Singen übern Rand in den Nebel fegt, fort von den Soldaten, die genauso wenig wie er oder Darko wissen, was der baldige Einsatz bringen wird.

*

Im Schlepptau des Kapetans tauchen Hunde auf, eine kläffende Nachhut, von Aleksa argwöhnisch beobachtet: Wenn sich einer von ihnen an die Geiß ranmacht, ich schlag ihn tot, verkündet er bei seiner Rückkehr. Darko liegt auf der Pritsche, meine Knochen, meine Knochen, jammert er. Aleksa kramt aus dem Rucksack die Mitbringsel aus dem Tal, eingelegte Pfefferoni, geräucherte Würste, zuletzt ein deutschsprachiges Magazin. Hat ein durchreisender Journalist bei meinen Eltern vergessen, sagt er. Im Heft stößt Jovan auf die Abbildung von Vermeers *Das Mädchen mit dem Perlenohrgehänge*. Eine junge Frau im Profil, mit einem Kopftuch in Violett und Gelb, wie die Hänge am Vlašić vielleicht im Sommer blühen. Aleksa erzählt, dass der Journalist von seinem Ausflug an diesen unwirtlichen Teil der Front enttäuscht gewesen sei, kein großes Kriegskino wie in Sarajevo, bloß Wald und Berge. Nur Aleksas Bruder hatte eine gute Geschichte parat: Er musste sich in einem südlich im Wald vergrabenen Posten melden. Drei saßen bereits drin, verwunderlich, ja, dass man den Verschlag so stark besetzt, aber ohne Bedenken packte er den mitgebrachten Bauchspeck aus. Die drei Unbekannten blickten vom Speck zu ihm und wieder zurück. Er kapierte, dass es drei Muslime waren, wie sie ihrerseits begriffen, dass der Neue es ernst meinte, die Jause ohne Hintergedanken offerierte. Einer der drei starrte ihn ungläubig an, ein zweiter sprang auf und griff nach dem Gewehr. Mein Bruder, sagt Aleksa und wischt sich Lachtränen aus den Augenwinkeln, rannte zurück nach Haus, niemand hat gewusst, dass der Posten vom Feind erobert worden war.

Bei der Abenddämmerung liegt Darko weiterhin ausgestreckt auf der Pritsche, Aleksa zerhackt auf dem Tisch getrockneten Huflattich. Aufmerksam horcht er auf den Klang des Glöckchens, das die Ziege nun um den Hals trägt, der helle Ton ist mal näher, mal weiter entfernt zu vernehmen. Neben ihm sitzt Jovan, der nichts lieber tun würde als zeichnen, etwa angelehnt an Vermeers Porträt die zwischen den Barrikaden flanierenden Mädchen unten im Dorf. Er zerreibt ein Stück des schwarzen Steines aus der Schlucht, vermischt den Staub mit etwas Spucke, legt ein Eschenblatt hinzu. Er benötigt mehr Farben, vor allem aber Papier; eigentlich wollte er das Nachrichtenmagazin verwenden, doch das hat Darko zum Anfeuern benützt. Ich brauch es warm, hat er behauptet, und Seite für Seite zwischen die Holzscheite gesteckt. Mit Schieferschwarz, Eschenrot und Papierweiß könnte Jovan Sarajevo malen, wenn sich im Herbst die Bäume am Straßenrand verfärben. Ein Schweben, schwarz und rot und weiß. Oder das Vlašić-Massiv, die Fichten, das Feuer im Ofenloch, den rußigen Schürhaken. Die winzige Petroleumflamme, gespiegelt auf den Tellern. Die Umrisse des Alten beim Totentausch, vibrierend vor Furcht den einen Leichnam zu finden, und groß, dunkel, die Augenhöhlen, zwei tiefe, leere Ausbuchtungen im Gesicht.

Auf dem Teller vor ihm ein Stück Schafskäse. In unserer Hütte, sagt Aleksa, waren zuvor muslimische Kämpfer stationiert, wie im Posten meines Bruders, nur andersrum. Er macht die Geste des Halsdurchschneidens, deutet mit der Messerspitze über die Feuerstelle. Jovan folgt seinem Fingerzeig, ertastet im Holz Einschusslöcher. Das Geschirr ist auch von ihnen, sagt Aleksa. Es wird bald schneien, unterbricht Darko von seinem Schlaflager her, spätestens in zwei Tagen, ich spür's. Draußen schlagen im Wind Äste aneinander, von den Zelten her dringt Hundegebell. Jovan denkt an die Toten, die aufs Gras gelegt wurden. Dann an die Toten in der Hütte, unerwartet im Ruß und im Geschirr erkannt. Ehe er sich einen Brocken Käse in den Mund steckt, blickt er hoch zum Regal, auf den Teddybären, dem ein Auge fehlt.

5.

ENTSCHEIDUNGEN

Das Lager ändert täglich die Zusammensetzung. Immer wieder wird jemand von Verwandten abgeholt, die bereits in Österreich arbeiten, in der Linzer Stahlindustrie oder in einer Grazer Autofabrik. Andere reisen weiter, in die USA oder nach Skandinavien. Treffen Neue ein, zeigen sich Risse im Alltag, der sich im Turnsaal als provisorische Ordnung etabliert hat. Nicht dass sich die Neuen sträuben, sich in den Ablauf zu fügen, nein, es liegt am Geruch, der ihnen anhaftet. Für einige Tage, bis sie mehrmals gründlich gewaschen sind und ihre Kleider getauscht haben, beherrscht ein auffällig süßlicher Schweiß die Halle und erzählt mehr von den Geschehnissen in Bosnien als die Geschichten, die gleichsam bei jeder neuen Ankunft geflüstert oder lautstark ins Schlaflager dringen. Die Geschichten ähneln sich, handeln von ermordeten Geschwistern oder Eltern, von entführten Söhnen oder Töchtern, von Vergewaltigungen und durchgeschnittenen Kehlen.

Diese Geschichten will Anisa nicht mehr hören, sie meidet die Gespräche, das Getuschel. Dem Geruch aber kommt sie nicht aus. Er haftet sich an ihre Haut und ihre Haare, bis sie selbst wieder so riecht wie bei der eigenen

Ankunft in Wien, und sie befürchtet, den faulen, viehischen Gestank irgendwann gar nicht mehr loszuwerden. Wie die Erzählungen unterscheiden sich auch die Ausdünstungen kaum, sind von Ankunft zu Ankunft dieselben schweren, warmen, bis in alle Winkel reichenden. Sie sind wie ein Schlag in die Magengrube, bringen einen durcheinander und ins Torkeln, lassen keinen Zweifel, dass man zu einem Tier degradiert worden ist. Man musste sich verstecken, im Wald oder im Keller, man wurde bis auf die Kleidung am Leib allem beraubt und in Bussen oder Zügen eingepfercht, und von diesem Leid, dieser Demütigung, ist die Luft gesättigt und durchtränkt.

Morgens schlägt Anisa die Augen auf, und als sie die Geräusche des erwachenden Lagers vernimmt, ist ihr erster Gedanke: Ich will weg. Weg von den Bettreihen, den alten und neuen Flüchtlingen, die sich vor den Duschen drängen. Am liebsten würde sie übern Parkplatz fortlaufen und nie wieder einen Gedanken an das alles verschwenden.

Doch ein bisschen muss sie warten, weiß sie, ein paar Wochen oder nur wenige Tage. Man hat ihr angeboten, in eine Wohngemeinschaft umzuziehen, eine Initiative der Stadt Wien als weiteren Schritt, gestrandeten Bosniern eine Aussicht auf Zukunft zu verschaffen, und eilig hatte Anisa das nötige Ansuchen ausgefüllt. Sie denkt an die Novemberkälte, die sie außerhalb der Turnhalle erwartet und zieht sich die Decke übers Gesicht.

Kurz darauf schüttelt sie jemand an der Schulter. Guten Morgen, trällert Jasmin und hält ihr einen Plastikbecher mit Filterkaffee hin. Ein Danke murmelnd, setzt Anisa sich auf. Unterm Polster holt sie ihr Notizbuch vor, sucht die Seite, auf der sie den ersten Besuch im Kunsthistorischen Museum festgehalten hat. Ihr spukt die Nackte im Mittelpunkt des einen Gemäldes im Kopf herum, das Bildnis der traurigen, entblößten, jungen Frau, die in ihr die Erinnerung an eine Diskonacht mit Jovan ausgelöst hatte. Anisa will nicht den hilflosen Blick dieser porträtierten Frau in den Augen haben. So will sie nicht sein. Nicht so verletzlich und ausgestellt, nicht derart ausgeliefert, abhängig vom Wohlwollen anderer wie die nackte Posierende von der Gunst des Malers. Anisa will nicht mit dem Gestank der Vertriebenen konfrontiert werden, nicht mehr die Horrorgeschichten hören, und es fühlt sich richtig gut an, dass sie das alles nicht will, weil es zeigt, dass sich die Entschlossenheit, die sie vor der Flucht besessen hat, wieder in ihr regt. Wenn sie in Wien bleibt, dann wird sie einen Schlussstrich ziehen unter Turnhalle und Gestank und Grauen, sie wird ihr zukünftiges Dasein von dem im Lager trennen.

Dieser Vorsatz machte es nötig, das Techtelmechtel mit Jakob zu beenden. Ich hab ihn benutzt, hat sie ins Notizbuch geschrieben und doppelt unterstrichen. Erst, um innerhalb der erzwungenen Flucht ein Geheimnis zu besitzen, einen Ausdruck von Eigensinn, später, um mit seiner Hilfe den Entschluss umzusetzen, kein Opfer zu bleiben, sondern eigenmächtig zu handeln, eigene Entscheidungen zu treffen. Dieses Vorhaben erprobte sie, indem sie Jakob in den Wind schoss. Er gehört zur Turnhalle und den ersten Monaten in Österreich wie die Grillfeuer auf dem Parkplatz oder die zerfledderten *Bravo*-Magazine. Zu einem vereinbarten Rendezvous erschien sie nicht, anfangs schämte sie sich, dass sie ihn ohne ein Wort abservierte. Sie wusste nicht, wie sie ihm ihre Entscheidung erklären sollte, aber vielleicht war das auch nicht nötig, sie hatte nie darüber nachgedacht, ihn nie gefragt, was sie ihm bedeutet.

Immerhin, er ist nie in der Turnhalle aufgetaucht, um nach ihr zu suchen oder sie zur Rede zu stellen, ein Umstand, der für sich spricht.

*

Im Morgennebel streckt Jovan die Zunge raus und schließt die Augen. Er freut sich, dass Darkos Knochen es richtig vorausgesagt haben: Der Winter beginnt. Noch ist das Flockenflirren kaum wahrzunehmen, doch wenn er die Luft schnell und tief einsaugt, frieren ihm die Lungen zu Eisblumen fest. Im Atmen ist der Winter bereits da, gestern oder vorgestern roch es anders, hatte er den Geruch nach feuchtem Laub um die Nase, jetzt dagegen besitzt der Wind eine entlarvend kalte Schärfe.

Jovan schließt die Augen, singt eins der *Sevdahs*, die er auswendig gelernt hat. Die Arme ausgestreckt, mit den Handflächen nach oben, um den Schnee zu spüren, und laut, leiernd singt er, passend zu diesem schwadengrauen, langsamen Herantasten des Winters. Er verstummt, horcht. Aus dem Nebel unter ihm antwortet die Stimme. Ja, kein Zweifel: Von unterhalb der Klippen, aus dem undurchsichtigen Wabern, den daraus ragenden Wipfeln, dringt eine ferne Melodie. Jovan setzt sich an den Abgrund, lässt die Beine ins Leere baumeln. Besorgt hört er, dass die Stimme im Verlauf der letzten Nächte leiser geworden ist, schwächer.

Gestern kam Aleksa aus dem Zeltlager mit der Neuigkeit, dass bald die Offensive beginne, ein Vorstoß durch die in den Wäldern und Bergen unübersichtliche Front. Er klopfte Jovan auf die Schulter, Kleiner, sagte er, der Kapetan wird es sich nicht nehmen lassen, dir die Feuertaufe zu bescheren.

Jovan kann das eigene und das fremde Singen als Nebensächlichkeit abtun, sicher, er kann aufstehen und zurückgehen übers verschneite Feld zum MG-Stand oder in die warme Hütte und warten, bis Aleksa und Darko munter werden. Aber will er das überhaupt, ein guter Soldat sein? Er ist aus dem Schützengraben geklettert, hat Zlatan zur Flucht verholfen. Er ist desertiert und hat alles darangesetzt, aus Bosnien rauszukommen. Also klare Antwort: Nein, er will kein Soldat sein, weder ein guter noch ein schlechter, und ganz besonders nicht einer, der Teil einer Offensive ist.

Und das Echo auf seine *Sevdah*-Versuche ist keine Nebensächlichkeit. Erst hat es ihn am eigenen Verstand zweifeln lassen, glaubte er, es sei ein Phänomen von Wind und Wald. Doch wieder und wieder antwortet der Gesang auf die Lieder, die er übern Kassettenrekorder abspielt oder selbst intoniert; es ist keine Einbildung, gesteht Jovan sich ein. Zur Neugier, die er von Beginn an spürte, kommt nun Furcht: Was, wenn die Stimme morgen noch schwächer sein wird, sie schließlich ganz verstummt, ohne, dass er erfährt, wem sie gehört?

Er blickt in den Abgrund und nicht zum ersten Mal ist ihm, als wäre ihr eigentliches Vorhaben, ihn zu sich zu rufen. Er gibt sich einen Ruck, krallt sich an den Stein, gleitet runter, bis er unter den Füßen einen Felsvorsprung spürt. Er will, nein, muss wissen, wer hinter dieser Stimme steckt. Jovan hofft, dass kein Halt bricht, kein Strauch reißt oder er ins Rutschen gerät. Ein spitzer Stein schlitzt seinen Arm entlang, doch egal, Stück für Stück, ganz behutsam, klettert er hinab.

*

Vor einigen Wochen hat Anisa eine Stelle als Küchenhilfe ergattert. In einem Restaurant am anderen Ende der Stadt reinigt sie das dreckige Geschirr oder schält Gemüse, Scheißjob, schimpft sie, wenn die Zeit in der Küche unerträglich langsam vergeht und sie angewidert die angetrockneten Essensreste von den Tellern scheuert. Scheißjob, aber durchbeißen, lautet ihr Mantra. Durchhalten für den Monatslohn, für's selbstverdiente Geld.

Anisa wirft einen Blick auf die Uhr, die überm Basketballkorb an der Wand hängt, und erschrickt: schon halb zehn. In einer Stunde ist sie mit einem Mann namens Faruk in einem Café verabredet, es könnte knapp werden, um eins beginnt ihre Schicht. Er hat eines Morgens im Büro angerufen und nach ihr gefragt, sie dann, als Anisa am Hörer war, um ein Treffen gebeten. Er habe ein Geschenk für sie, von einem gemeinsamen Freund. Von wem?, fragte sie. Überraschung, beharrte der Anrufer. Sie wollte absagen, einen Fremden zu treffen, der nicht preisgab, weshalb er sie in ein Café einlädt, das war ihr zu abstrus. Aber ein Zivildiener kam ins Büro und erklärte dem Chef, dass ein weiterer Transport angekündigt ist und niemand eine Idee hat, wo die Neuen untergebracht werden können, und während der Chef am Schreibtisch zu fluchen begann, entschied Anisa sich um und sagte zu. Es war unter der Woche, was konnte passieren? Eine Einladung zum Kaffee versprach angenehmer zu sein als die Aussicht, ohne Ziel und Plan durch die Gegend zu laufen, um dem jüngsten Schwall an Flüchtlingen auszukommen.

Sie wirft sich die Jacke über, winkt Jasmin zu, die mit einem Korb voll Wäsche in Richtung Duschen geht. Ein Ehepaar aus Mostar hat die Betten von Azra und Rahim bezogen, wie gewöhnlich nimmt Anisa sich vor, die beiden in ihrer neuen Bleibe zu besuchen oder wenigstens mal anzurufen. Ohne ein Wort hatte Rahim seiner Mutter den Brief mit der Nachricht von Nenads Tod hingehalten, mit zitternden Fingern hatte Azra das Blatt aus dem Kuvert geholt. Das ausweichende Gehabe Rahims, die zögerliche Weise, wie er ihr den Brief überreichte, hatten in ihr die Gewissheit geweckt, dass es sich nur um eine einzige Botschaft handeln konnte. Weinend saß Azra auf dem Bett, Rahim legte seinen Arm um ihre Schulter und sah Anisa an mit einem Blick, den sie nicht zu deuten wusste: Gab er ihr zu verstehen, sie allein zu lassen in ihrer Trauer oder forderte er sie auf, sich zu ihnen zu setzen, nach der zusammen überstandenen Flucht auch diesen Schicksalsschlag gemeinsam zu ertragen?

Azra reagierte auf die Nachricht vom Tod ihres ältesten Sohnes mit einem Rückzug vom Lageralltag. Sie sprach kaum noch mit jemandem, blieb für sich, und insgeheim war Anisa erleichtert, als Azra über Vermittlung des Stadtmagistrats eine Stelle als Köchin in einer Schule erhielt, etliche U-Bahn-Stationen entfernt. Als sie mit Rahim in eine kleine, von der Schule bereitgestellte Wohnung zog, umarmte Anisa Azra fest. Mach es gut, flüsterte sie, und Azra quälte sich ein Lächeln ab. Der stolze Gesichtszug, den Anisa an ihr bewundert hatte, war vor Trauer zu einer verhärmten, verbitterten Maske geworden.

Während Azra sich von anderen verabschiedete, setzte Rahim sich zu Anisa aufs Bett. Er drückte ihre Hand, wie damals an der Baustelle, als sie die Reifen des Serben aufgestochen hatten. Ich meld' mich bei dir, sagte er, und auch wenn sie es nicht wollte, sie konnte die Abscheu doch nicht unterdrücken, die sie ihm gegenüber seit jener Nacht fühlte, in der sie in der Praterallee gewesen waren, im Rücken den lärmenden, trillernden Vergnügungspark.

*

Endlich erreicht Jovan den Grund. Vor ihm Sträucher, Geröll, dann ein abschüssiger Waldhang. Weit über ihm verschwindet der Felsrand im Schneefall. Die Frage, wie er da wieder hoch soll, verdrängt er. Alles still, fällt ihm auf, kein Singen mehr, kein Klopfen. Eine unerwartete Kälte überkommt ihn, zitternd harrt er aus, die Arme vor der Brust verschränkt. Mit dem linken Stiefel steht er in etwas Hellem, Matschigem. Er kniet sich hin, stochert mit dem Finger in der weichen Masse. Es ist ein durchnässter, alter Brotlaib, erkennt er, einer jener, die Idris vom Stützpunkt bringt.

Baumgerippe, das von Schnee leicht bedeckte Gras, der silbrig schimmernde Stein; der Weg zurück scheint von hier aus unmöglich. Dort setzt ein Brummen, Knattern ein, dumpfes Geschrei. Von einer Sekunde auf die nächste bricht dröhnender, beängstigender Radau an, es müssen Motoren sein, gerufene Befehle: Die Offensive beginnt. Am dämmrigen Himmel fliehen Krähen vorm anschwellenden Lärm. Von der Felswand führen Schleifspuren durch die scharfblättrigen Halme, dunkle Bahnen den Hang hinab zum Waldsaum. Übern rutschigen Grund tappt Jovan und stimmt zur eigenen Beruhigung ein *Sevdah* an, *u hladu jasmina,* stammelt er, räuspert sich, dann: *Stajaše Emina*. Abgestützt an einem blitzgespaltenen Stamm, tritt er ins Unterholz, Schritt um Schritt, ans Strauchwerk geklammert. Der Lärm der Kriegsmaschinerie verebbt zu einem Rauschen, und Jovan hat eins der bekanntesten *Sevdahs* auf den Lippen, die Huldigung der schönen, unerreichbaren Nachbarstochter. Umgeben von Brombeeren und Haselnussstauden ein paar Fichten, ihr immergrünes Nadelkleid im trüben Morgen fast schwarz.

Ein stechender Gestank irritiert ihn, er hält inne, *Emina*, krächzt er. Plötzlich: *Iz topla hamama*, antwortet es zwischen den Bäumen hervor. Jovan macht einen Sprung zurück, stolpert über einen Stein. Wipfel und Zweige wirbeln ineinander, während die Stimme fortfährt: *Bašče staroga imama.* Schwach singt es aus dem Strauchwerk, kratzig und beinah nicht zu verstehen: *Emina!*

Jovan schleicht zu den Fichten. Er geht in die Knie, Sträucher knacksen, zittern, der unsichtbare Sänger lässt sich nicht beirren. Durchs Gebüsch führt eine Art Tunnel. Der Gestank wird stärker, das Singen wirkt näher. Vorsichtig drückt Jovan einen Brombeerzweig zur Seite. Mit der Hose bleibt er hängen, er reißt, ruckelt, kommt mit lautem Knacks frei. *Emina, Emina,* wiederholt die Stimme.

Vielleicht sollte er seine Neugier runterschlucken, bedenkt Jovan. Doch weil er sich rückwärts kriechend unweigerlich im Astwerk verfängt, bleibt nichts anderes übrig, als weiterzurobben. Er zwängt sich auf eine Freifläche, zwischen den Fichten liegt auf modrigen Holzlatten ein abgemagerter Mensch. Das Gesicht gräulich wie der Nebel, die Augen geschlossen, die Arme steif am Körper. Die Fingerknöchel knotig, auffällig dunkelrot in der fahlen, rissigen Haut. Neben dem Lager eine Feldflasche, ein Jagdgewehr. Jovan kontrolliert zuerst den Lauf, die Munition. Die Waffe ist feucht, nicht mehr zu benutzen.

Für tot, verhungert könnte man diese Gestalt halten, wäre da nicht die Stimme, das Singen. Nichts bewegt sich außer den Lippen, der Zunge. Aus dem Mund kommt in Bruchstücken das *Sevdah*. Jovan beugt sich über das Gesicht, rätselt, ob es einem Mann oder einer Frau gehört. Die Haut ist so vertrocknet, die Züge sind so ausgezehrt, dass jeglicher eindeutige Hinweis verlorengegangen ist. Um den Kopf ein schwarzes Tuch gewickelt, ein Büschel struppiger blonder Haare ragt auf die Stirn. Eine zerschlissene schwarze Jacke mit Pelzkragen, die Beine stecken in einer fleckigen Jeans, das linke ist mit einem dürren Ast und verdreckten Stofffetzen geschient. Jovan horcht auf das Lied, betrachtet den schmalen Hals, die langen, dünnen Finger. Es muss eine Frau sein, glaubt er und bekreuzigt sich, weil sie trotz des Flüsterns wie eine Leiche wirkt. Die von der Kälte gefurchten, dünnen Lippen haben einen auffällig violetten Stich. Wie der Kopf einer Mumie, denkt Jovan, und traut sich nicht, das Gesicht zu berühren, aus Angst, es könnte unter seinen Fingern zerfallen.

Das also ist die Stimme, die bis hoch zu ihm gedrungen ist, von hier kam das Singen. Durch die Jeans befühlt Jovan das geschwollene, notdürftig geschiente linke Bein, ein übler Geruch steigt auf, nur schwer gelingt es ihm, ein Kotzen zu unterdrücken. Da verstummt die Frau. Die Augen jetzt offen, ein blasses Blau. Erst blicken sie zu den Fichten, dem bewölkten Himmel zwischen den Wipfeln. Dann sieht sie Jovan und beginnt zu schmatzen.

*

Den weiteren Verlauf des Abends im Prater hat Anisa in einer eigenartig abgekapselten Verfassung miterlebt, beinah wie die Flucht aus ihrem Dorf. Sie sah es, war anwesend, fühlte jedoch nichts, als würde das Bewusstsein gleich hinter den Augen enden, das Nötigste registrieren, aber nicht zulassen, dass die Wahrnehmung tiefer sinkt.

Ein eindeutiges Gefühl formte sich erst in den Tagen danach. Wenn sie Rahim zu Gesicht bekam, ging sie ihm aus dem Weg, ließ sich nur widerwillig auf ein Gespräch mit ihm ein.

An diesem einen Abend im Prater saßen Anisa und Rahim auf der Bank in der Allee, als ein Pfiff ertönte, ein Ruf: Hey, was macht ihr denn hier? Mit breitem Grinsen kam jener Junge über die Alleenstraße, der vor kurzem aus Ungarn eingetroffen war und mit seinen Geschichten von den dortigen Flüchtlingslagern angab.

Rahim wischte sich übers Gesicht, als hätte er gegähnt. Er steckte den Brief wieder ein und sagte: Hallo, Meho. Dieser setzte sich neben Anisa, drückte ihr einen Kuss auf die Wange. Rahim zog ihm eine über den Hinterkopf, und einen Moment lang waren beide ungewohnt still. Was machst du hier?, fragte Anisa, um das Schweigen zu durchbrechen. Wir wollten das Lager in der Messehalle besuchen, presste Meho hervor. Und? Alles zu, sagte er, alles unter Quarantäne wegen der Ruhr. Ein zweiter junger Mann schlenderte heran und stellte sich als Ivo vor. Er raschelte mit der Plastiktasche in seiner Hand. Meho sprang auf, zeig es ihnen, sagte er. Bedächtig holte Ivo einen schwarzen Gegenstand hervor. Hat sein Vater von unten mitgebracht, eine Uzi, sagte Meho. Eine Strojnica Mini, berichtigte ihn Ivo, kommt mit, forderte er sie auf.

An Gleisen blieben die vier stehen, warteten auf die Schmalspurbahn, die aus dem Vergnügungspark ratterte und zur finalen Fahrt durch den Park aufbrach. Sie kletterten auf den letzten der offenen, rosalackierten Waggons, ein Fahrgast wandte sich um und schüttelte verärgert den Kopf. Eingezwängt auf enge Sitzflächen, ließen die blinden Passagiere die Beine übern Rand hängen, in der letzten Kurve, bevor die Bahn zurück in ihre Station kehrt, sprangen sie auf Ivos Kommando ab. An einer Kreuzung bogen sie rechts in den Wald, folgten dem Ufer eines faul riechenden Sees. Sie kreuzten Pferdewege, von Hufen zertretene Pfade. Sträucher zur Seite gedrückt, die Farne reichten bis über die Knie. Zwischen den Blättern zerfiel der Himmel in helles Splitterwerk, fahlsilbern reihten sich hohe Buchen. Hinter den Stämmen ein stetiges Rauschen: Muss die Autobahn sein, vermutete Meho. Nachdem sie etliche Minuten durch den Wald getappt waren, erreichten sie den Rand einer Wiese. Legen wir uns ins Gras, flüsterte Ivo, hier ist's gut.

Vom Boden stieg der herbe Geruch von Kräutern, Mücken surrten um die Ohren. Leise fragte Anisa, was sie vorhaben, aber zur Antwort kam von Ivo nur ein verärgertes: Pst. Werdet schon sehen, sagte Meho, es wird großartig, wartet es nur ab. Am gegenüberliegenden Feldrand erschien eine Gestalt. Anisa versuchte zu erkennen, wer oder was sich dort bewegte. Neben ihr ein metallisches Klicken, sie spürte, wie Ivo sich anspannte. Die Silhouette löste sich aus dem Waldschwarz, tauchte näher bei ihnen wieder auf, gefolgt von weiteren Schemen, die sich zwischen den Bäumen hervor der Lichtung näherten. Die Schüsse, vier, fünf Mal, kamen unvermittelt, Anisa erschrak und drückte ihr Gesicht ins Gras. Meho und Ivo johlten, und Rahim riss sie hoch, zerrte sie den beiden hinterher.

Die Flamme von Rahims Feuerzeug spiegelte sich in den Augen eines Rehs, der Hinterleib dunkel, feucht. Die Brust hob und senkte sich, langsam schloss sich das Augenlid, öffnete sich wieder. Es lebt, es lebt noch, flüsterte Anisa. Meho kniete neben dem angeschossenen Tier, schlug mit der Faust wahllos zu. Hinterbeine zuckten, kratzten durchs Gras. Rahim ließ Anisas Hand los und kickte auf den Rehkopf ein. Er ging ein paar Schritte zurück, nahm Anlauf wie nachmittags beim Fußballspiel. Meho gluckste aufgeregt, *yeah*, rief er, jetzt kommt Sammer. Vor Ivos Gesicht glomm Zigarettenglut, er stieß Anisa an und lachte, gebannt vom Schauspiel. Anisa drehte sich weg vom Anblick der beiden Jungen, die ein halbtotes Reh malträtierten, im Rücken die dumpfen Schläge, das Schnaufen von Rahim und Meho, ging sie durchs Buschwerk, durch Farn und Lattich, den Laternen der Allee entgegen. Einige Male stürzte sie über Wurzeln oder Steine, rappelte sich schnell wieder hoch und erst als sie die Allee erreichte, hörte sie das Schreien, ihr Name, der durch den Wald gerufen wurde, doch endlich hatte sie den Asphalt unter ihren Füßen, und sie lief los, weiter, weiter.

*

Aus der Feldflasche schüttet Jovan die zwei, drei darin verbliebenen Schluck in den offenen Mund der Sängerin. Sie trinkt, flüstert Unverständliches. Er beugt sich runter, sein Ohr an ihren Lippen vernimmt er: Dževad. Das angedeutete Lächeln des violetten Mundes war früher vermutlich neckisch gewesen oder herausfordernd, sie sagt: Ich wusste, dass du kommst, Dževad, auf dich ist Verlass. Hör zu, wir wurden aufgerieben … Trockener Husten unterbricht die stockenden Worte. Mit verzerrtem Gesicht greift sie sich ans linke Bein, beginnt von Neuem: … einige schafften es ins Dorf, hier treiben sich Banden rum, pass auf … Sie stöhnt, richtet die Augen starr ins Gehölz. Jovan legt ein Ohr auf den Mund, horcht angestrengt: Marko kam zu uns, von Banja Luka her zu Fuß. Dort hat er deine Freundin getroffen, Dževad, sie hat ihn gebeten, dir was auszurichten … Ein weiterer Hustenanfall, auf den ein rasselndes Schnaufen folgt. Jovan sucht an Hals und Handgelenk den Puls, betastet die kalte Haut. Zögerlich bewegen sich die Lippen: … war Marko verschwunden, aber jetzt kann ja ich es dir ausrichten, Dževad, sie ist nach Zagreb und wartet dort auf dich.

Jovan hockt neben ihr. Er vermutet, dass die Frau, solange es mit dem verletzten Bein möglich war, durchs Gebüsch zur Klippe kroch, um sich mit dem Brot zu verpflegen, das Idris ihr runterwarf, ja, das muss der Grund sein, weshalb Jovan ihn mitten in der Nacht nah der Klippen gesehen hat. Von oben kamen die *Sevdahs*, die Jovan abspielte und nachsang; wie eine halluzinierte, lebhafte Erinnerung an die Zeit vorm Krieg bedingten sie den eigenen Gesang. Er schnappt sich die Feldflasche und robbt aus dem Buschwerk. Irgendwo muss es eine Quelle geben oder einen Bach, frisches Wasser wird ihr bestimmt helfen. Er steigt den Hang hinab, blickt zurück, um sich den Ort einzuprägen, um zurückzufinden zu den Fichten, umgeben von Haselnuss und Brombeeren. Am Rand eines Felds duckt er sich ins Gebüsch. Nah am gegenüberliegenden Hügel ein Hof. Die Fenster dunkel, aus dem Kamin steigt kein Rauch. Von einem Strauch bricht Jovan ein dürres Ästchen, kaut nervös darauf. Jemand treibt sich hier rum, hat die Frau gesagt.

Wind kommt auf, jagt Schneeflocken über die Wiese. Jovan verdrängt alle Bedenken und läuft zum Holzschuppen an der Hinterseite des Hofs. Er hört Brunnenplätschern und folgt dem Geräusch ums Eck, aber gelangt nur wenige Schritte weit: Zwei Soldaten spähen durch einen

Türspalt ins Hausinnere und einer bemerkt ihn, reißt das Gewehr rum und zielt auf Jovans Stirn.

*

Den Jackenkragen hochgeschlagen, läuft Anisa zur U-Bahn-Station, eine verlassene Straße entlang durch die windige Novemberkälte. Sie kommt an einer Reihe kleiner Holzhütten vorbei. Ein Weihnachtsmarkt, hat ihr einer der Köche erklärt, musst du dir unbedingt ansehen. Sie war knapp davor, ihn zu fragen, ob sie gemeinsam hinwollen. Dann hatte sie sich an ihren Vorsatz erinnert, unabhängig zu bleiben, und um die angestrebte Freiheit nicht zu riskieren, biss sie sich auf die Lippen.

Sie fährt zur Station Stadtpark, eilt über die Kreuzung beim Hotel Intercontinental. In einem großräumigen Café hebt ein Mann vis-à-vis des Eingangs zögerlich die Hand, unsicher, ob sie jene ist, die er erwartet. Er steht auf, lächelt ihr zu. Faruk, stellt er sich vor. In der Theke Apfelstrudel, Weinflaschen, das Rattern der Kühlung verstummt in regelmäßigen Abständen. Ihr gegenüber der Mann, der sie angerufen und um ein Treffen gebeten hat. Aus der Küche dringt Geschirrscheppern, einige Tische weiter ist eine Frau in ein Buch versunken, ansonsten ist das Café leer. Schön, mal wieder in Wien zu sein, sagt Faruk. Gestern sei er aus Graz angereist, zwei Tage frei, morgen geht's zurück. Sie schätzt ihn auf Mitte dreißig, er hat sehr kurze braune Haare, eine strenge Frisur, von der sich der ungepflegte Bart markant abhebt. Anisa fragt, wie er sie gefunden hat. Er nennt den Namen eines gemeinsamen Bekannten, nicht der Einzige, den sowohl Anisa als auch Faruk kennen, ein Umstand, der, wirft Anisa ein, nicht verwunderlich ist: Niemand ist so gut vernetzt wie wir Jugos. Ob man will oder nicht, fügt Faruk hinzu.

Am Telefon hat er davon gesprochen, etwas für sie zu haben, ein Geschenk von einem gemeinsamen Freund. Anisa verdrängt ihre Neugier. Sie zupft am schwarzen Klebeband, das einen Riss in der dunkelroten Sofapolsterung bedeckt. Ein bisschen Katz-und-Maus-Spiel, noch weiß sie nicht, was ihn nach Wien gebracht hat, und er lässt sich Zeit, es anzusprechen.

Rauchst du?, fragt Faruk. Nein, erwidert sie, hab vor kurzem aufgehört. Wieder wird es still. Faruk beginnt, über das Wetter zu reden, wie windig es in Wien sei. Bläst aus Ungarn rein, sagt Anisa. Der Kellner bringt zweimal Melange, Faruk nimmt den Kaffeelöffel zwischen die Finger, spielt damit, wirft einen langen Blick auf den Aschenbecher. Hab eine Überraschung, kündigt er schließlich an. Er legt seine linke Hand neben die Tasse Kaffee, sieht Anisa erwartungsvoll an. Seine Faust öffnet sich, und ein Ring fällt mit leisem Klirren auf den Tisch. Von Emir, sagt er.

*

Darko grinst Jovan entgegen, lässt das Gewehr sinken. Da bist du ja endlich, flüstert Aleksa. Hat dich der Kapetan nachgeschickt?, will Darko ebenso leise wissen. Ja, lügt Jovan und versucht seine Überraschung zu verbergen. Sieht nicht so aus, als ob noch jemand hier wär, zischt er. Die halbtote *Sevdah*-Sängerin im Wald erwähnt er nicht; irgendwie, hofft er, wird es möglich sein, zu ihr zurückzukehren. Darko weist auf Einschusslöcher in der Außenmauer, legt den Zeigefinger an die Lippen. Er tätschelt den Kopf des Teddybären, der aus Aleksas Jackentasche ragt, und macht einen Schritt in den finsteren Raum. Aleksa schleicht zur Vordertür, deutet zuvor Jovan, übers Dach des Holzschuppens auf den Balkon zu klettern.

Dort angelangt, späht Jovan durchs Fenster auf ein ungemachtes Bett. Übern offenen Kleiderschrank hängt ein weißes Hemd. Ein Stuhl, zur Seite gerückt, als wäre eben jemand aufgesprungen und hinausgerannt. Die Augen beschattet, starrt Jovan durch die Scheibe und glaubt erraten zu können, was in diesem Zimmer passiert ist. Als wäre seine angespannte Wahrnehmung eine auf die Umgebung exakt gestimmte Saite, die vom Anblick des verlassenen Zimmers in Schwingung gebracht zeigt, wie ein Mann am Tisch sitzt, sich im Spiegel betrachtet, über das stoppelige Gesicht fährt, zum Rasiermesser greift. Im Spiegel sieht der Mann das weiße Hemd, seine Frau wird ihn schelten, wenn sie merkt, wie nachlässig er es aufgehängt hat, ohne Bügel, bloß über die Kante der geöffneten Kastentür. Vielleicht doch rasieren, denkt der Mann und klappt das Rasiermesser auf, aber dafür bräuchte er mehr Zeit, dieses Ritual lässt er sich nicht nehmen: zum Brunnen vorm Haus, in die Emailleschüssel, in der seine Mutter früher den Salat wusch, kaltes Wasser füllen und den Schaum aufschlagen, vom Kinn bis über die Wange verteilen und Strich um Strich bedächtig die Klinge führen … Doch nein, ein Blick auf die Armbanduhr, die auf dem Tisch für einen neuen Tag bereitliegt, zeigt, dass es schon Viertel vor sieben ist, und da hört er seine Frau schreien, nicht wie gewöhnlich, wenn sie morgens die Stiege hochruft, wo er denn bleibt, sondern ein spitzer, überraschter Ausruf. Er sieht vom Rasiermesser hoch, etwas ist nicht in Ordnung, weiß er, und hastig steht er auf, der Stuhl rutscht knarrend übern Boden, und er stürzt durch die Tür, die Treppe hinab in den Flur, von wo sich eine Stille ausbreitet, ebenso ungewohnt und erschreckend wie zuvor der Schrei: So ist es gewesen, glaubt Jovan, das ist hier passiert. Er tastet nach dem schwarzen gusseisernen Griff. Ein Druck, und das Fenster springt auf.

*

Anisa berührt den Ring, schiebt ihn näher an sich ran. Von Emir? Faruks Stimme verschwörerisch gesenkt: Ja, stell dir vor.

Dunkles Gold, keine Prägung. Langsam setzt sich Emir vor Anisas innerem Auge zusammen: groß und schlaksig, fast wie Jovan, doch hektischer in den Bewegungen, dazu sein Plappern von Filmen und Musik. Und ja, der Ring an seiner rechten Hand, den er mit den Fingern seiner Linken berührte und ein wenig drehte, erzählte er von seiner Frau. Anisa greift nach ihrer Umhängetasche, die neben ihr auf der Bank liegt. Darin der Walkman, die Kassette mit Punk- und Rockliedern.

Den Sex Pistols ist es zu verdanken, dass wir uns kennenlernten, sagt Faruk. Ich stieg in Graz in den Bus, der Freiwillige nach Kroatien brachte, und in der Nacht sang hinter mir jemand *We're the flowers in the dustbin, we're the poison in your human machine*, und weil ich sowieso nicht schlafen konnte, sang ich mit: *We're the future, your future*. Ich war schon lang nicht mehr in Bosnien gewesen. Die Schule war abgeschlossen, der Dienst im österreichischen Bundesheer auch, ich hatte einen Job bei einer Baufirma. In den Wochen davor telefonierte ich mit Freunden und Verwandten, die unten waren, komm endlich, sagten sie mir, du musst kämpfen.

Während der Fahrt sprachen Faruk und Emir über gemeinsame Musikliebschaften, diskutierten über die Fähigkeiten dieses oder jenes Gitarristen. Emir rekapitulierte seine Odyssee nach Österreich und wieder zurück. 27 Tage, rechnete er Faruk vor, sind vergangen, seit er aus Bosnien fort war. 27 Tage, die ihn unberührt ließen, als wäre er in das Leben eines anderen geraten, einem Unbekannten unter die Haut, sich ständig bewusst, dass er mehr fühlen müsste, Anteilnahme oder Besorgnis, stattdessen aber als Statist im eigenen Dasein vegetierte. Ich bin nur mehr ein Statist, wiederholte er. Die Rückkehr jedoch versprach, mit dem Schritt über die Grenze die eigene Haut, das eigene Leben zurückzuerhalten. In Wien, so Emir, habe er nur mit einer Person richtig Bekanntschaft geschlossen, mit einer etwas ernsten, aber für die Haltung des Punks offenen, jungen Frau.

Faruk deutet über die Kaffeetasse. Dich, sagt er, dich hat er gemeint, und sie sieht auf die Fingerspitze, die auf sie zeigt, und auf den Ring, der vor ihr auf dem Tisch liegt, und ihr wird schwindlig, weil Emir so unerwartet lebendig wird. Die Kriegs- und Fluchterlebnisse, die viele Ex-Jugos abgesehen vom weiten Bekanntenkreis noch vereinen, stellt Anisa sich als rote Fäden vor, die man durchs Leben wie durch einen Wald oder ein Labyrinth spannt, um den Weg nach Hause zu finden. Sie denkt an Emir, an Jovan und an Vater, sie denkt an Rahim und Azra. Verbindungen kappen, das bedeutet der Krieg für sie, und zur gleichen Zeit rote Fäden spinnen, die roten Fäden der Erinnerungen und Mutmaßungen und Hoffnungen. Entschuldige, sagt sie zu Faruk, bin gleich wieder da.

Durchs kühle, unverputzte Hinterzimmer tritt Darko in den Flur. An der Treppe ins obere Stockwerk hält er inne. Durch die Decke sind knarrende Schritte zu hören, verärgert beißt er sich auf die Unterlippe, unbedingt muss er Jovan einbläuen, bei solchen Spähaktionen leiser zu sein. Vom anderen Flurende schleicht Aleksa heran, deutet Darko, ihm Deckung zu geben. Er tritt über die Schwelle in eine Stube. Staub glitzert in den Lichtschneisen, die der Tag durch nicht gänzlich zugezogene Vorhänge wirft. Auf den ersten Blick wirkt die Stube seltsam verschoben. Unmerklich schief die Kommode, der Tisch mit dem Schachbrett darauf, der Diwan. Gerade dagegen die Bilder an der Wand, von Wasserfällen und stoisch davor ausharrenden Rehen, oder am Fensterbrett das gerahmte Foto einer alten Frau, die vom Diwan dieses Zimmers in die Kamera starrt, ohne dass ihr faltiges Gesicht eine sonderliche Regung zeigen würde.

Verwundert zwinkert Aleksa, macht einen vorsichtigen Schritt und bemerkt, dass der Holzboden von einer zur anderen Seite schräg abfällt. Darko folgt ihm nach. Er beugt sich übers Schachbrett, studiert die Position der Figuren. Der weiße Turm kann in zwei Zügen von der schwarzen Dame geschlagen werden, erkennt er. Aleksa duckt sich unter den nächsten, niedrigen Türstock und gelangt in die Speisekammer, zu Regalen voller Kuchenglocken, Einweckgläsern, Eiern; mit wässrigem Mund wendet er sich zu Darko, der mit dem weißen Pferd zieht, um einen etwaigen Angriff auf den Turm zu vereiteln. Auf der Eckbank hinterm Tisch entdeckt Darko eine Sporttasche, und gerade will er danach greifen, als draußen Schritte poltern. Er hechtet zu Aleksa, schnell schließen sie die Tür.

In Frankfurt, sagt jemand, da kannst du Geld holen,

richtig Geld. Mit Kontakten und dem Willen, was zu leisten, Bruder, hast du die Möglichkeit, was aus dir zu machen. Sobald du in Deutschland bist, ruf mich an, ich vermittel dich. Ein anderer antwortet genervt: Ja, ja, beeil dich, pack alles zusammen, und dann weg. In ihrem Versteck hören Darko und Aleksa das Rücken von Stühlen, anschließend dieselbe Stimme wie zuvor, erneut genervt: Du warst als Letztes dran. Keine Antwort. Er hakt nach: Willst du mich verarschen? Was los, Bruder?, fragt der andere. Dein Pferd steht woanders, bekommt er zur Antwort. Einen Moment lang ist von keinem etwas zu hören, bis jener, der von Frankfurt erzählte, erwidert: Ja klar, weil ich was von Schach versteh', oder willst du behaupten, ich betrüg'? In der Speisekammer legt Aleksa den Daumen auf die Sicherung der Kalashnikov. Darko zwinkert ihm zu. Eins, flüstert er, zwei … Da hören sie die Stimme Jovans: Jungs, seht euch dieses Kleid an.

*

Auf der Toilette atmet Anisa tief durch. In den ersten Wochen ihrer Ankunft in Österreich hat sie geglaubt, dass die Turnhalle ein Ort ist, der über ihr weiteres Leben mitentscheidet. In Wahrheit geht die Abnabelung schnell vonstatten. Sie selbst beendet Beziehungen zu Menschen und Orten, weil der Krieg ihr die Luft abschneidet und sie sich mit allen zur Verfügung stehenden Mitteln dagegen wehren muss. Der Gestank der Vertreibung, die nutzlosen Suchanträge, das angeschossene Reh: Vielleicht kann man den roten Fäden gar nicht entrinnen, vielleicht wird man von ihnen eingesponnen bis zum Ersticken, gleichgültig, ob man sich widersetzt oder nicht.

Jetzt wartet draußen auf dem Tisch Emirs Ehering, als würde sie mit einem Verschwundenen vermählt, mit einem Toten vielleicht. Man hängt an den roten Fäden wie eine Marionette, sie selbst und Azra und Rahim und bestimmt auch Faruk: Sie alle werden von Vergangenem, Verlorenem dirigiert, den toten Winkeln, wortwörtlich Todwinkeln. Bosnien lässt sich nicht abschütteln, befürchtet sie, und das schlechte Gewissen wegen Jovan oder Azra wird sie auch nicht los. Sie hat nicht die Kraft gehabt, Azra in der Trauer über Nenads Tod in irgendeiner Weise beizustehen. Wenn eine Mutter den Sohn nicht einmal begraben kann, weil sich Tuzla hinter der Front befindet und es für sie keinen Weg gibt, hinzugelangen, wenn sie nicht einmal weiß, wann sie zurück nach Bosnien kann, um zumindest das Grab zu besuchen, was hätten Anisas Worte dann überhaupt bewirken können?

Aber, denkt sie, aber: Verbindungen werden nicht nur gekappt, sondern auch sehr schnell geknüpft. Emir steht hoch in ihrem Ansehen, weil er ihr Walkman und Kassette überlassen hat. Rahim hat sie die dauernde Eifersucht nachgesehen, die gemeinsame Flucht bildet ein starkes Band, und vielleicht wird sie einmal auch das Entsetzen über das totgeschlagene Reh überwinden. Als sie Zvornik mit einem Bus verlassen hatte, warteten Rahim und Azra auf der anderen Seite der Drina. Zusammen gelangten sie aus dem Grenzgebiet nach Belgrad, als Teil einer Maschinerie, die die bosnischen Muslime außer Landes brachte, sie in der serbischen Hauptstadt in den Orient-Express verwies und ins unbekannte Wien deportierte, und das alles war zu dritt halbwegs zu erdulden gewesen. Der Tampon-Versuch mit Jasmin, der Spaziergang mit Emir zum Mexikoplatz: Das sind jene raren Momente von Nähe, die die im Lager zugebrachte Zeit erträglich machen. Sie wäscht sich das Gesicht mit kaltem Wasser, trocknet sich mit einem Papiertuch ab. Spätestens morgen ruf ich Azra an, nimmt sie sich vor.

Wie bist du zum Ring gekommen?, fragt sie, zurück am Tisch. Faruk beugt sich über die leere Kaffeetasse, wie um ein Geheimnis mit ihr zu teilen.

*

Jovan macht eine Drehung um die eigene Achse. Er hat ein geblümtes Sommerkleid übergeworfen, oben im Schrank gefunden, der so sehr nach Frau roch, dass er nicht widerstehen konnte und aufgeregt durch die Gewänder wühlte. Auf dem Kopf einen breitkrempigen Hut, in dessen Bund rote Plastiknelken stecken, dreht er sich durch die Stube und ruft: Das könnt ihr euren Schätzchen schenken, wenn sie euch das nächste Mal besuchen. Jovan verbeugt sich, wirft den Hut zur Seite. Sein Blick gleitet übern dunklen Boden zum Tischbein und von dort zur Spitze eines Stiefels. Blaue Jeans, ein schwarzes T-Shirt. Ruckartig sieht er auf. Ihm gegenüber zwei Männer, einer jünger mit Glatze, der ältere mit Vokuhila. Dieser schüttelt den Kopf und wendet sich dem Schachbrett zu. Du bescheißt, beharrt er. Der Glatzkopf antwortet nicht. Seine Verwunderung über Jovans Auftreten weicht einem Grinsen. Da schau an, sagt er, du bist aber eine Hübsche.

Jovan rennt hinaus in den Flur. Schöne, wart auf mich, ruft hinter ihm der Mann, da er in einen dunklen Raum stolpert. Er erkennt einen Hackpfosten, eine Stellage mit erdverkrusteten Kartoffeln, am anderen Ende die Rettung: die offene Tür, durch die vorhin Darko geschlichen ist, und draußen überm Feld der Wald, der die Sängerin versteckt. Jovan stürzt aufs Tageslicht zu, ist fast über die Schwelle, als er an der Schulter gepackt und niedergerissen wird. Der glatzköpfige Mann beugt sich zu ihm. Zeig doch mal, was du draufhast, sagt er und zerrt Jovan zurück zum Hackstock, über Hühnerschädel hinweg, die auf dem Steinboden vermodern. Er hat ihn am Nacken, drückt ihn runter, klemmt Jovans Kopf zwischen Hackstock und unverputzte Mauer. Das Sommerkleid wird hochgelüpft, ein Messer reißt seine Hose vom Bund bis übers rechte Bein entzwei, ritzt seinen Oberschenkel. Er schreit auf, Scht, scht, macht der Mann und spielt mit der Messerspitze an seinem freigelegten Arsch herum. Er hört das Öffnen einer Gürtelschnalle, wieder schreit er, schriller, lauter, er ruft um Hilfe, irgendwo müssen Aleksa oder Darko doch sein. Bleib ruhig, zischt es in sein Ohr, der Griff um seinen Nacken wird fester, jetzt geht's ab, keucht der andere, und Jovan spürt den warmen, schnellen Atem im Gesicht. Er presst die Arschbacken zusammen, der Mann stöhnt genervt, keucht: Mach schon, mach schon. Jovan schreit: Nein, er fleht: Bitte nicht, er versucht freizukommen, aber der Typ lastet schwer auf ihm, nur den Kopf kann er ein wenig drehen. Auf der Stellage erkennt er zwischen den Kartoffeln ein aufgeklapptes Rasiermesser und greift danach, hat die Klinge zwischen den Fingern, die Glatze stöhnt, jetzt, jetzt gleich, japst sie, und panisch spürt Jovan ein Drängen, Pressen, er versucht die Hand zu erwischen, die seinen Nacken umklammert, schneidet wahllos durch die Luft. Ein erstaunter Ausruf, der Druck schwindet, endlich, Jovan rutscht zu Boden, vor ihm steht der Glatzkopf und hält sich das Handgelenk, glotzt ungläubig auf das Blut, das seinen Arm entlangrinnt. Ein paar Tropfen fallen auf den violetten Schwanz, der vor Jovans Augen wippt, die Glatze flucht leise, hüpft ungelenk zur Tür hinaus aufs Feld, die Hose um die Stiefelschäfte. Aleksa schlendert aus dem Hausinneren und hilft Jovan hoch. Na, endlich entjungfert?, fragt er grinsend, ehe er der Glatze ins Freie folgt. Im Flur kniet Darko dem zweiten, reglosen Mann auf dem Rücken, ruft Jovan zu: Vorn beim Eingang gibt's ein Waschbecken.

Jovan reißt sich das Sommerkleid von der Uniform und zwängt sich an Darko vorbei. Im winzigen Badezimmer baumelt ein runder Spiegel mit grünem Plastikrand an einer Schnur von der Decke. Er betrachtet sein aufgekratztes Gesicht, lacht: Das war knapp. Ans Bravado, das er seinem Spiegelbild weismachen will, glaubt er selbst nicht. Ja, es war wirklich knapp, um ein Haar wäre er vergewaltigt worden. *Fuck*, zischt Jovan, *fuck*, und schämt sich für das schrille Geschrei, das er am Hackstock ausgestoßen hat. Seine Hände zittern, da die Wut, die in ihm aufsteigt, sich mit der Angst vermischt, die nur langsam weicht. Es gelingt ihm kaum, die Holzsplitter aus der Wange zu ziehen. Er holt die Feldflasche hervor und füllt sie randvoll mit Wasser.

Jetzt, entschließt er sich, haut er ab zur Sängerin, es reicht ihm mit der Armee, lieber versteckt er sich im Wald, als dass er noch länger bei Darko und Aleksa bleibt. Da horcht er auf. Ein hohes Pfeifen kommt von fern, ein singendes Geräusch, das rasch näher dringt, lauter wird. *Fuck*, flüstert Jovan seinem Spiegelbild zu, *fu* … Schon gerät alles durcheinander: Waschbecken und Spiegel in der Schwebe, für einen Moment schwerelos, zerspringen sie in Scherben, Wände und Boden vibrieren, aus den Ritzen schießt Staub, und mittendrin Jovan in einem Vakuum, das ihm die Luft aus den Lungen saugt. Einen Sekundenbruchteil lang Stille und Atemnot, und dann stürzt ein wuchtiger Laut auf ihn ein, drückt ihn nieder wie abertausend geile Glatzköpfe, eine Kraft, die nicht von den einstürzenden Mauern kommt, sondern unsichtbar zuschlägt, als hätte sich die ganze Welt zusammengezogen und zu einem finalen Schlag ausgeholt, zum Knock-out aus dem Nichts. In den Ohren ein schriller Ton, das Schnaufen fällt schwer. Das Hören, Atmen besetzt von einer unerwarteten, lauten Gewalt. Das Aufstehen klappt nicht, jeder Muskel, jede Sehne hat das Echo der Detonation in sich. Was Jovan weitertreibt, ist die Angst vorm Ersticken. Staub und Ruß auf der Haut, im Rachen. Er hustet und würgt, aber etwas kratzt und schabt sich bis in den Magen. Über Mauerstücke, Holztrümmer kriecht er, spürt keine Kante, keine Splitter. Er atmet so schnell und tief wie möglich. Kein Denken mehr, nur dieser Instinkt, Sauerstoff in die Lungen zu pressen, trotz der Schmerzen in der Brust. Bloß weg, irgendwohin.

*

Ganz ehrlich, ich hab Emir schnell ins Herz geschlossen, sagt Faruk. Im Ausbildungscamp erzählte er mir, wie er kurz vorm Kriegsausbruch beim Holzsuchen den Bauchschuss abgekriegt hatte. Es muss jemand gewesen sein, der ihn kannte, vermuteten wir beide, und vorm Einschlafen tätschelte Emir sich den Verband, als wär er ein eiskalter Killer, der sich Nacht für Nacht ausmalt, wie er Rache nehmen wird. Nach der Ausbildung kamen wir nach Travnik. Bald darauf erwischte mich ein Schrapnell am Bein, Anfängerpech, ich kam in ein Lazarett und war richtig bös, weil Emir mich nie besuchte. Als er endlich auftauchte, kam er mir seltsam vor, er sah nicht anders aus, aber er redete durcheinander, sogar für seine Verhältnisse war das auffällig. Er plapperte von Wien und im nächsten Moment von seiner Kindheit, mit unseren Kameraden hat er Fußball gespielt und den Ball in den Bauch abgekriegt, sagte er, und die Schusswunde brach auf und im Eiter kam ein Stück der Patrone raus, er streichelte mein Gesicht und machte Babylaute, so ai ai ai, Kleiner, alles wird wieder gut. Er muss auf irgendwelchen Drogen gewesen sein, aber ich freute mich, dass er endlich mal aufkreuzte, er quatschte von Plänen, die er ausgeheckt hatte, zur UN wollte er, als Dolmetscher, um in die Enklave von Srebrenica zu gelangen, wohin es anscheinend seine Frau verschlagen hatte; ein Bekannter, der ihm übern Weg gelaufen war, hatte ihm das erzählt. Ich war noch nicht ganz übern Berg und schlief ein, nicht lang, höchstens zehn Minuten, das passierte mir wegen der Medikamente öfters, und als ich wieder aufwachte, war Emir verschwunden, aber sein Ehering lag neben mir auf dem Polster. Erst bei der Entlassung entdeckte ich, dass der Hohlraum in meiner Stiefelsohle, in dem ich meine Deutschmark versteckte, leer war. Ich glaub, Emir hat mir im Schlaf seinen Ring verkauft, anders kann ich es mir nicht erklären, nur er wusste von meinem gebunkerten Geld, denn in Kroatien, im Camp, hat er mal gesehen, wie ich einen Schein daraus zog.

Faruk fällt der Kaffeelöffel untern Tisch, er bückt sich danach, kommt schnaufend wieder hoch. Das Lazarett war eine Tortur, sagt er, heillos überfüllt, ich will dir Details ersparen. Schön war's nicht, aber heiß, sehr heiß, und diesen Geruch nach Kotze und Essig hab ich immer noch in der Nase. Auf jeden Fall, fährt er fort, der Ring. Er ließ mir keine Ruhe, irgendetwas, dachte ich mir, musste ich damit machen. Emir war nicht mehr zu unserem Trupp zurückgekehrt, ich fragte rum, ob er wirklich versucht hatte, nach Srebrenica zu gelangen, und manche meinten, er würde jetzt in einer Einheit in den Bergen kämpfen, andere, er wäre gefangen genommen worden, alles Gerüchte, die zu nichts führten. Da fiel mir ein, dass der einzige Mensch, von dem er mir abgesehen von seiner Frau erzählt hatte, das Mädchen aus dem Lager in Wien war, und die, dachte ich, konnte nicht so schwer zu finden sein wie ein freiwilliger Kämpfer, der aus einem Lazarett spaziert und verlorengegangen war. Jetzt bin ich zurück in Österreich, ich weiß nicht, ob ich nochmals runtergeh zum Kämpfen. Ich hab lang überlegt, was ich mit dem Ring machen soll. Es fühlt sich falsch an, ihn zu behalten, ich mein, mir ist, als müsste ich damit was machen, das bin ich Emir schuldig, nicht?

*

Zuerst sieht Jovan eine weiße Hand im grauen Schutt. Wie ein kleines, nervöses Tier gräbt sie in der Erde, scheint eifrig nach etwas zu suchen. Jede Zelle seines Inneren zittert, die laut eingestürzte Kraft, die ihn erst hoch und dann zu Boden warf, ist nicht aus dem Körper zu scheuchen. Eine weiße Hand gräbt und kratzt und sucht vor seinen Augen, er beobachtet sie erstaunt, erkennt einen Arm daran, gleichsam weiß, der zu Jovans eigener Schulter führt. Er schiebt sich übern Boden, ja, jetzt versteht er: Die weiße, hektisch tastende Hand ist die seine, im rieselnden Staub hält er sich fest, wo es möglich ist, und schleift sich voran. Aber wohin? Und wieso?

Er rollt sich auf den Rücken, blinzelt, erkennt keinen Unterschied zwischen Himmel und Erde. Um ihn Nebel, von schwarzem, dichten Rauch durchwabert. Er bemerkt nichts vom versengten Geruch oder vom verkohlten Holzpfosten, über den er sich wälzt, vom Feuerknistern, dem einzigen Geräusch an einem schlagartig still gewordenen Ort. Aus dem rauchigen, flirrenden Nichts tauchen Umrisse auf, ein massiges weißes Wesen, vergeblich greift Jovan danach. Die Gestalt beugt sich herab, ihr Mund öffnet und schließt sich, doch wegen des Summens in den Ohren versteht Jovan kein Wort. Er wird am Kragen gepackt und zu einem Mauerrest geschleift.

Der Nieselschleier fällt, Sonnenstrahlen dringen aufs aufgewühlte, durchfurchte Feld. Kein Holzschuppen mehr, keine Obstbäume, in hohem Bogen spritzt Wasser aus bloßgelegten, zerrissenen Rohren. Jovan versucht sich zu erinnern, wo er ist, was er hier macht, aber findet keine Erklärung. Langsam weicht das Schrillen in seinen Ohren einem Schluchzen. Er schielt über die Schemen verstreuter Schindeln, Möbel, kann die Herkunft des Lauts aber nicht erraten. Feuerflackern sticht in den Augen, unter Tränen verfolgt er, wie die Gestalt, die ihn an die Mauer gesetzt hat, durch Trümmer klettert, Latten fortschleudert, Steinbrocken zur Seite schiebt, schließlich im Schutt verschwindet. Jovan kapiert, dass das Weinen aus ihm kommt, aus seiner Brust, seinem Hals, dass er selbst es ist, der heult. Flocken bedecken sein Gesicht, manche fühlen sich warm an, andere kalt.

Aus einer Staubwolke taucht das dicke, wie in Mehl gerollte Wesen wieder auf. Es schleift einen langen Leib mit sich, dem ein Bein fehlt, ein Knochen spitzt aus der staubigen Wunde wie gesplitterte Bretter aus dem Geröll. Der Kopf des Langen fällt zur Seite, der große Weiße schüttelt ihn, schreit, springt im Kreis, zerdrischt eine Holzlatte, es sieht aus, als würde ein Dämon seinen seltsamen Tanz aufführen, staunt Jovan und weint und lacht im selben Moment. Der Weiße hält im Wirbeln inne, drückt dem Langen den zu einem unförmigen Klumpen verbrannten Kopf eines Stofftiers auf die Lippen. Dann umarmt er den Leblosen, küsst ihn, taumelt durch den Schutt vorwärts.

Aus dem Gerippe des zerfetzten Dachstuhls kracht ein kohlschwarzer Pfosten, und auch Jovan will fort vom brennenden, ächzenden Gebälk. Er rutscht von den Trümmern, robbt weiter, im staubgrauen Gras liegt ein glatzköpfiger Mann und keucht, röchelt. Blut rinnt in feinen Linien aus seinem Mund, die Hose hat er um die Knöchel gewrungen und die Arme weit von sich gestreckt. Im Vorbeikriechen starrt Jovan auf den dunklen, blutigen Fleck zwischen den Beinen des Mannes und versteht nichts von dem, was er sieht, aber dennoch wird ihm schlecht.

Der Weiße nimmt das Messer, das neben der Glatze im Gras steckt, und geht übers Feld auf den Wald zu, in einer Hand die Klinge, in der anderen das Stofftier. Zwischen den Bäumen dringt das dumpfe Pochen regelmäßiger Einschläge hervor. Über den Wipfeln schlingern schmale Rauchsäulen.

*

Zu Beginn erinnerte ihn der Kriegseinsatz an seine Kindheit, sagt Faruk. Es war wie Anfang Dezember, als seine Eltern in Tirol arbeiteten, beide im selben Hotel, Vater Abwäscher und Mutter Putzfrau. Er ging im Dorf in den Kindergarten, dann in die Volksschule, bis die Familie nach Linz zog, wo sein Vater eine besser bezahlte Stellung in einer Fabrik gefunden hatte. Vom fünften Dezember an gab es in den Dörfern Teufelsumzüge. Schwerfällig marschierten die Tamperer genannten Krampusse zum Kirchplatz, in etwas gekleidet, das übergroßen Strohballen ähnelte, schwankend, mit Eisenkolben auf Benzinkanister trommelnd, ein einfacher Rhythmus, so Parabam Parabam Paraparaparaparabam, sagt Faruk und schlägt den Takt mit beiden Händen auf seine Brust. Begleitet wurden sie von leichter bekleideten, wendigen Läufern und der Hexe, die einen Feuerkessel mit sich zog. Die Teufel kamen durch Rauch und Schnee, sie trugen geschnitzte Masken mit Fangzähnen und langen Zungen, verdrehten Steinbockhörnern. Tagsüber hockten die jungen Männer angetrunken an Busstationen oder auf Kirchenstufen, die Masken neben sich, mit Schuhcreme verschmierte Gesichter und die Augen blutunterlaufen von den durchgemachten Nächten. Es waren die Kochlehrlinge, die mit seinem Vater zusammenarbeiteten, der große Bruder seines Sitznachbarn in der Schule oder der Elektriker, der in der Personalwohnung das Deckenlicht montiert hatte. Als Teufel schlüpften sie in eine neue Rolle, schleppten bereitwillig die Montur und die Benzinkanister, sie investierten einen Haufen Geld in die wie Familienschätze gehorteten Fratzen mit stechenden Augen. Die Kinder schrien ihnen Beschimpfungen zu, legten es darauf an, dass einer mit den Glocken schepperte oder ihnen nachjagte. Untereinander schlossen sie Wetten ab, wem von stinkenden schwarzen Händen das Gesicht eingerußt werden würde. Der Einsatz war hoch, besonders abends, wenn die Umzüge begannen. Die Hexe entzündete im Kessel ein Feuer, die behäbigen Tamperer trommelten, die leichtfüßigen Läufer deckten die Flanken und provozierten Schlägereien. Der kleine Faruk schlich mit seinen Freunden über versteckte Wege, versuchte, einem Teufel auf den Rücken zu hauen oder ins

Knie zu treten, um daraufhin wegzurennen, vielleicht mit einem Fellbüschel als Trophäe. Wenn sie tags darauf von der Schule nach Hause gingen, betrachteten sie aufgeregt die Blut- und Kotzflecken im Schnee, zu jedem Ort wussten sie eine Geschichte, hier war man den rußigen Fingern knapp entwischt, hier waren zwei in Streit geraten und da war einer der ihren geschnappt worden.

Eine ähnliche Mischung aus Angst und Lust, behauptet Faruk im Café, fühlte er in den ersten Tagen in Bosnien, im Geburtsland seiner Eltern. Er sah ein großes Abenteuer vor sich, als würden Dämonen und Monster für eine Neuauflage des Kinderspieles bereitstehen. Aber was er in Bosnien abgesehen vom Lazarett noch erlebt hat, erwähnt Faruk nicht. Er zieht eine Zigarette aus der Schachtel, steckt sie wieder zurück. Gerade hat er eine Art von Heimaturlaub, sagt er. In einer Woche soll er wieder unten sein, zumindest hat er das den Jungs seiner Einheit versprochen.

Bist eingeladen, sagt er, und das Lächeln verschwindet von seinem Gesicht. Vielleicht hat er mehr von Anisa erwartet, stürmische Fragen etwa, die ihm das Gefühl hätten geben können, dass die Suche nach ihr wertvoll gewesen ist. Anisa wirft den Ring in die Luft, fängt ihn wieder. Sie beginnt ein Lied zu summen … *Outside of society* … Emir würde es gewiss freuen, wüsste er, dass sie den Walkman nach wie vor verwendet, sämtliche Texte und Melodien auf der Kassette auswendig kann. Sie nimmt den Ring zwischen die Fingerspitzen, späht wie durch ein Visier auf Faruk. Danke dir, sagt sie, ich werd gut drauf aufpassen.

… *that's where I wanna be* …, singt Anisa später bei der Arbeit dem Aushilfskellner vor, einem Philosophiestudenten. Er nickt zustimmend, nicht ganz meine Musik, sagt er, aber klingt gut. Er reicht ihr den Walkman, ihre Händen berühren sich kurz, und er zuckt zusammen, ein Beleg seiner Schüchternheit, die zu provozieren Anisa seit geraumer Zeit Spaß macht. Aus den Augenwinkeln achtet sie darauf, dass der Abwäscher alles mitbekommt. Wie sie selbst ist er ein bosnischer Flüchtling, und Anisa hat eine Art heimliche Fehde mit ihm laufen. Ach klar, du bist ja so eine, sagte er mal zu ihr, als er sie und den Studenten plaudernd vorm Kühlraum fand. Sie lief ihm nach, wollte wissen, was genau er damit meine. Erst drückte er verlegen rum. Er kann noch keine achtzehn sein und verlor sein arrogantes Gehabe, als Anisa lauter wurde: Sag schon, was für eine bin ich? Er habe aufgeschnappt, dass sie sich am liebsten mit Österreichern abgebe, stammelte er. Ein Bekannter von ihm war kurz in der Turnhalle untergebracht und hatte dort von diesem Gerücht gehört, das sich aus der Existenz Jakobs speiste, und es ohne zu hinterfragen wiederholt. 'tschuldigung, murmelte er. Aber lass doch die Finger vom Kellner, was willst denn von einem Schwaben?, setzte er nach. Anisa hätte sein pickliges Gesicht am liebsten in den nächstbesten Topf kochenden Wassers gedrückt, doch brachte sie keinen Laut hervor, ging sprachlos vor Ärger zurück an ihren Platz in der Küche, wo sich die ungeschälten Karotten häuften.

*

Jovan tappt von Baum zu Baum. Er horcht angestrengt auf das Zweigeknacken, das den Weg des Weißen verrät, doch meist ist nichts anderes zu hören als das schrill übern Himmel ziehende Pfeifen. Durch ein Gestrüpp torkelnd, steht er unerwartet am Rand eines weiten, von grauen

Heuhaufen durchsetzten Feldes. Entfernt ein Dorf, wohin das Heulen und Pfeifen über seinen Kopf hinweg zielt. Jovan stolpert aus dem Wald, erstaunt über diese kleinen Schatten, die aus den Wolken auf die Dächer stürzen. Der Weiße ist bereits mitten im offenen Feld, und er taumelt ihm nach und spürt die Wucht, die Mauern innerhalb eines Atemzuges einstürzen lässt. Fontänen aus Schutt und Erde sausen hoch, und das vom Himmel fallende, jaulende, dunkle Flackern und die zerberstenden Mauern vibrieren bis in Jovans Knochen.

Er stakst durchs Gras wie über Glatteis, seitwärts hin und her, weil er Schüsse zu hören glaubt und Angst hat, sie wären auf ihn gerichtet. Der Weiße dagegen behält den geraden Weg bei, unaufhaltsam auf das Dorf zu. Da macht es Klick: Aleksa, das ist Aleksa, weiß Jovan, und der Gedanke tröstet, dass das jemand ist, der ihm helfen kann. Aleksa wird wissen, was los ist, hofft er. Um ihn Soldaten, die geduckt von einem modrigen Heuhaufen zum nächsten rennen, er kauert sich hinter einen umgeworfenen Trog, betastet seinen Körper. Alles noch ganz, scheint es. Er krempelt die Ärmel hoch, knöpft das Hemd auf. Keine klaffenden Wunden, nur Abschürfungen, Schnitte, vielleicht von einem Schrapnellsplitter, vielleicht ist er schon tot und das vor seinen Augen der Übergang ins Totenreich mit einem Geist als Wegführer, der die weiße Hülle Aleksas angenommen hat.

Ein Soldat wirft sich neben ihm zu Boden, weiter, weiter, schreit er Jovan an, springt über den Trog und ist verschwunden. Das Rattern eines MG verstummt, wirres Rabenkrächzen kommt von den Wipfeln. Das Surren in Jovans Ohren kehrt zurück, er schluckt, beißt die Zähne fest aufeinander und blickt sich nach Aleksa um. Da, neben einer von den Granaten verfehlten Moschee, stapft er an frischen Gräbern vorbei. Aus dem eingeschossenen Dach eines nahen Hauses steigt Rauch, und Aleksa kniet sich zum Mann, der vorm Eingang liegt. Jovan will ihn fragen, was hier passiert, warum aus dem gekippten Kellerfenster Schreie dringen, doch bekommt er kein Wort heraus, als er sieht, wie Aleksa dem Toten ein Ohr abschneidet.

Singend tritt ein Soldat aus dem Haus, verschüttet aus einem Kanister gelbe Flüssigkeit auf den Toten, Benzin, merkt Jovan, aber, stammelt er, aber Aleksa … Der steckt das Ohr ein, beachtet ihn nicht, der Soldat hat den Kanister fortgeworfen und beugt sich zum Kellerfenster, er zeigt den Eingesperrten das Feuerzeug, es schnippt, ein Flämmchen flackert, und Jovan weicht zurück vorm überschlagenden Flehen, schon zieht das Feuer eine Spur ins Innere des Hauses und zum Verstümmelten, Flammen beginnen auf dem Gesicht und der Kleidung zu tanzen, ein eilig gesponnener Kokon, der den Mann umschlingt. Hinter einem Strauch nicht weit entfernt springt ein Junge hervor, er hebt ein Jagdgewehr, drückt ab, und Aleksa sackt zusammen. Die Hand auf der Schulter, schreit er lang und anhaltend, nicht vor Schmerz, glaubt Jovan, denn dafür ist der Schrei zu eigenartig, vielmehr klingt es, als wäre tief in Aleksa etwas Fürchterliches, Bösartiges geweckt worden, etwas, das sogar das Kreischen aus dem Keller übertönt und ihn bis in die Haarspitzen ausfüllt, durch seinen Mund nach draußen drängt.

Aleksa rappelt sich auf und läuft auf den Jungen zu, der zittrig am Gewehr hantiert, aber keinen Schuss mehr zustande bringt, die Waffe von sich wirft und flieht. Der angeschossene, schreiende Aleksa rennt schnell, schneller, fast hat er den Jungen erreicht, beide stürzen sie ums Eck eines Schuppens. Übern Himmel zieht eine einzelne Mörsergranate, schrill und heulend, gebannt wartet Jovan auf die Explosion. Vom Wald her ist der Einschlag zu hören, für ein, zwei Atemzüge folgt eine seltsame Stille, vielleicht wird sich jetzt alles als Alptraum erweisen, hofft er, eine plötzliche Ruhe um ihn, die entlarvt, was er längst vermutet, dass das nämlich nicht wahr sein kann, nicht wirklich, er wird aufwachen, Augen auf in einen gewöhnlichen Morgen … Ein neuerlicher Schrei, ein Schuss, und wieder das Heulen am Himmel, die Fontänen aus Erde und Mörtel. Jovan taumelt den Soldaten entgegen, die auf einer Wiese beisammenstehen. Sie teilen Zigaretten aus, trocknen ihre schweißbedeckten Gesichter. Wie leuchtende, winzige Insekten wirbelt Wind Funken zwischen ihnen umher, einige wechseln mit nervösen Bewegungen die Magazine ihrer AKs, manche lachen über Jovan, der nicht zu übersehen ist in seiner staubigen Kluft, mit dem weißen Gesicht, weißen Haaren, der zerschnittenen Hose.

Ein Jeep rast mit offenem Verdeck heran. Darin Kapetan Glum. Er trägt keine Augenklappe mehr, doch dafür einen schwarzen Hut mit breiter Krempe, in dessen Band eine schillernde Vogelfeder steckt. Er ruft: Kurze Pause. Einige Soldaten huschen in die zerstörten Häuser, um die Ersten zu sein beim Plündern. Einer erstattet Bericht: Zehn getötet, acht gefangen. Drei eigene Verluste. Freiwillige vor, ruft Kapetan Glum. Zwei heben die Hände. Sonst niemand?, fragt er mit lauerndem Tonfall. Sein Fahrer flüstert ihm etwas ins Ohr. Er lächelt. Jovan will nicht glauben, dass es seinetwegen ist. Du, sagt der Kapetan und deutet auf ihn.

*

Er arbeitet erst in drei Tagen wieder, sagt ihr der Aushilfskellner bei Dienstschluss, bis dahin muss er ein Referat vorbereiten. Welches Thema?, fragt Anisa. Der Rationalismus von Descartes, antwortet er und erzählt, auf ein paar schöne Anekdoten gestoßen zu sein. Etwa über den Totenkopf des am schwedischen Königshofes verstorbenen Philosophen, der von einem Wachsoldaten aus dem Grab gestohlen wurde und eine regelrechte Odyssee zurücklegte, ehe er mit dem Skelett wiedervereint werden konnte: Unter der Hand wurde der Schädel von einem zum nächsten verkauft und ein jeder neue, heimliche Besitzer dieses morbiden Schmuckstücks meißelte den eigenen Namen ein, so dass Descartes' Totenkopf ein zweites, tintenschwarz geschnörkeltes Gesicht aufgemalt bekam. Der Student kichert, Entschuldigung, sagt er, irgendwie find ich so was witzig, aber für's Referat ist das zu wenig. Ja, witzig, erwidert Anisa, heimlich verärgert, keine Ahnung von Philosophie zu haben.

An der Kreuzung zweigt er ab zur U, auf der anderen Straßenseite dreht er sich um und ruft: Bis in drei Tagen. Anisa spaziert zur Straßenbahn. In der Turnhalle wird sie das Essen aufwärmen, das sie aus dem Restaurant mitgenommen hat. Die Aussicht auf eine weitere solcherart verbrachte Nacht verdrießt sie, und eigentlich, fällt ihr ein, hätte sie den Kellner fragen können, ob er was von den Nudeln haben möchte, die ihr einer der Köche zugesteckt hat. Sie bleibt stehen, sieht auf die Styroporbox in ihrer Hand. Klar, sie kann ihr Vorhaben durchziehen und keine allzu engen Vertraulichkeiten mehr eingehen. Aber, grübelt sie, aber ...

Sie macht kehrt, eilt dem Aushilfskellner nach. Es ist ein Spiel, um dem deprimierenden Wetter ein wenig Spaß entgegenzusetzen, nicht? Vertieft in eine Zeitung, steht er am Bahnsteig. Jetzt wird sie nervös. Ist es nicht verrückt, wieder aufzutauchen und ihm kaltes Essen anzubieten? Nicht sicher, was sie eigentlich will, wie sie ihn ansprechen soll, hält sie sich vor ihm versteckt. Als die U-Bahn einfährt, steigt sie in den vorderen Waggon und passt seine Station ab. Sie folgt ihm über die Rolltreppe und entlang einer Straße, darauf gefasst, dass er zurücksieht und sie in eine Einfahrt hechten muss. Er verschwindet in einem Haus mit grauer, schnörkelloser Fassade. Anisa stoppt die Tür kurz vorm Zufallen. Sie hört, wie im ersten Stock ein Schlüssel klirrt, nimmt bedächtig Stufe für Stufe, die Hand am gusseisernen Geländer. Das Licht geht aus, vorsichtig tappt sie in der Dunkelheit zum orange leuchtenden Schalter am oberen Absatz. Mit einem Summen springt das Licht wieder an, und Anisa steht vor der Tür, durch die der junge Mann verschwunden ist. Zwei große dunkelbraune Flügel mit silbernem Griff, an der Wand die Klingel. Anisa setzt sich auf die Stufen. Was soll sie sagen, wenn er ihr aufmacht? Vielleicht sucht er in seinem Rucksack gerade die Zündholzschachtel, die an diesem Tag von einem Gast vergessen worden ist und dadurch Teil seiner Sammlung wird. Ja, eine Sammelleidenschaft würde zu ihm passen; jemand, der auf die Sprüche der Abwäscher nur mit einem Lächeln reagiert, weil ihm die Schlagfertigkeit für eine Antwort fehlt, besitzt bestimmt die nötige Besonnenheit dafür, denkt Anisa. Sie stellt sich vor, wie er mit einem der Zündhölzer das aus der Kochstelle strömende Gas entzündet und auf den Kranz blauer Flämmchen einen Topf mit Resten vom gestrigen Abend stellt. Eigentlich, denkt sie, während das Licht im Gang erneut verlöscht und durchs Fenster der Schatten eines Baumes fällt, gibt es immer zwei Wege, zwei Varianten. Wieder steht sie vor einer Tür.

Vor Monaten war sie in Zvornik durch einen Flur im fünften Stock geschlichen. Vor einer einzigen Wohnung lagen keine zertrümmerten Möbel, keine Scherben, stattdessen ein Fußabstreifer und auf den gekehrten Fliesen ein Blumentopf. Die roten, samtenen Blüten schienen ein gutes Omen zu sein, Anisa gab sich einen Ruck und klopfte. Jetzt steht sie in Wien vor einer Wohnungstür, ohne Blumen zwar, aber erneut unsicher, was sie tun soll. Auch das Verschwinden eines Menschen kann auf zwei Arten geschehen: Ihr Vater etwa ist ein Rätsel, das nicht und nicht zu lösen ist, ihr Empfinden unterwandert, eine dunkle Strömung unterhalb des gewohnten, alltäglichen Lebens. Immer präsent, weil er spurlos verlorengegangen ist.

Anders dagegen verhält es sich mit Jovan. Die Zeit mit ihm vorm Krieg, die Sehnsucht nach ihm während der Flucht: alles Facetten einer Empfindung, die Liebe gewesen ist. Sie vermisste ihn in den Wäldern oberhalb Zvorniks, in der Turnhalle, wenn sich die Schlaflosen zum Rauchen hinaus auf den Parkplatz schlichen. Jetzt bedingt der Gedanke an ihn ein Lächeln, aber nicht viel mehr. Schade, dass eine Beziehung so unauffällig in Nostalgie verendet, denkt Anisa und drückt auf den Lichtschalter.

*

Acht Gefangene stehen mit gefesselten Händen am Feldrand. Hinter ihnen dürre, entlaubte Bäume, die ihre Zweige wie beschützend über sie wölben. Von einer Hügelkuppe ist Knistern zu hören, schnell werden die Flammen größer und fressen am Hof dort oben. Aus Häusern dringt Scherbenklirren, Gelächter und Geschrei. Drei der Gefangenen sehen sich ähnlich, dieselben spitzen Nasen, buschigen Augenbrauen, Vater und zwei Söhne vielleicht. Einige beten leise, die Gesichter reglos bis auf die fest zusammengedrückten Augenlider. Einer sieht von einem Soldaten zum anderen und möchte etwas sagen, überlegt es sich aber und spuckt dem nächstbesten von Glums Männern vor die Füße.

Der Trupp des Kapetans bildet einen Halbkreis, schließt mit den Gefangenen auch die acht des Kommandos ein. In dieser Reihe steht Jovan. Der Fahrer des Kapetans erklärt das Prozedere: Je eine Ladung in Brust oder Kopf, wer daneben zielt und den Delinquenten nicht trifft, tauscht im zweiten Durchgang die Position.

Als der Finger des Kapetans auf ihn wies, torkelte Jovan zurück. Er wollte weglaufen, wurde von Umstehenden aber wieder nach vorn gedrängt. Man lachte ihn wegen der Tränen aus, die auf seinem mörtelweißen Gesicht dunkle Spuren hinterließen, er bettelte, nicht Teil des Kommandos sein zu müssen, er stammelte, ging auf die Knie, doch als sich der Kapetan genervt räusperte, legte ihm der Adjutant die Mündung einer Pistole an die Lippen. Wenn du nicht gleich still bist, zischte er, dann fangen wir mit dir an. Ich hab nicht mal eine Waffe, würgte Jovan hervor.

Er hat sich als Vierter aufzustellen, in der Hand ein geliehenes Gewehr. Der Mann wenige Meter von ihm entfernt hat die Augen geschlossen, sein linker Mundwinkel zuckt. Die braunen Haare stehen ihm wirr nach allen Seiten ab. Jemand schreit den Befehl, das Gewehr zu heben. Jovan fällt die Frau im Wald ein, ihre blauen, schmalen Lippen, ihr Gesang, und leise stimmt er das *Sevdah* von Emina an. Sein Hände zittern, ein Schaulustiger tritt zu ihm und richtet den Lauf auf den Kopf des Gefangenen. Er schlägt Jovan auf die Schulter, hübscher Arsch, sagt er und erntet dafür Gelächter. Jemand zündet sich eine Zigarette an, und im Feuerzeugschnippen öffnet der Mann vor Jovan die Augen. Das gelbbraune Gras, der fichtendunkle Wald, der grauwölkige Himmel, selbst die nach verbranntem Holz riechende Luft: Vielleicht wundert er sich, wie gewöhnlich dieser Novembertag wirkt, nicht verschieden von den Jahren zuvor. Er sieht auf Jovans Lippen, die leise das *Sevdah* rezitieren, und Jovan kommt der Gedanke, dass das der echte Dževad ist, jener Mann, für den ihn die Sängerin im Wald gehalten hat. Der Kapetan prüft mit Fingerspitzen den Stoff eines Schals, den ihm ein Soldat überreicht, kurz blickt er auf und nickt. Jovan beobachtet, wie die Augen des Gefangenen bis auf einen Schimmer starr werden, als würden sie vorwegnehmen, was im nächsten Moment passieren wird, wieder zittern seine Hände, die Knie, und er hält den Atem an, will den Befehl nicht hören: Feuer.

*

Das Treppenhaus ist erneut erhellt, und natürlich, wird Anisa klar, ist es möglich, dass der Aushilfskellner eine Freundin hat und in ebendiesem Augenblick seinen Arm um ihre Schultern legt. Nachmittags kam sie von einem Besuch bei ihren Eltern zurück, hat CDs mitgebracht, *Bravo Hits 2* zum Beispiel, und sie hören sich die Lieder an und singen mit, amüsieren sich über die Chartmusik. Seine Freundin geht zum CD-Player, er weiß, wie sie jetzt gerade, mit dem Rücken zu ihm, aussähe, wäre sie nackt, er spürt ihren Hintern, die Brüste, den Bauch an seinen Händen, die er wegen dieser Vorstellung aneinander reibt, als würde er sich an einem Feuer wärmen, und sie blickt über die Schulter, Dr. Alban, sagt sie, wie gefällt dir der?

Anisa zieht die Alufolie von der Box und fischt mit spitzen Fingern eine Nudel raus. Nachdenklich kaut sie, vielleicht, mutmaßt sie, ja vielleicht gehören die CDs auch nur einem WG-Kollegen, der schon schläft oder für eine Prüfung lernt und nicht auf die Geräusche reagiert, die aus der Küche dringen, das Zischen eines entzündeten Streichholzes, das Scheppern eines Kochtopfes. In jedem Fall noch besser wären Schallplatten. Anisa könnte ihm erzählen, welche sie hatte, früher, viel früher, während sie die schwarze Vinylplatte aus der knisternden Schutzhülle gleiten lässt, Patti Smith Group, *Radio Ethiophia*.

Eine schwarze Katze mit einem weißen Fleck auf der Stirn würde sie unter einem Regal hervor neugierig angucken, ja, er hat sicher keinen Hund, so sieht er ihr nicht aus, seiner Katze hingegen gibt er den Namen Descartes. Wenn jemand fragt, ob es ein Kater ist, sagt er nein, der Name bezieht sich einzig auf die erstaunliche Karriere, die der Totenkopf des Philosophen absolviert hat und die ihn an die neun Leben erinnert, über die eine Katze zweifelsohne verfügt. Bevor er zur Arbeit oder zur Uni muss, bugsiert er Descartes mit einem Schubs aus der Wohnung, abends ärgert er sich über den toten Vogel, den ihm das Tier als Geschenk von seinen Streifzügen mitgebracht hat, oder er steht am Fenster, blickt zum Kastanienbaum im Hof, aus keiner Richtung aber ist das Getrippel eilig heranlaufender Tatzen zu hören.

Anisa stochert in den kalten Nudeln. Vielleicht, grübelt sie, begann das Verschwinden Jovans, als Rahim sie vorm Prater fragte, ob sie je einen Serben näher gekannt habe. Nein, hatte sie geantwortet, ein einfaches Wort, das einmal laut ausgesprochen ihrer Erinnerung an Jovan, dem Gefühl, das mit ihm verbunden war, einen Riss verpasste. Die Zeit hat ihn an den Rand gedrängt, er ist ein wichtiger Teil ihrer Vergangenheit, die Verbindung zur Gegenwart aber ist gekappt. Anisa entschließt sich, auf gut Glück zu klingeln. Öffnet sich die Tür und steht der Aushilfskellner namens Richard vor ihr, wird sie ein ebenso einfaches, möglicherweise weitreichendes Wort sagen: Hallo.

2015

Dead people never stop talking.

(Marlon James. *A Brief History of Seven Killings*)

Miez, Miez. Na, wo ist sie, wo ist meine Cleopatra? Miez, Miez, nein, nix, der Hof ist leer, ach Cleopatra, komm doch, komm und schau dir die Hügelkuppen mit mir an, da, hinter der Mauer. Mit jedem Tag wirken die Weinberge dunkler, saftiger, ja, das muss die schöne Wachau sein, von der die Wärter schwärmen. Scheiße, Wind. Nicht dass ich mich verkühl, nix ist gefährlicher als Zugluft, *moje srce*, sagte schon meine Oma, hüte dich vorm Durchzug. Der Wind riecht nach Gras und Blüten, nach dem Draußen, im Wind kommt der Frühling über die Mauern zu mir. Ich kann keinen Beton mehr sehen. Hier ist nur der Sportplatz grün, irgendein Belag, weicher als Asphalt. Heinz wird schon auf mich warten, aber stopp mal, stopp … was hängt im Stacheldraht überm Tor? Ist das ein Vogel? Ich geh sicher nicht in den nächsten Hof, wenn da oben ein Vogelkadaver hängt. Vorsichtig, Jovan, immer schön vorsichtig. Wurde sicher als Drohung platziert, zwei Gangs im Kleinkrieg vielleicht, oder es ist eine neue Art der Reviermarkierung, die ich nicht kenne. Ich darf nicht zu nachlässig werden, darf die jüngsten Codes nicht verschlafen. Besser einen Umweg nehmen, wer weiß, was mich hinterm Tor erwarten würd. Obwohl, der Vogel könnte auch einfach so im Stacheldraht verendet sein, der Frühling darf sich Kitsch erlauben, wie ein Tritt zwischen die Beine fühlt sich das an: Das hier ist, was von meiner Freiheit übrig bleibt. Zwei Wochen noch, genau zwei Wochen. In vierzehn Tagen komm ich raus. Fünfeinhalb Jahre. April 2015, mein letzter Frühling hier, *bože moj*, was ist in der Zwischenzeit draußen alles passiert?

Wie oft hab ich schon gehört, dass Respekt auf mich wartet, weil das Gefängnis Stein, das ist das härteste, das du in Österreich kriegen kannst. Mir wird schwindlig, so oder so, wenn ich an die letzten Jahre denk oder an die Zeit, die vor mir liegt. Ein Zimmer. Ein Zimmer für mich allein oder einfach mal in einem Park sitzen oder im Gras liegen und schwimmen und … besser nicht daran denken, Jovan, Alter, reiß dich zusammen, sonst hältst du es hier keine zwei Wochen mehr aus. Ach, egal. Ich muss zu Heinz. Und danach im Adeg Eier kaufen. Kai hat mich drum gebeten, heut Abend gibt's Crêpes. Wie hat er letztens gesagt? Der Unterschied zwischen Crêpes und Pfannkuchen liegt darin, dass eine Crêpe hauchdünn sein muss. Leg es auf eine Zeitung, und wenn du vom Blatt drunter nichts lesen kannst, ist es keine Crêpe, ganz einfach.

Ich werde ihn vermissen, ich hätte einen übleren Zellenkumpel abgreifen können. Zwischen den Müllcontainern wartet Heinz, er streicht sich die Falten seiner Wärteruniform glatt, da bist du ja endlich, sagt er. Warum müssen wir uns ausgerechnet beim Müll treffen? Toter Winkel, sagt er, nicht dass uns noch jemand sieht, *dobre*; Fliegen vorm Gesicht mach ich schnell: Für Trakt B wird eine Ladung Zigaretten erwartet, morgen oder den Tag darauf. Heinz nickt, er ist zufrieden mit der Info, jetzt her mit der Plastiktasche, sechs, ja, es sind sechs, ich spür's, mit dem Auspacken warte ich, bis ich zurück bei Kai bin, besser so. Ciao, Heinz, bis bald, schon ist er ums Eck; Miez, Miez, vielleicht streift Cleopatra hier rum, aber nein, keine Zeit, Hof Vier steht auf dem Programm.

Ein schönes Bild: Entlang der Mauern hocken Häftlinge und lassen sich bräunen, nix verrät, dass der April ein unkontrollierbarer Monat ist. Wegen des warmen Wetters geht's Panschen schnell, harte Semmeln und Apfelstücke genügen, etwas Geduld, bis die Mischung gärt, und dann betrinken wir uns, wir singen, streiten, vergessen, dass die Wärter nichts bemerken dürfen.

Letzte Nacht hab ich durchs Fenster Blasmusik gehört, muss von einem Feuerwehr- oder Dorffest gewesen sein, ich dreh hier Runden durch eine überschaubar kleine Welt, die aus Beton und Gittern und Metall besteht, aus Asphalt und Stacheldraht, und draußen wird gefeiert, Partys in den Weinbergen, die sich auf den undurchsichtig braunen Scheiben des Wachturmes spiegeln. Hinterm Glas Scharfschützen, die den Hof Nummer Vier und mich und die in der Sonne hockenden Männer im Auge behalten. Die an der linken Wand haben um ihre Handgelenke rote Tücher gebunden, wie sie herglotzen, der Wind bauscht mein offenes Hemd, gut, so sehen sie das schwarze Tanktop, das ich drunter anhabe, dasselbe wie der Dicke an der rechten Wand. Als Plus zum schwarzen Shirt ragt die Spitze eines weißen Stofftuches aus seiner Hosentasche, es verleiht ihm das Recht, in der Sonne zu lungern, er ist der Vertraute des Kapos, du fetter fauler Hund, ich muss von Hof zu Hof rennen, und du lässt dir die Sonne auf den Pelz knallen. Hast du dem Wärter Bescheid gegeben?, will er wissen, und ich nick, braver Junge, murmelt er; den abfälligen Tonfall kannst dir sonst wo hinstecken, müsste ich ihm sagen.

Zwei Wochen noch, zwei Wochen, also mach keinen Blödsinn, Jovan, reiß dich zusammen. Die Nachrichten an Heinz sind wie Bleistiftschraffuren, Nuancen, die das Geschehen ein wenig verändern, und ob ich zu viel aufgetragen oder etwas weggelassen hab, das weiß der Dicke nicht. Mein Kapo will in unserem Block was drehen, ein größeres Ding, vielleicht werden neue Smartphones geliefert, ich trau mich wetten, dass er deshalb verbreiten lässt, dass im anderen Trakt Zigaretten erwartet werden. Allein dieses Gerücht genügt, um die Wärter zu beunruhigen, Tschick bedeuten immer, dass jemand Neuer Alpha sein will, den bisherigen Chef stürzen möchte. Dafür braucht er Gefolgsleute, Bündnisse, ein Netzwerk, und ein jeder weiß, dass solche Freundschaften am einfachsten und schnellsten mit Tschick-Verschenken aufgebaut werden. Durch solche wie mich streut der Kapo den Verdacht, dass im anderen Trakt eine Machtübernahme versucht wird und zieht dadurch die Aufmerksamkeit vom eigenen Revier ab.

Das Business in den Gängen und im Billardraum, in der Tischlerei und in den Zellen: Alles ein Spiel, es hält uns bei Laune, manche sogar bei Verstand. Kartenturniere, Fußballwetten, das Einschmuggeln von Pulver, was Grünes, was Weißes, was Blaues, egal, ja das Pulver und das Hochkämpfen und Revier verteidigen, alles ein Spiel.

Heinz kann rausfinden, dass ich ihm auf Anweisung des Kapos gezinkte Infos zustecke, das flößt der Langeweile ein wenig Nervenkitzel ein, denn viel passiert hier nicht. Ein Highlight ist, wenn ein Paket von Zlatan eintrifft, mit DVDs und Büchern, Zeichenblöcken. Yugo-Care, nennt er solche Zusendungen. Letztens wurden alle Smartphones einkassiert, es gab Razzien und Signalortungen, weil einer den eigenen Facebook-Account reaktiviert hatte und über Mittagmenüs und den persönlichen Fortschritt im Gewichtheben schrieb, was der Leitung ungewollte Publicity in den Zeitungen bescherte. Da gab's mal Aufregung.

Eigentlich kann ich mich nur an zwei Ereignisse erinnern, die für richtig Gesprächsstoff gesorgt haben. Das erste war der Haftantritt von Josef Fritzl. Weder Insassen noch Wärter hatten damals ein anderes Thema. Fritzl kommt, aufpassen, Fritzl, der Typ, der seine Tochter mehr als zwei Jahrzehnte in den heimlich ausgebauten Keller gesperrt und ihr ein paar Kinder gemacht hat. Erst wurden ihm Todesdrohungen zugesteckt oder an die Zellentür geklebt, all die inhaftierten Mörder, Räuber und Dealer pochten auf Gerechtigkeit, Fritzl, der ist selbst für Stein zu krass, hieß es. Aber so übertrieben die Wut auf ihn war, so schnell verflog sie wieder, weil er sich als unbedeutend erwies, ein alter Mann, nix zu tun mit Drogen und Gangs, bloß grau und still, ein Typ, den du in jedem Park treffen kannst.

Das zweite besondere Ereignis war das Auftauchen von Cleopatra. Cleopatra, wo bist du? Ich hab Katzenfutter eingesteckt, das verdirbt mir doch in der Hitze, Miezvieh, wo steckst du?, ich verdien 80 Cent die Stunde, also hab ich fast vier gearbeitet, um im Adeg was für dich zu kaufen. In zwei Wochen bin ich nicht mehr da, wer wird dich dann füttern, wer wird dich zeichnen, in zwei Wochen werde ich in einem Park sitzen, im Gras, nicht auf einer Bank, oder durch die Kremser Altstadt laufen, die Donau entlang von einem Dorf zum nächsten, endlich draußen, endlich.

Aber es kann auch sein, dass ich zum Bahnhof hetz, Augen auf den Asphalt, und mir ein Ticket nach Wien besorg, es passiert, dass man rauskommt und einen die Freiheit quält, sie dich jagt wie der Wind ein Baumblatt übern Hof. Ich hab Geld auf dem Konto, knapp dreitausend Euro, großteils Zuwendungen von Martha. So weit bin ich gesunken, dass ich von milden Gaben abhängig bin. Rege ich mich auf, grinst sie mich durch die Glasscheibe an, überweis es mir zurück, wenn's dich stört, sagt sie. Sie weiß, dass ich's nicht tun werde, dass ich ihre Almosen behalt, was nützt mir mein Stolz, nichts, ich brauch die Kohle. Ihre Selbstgefälligkeit nervt, wäre das nicht, längst hätte ich ihr gesagt, dass es mir ernst ist mit uns beiden.

Ein guter Koch leiht weder sein Messer noch seine Frau her, sagt Kai, ein guter Koch achtet darauf, dass sowohl Messer als auch Frau täglich scharf sind. Ach Kai. Wie lange hat er noch? Insgesamt sind's fünfzehn. Die Möglichkeit einer frühzeitigen Entlassung hat er verspielt, als er einen Ausbruch unternahm, behauptet er zumindest. Hab ich Martha die Geschichte schon erzählt? Versteckt in einer mit Küchenabfällen angefüllten Tonne, gelangte er auf der Ladefläche eines Traktors hinaus, eingegraben in Kartoffelschalen, Apfelstücken und Hühnerkrallen, die er tags zuvor eigenhändig abgeschnitten hatte. Auf dem Hof rollte der Bauer die Tonne zum Schweinestall und nahm den Deckel ab, heraus kroch Kai und floh über die Felder davon. Er kam bis nach Dürnstein, wenige Kilometer von Stein entfernt. Dort setzten ihm die Massen an Touristen mehr zu als gedacht, das übliche Risiko, er sah ein kleines Mädchen, das seine in Lodentrachten gekleideten Eltern auf Sächsisch anschnauzte, gradeaus in die Kamera zu blicken, der Fotoapparat klickte, und ihm wurde mit einem Schlag klar, wie aussichtslos seine Flucht, wie unvorbereitet er aufs Draußen war. Überall Souvenirshops, volle Cafés, in jeder Auslage pickte ein Poster mit einer saftigen Marille, anscheinend das Wahrzeichen dieser Gegend, und Kai lief eine Treppe hoch und landete auf einem Friedhof. Er versteckte sich am Eingang des Beinhauses, hinterm

Eisengitter gestapelte Schädel und Knochen, eine Tafel informierte, dass es die Sterbensreste von annähernd zweitausend Toten seien, darunter unbekannte napoleonische Soldaten, vor Jahrhunderten in einer Schlacht außerhalb Dürnsteins gefallen. Die Knochen hinter Gittern und Kai in der Freiheit, zumindest für nicht ganz eine halbe Stunde, bis Polizisten den Friedhof stürmten und ihn festnahmen.

Etliche Saisons hat er als Koch zugebracht, von Ischgl bis nach Kufstein verschiedenste Hotelküchen abklappernd, erst als Commis, dann Gardemanger, zuletzt als Souschef, und vielleicht dachte er vorm Beinhaus an das Wochenende, an dem er mit dem Hausmeister des Hotels im Personalzimmer einen draufgemacht hatte. Sie wechselten zwischen Bong und Pilzen, Bier und Wodka, grübelten darüber, weshalb Aliens nur die weißen Jungs aus den Trailerparks entführen, aber nie Obama oder Gandhi oder so, was wollen uns die Aliens damit sagen, wunderten sie sich. Er weiß nicht mehr, warum sie zu streiten begannen, es ist ein Nebel an unbestimmten Fetzen, Geschrei und einer Ohrfeige, seine Hände am Hals des Hausmeisters. Die eine Nacht in meinem Leben, beteuert Kai wieder und wieder, die eine einzige Nacht, in der ich echt Scheiße gebaut hab. Nach dem Ausbruch verbrachte er ein Jahr in West-E und war anfangs ganz enttäuscht, weil in keiner der Tageszeitungen, die ihm ein Wärter durchs Essenstürchen schob, etwas über seine Flucht zu lesen war. Man muss für Wochen verschwinden oder Geiseln nehmen, um es in die Medien zu schaffen, ansonsten ist Nachrichtensperre und niemand kriegt was mit.

West-E, Hochsicherheitstrakt, hier residieren sonst nur die verrückten, perversen Jungs, ich würd mich aufhängen; beim Bodenschrubben spähte ich mal in eine gerade frei gewordene Zelle, Waschbecken und Duschbox, Tisch und Bett, in der Höhe ein vergittertes Fenster, das ist alles. Wie kann man in so einem Zwei-Quadratmeter-Kerker Jahre oder Jahrzehnte verbringen? Wenn du nicht beim Reingehen durchgeknallt bist, bei der Entlassung bist es sicher. Neben einer der Eisentüren hängt ein weißes Schild, darauf steht leuchtend rot: Besondere Vorsicht.

Da ist er drin, Twafik Ben Ahmed Chaovali, die Legende, seit 28 Jahren eingebunkert, weil Terrorgruppe Abu-Nidal und Attentat auf El Al am Wiener Flughafen Ende der 70er. Keine Therapie schlägt bei ihm an, bis zu seinem Tod wird er hinter dieser Eisentür bleiben, Sicherheitsverwahrung, weil zu aggressiv. Er ist so gewalttätig, dass er aus dem Verlies nicht mehr rauskommt, er ist da drin eingesperrt wie die Knochen napoleonischer Soldaten im Karner von Dürnstein.

Bin ich froh, dass ich bald nichts mehr damit zu tun hab, mir egal, wer auf West-E versauert und warum, fick dich, Chaovali, fick dich, Stein, was hab ich in den vergangenen fünfeinhalb Jahren gelernt, außer wie man Klopapier zu Servietten faltet; Kai ist dieser Schnickschnack fürs gemeinsame Abendessen in unserer Kammer wichtig, meinetwegen.

Immer regt er sich über die Augen auf, die ich mal, das Porträt der Ehefrau vom Kapo etwa; die Augen sind zu leer, zu seelenlos, behauptet Kai, im Anblick der Totenschädel in Dürnstein ist ihm klargeworden, wie wichtig besonders die Augen sind, ein Gesicht ohne richtige Augen ist wie der Rohbau eines Hauses, dem auch erst durch die eingesetzten Fenster eine Art von Seele verliehen wird, ja, ich weiß, Kais Blabla, wenn er vorm Spiegel steht und den

Bizeps anspannt. Wie oft soll ich es ihm noch erklären? Die Augen, die ich mal, sind wie Glasscherben, auf denen sich etwas Unbestimmtes spiegelt, sie besitzen höchstens einen Schimmer, die Spur des letzten Bildes auf der Netzhaut, bevor sie erlöschen. Wie damals, in dem einen Dorf, der Junge vor mir, mein Dževad …

Will ich das wirklich, eine fixe Beziehung mit Martha, oder bilde ich mir das nur ein, weil ich Angst hab vor der Zukunft? Ich muss mir eine Existenz aufbauen, wann, wenn nicht jetzt, Zlatan hat es auch hinbekommen. Er hat den Krieg überstanden, hat das Studium abgeschlossen, und wohnt mit Frau und zwei Kindern in Zagreb. In Stein hatte ich genug Zeit, ihn ausfindig zu machen, ich schrieb ihm, was für ein Ende es mit mir genommen hat. Nimm's nicht allzu schwer, antwortete er, meinen Kindern erzähl ich jeden Abend, dass ich dir mein Leben verdank.

In zwei Wochen werde ich erst nach Wien, ja, die Stadt hat sich bestimmt nicht sehr verändert, am Praterstern weiterhin die Flut an Passanten, die vom Park zur U und S gehen, zum McDonald's oder weiter zum Denkmal des Admirals, und über die nächste Kreuzung in Richtung Donaukanal. Früher hielt meist eine Handvoll Straßenkünstler Stellung, ein Stelzengänger in schwarzen Pluderhosen, mit glitzerndem Hut und aus Luftballons geschlungenen Hündchen, ein Breakdancer, schlaksig und bleich, in schwarzem Adidas-Jogginganzug mit Goldstreifen, oder ein Statuen-Imitator mit silbern geschminktem Gesicht in silbernem Umhang wie eine Mischung aus Silver Surfer und dem Killer aus *Scary Movie*. Dazwischen ich mit Leinwänden und Staffelei, es war kein schlechtes Leben, ein Porträt in fünfzehn Minuten, eine Karikatur in zehn.

Zwei Wochen, dann geht's dorthin zurück. Ich kenn

Leute, ich finde eine vorübergehende Unterkunft, gewiss. Ich werde mich wieder am Praterstern platzieren, mit Stiften, Pinseln, Papier. Für die erste Zeit, warum nicht. Ich muss mich beim Arbeitsamt melden, vielleicht komm ich auf dem Bau unter. Aber ist es eine gute Idee, einen fixen Job anzuvisieren? Nimm den Verkäufer hier im Adeg, armer Drug, hockt in einem Gitterkäfig und reicht uns die georderten Waren durch eine Luke, zu seinem eigenen Schutz, heißt's, aber was für ein armseliges Dasein.

Nah beim Praterstern werden die Eingänge in die Puffs offen stehen, und wenn mir eine pfeift, werd ich ihr sagen, dass sie die Erste ist seit fast sechs Jahren. Du hattest so lang keinen Sex?, wird sie fragen, zumindest nicht mit einer Frau, werde ich antworten.

Seit wann kenn ich Martha? Acht Jahre, das kommt hin. *Moje Sunce*. Es war nach dem Sommer, als ich in Montenegro gearbeitet hab. Der Job war in Ordnung, in einem Canyonresort hielt ich die Raftingausrüstung in Schuss, mit dem verdienten Geld wollte ich nach Barcelona. Die Stadt ist das zukünftige Berlin, hatte mir eine Touristin vorgeschwärmt, ein Hotspot für Künstler aus aller Welt, in diese Stadt musst du als Maler hin. Unterwegs verbrachte ich einige Tage in Wien und nahm an einer Benefiz-Veranstaltung für einen Wohnwagenplatz teil, auf dem ich schon zuvor Quartier gefunden hatte. Ich zeichnete 120 Gesichter in einer Stunde, jedes in einem Strich, und schloss ich später an diesem Abend die Augen, sah ich diese Linien grellweiß vor mir. Wie üblich verteilte ich meine selbstgemachten Visitenkarten, wovon eine in die Hände von Martha gelangte. Nach einer Tätigkeit als Bibliothekarin lebte sie seit Kurzem als freischaffende Übersetzerin aus dem Italienischen, ihr Traum seit dem Studium, den sie sich endlich erfüllt hat, schwärmte sie mir vor, während ich ihren Vater von einer Fotografie abzeichnete, ein Geschenk zu dessen Fünfundsiebzigsten. Ein eigenes Porträt, aufs Haus, bot ich ihr an. Anfangs kam sie mir gehetzt vor, eine Frau Ende dreißig, die glaubte, zu spät dran zu sein, die eine Sache nicht gefunden zu haben, die sie erfüllt; ich nahm ihr nicht ab, dass das Übersetzen das eine große Ding war, nein, diese unterschwellige Traurigkeit an ihr fand ich richtig anziehend; ich hatte den Eindruck, ihr Leben sei wie eine schillernde Glaskugel, die einen Trichter hinab vorgegebene Bahnen zieht durch Studium und Arbeit, eine Frau, die stetig Glaskugelrunden läuft, durchs Loch im Trichterboden fällt, ohne die geringste Spur hinterlassen zu haben.

Wir hatten eine gute Zeit, Martha und ich, bis zu diesem Adventtag, was hat mich nur geritten, schau dich an, Jovan, in zwei Wochen gehst du raus und kannst von vorn anfangen, Frühling 2015, und eigentlich bist du längst zu alt für den Stress eines Neubeginns. Ich hab's verbockt. Sag ich Martha auch wieder und wieder. Zu Beginn meiner Haft brach sie jeglichen Kontakt ab, alle meine Anrufe und Briefe blieben unbeantwortet. Wenigstens tickte ich nicht so aus wie die Jungen, die in den ersten Wochen von ihrem Mädel draußen schwärmen und glauben, dass sie wartet und treu bleibt, weil es die große, die ganz große Liebe ist, doch es kommt der Tag, an dem diese tätowierten Muskelmassen im Eck schluchzen, weil das Mädel Schluss gemacht hat und längst mit jemand anderen bumst. Aber Martha ... nach langer Funkstille saß sie plötzlich im Besucherraum. Anfangs konnte ich mir nicht erklären, weshalb sie unregelmäßig aufkreuzte und von den Texten erzählte, an denen sie arbeitete, oder Neues aus ihrem Freundeskreis berichtete. Dann begann ich in ihrer Stimme die Angst und die Erregung zu hören, die sie beim Passieren der Taschen- und Ausweiskontrollen ergriffen hatte, auf dem Weg durch die gepanzerten Türen, vorbei an den Blicken der Häftlinge in den Glaskabinen des Besucherraumes. Ich bin ihr kleines Geheimnis, darum geht's, ihr kleines, dreckiges Geheimnis, vermutlich fingert sie sich schon hier auf dem Klo, spätestens im Auto, aber egal, ich freu mich über ihre Besuche. Die Fingerspitzen an der Glasscheibe, eine Melodie tippend, um zu verheimlichen, dass ich eigentlich darauf warte, dass sie ihre Fingerspitzen auch ans Glas legt, um eine Berührung zumindest zu simulieren, brannte mir letztens die Frage auf der Zunge, wie es mit uns weitergehen soll. Ich mag es, wenn sie lacht, wie damals, als ich ihr von Cleopatra erzählte.

Eines Tages miaute und schnurrte die Katze im Hof hinter der Schlosserei und niemand konnte sich erklären, woher sie kam. Cleopatra sorgte für ordentlich Nervosität in den Chefetagen von Wärtern und Kapos, denn wenn sie einen Weg hinein gefunden hatte, so musste es auch einen Weg hinaus geben. Alle Zellen wurden kontrolliert, die Außenmauern abgegangen, jeder Winkel durchsucht, es gab Verhöre, Gerüchte, Behauptungen, aber alle Mühen waren umsonst, Stein erwies sich so abgeschottet wie gewohnt. Ein jeder Ausbruch wurde bisher geklärt, aber wie die Katze reinkam, das bleibt ein Mysterium …

Was soll's, ich werfe einen Blick in den Plastiksack, den mir Heinz zugesteckt hat. Ob er weiß, dass die Infos gezinkt sind? Vielleicht ist ihm genauso langweilig wie mir und er spielt mit, weil es sonst nicht viel zu tun gibt.

Schau an, ausgezeichnet, heut können wir weitermachen, sechs Pinsel aus Marderhaar, gute Qualität, passende Stärke. Ich werde das Porträt von Kai fertigstellen, mein letztes Bild in unserer Zelle. Das erste war eine Kugelschreiberkritzelei auf unseren schmalen Tisch, ein von einem Pfeil durchbohrtes Herz, was sonst? Eine Zeichnung, die, stell ich mir vor, in jedem Gefängnis egal welchen Landes zu finden ist, auf Möbeln, Mauern, Klowänden; das Verlangen errichtet ein Gefängnis im Gefängnis: Das bedeutet es, eingesperrt zu sein. Wie viele vor mir, kann ich nur ein kleines, scheiß Herz malen, und diese Zeichnung ist alles, was von Frauen und Liebe übrig bleibt.

Heinz ist mir gegenüber sicher aus Berechnung wohlwollend. In den 90ern war Otto Mühl auf dieser Station eingesperrt, der Maler, Aktionskünstler und Kommunengründer, wegen Kindesmissbrauch zu sieben Jahren verurteilt, ein widerlicher Typ, dieser Mühl, sagte Heinz. Der Künstler schenkte ihm das Gemälde einer nackten, dicken Frau, grauslich, wie alles von diesem grobschlächtigen Alten, so Heinz, dem erst spät klar wurde, wie bekannt Mühl und wie wertvoll das Bild daher ist. So eine Rentenvorsorge hätte ich gern. Vielleicht hofft Heinz auf einen ähnlichen Glücksfall, ich sag's ihm ständig: Vergleich mich nicht mit Mühl, ich bin nur ein Straßenkünstler, und Heinz klopft mir auf die Schultern, warten wir's ab, sagt er. He, Heinz, beharre ich, *moj drug*, Mühl und ich sind uns nur darin ähnlich, dass wir beide unsere Mädchen mögen wie unseren Whiskey. Wie, fragt Heinz, und ich sag: Zwölf Jahre alt und mit Coke verrührt, ha, vor Lachen kriegt Heinz sich nicht mehr ein. Den größten Gefallen, den er mir erwiesen hat, war, dass er von Beginn an ein auffälliges Interesse an mir und meinen Bildern zeigte. Er musste wissen, dass ich auf diese Weise schnell in eine Gang aufgenommen werde, kein Kapo will sich einen entgehen lassen, der bei den Wärtern Sympathien weckt.

Jetzt zum Abschluss von Kais Porträt wär wichtig, ihn auf andere Gedanken zu bringen, damit seine Gesichtszüge nachgiebig werden und etwas vom Inneren preisgeben. Ich könnte ihm *Sevdahs* vorsingen. Dass ich ihn durch alte Geschichten ablenke, diesen Plan hab ich verworfen, immer bohrt er nach, wie war's im Krieg, hast du jemanden kaltgemacht und wenn ja, wie viele, gab's Frauen, Drogen, hattest du Angst …

Ich hätte Aspirin besorgen sollen. Ich seh immer schlechter, das Alter schindet mich wie ein Schausteller seinen Tanzbären, und wenn ich mich beim Malen zu lang konzentrier, beispielsweise Kai genau ins Auge fass, dann bekomm ich Schädelweh. Wenigstens ist's nicht wie im Herbst. Wenn von der Donau der Nebel heranzieht und in den Höfen hängt, ruft die Kälte etwas wach, das meinen Schweiß anders riechen lässt, ganz seltsam, ich rieche nach feuchtem Laub, und keine Dusche hilft und malen kann ich kaum, weil mir die Hände zittern.

Ob es nicht doch klüger wäre, Kai von damals zu erzählen, von Bosnien und Bergen und Wald, mal alles aussprechen, vielleicht würde ich dann nicht so verrückt auf den nassen Herbst reagieren. Das Promethazin, das mir der Therapeut in solchen Phasen verschreibt, macht mich ganz träge, der Nebel hängt damit nicht nur im Hof, sondern auch in meinem Kopf, und mit Malen ist's erst recht nix mehr.

In den Hintergrund des Porträts werde ich Kais Bett zeichnen, gute Idee, seine armseligen Laken, vor denen er jeden Abend siebzig Liegestütze macht, Kai, der auf das Ende einer Haft von fünfzehn Jahren wartet und mit

Vorliebe einen getigerten Tanga trägt, denn darauf, sagt er, fahren die Kellnerinnen und Patisseusen ab, und zur Bekräftigung lässt er den Bund schnalzen.

Was war der eine Moment, ab dem feststand, dass ich hier in Stein lande? Ein besonderer Augenblick, bis zu dem alles möglich gewesen war, doch es kam die eine Tat, der eine Gedanke, und die Tage und Monate und Jahre fielen wie Dominosteine, klippklapp, ticktack, bis ich in die Zwei-Mann-Zelle trat, zu Kai, der gerade an der Kochnische werkte und ganz erfreut war, jemand Neuen reinzukriegen. Frühjahr '99, das könnte der Wendepunkt gewesen sein. Damals hatte ich meine Staffelei in Budapests Innenstadt aufgeschlagen, Porträts und Karikaturen, ein paar Landschaften in kleinem Format. Übern Himmel flogen NATO-Flugzeuge gegen Serbien, Nacht für Nacht aufgrund des Kosovokrieges angeordnete Bombardements. Jeden Abend ging ich über eine der Donaubrücken in mein Quartier, einmal begann es zu regnen, die Menschen um mich duckten sich unter die Schirme und liefen weiter, ich aber rührte mich nicht mehr von der Stelle. Es war mir egal, dass der Regen die nichtverkauften Bilder aufweichte und die Farben zerrannen, mitten auf der Brücke wollte ich keinen Schritt weiter machen in die Absteige, in der ich untergekommen war, ich wollte mich nicht schlafen legen, um am nächsten Morgen zurückzugehen in die Altstadt, wieder an meinem Platz auszuharren, zu warten und zu zeichnen, immer nach dem gleichen Schema malen und leben, ich hatte keine Lust mehr. Durch den graubewölkten Himmel nahmen NATO-Bomber Kurs auf Serbien, und mich ergriff die Einsicht, dass ich Goran gefährlich ähnlich geworden war; wie er in Sarajevo auf den Stufen zur Kathedrale verbrachte ich meine Zeit in verschiedensten Städten, quer durch Europa, meist ohne Visum und auf der Hut vor der Polizei, bis ich auf einer Brücke in Budapest im Regen stand und mich entschloss, alle Bilder in den nächsten Müllcontainer zu stopfen. Ich hatte das Straßenmalen satt, nicht zum ersten oder letzten Mal, und während ich nachdachte, was ich stattdessen tun sollte, pflügte über die Donau ein Boot heran. Im grauen Fluss der graue Kahn, und am Bug prangte der Name *Belgrad*, was mir ein Hinweis zu sein schien, wie ich der miesen Existenz à la Goran entfliehen könnte. Aus meinem grauen, nassen, kalten Budapest schälte sich dieser Bootsname, und ich nahm mir vor, dem Wink zu folgen und genau dorthin zu fahren. Nach Belgrad. Auch, um meine Eltern zu sehen. Aber vor allem: ins Bombardement. Zurück in eine Art von Krieg. Einmal noch wollte ich Angst haben, wollte ich das Feuer sehen, alles, was mich seit Bosnien verfolgt, ein weiteres letztes Mal wollte ich die Bedrohung durchleben, um danach neu zu beginnen.

In Stein hab ich versucht darüber zu zeichnen, verschiedene Gesichter, Orte, Szenen, die sich zu einem Splitterwerk fügen. Nach Kriegsende war ich zuletzt in Belgrad gewesen. Meine Eltern hatten ein winziges Zuhause ergattert, Mutter rauchend am Küchentisch, Vater vorm Fernsehflimmer wie ein kümmerlicher Nachtfalter, beide hadernd mit der Erinnerung an Sarajevo, an die Existenz, aus der sie verjagt worden waren. Ein Gangster hatte im Krieg die Kontrolle über unser Viertel, er verfügte über gute Verbindungen und bot meinen Eltern an, dafür zu sorgen, dass sie die belagerte Stadt verlassen konnten. Sarajevo wurde von Serben beschossen, und ich kann mir vorstellen, dass die muslimischen und kroatischen Nachbarn nicht gerade begeistert waren, dass meine Eltern nebenan lebten. Für die sichere Passage verlangte der Gangster die Wohnung, er hat darin eins seiner Flittchen einquartiert, erzählte mir Mutter mal.

Auf den Bildern in Bleistift und Kugelschreiber und Ölfarben festgehaltene Blitzlichter, Orte und Bekanntschaften, Begebenheiten, Scherben meines persönlichen Belgrads. Der grüne Splitter des kleinen Parks zwischen Hotel Balkan und Hotel Moskva beispielsweise, von wo ich nachts auf das gegenüberliegende Ufer der Save sah. Auf meinen Scherben fallen Bomben durchs Dach eines Hochhauses, die Eingangstüren, Fenster werden von der Druckwelle fortgeschleudert. Den steilen Straßen folge ich zum Gemüsemarkt, beim Einsetzen des Alarms lauf ich zum Hauptplatz, zu zwei Bühnen samt Boxensystem; aus Trotz und Protest werden jede Nacht Partys gefeiert, bei jedem Heulen Fäuste hochgestreckt, hinter Müllcontainern stolpern kichernde Pärchen hervor, die sich mit einem schnellen Kuss verabschieden, Flakfeuer fetzt übern Nachthimmel, die Stadt ganz schwarz, mit roten Punkten wie von einem Ausschlag übersät.

Ein Splitter zeigt eine Frau. Neben ihr ein Junge mit ernstem Gesicht, dem ein Murmeltier im Schoß sitzt. Während einer der Feiern am Hauptplatz lernte ich sie kennen, sie hieß Irena, glaube ich. Das Wissen um die näher kommenden, unsichtbaren Bomber wirkte wie eine Droge, löste einen angsterfüllten, kribbligen Rausch aus, trotz der warmen Nacht zitterte sie, das Gesicht schweißbedeckt und zugleich Gänsehaut auf den Armen. Am nächsten oder übernächsten Tag klingelte ich bei ihr. Während sie aus der Küche eine Packung Biskuits holte, saß ich neben einem zehnjährigen Jungen auf dem Sofa, der mich ebenso teilnahmslos anglotzte wie der Mann in

Uniform vom großen, über uns an der Wand hängenden Foto. Jeden Nachmittag lief im Fernsehen *Und täglich grüßt das Murmeltier*. Die tägliche Wiederholung eines Filmes, der von der Wiederholung eines einzigen Tages handelt, und draußen gruben sich die Bombenkrater tiefer, wurde das Generalstabsgebäude oder die Kommunistische Zentrale erneut getroffen, wie um die Staatssymbole in noch kleinere Bestandteile als Staub zu zerlegen.

Auf einem der gemalten Splitter sitze ich zwischen Irena und ihrem Sohn, ein fremdes Objekt im Mikrokosmos von Mutter, Kind und eines Vaters, der auf einem Foto strammsteht. Nie fragte ich, ob er gefallen oder noch im Einsatz ist, ich wartete, bis Irena den passenden Moment gekommen sah, um die Lautstärke raufzudrehen, sie küsste den Jungen auf die Stirn, zog mich ins Schlafzimmer, auf dem Bildschirm Bill Murray, auf dem Sofa der Junge, der stumm die Lippen zu den Filmdialogen bewegte.

Ein anderes Bild zeigt meine Eltern, zwei gekrümmte Figuren, vom Schein der Fernsehsendungen durchdrungen, fast ausradiert. In die paar Tage, die ich '99 bei ihnen in Belgrad verbrachte, fiel auch die Wiederbegegnung mit Dragan, den ich seit Kriegsende nicht mehr gesehen hatte. Auf dem Platz vorm Hotel Moskva, an der Straße hinab zum Gemüsemarkt, gab es eine Tauschbörse für Panini-Fußball-Sticker, erwachsene Männer handelten mit den Überbleibseln vergangener Welt- und Europameisterschaften. Ich spazierte durch die Menge und hörte eine bekannte Stimme, die um den Preis eines Stickers feilschte. Ich wartete, bis Dragan das Fundstück in den Händen hielt, trat dann grinsend auf ihn zu.

Die kraklige Linienführung meiner Zeichnung zeigt die Erschütterungen der Einschläge, das unterirdische Vibrieren, das sich von einem Winkel der Stadt zum nächsten spannte. Ein Spinnennetz aus Zittern, Krach, der Aufregung, die mich in diesen Tagen ergriffen, der Lebendigkeit, die von mir Besitz genommen hatte. Belgrad unter einem schwarz verfärbten, gewölbten Himmel. Die Stadt, die sich duckt, anspannt. Alle Lichter aus. Die NATO-Bomber waren meist zwischen zwei und vier Uhr früh zu erwarten.

Auf meinen Zeichnungen in Kellern und Bunkern aneinandergedrückte Menschen, in der Dunkelheit wird die blaue Flamme eines Gaskochers von jemandem hinter den Händen versteckt, der glaubt, dass die Sprengköpfe über Wärmesensoren verfügen. Durch eine Seitenstraße schleift eine Menschenmenge einen Mann, er ist ein Spion, behaupten sie, der die Lage von Militärstützpunkten mit Hilfe von Peilsendern an die Nato durchgibt. Die Amis!, ruft ein alter Mann, die Sirenen, Flieger, Explosionen wecken in ihm die Bombardierung Belgrads von 1944, vergessen geglaubte Kindheitserinnerungen, die in der Finsternis lebendig werden. Ruinen ragen als verkrüppelte Mittelfinger aus dem Schutt, Nacht für Nacht brennt Belgrad, und am nächsten Tag tappt man wie mit einem schweren Kater raus, wieder eine Bombardierung überstanden, und zur Belohnung geht man in eins der Stadkinos, zu Woody-Allen- oder Sylvester-Stallone-Filmmarathons, je nach Laune der Angestellten, die jetzt, da die Chefs davongelaufen sind und ohnehin niemand mehr Eintritt zahlt, nonstop die eigenen Favoriten zeigen können.

Ich, im Halbprofil an der Festungsmauer, über dem schwarzen Band der Save, das sich nicht weit zur Rechten in jenes der Donau webt. Ich, der in Novi Beograd ein bestimmtes Hochhaus sucht und findet, mit dem Lift in den obersten Stock rattert, in den bemalten Flur, und dort an eine Tür klopft. Niemand machte auf, ich hockte mich gegenüber an die Wand und wartete, bis eine alte Frau kam und diese eine Tür aufsperrte, erschrocken zuckte sie zusammen, als ich sie fragte, ob hier ein gewisser Kosta lebt. Der Neustart, den ich ins Auge gefasst hatte, konnte nur funktionieren, wenn ich die eine Sache, die mir ständig durch den Kopf ging, endlich erledigte, nämlich Kosta zur Rede zu stellen. Ich wollte ihm ins Gesicht sehen und ihn fragen, ob er mich verraten hat. Nein, nie von ihm gehört, sagte die Alte und bat mich rein, in der Abstellkammer stehen noch Kartons der Vormieter, sagte sie.

Die Wohnung war kleiner, als ich sie in Erinnerung hatte, in dem Zimmerchen, das mal meines war, stapelte sich Gerümpel. Ihre Familie sei unterwegs, sagte die Alte, Essen besorgen oder Geld, alles geht den Bach runter, jammerte sie, Tito rotiert im Grab. Ich wühlte durch Bücher, Kleidung und Spielzeug, in einer Schachtel fand ich ein Foto von Kosta und Ratko, ein Yoga-Lehrbuch, aufgerissene Briefkuverts. Zwischen Rechnungen stieß ich auf eine Kopie von Kostas Führerschein. Es war ein anderer Name, nicht Kosta, sondern Milan, aber das Foto ließ keinen Zweifel: Das war er, hundertpro.

Ich fragte die Alte, ob ich aufs Dach dürfe, es musste ein guter Posten sein, um das nächtliche Schauspiel aus Bombenalarm und Flakfeuer zu beobachten, und kletterte mit der Schachtel hoch. Unten auf dem Platz spielten ein paar Kinder Krieg, ihr Johlen und Schreien, ihre nachgeäfften Schüsse drangen in der Stille bis zu mir hinauf. Die Mauer des Verhaus war von ausgedörrten Pflanzen überwachsen, ich zerrte und zog, bis ich mein Porträt von Anisa erkennen konnte, wie seltsam es war, auf ein Relikt dieser vergangenen Liebschaft zu stoßen, ich erinnerte mich, wie hin- und hergerissen ich damals gewesen war, ob ich meine Fahnenflucht fortsetzen sollte oder ob es eine Möglichkeit gäbe, Anisa zu finden. Mir kam es vor, als hätte ich bis zu diesem Moment eine halbe Ewigkeit nicht mehr an sie gedacht.

Abgesehen von der Kopie fackelte ich den gesamten Inhalt der Schachtel ab. Wenn ich Kosta vulgo Milan schon nicht von Angesicht zu Angesicht begegnen konnte, so wollte ich durch das Verbrennen der letzten Spuren, die er hier hinterlassen hatte, eine Art von Rache nehmen. Jetzt kannte ich seinen echten Namen, sein Geburtsdatum, seinen Geburtsort, das konnte genügen, um ihn aufzuspüren.

Eine der Zeichnungen zeigt mich über die brennende Schachtel gebeugt, auf einer anderen ist ein großes Fenster zu sehen. Dahinter ich, Dragan und ein dritter Mann in Boxershorts, der Panini-Sticker in ein Heft klebt. *Mrkela!*, frohlockte der, als Dragan ihm die Ausbeute der Tauschbörse überreichte. Bald hat er die Olympiamannschaft von 1984 beisammen, erklärte mir Dragan, und der Typ grinste uns breit an, glücklich wie ein Kind an Weihnachten. Dragan deutete auf einen Stapel Videokassetten, Schwarzmarktnische, damit verdiene er sein Geld, sagte er und schob eine in den Rekorder. Das Zimmer auf meinem Bild wird einzig vom Geschehen am Bildschirm erhellt. Dragan lehnt den Kopf zurück, er wirkt müde, abgespannt, der linke Arm baumelt über die Stuhllehne. Geht vor allem ins Ausland, meinte er, sicher ein paar Fälschungen, aber egal, es kursiert massig Material. Der Film dauerte nicht ganz vierzig Minuten. Auf einem weiteren Bildnis sind einzelne Momente als Scherben abgebildet, die sich wie ein Schneckenhaus ineinanderfügen und dabei immer kleiner, unkenntlicher werden. Die Angabe am unteren Rand der Aufnahme nannte als Datum den 28. Mai 1992. Erst ein Schwenk der Kamera, ein blauer Himmel, ein grünlicher Fluss hinter der Uferböschung. Wiesen, ein paar Häuschen, dreckige Stiefelspitzen. Mehrere junge Männer lachen dem Betrachter entgegen, sie sitzen auf der offenen Ladefläche eines Transporters, auf einem Acker beschattet eine Frau die Augen und sieht ihnen nach. Ein niedergebranntes Haus, streunende Hunde. Sie folgen einem Bach, einer Schlucht, die Sonne blitzt zwischen Zweigen, einer der Soldaten schließt die Augen, Schatten flackern über sein Gesicht. Der Laster hält am Ende der Straße an einem wuchtigen, mehrstöckigen Bau, davor weht die serbische Fahne.

Uh, stöhnte Dragans Kollege in Belgrad auf, das kenn ich, das ist das Kurhotel Vilina Vlas in Višegrad, rief er und klatschte erfreut in die Hände, das ist bestimmt ein super Video. Auf meinem Bild zielen Betrunkene mit Pistolen auf ein Schild, an einen Baum genagelt. Stufen hoch zur Glastür, dahinter ein dunkler Raum. An der Rezeption ein lachender Mann, der die Hände begrüßend ausbreitet. Weitere Treppen hoch in den ersten Stock, eine Bar, überfüllt mit trinkenden, rauchenden Männern in Uniform oder Zivil, viele von ihnen mit Vollbärten und Patronengürteln überm nackten Oberkörper gekreuzt, das kann nicht ernst gemeint sein, dachte ich mir damals, ich hätte bis dahin nicht geglaubt, dass das Klischee vom bärtigen, halbwilden Tschetnik wahr sein könnte. Durch meterlange gelbe Vorhangstreifen fällt Tageslicht, bringt den dichten Zigarettenrauch zum Glühen, auf einem Tisch sitzt eine nackte Frau, den Kopf zwischen den angewinkelten Knien verborgen. Einer der Typen hat ein nacktes Mädchen auf den Knien, es kann noch keine zwölf sein.

In Belgrad, als ich das Video sah, wurde mir bei dieser Szene endgültig bewusst, dass das nicht irgendein Film ist. *Fuck*, dachte ich mir, wo führt das hin? Der Blick des Mädchens geht ins Leere, während der Mann mit einem zweiten am Tisch diskutiert. Auf der Aufnahme bemerkte er die Kamera, sprang hoch, und das Mädchen fiel zu Boden, der Mann schrie durch das Stimmengewirr, das Bild wurde schwarz, dumpfe Geräusche waren zu hören, der Kameramann hatte das Filmen nur scheinbar beendet.

Was ist das für ein Video?, fragte ich Dragan, er winkte ab, wart nur, sagte er. Der Film lief weiter, einer meiner Splitter zeigt einen Flur, in der weißen Wand dicht nebeneinander schwarze Türen. Ein anderer Splitter zeigt sechs Männer in einem Zimmer, auf dem Doppelbett kauert eine nackte, junge Frau mit zerzausten, schulterlangen Haaren. Die Kamera ruckelte, wurde auf einem Nachtkästchen abgestellt. Die Soldaten zogen sich aus, plauderten miteinander, beachteten die Nackte gar nicht. Derjenige, der gefilmt hatte und bisher nie zu sehen gewesen war, trat erstmals vor die Linse. Meine Zeichnung zeigt einen jungen Mann mit schmalem Gesicht, nichts Besonderes; würde man ihn auf der Straße sehen, hätte man ihn im Vorbeigehen vergessen. Die Haare geschoren, die Bewegungen linkisch, mal lacht er, mal zittern seine Lippen, als ob er ein Weinen unterdrückt. Es tritt einer vor das nackte Mädchen auf dem Bett und setzt ihr sein Barett auf, streichelt ihr die Wange. Ein anderer gibt sich selbst Ohrfeigen. Einer ist groß und knochig, sein Geschlecht das längste, dunkel zwischen seinen dürren Beinen. Das Mädchen sah in die Kamera, ein unendlich trauriger Blick, der genau auf mich gerichtet war. Da hatte ich genug und haute ab. Ich wollte diesen Film nicht zu Ende sehen, keine Chan ce. Wo willst du hin?, rief Dragan, du verpasst das Beste, schau, wie der Dicke schnauft, ganz rot ist er schon in der Fresse. Jetzt ist sie dran, schrie sein Kollege und lehnte sich vor, als wolle er vor Geilheit in den Fernseher kriechen.

Im Treppenhaus wurde ich von der Übelkeit fast von den Beinen geholt, ein Name arbeitete in meinem Magen, Anisa, immer wieder ihr Name, seit elendslanger Zeit nichts mehr von ihr gesehen, nichts mehr von ihr gehört. Mich überfiel die Angst, dass auf einem der Videos von Dragan sie zu sehen ist, in einem schäbigen Zimmer Soldaten ausgeliefert, die in derselben Armee wie ich gekämpft haben. Tagelang fühlte ich mich krank, wollte nicht wahrhaben, dass Snuffvideos kursierten und ich Typen kannte, die damit handelten, oder dass eine solche Vergewaltigung etwas sein konnte, das Anisa zugestoßen war.

Es brauchte Tage, bis ich sie und diese Befürchtungen aus dem Kopf bekam, ich wieder so weit war, in einer Weise an Anisa zu denken, die nicht weh tat. Ich hatte keine Lust mehr, weder auf die Partys, noch darauf, Kosta zu finden. Vielleicht war die Lektion, die ich in der Stadt zu machen hatte, die, dass man die Vergangenheit nicht aufstört, weil sie dir sonst in den Leib fährt und dich zittern lässt wie einen Epileptiker.

Ich reiste zurück nach Budapest und stellte meine Staffelei wieder auf, besser bei meinem Job bleiben und einen Bogen um Ex-Jugoslawien machen, dachte ich, und tingelte im Spätsommer weiter nach Paris, weil die französische Polizei Nordafrikaner jagte, aber selten Straßenmaler ohne Aufenthaltsgenehmigung.

Von meinen Eltern hab ich mich nur halbherzig verabschiedet. Meine Eltern. Für die Baustelle der Belgrader Kathedrale wurden selbst während des Bombardements

Spenden gesammelt, nie gibst du Geld für den heiligen Sava, warf meine Mutter mir vor, als ich mich darüber aufregte. Ja, ja, spenden, damit die Nachbarn und der Pope es sehen, aber zu Hause hungern, lächerlich, antwortete ich. Gebt das Geld lieber für euch aus, schlug ich ihr vor, und sie bekreuzigte sich und schüttelte den Kopf. Es ist mir unerklärlich, warum wir ständig auf dieselben Streits verfallen, obwohl es so viel anderes zu bereden gäbe. Sarajevo zum Beispiel. Dort war jeder Beweis von der Existenz meiner Familie verlorengegangen, die Wohnung längst fort, die Freunde, Bekannte, alle im Krieg dahin, und nie stand es zur Debatte, dass meine Eltern wieder hinziehen, denn Serben, hörte man von allen Seiten, wären nicht mehr willkommen. Über unsere ausgerissenen Wurzeln hätten wir sprechen sollen. Stattdessen fuhr Vater mit seinem Totschlagargument auf, in dem all die Enttäuschung drinsteckt, über mich und über sein eigenes Leben: Nur wegen dir hab ich keine Arbeit gefunden, jeder weiß, dass du damals desertiert bist, und ich muss es ausbaden.

Wie oft hatte ich ihm schon gesagt, dass ich gebüßt und vier Jahre in den Bergen ausgehalten habe, wie seltsam, fast dieselbe Zeit wie in Stein saß ich oben im Wald fest, bis Herbst '95, als der Krieg endlich zu Ende war. Vier Jahre lang mitten in Bosnien, erst in der Hütte an der Klippe und später im Hauptquartier, der Ansammlung morscher Baracken. Die eine Offensive, in der Darko getötet worden und Aleksa im Blutrausch ausgetickt war, fixierte die Front, hier waren wir, dort die Muslime, da die Kroaten. Vier Jahre lang änderte sich nichts an der Gebietsaufteilung, und ich hielt die Klappe und tat, was man mir befahl, ich schob Wache, half in der Küche, ich war der Fahrer eines Kommandanten, leichte, fast angenehme Aufgaben hinter den Linien, nur die Augen wurde ich nicht mehr los, die Glasscherbenaugen, die mich am Feldrand außerhalb des Dorfes angestarrt hatten.

In Wien, mit Martha, dachte ich, dass ich drüber hinweg bin. Ich war zu ihr gezogen und hatte als Straßenmaler meinen Platz am Praterstern ergattert. Ich fühlte mich sicher und zugleich fühlte ich mich gejagt. Die Ruhe, in der mein Leben dahinglitt, machte mich nervös. Um zehn oder elf vormittags baute ich meine Staffelei auf, unterhalb eines großen Baumes, schön im Schatten, bis 17 oder 18 Uhr zeichnete ich, und meist war das Geschäft passabel. Aber egal, ob vor der Leinwand oder mit Martha, ich misstraute dem Frieden. Ich hab das mal dem Therapeuten hier im Gefängnis zu erklären versucht. Ich fühl mich, als würde mich etwas scheuchen, doch kann nicht sagen, was es ist, der gesichtslose Jäger sitzt in mir drin, er versteckt sich in meinem Inneren wie andere Jäger im Unterholz, und ich weiß, er genießt das Warten, bis er zuschnappt und mich zur Strecke bringt.

Als Fluchtversuch vor ihm taugt so gut wie alles, in Wien zum Beispiel blätterte ich durch ein altes Adressbuch und stieß auf die Belgrader Nummer von Dragan. Lange überlegte ich. Was wollte ich von ihm? Ich erinnerte mich an die VHS-Kassetten, Dragan widerte mich an, doch gerade weil ich ihn verabscheute, wählte ich auf gut Glück. Mit ihm zu reden schien mir das Beste, um mich von der unterschwelligen Unruhe zu kurieren, die mir die Beziehung mit Martha vergällte. Eine Konfrontation mit einem gescheiterten Drug sollte mir beweisen, dass es keinen wirklichen Grund für mich gab, den Status quo zu ändern.

Ich bekam eine Frau an den Hörer, ein paar weitere

Telefonate waren nötig, bis ich Dragans neue Adresse ausfindig gemacht hatte. Ach, du weißt schon, Import/Export, antwortete er, als ich wissen wollte, was er mittlerweile mache. Wir sprachen lange miteinander, ich erzählte ihm von meinen gesicherten Verhältnissen, gestand ihm, dass mir langweilig war, und ich glaube, er merkte, dass ich mit langweilig aufgeschmissen meinte. Wochen später, mitten in der Adventszeit, rief er mich zurück: Ob ich weiterhin an ein bisschen Adrenalin interessiert sei? Ein Kumpel namens Ramiz suche kurzfristig jemanden Vertrauenswürdigen für einen Job in Wien, eine etwas komplizierte Angelegenheit, der Drug, der eigentlich dafür vorgesehen war, sei verschwunden. Einmalige Sache, großer Gewinn, versprach Dragan. Ich kapierte, worum es ging, und trotzdem ließ ich mich drauf ein, ich rannte mit gutem Gewissen und offenen Augen in mein Unglück.

Mich hat's gekitzelt, ja, zugegeben, ich sah eine Möglichkeit, schnell an Geld zu kommen, für irgendetwas mussten die alten Kontakte doch gut sein. Und ich witterte eine Chance, mir selbst zu beweisen, dass ich ein wilder Hund bin, durch die vergangenen Jahre hart geworden. Schön wär's.

Einige Tage nach dem Telefonat mit Dragan saß ich in einer Bar nahe des Schwedenplatzes Ramiz gegenüber. Vorm Fenster dichter Schneefall, drinnen Weihnachtsschmuck. Ramiz' kurzgeschorene Haare waren wie der penibel gestutzte Bart ergraut, sein Gesicht dagegen faltenlos, in den Augen ein unverschämtes Blitzen, als wäre er gerade achtzehn geworden und säh die Welt als Einladung zu einer grandiosen Party. Nicht sonderlich groß, an beiden Handgelenken gesprengte Eisenfesseln tätowiert, entlang des linken Unterarmes bis übern Ellbogen zeichneten sich kurze, helle Narben ab, als hätte er sich wahllos weiße Tränen ritzen lassen. Dazu die flinken Bewegungen und die Umgebung unentwegt taxierenden Blicke: Ein Messerstecher, Scheiße, dachte ich, ich hab einen Messerstecher vor mir.

Ramiz zog den Vorhang zur Seite und deutete auf einen weißen Lieferwagen. Da steigst du nachher ein, *capice*, der Fahrer bringt dich zum Treffpunkt, wir teilen auf, wir sagen ciao. Ramiz klatschte in die Hände und grinste. Am Schwedenplatz brachte er mich zum Parkplatz neben einer Tankstelle. Hier, erklärte er, wird der Lieferwagen auf dich warten, du springst rein, und ihr fahrt ab, fertig.

Vorbei an Restaurants und mit Weihnachtsdeko behangene Shops zweigten wir ab in die Altstadt. Schneematsch, ein Maroni-Stand, unterm Eisendeckel der schwarzen Tonne hervorquellender Rauch, ich hab das alles noch im Kopf. In der Höhe spannten sich von einer Fassade zur nächsten Lichterketten, leuchtende Sterne und Kugeln, die im Wind schwankten. Wir schoben uns durchs Gedränge, am Ende der Gasse ragte über den Köpfen das hellgrüne Kuppeldach der Hofburg. Das Treiben eines Weihnachtsmarktes, Abenddämmerung und Schneegestöber, der allgegenwärtige süßliche Punschgeruch, eigentlich wollte ich vor solchen friedlichen Szenen fliehen, aber gerade wäre mir nix lieber gewesen, als Martha neben mir zu haben, sie bei mir eingehakt und von einem Verkaufsstand zum nächsten flanierend.

Ramiz spendierte Glühwein, er flüsterte mir zu: Lauf, was das Zeug hält, renn, hörst du, und verschwand in der Menge. Ich konzentrierte mich auf mein verschwommenes Spiegelbild in der Geschäftsauslage, eine große, bleiche Gestalt inmitten der vor Kälte zitternden, von einem

Fuß auf den anderen trippelnden Menschen, Weihnachtslieder leierten aus Boxen an den Ständen, ich nippte am dampfenden Glühwein und hielt nach einer Möglichkeit Ausschau, die Tasse loszuwerden. Dann ein unterdrückter Aufschrei, eine Anspannung, die von einem Marktbesucher zum nächsten griff, es ging los, spürte ich. Auf der anderen Straßenseite lag ein Security vorm Juweliergeschäft Gesicht nach unten im Schneedreck, drinnen richtete ein Mann in grünem Anorak eine Pistole auf den Verkäufer. In der Auslage erkannte ich Ramiz, zwar hatte er eine Sturmhaube übers Gesicht gezogen, aber es war seine Jacke, dazu die flinken Bewegungen, mit denen er die Uhren in eine Sporttasche packte, es dauerte kaum dreißig Sekunden, da war er fertig und klopfte dem Typen im grünen Anorak auf die Schulter. Der steckte die Waffe in den Hosenbund und stürzte raus in die Gasse und in Richtung Schwedenplatz. Das war einer der seltsamsten Momente, die ich je erlebt hab. Die Besucher des Christkindlmarktes waren wie gelähmt, niemand rührte sich, niemand sprach ein Wort. Ramiz schulterte die Tasche, warf mir eine zweite zu, ich hatte den Glühwein noch in der Hand und verschüttete das heiße Gesöff. Ramiz rannte in Richtung Hofburg, Sirenen kamen rasch näher, und die Tasche an die Brust gepresst lief ich los, links und rechts schweigende, starrende Menschen, sie wichen einen Schritt zurück, ein Spalier für mich und den Unbekannten im grünen Anorak etliche Meter vor mir. Ehe er in eine Seitengasse verschwand, zog er die Sturmhaube vom Kopf und verlangsamte sein Tempo, trat unauffällig ums Eck, eindeutig ein Profi, im Vorbeilaufen sah ich weitere Marktstände, ungetrübten Weihnachtstrubel, worin er untertauchte. Zwischen Fiakern und Autos hindurch schlitterte ich übern Pflasterstein, rammte Fußgänger, bald musste ich die Tankstelle erreichen, ich rannte und drückte die Tasche ganz fest an mich, ein stechender Schmerz in den Lungen, aber bald wäre ich beim weißen Lieferwagen, ich schaff das, dachte ich mir, ich zieh das durch, doch die Gasse endete, vor mir ein Haus und links und rechts auch, vom Laufen war mir schwindlig, Atemnot und Adrenalin ergeben eine schlechte Mischung. Ich drehte mich im Kreis, wo geht es weiter, wo geht es weiter, *fuck*, immer noch regt es mich auf, denk ich zurück an die Panik, als ich kapierte, falsch abgezweigt und in einer Sackgasse gelandet zu sein, ich riss an der nächstbesten Tür, vielleicht konnte ich mich verstecken, aber die Sirenen wurden lauter und hallten von den Fassaden, und dann der Ruf: Auf die Knie und Hände nach oben.

Ich war nicht vorbestraft, zum Glück, sonst wär es länger geworden. Weder von Dragan noch von Ramiz habe ich je wieder gehört, in zwei Wochen könnte ich versuchen, einen der beiden ausfindig zu machen, ein Anteil steht mir zu, fünfeinhalb Jahre will ich nicht umsonst verschenkt haben. Aber zuerst muss ich mein Belgrader Splitterwerk an einem passenden Ort unterbringen. Ich werde die Blätter in Mappen verstauen und wohin auch immer ich komm, dort male ich weiter, bis ich mich trau, den eigentlichen Krieg zu zeichnen, meinen Krieg, die Reihe von Gefangenen und darunter einen mit fast leeren Augen, der Schimmer, der ihm auf den Pupillen zerfließt, das bin ich, ich allein, staubweiß und Anfang zwanzig, und er starrt mich an, mich, der auf seinen Kopf zielt.

DANKSAGUNG

Im Juli 2013 war ich, aus Albanien kommend, erstmals im Land, ein kurzer Aufenthalt in Sarajevo, um nach zwei Tagen per Bus nach Zagreb und von dort nach Wien zu gelangen. Dieser Zwischenstopp brachte das Eingeständnis mit sich, kaum etwas über Bosnien zu wissen. Aus Neugier begann ich in den folgenden Monaten, in Österreich Interviews mit Menschen zu führen, die es aufgrund des Jugoslawienkrieges hierherverschlagen hatte, Persönlichkeiten, die als Elektriker oder Lehrer fest im gegenwärtigen Alltag stehen, deren Existenzen jedoch auf Erfahrungen von Gewalt und Flucht gründen. Die Bekanntschaften in der ex-jugoslawischen Diaspora verhalfen mir zu Kontakten nach Bosnien und Serbien, die im Verlauf von etwa drei Jahren dort angetroffenen Menschen und die Vielzahl an Erlebnissen bilden mitsamt den Gesprächen, die ich in Wien mit ehemaligen Rot-Kreuz- und Stadtmagistratsmitarbeiter*innen führte, die Unterströmung dieses Buches. *Phantome* ist das Ergebnis meiner Versuche, mir ein Land und dessen jüngere Vergangenheit samt Gegenwart zu erschreiben. Ich bin auf Fragen gestoßen, die mich nach wie vor umtreiben: Wie geht man mit den Erfahrungen von Krieg und Flucht um? Wie denkt, fühlt und erinnert man trotz der Gefahr, dass politische Propaganda und mediale Manipulation dieses eigene Denken, Fühlen und Erinnern unterwandern und ausbeuten? Wie leicht lassen sich Feindbilder erzeugen und inszenieren? Oder, wenn ich an die Jugendlichen denke, die ich in Tuzla traf, der Stadt, in der im Februar 2014 jene Proteste begannen, die weite Teile Bosniens ergriffen: Wohin mit all der Energie und mit dem gleichzeitigen Frust, dass die EU als Versprechen von Glück und Zukunft so nahe ist, dieses Versprechen aber nicht eingelöst wird? Es sind Fragen, die weit über Bosnien hinausreichen, in Sarajevo ebenso Bedeutung haben wie in Wien; Fragen, die durch das Schreiben nicht beantwortet, sondern vielmehr drängender, wichtiger geworden sind.

Ich weiß, dass mein Bosnien nicht das reale, tatsächliche ist, doch ist es eines, das durch die berührenden, aufwühlenden, unvergesslichen Erfahrungen und Begegnungen existiert, die ich machen durfte. Dafür danke ich Zejlko in Banja Luka, Emin und Sabina in Srebrenica, Mahir, der mich dorthin begleitete, Rade in Tuzla. Ich danke Verica, Merima, Hajrudin, Dragan, die in Wien ihre Erinnerungen mit mir teilten, besonders danke ich Salko und Nikola, deren Geschichte den Auftakt zu diesem Roman bildeten. Stellvertretend für die oft namenlos gebliebenen Bekanntschaften auf Raststationen und Friedhöfen, in Cafés und *Kafanas*, in den Bussen zwischen Wien und Banja Luka, Budapest und Belgrad, danke ich Igor, dem montenegrinischen Straßenmaler, der mich in der Vojvodina zum Autostoppen überredete. Danke Bettina, für die gemeinsame Reise, die uns erstmals nach Bosnien brachte, und für die spätere Geduld, als ich alleine unterwegs war. Dank den Studenten und Studentinnen der Germanistik Sarajevo, die eine Vorversion des Manuskripts durchgearbeitet und mir mit Kritik und Vorschlägen weitergeholfen haben. Danke Florian, dafür verantwortlicher Uni-Lektor, der seinen Mitsubishi für mich über jede Makadam trat, und tief verneige ich mich vor Boris Mrkela, der mir so viel preisgab und nachsichtig hinnahm, dass Teile seiner Lebensgeschichte zu wesentlichen Facetten Jovans wurden: Dieses Buch ist für euch.

Der vorliegende Roman entstand mit Hilfe des Grenzgänger-Stipendiums der Robert Bosch Stiftung.

Grenzgänger ist ein Programm, das in Kooperation mit dem literarischen Colloquium Berlin durchgeführt wird.

Besuchen Sie uns im Internet
www.ullsteinfuenf.de

FSC
www.fsc.org
MIX
Papier aus verantwortungsvollen Quellen
FSC® C014496

Ullstein fünf ist ein Verlag der
Ullstein Buchverlage GmbH, Berlin
ISBN 978-3-96101-009-7
2. Auflage 2017

Umschlaggestaltung: semper smile, München
Titelabbildung: © plainpicture/neuebildanstalt/Marga Golz
Foto des Autors in der Innenklappe und
auf Seite 1: © Melanie Hauke
Gesetzt aus der Dante
Satz: L42 AG, Berlin
Druck und Bindung: GGP Media GmbH, Pößneck
Printed in Germany